À PROPOS DE L'AUTRICE

C'est en veillant son fils à l'hôpital que Kasey Michaels a eu l'idée d'écrire son premier roman, pour tromper son angoisse. Depuis son rétablissement, elle n'a jamais cessé d'écrire et s'est distinguée par de nombreux prix en romance contemporaine et historique. Situées dans la période chatoyante de la Régence anglaise, ses histoires se caractérisent par un style pétillant et des personnages hauts en couleur.

Séduite par le marquis

Collection : VICTORIA

Titre original :
HOW TO TAME A LADY

Ce roman a déjà été publié en 2014.

Réalisation couverture : E. COURTECUISSE (HarperCollins France)

HARPERCOLLINS FRANCE
83-85, boulevard Vincent-Auriol, 75646 PARIS CEDEX 13
Service Lectrices — Tél. : 01 45 82 47 47

www.harlequin.fr

ISBN 978-2-2804-3188-0 — ISSN 2493-013X

KASEY MICHAELS

Séduite par le marquis

Traduit de l'anglais (États-Unis) par
Marie Pascal

Victoria

HARLEQUIN

A mademoiselle Augustine, qui maintient toujours le cap pour m'empêcher de dériver

Prologue

Le cheval et son cavalier surgirent d'un bosquet dans un fracas qui fit détaler deux lièvres qui passaient par là. Les oiseaux, effrayés, quittèrent les frondaisons qui les abritaient pour s'envoler haut dans un ciel d'un bleu vif et intense.

Les sabots du cheval rencontrèrent alors la terre fraîchement retournée du champ. Surpris, l'animal leva un peu plus haut ses membres, avant de se ressaisir et de repartir au galop.

La tête penchée sur l'encolure de sa jument, le cavalier serrait les rênes dans ses deux mains et levait et abaissait les coudes au rythme de la course. Il était debout dans les étriers, les genoux plaqués contre les flancs de l'animal, le corps légèrement au-dessus de la selle, dans une attitude de jockey professionnel.

Le cheval et son cavalier connaissaient tous deux le parcours. Ils allaient d'abord devoir franchir la haie, puis la barrière basse qui clôturait le deuxième champ et, enfin, le mur de pierre, pas très haut mais assez large, qui bordait un fossé marécageux profond d'un bon mètre.

Après ces obstacles, suivrait un long galop libérateur. Puis viendrait la très haute clôture, constituée de cinq barres superposées. Elle représentait un test, un indéniable défi. Lorsqu'ils l'auraient franchie, ce serait le triomphe ultime.

La jument était puissante et rapide, mais c'était au cavalier et à lui seul que revenait le contrôle. Le contrôle était une chose importante, essentielle même. Il faisait de vous le maître de votre environnement. Le maître de vos pensées, de votre cœur et de votre destin.

Rien n'était plus grisant que de jouir de la liberté extrême qu'il offrait.

Une fois les premiers obstacles franchis — une formalité —, la haute clôture se découpa dans le lointain.

Cheval et cavalier ne firent plus qu'un dans le saut. Ils s'élevèrent, s'envolèrent, se libérèrent de toutes les contingences terrestres. Le monde était resté en bas, lointain et silencieux, pendant tout le temps que dura ce merveilleux envol.

Puis la jument atterrit sur le sol et le tonnerre des sabots reprit, régulier, accompagnant les battements de cœur du cavalier, qui se tenait à présent complètement debout sur ses étriers. Il porta une main gantée à sa fine toque de laine, qu'il leva haut dans les airs pour l'agiter comme une bannière triomphale.

Il… ou plutôt elle, car le cavalier était en réalité une cavalière.

Libérée du carcan de la toque, une masse de cheveux noirs s'envola pour flotter librement au vent. Une bouche large et pleine, qui semblait dessinée pour sourire, séduire et embrasser, une bouche conçue pour exprimer des rêves et bannir les menaces de désenchantement… Elle poussa un cri de triomphe qui retentit dans la campagne environnante.

Les yeux de la cavalière, d'un violet délavé et ourlés de longs cils noirs, étincelaient à présent au-dessus de son petit nez. Ses pommettes piquetées de taches de rousseur fleuraient l'innocence, malgré le voisinage de ses lèvres sensuelles.

La brise qui dansait dans cette chevelure couleur de nuit caressait également la poitrine haute qu'on devinait sous une chemise d'homme en linon blanc rentrée dans un pantalon fin et élimé.

Du haut de ses dix-huit ans, lady Nicole Daughtry savait que beaucoup la trouvaient belle. Et différente. Pleine de vie. L'idée d'avoir tout un monde à découvrir au-delà des grilles de la demeure familiale la ravissait. Elle se sentait libre. Merveilleusement libre.

Cette journée, elle la consacrerait à célébrer cette jeunesse, cette joie et cette liberté. Le lendemain viendrait le temps des au revoir : elle devrait quitter tout ce qu'elle connaissait pour pénétrer dans un autre monde, totalement nouveau.

Elle s'apprêtait à vivre sa première Saison à Londres. Et selon son habitude, elle l'aborderait comme à l'approche d'un saut d'obstacle.

Tête baissée et sûre de son succès.

Chapitre 1

Mars 1816

Lucas Paine, marquis de Basingstoke, avait une beauté classique : d'épais cheveux blonds, des yeux bleu clair et une silhouette à la fois élancée et musclée. Toujours impeccablement vêtu, il avait des manières raffinées, chérissait sa mère — qui avait la tristesse d'être veuve — et traitait ses chiens avec une grande douceur.

En promenade, il soulevait son chapeau devant tous ceux qu'il croisait. Car il était membre des clubs en vue. Cavalier émérite et chasseur de premier ordre, il fréquentait aussi les salles de boxe, où il excellait, même s'il avait coutume de dire qu'il était meilleur à la rapière qu'avec ses poings. Malgré ses succès, il ne se donnait jamais de grands airs. Au bal, il prenait soin de faire danser toutes les femmes, même les plus vilaines. Il complimentait les douairières et ne jouait jamais au-delà de ce que ses moyens lui permettaient. Des moyens considérables.

Si la mémoire de feu son père demeurait entachée d'un soupçon de scandale, cela n'avait pas déteint sur sa réputation de jeune marquis.

Comme le fit remarquer en ce jour de mars son ami

Fletcher Sutton, vicomte de Yalding, alors qu'ils arpentaient tous deux la rue de Bond Street sous un ciel bas et menaçant, il ne manquait plus à Lucas Paine que le pouvoir de commander la pluie et le soleil pour être élevé au rang de demi-dieu.

Lucas grimaça en observant le gris du ciel. Fletcher et lui connaissaient tous les deux les raisons de cette grisaille tenace et de cette pluie quasiment incessante. Même s'il était difficile de le croire : une éruption volcanique survenue près d'un an plus tôt à l'autre bout du monde, dans un lieu obscur appelé Tambora, était la cause du bouleversement climatique qui frappait l'Angleterre et le reste de l'Europe.

— Tu es bien silencieux, remarqua Fletcher, alors qu'ils s'arrêtaient pour déployer leurs larges parapluies noirs, car les quelques gouttes s'étaient muées en bruine, qui deviendrait bientôt elle-même une pluie soutenue. Tu ressasses encore les paroles que lord Harper a prononcées hier au White ? Ce n'était pas très gentil de sa part de dire qu'il avait déjà entendu des discours plus joyeux à des enterrements, puis de te tourner le dos en entraînant tous ses amis dans son sillage. Mais, ma foi, je dois admettre qu'il a marqué un point.

L'incident auquel faisait référence le vicomte de Yalding était survenu la veille dans l'un des clubs les plus prestigieux de Londres. Lord Harper, qui était le premier des phraseurs, s'était emporté contre les « rufians et autres viles créatures qui l'accostaient pour lui demander l'aumône dès qu'il mettait le nez dehors ».

Se surprenant lui-même, Lucas s'était alors lancé dans une défense passionnée du peuple transi de froid, affamé et terrorisé, et il avait même mis en garde ceux qui l'écoutaient contre les graves conséquences auxquelles ils s'exposaient si aucune mesure n'était prise pour venir en aide aux démunis.

Cela avait été un très beau discours, même s'il n'avait pas été bien inspiré de le prononcer dans ce club. Car, hélas, personne ne l'avait écouté jusqu'au bout.

Lucas se tourna vers son ami en levant un sourcil éloquent.

— Le jour où l'avis de ce cuistre affectera mon humeur, je n'aurai plus qu'à courir chez moi pour me trancher la gorge.

Fletcher acquiesça d'un hochement de tête.

— Fort bien, mais qu'as-tu donc, alors ? Est-ce la pluie ? Tu dis toi-même qu'il ne sert à rien de broyer du noir sous prétexte qu'il ne fait pas beau, car le temps n'est pas près de changer de toute façon. Tes nouvelles bottes te feraient-elles mal ? Mais non, elles sont de chez Hoby, n'est-ce pas ? Ce doit donc être autre chose. On dirait que ton meilleur ami vient de te tourner le dos, ce qui n'est pas le cas, puisque je suis là ! Je voulais même te le dire : ne te gêne pas pour te ridiculiser en public chaque fois que tu en auras envie, je serai toujours là pour grimper sur ma chaise et crier : « Ecoutez-le ! Ecoutez-le tous ! » Vois comme mon soutien est indéfectible !

— Comme c'est aimable et noble de ta part, Fletcher ! Sauf que je me demande à présent si tu me soutiens véritablement ou si tu espères me pousser à me « ridiculiser en public », comme tu le dis avec tant de tact.

Son ami, le vicomte de Yalding, bel homme de vingt-cinq ans au pétillant regard noisette et aux joues creusées par deux fossettes, rejeta la tête en arrière et éclata de rire.

— Et c'est là que réside toute la beauté de la chose, car tu ne le sauras jamais, n'est-ce pas ?

— Tu veux que je te dise, Fletcher ? Nous ne tirons aucun enseignement du passé. Il n'y a pas si longtemps, notre cher prince régent songeait à la fuite, certain que ses loyaux sujets allaient se soulever comme les Français l'avaient fait contre leur roi. A présent, grâce à ce damné volcan, les prix grimpent en flèche, les fermiers s'appauvrissent, nos braves soldats souffrent, nos enfants tombent malades parce qu'ils n'ont plus de légumes frais à manger... Nous n'étions pas préparés à une telle catastrophe et nous ne nous préparons pas davantage à son inévitable résultat : un soulèvement populaire.

— Oui, oui, je me souviens très bien de ce que tu as dit hier. Mais je t'en prie, assez ! Ce n'est pas la chose la plus drôle que j'aie jamais entendue, pour paraphraser lord Harper. Et tu n'as pas tout à fait raison, Lucas : notre gouvernement prend des mesures, même si elles ne vont probablement pas dans une direction que tu approuves... Oh ! fais attention !

Lucas suivit le regard de son ami : une jeune femme courait droit vers lui sans regarder devant elle. Elle avait en effet la tête tournée vers une autre jeune femme, qui s'était pour sa part arrêtée sous un auvent en attendant que sa domestique ait déployé un large parapluie.

— Oh ! ne sois donc pas si frileuse, Lydia ! criait-elle. La calèche est juste là, tu n'es pas en sucre. Ce n'est rien qu'une... *Aïe !*

Lucas attrapa l'imprudente par le bras et lança :

— Hé, doucement, mademoiselle ! Loin de moi l'intention de vous faire la leçon, mais il est généralement plus important de regarder où l'on va que d'où l'on vient.

La jeune femme, qui lui arrivait à peine à la poitrine, leva la tête et le regarda droit dans les yeux.

Avait-il déjà vu des yeux de ce genre ? En existait-il, même, de pareils yeux, d'un bleu qui tirait vers le violet ? Des yeux si pétillants, si volontaires et si rieurs, des yeux qui le mettaient au défi de... De quoi, au juste ? Non, il n'avait décidément jamais vu pareil visage, à l'ovale aussi parfait, encadré par cette merveilleuse chevelure noire. Quel ravissement que ce joli nez, cette bouche charnue et cette adorable fossette, qu'il voyait apparaître et disparaître sur la joue droite de la jeune femme ! Quelle merveille que cette peau qui évoquait à la fois la crème et la pêche, poudrée de taches de rousseur. Pour un peu, on aurait envie de l'effleurer des doigts ! Sans parler de ce petit bout de langue et ces fines dents blanches qu'il apercevait ...

— Oui, dit-elle, après l'avoir dévisagé en se mordillant la lèvre inférieure. Votre remarque me semble pleine de bon sens en effet. Mais en dépit des apparences, je puis vous assurer que, sachant d'ordinaire d'où je viens, je m'intéresse toujours davantage à ce qui se trouve devant moi. Si vous voulez bien me laisser passer, donc...

Lucas ne se souvenait pas de la dernière fois où il s'était senti aussi déstabilisé — mais il était certain que ce n'était pas par une femme ! Il éprouva donc quelques difficultés à trouver une réponse.

— Lucas ? fit Fletcher en lui envoyant un petit coup de coude. Cette demoiselle t'a demandé de la laisser passer.

Non sans effort, Lucas parvint à reprendre le contrôle de lui-même.

— Oui, bien sûr, déclara-t-il. Pardonnez-moi, mademoiselle. Je voulais juste m'assurer que vous n'aviez pas été blessée dans cette… collision.

— Je pense que j'y survivrai, monsieur, je vous remercie. Ah, et voici ma sœur, qui avance les sourcils froncés, prête à me répéter pour la dixième fois au moins que nous ne sommes plus à Ashurst Hall et que je ne peux pas me comporter comme si Londres était notre village. Mais je ne vois vraiment pas pourquoi ! Qu'en pensez-vous ? Quelles mauvaises rencontres pourrions-nous faire ici, sur Bond Street ?

— Méfiez-vous tout de même, mademoiselle. Qui vous dit que mon ami et moi-même sommes des personnes fréquentables ? intervint Fletcher en adressant un clin d'œil à Lucas.

Trouvant la plaisanterie un peu douteuse, ce dernier s'adressa de nouveau à la jeune beauté, dont le teint lumineux miroitait sous la bruine.

— Ashurst Hall, vous avez dit ? fit-il.

Elle était fraîche comme une fraise tout juste cueillie, mais l'intelligence et la vivacité qui se lisaient dans son regard laissaient penser que, pour toute jeune qu'elle fût, elle n'était certainement ni naïve ni idiote.

— Dans ce cas, je suppose que vous connaissez le duc d'Ashurst.

— Vous supposez bien, oui. Rafael est notre frère. Et à présent, vous avez un avantage sur moi…

— Mille pardons ! s'exclama Lucas, alors que la belle jeune femme blonde, qu'elle avait appelé Lydia, venait de les rejoindre, abritée sous son parapluie.

Elles étaient donc sœurs ? Oui, ce n'était pas impossible, car il y avait bien une certaine ressemblance. Mais la jeune femme à l'air timide — bien qu'elle-même fort jolie — ne possédait pas la beauté ardente de son interlocutrice.

— Vous devez être lady Lydia, si mes oreilles ne m'ont pas trahi ? dit-il. Permettez-moi, je vous prie, de faire les présentations à mon tour. Mon ami ici présent est lord Fletcher Sutton, vicomte de Yalding. Et je suis quant à moi Lucas Paine, marquis de Basingstoke, pour vous servir.

— Messieurs, dit Lydia, qui s'inclina avec grâce, invitant sa sœur à l'imiter. Maintenant, permettez-moi à mon tour de vous présenter ma sœur, lady Nicole.

Nicole. Du grec, qui signifiait « victorieux ». Oui, songea Lucas, cela lui allait à ravir. Il l'imaginait très bien en train de galoper à la tête d'une armée, un peu à la manière d'Aliénor d'Aquitaine. La reine, pour motiver ses troupes, avait eu l'idée, paraît-il, de chevaucher seins nus.

Troublé, Lucas tenta de chasser cette pensée parasite et s'inclina devant la jeune femme.

— C'est un grand plaisir, lady Nicole.

— Oui..., répondit-elle en lui souriant comme si elle n'en doutait pas un seul instant, l'impudente !

Il était difficile de croire que son frère, le duc, la laisse se promener sans chaperon. En ce moment même, elle le détaillait de haut en bas d'un air effronté.

— Aviez-vous remarqué, monsieur, lança-t-elle, que vous vous trouvez au beau milieu d'une flaque d'eau ?

Fletcher éclata de rire, tandis que Lucas constatait que la fuite d'une gouttière avait en effet formé une petite flaque autour de ses bottes neuves.

— Eh bien, oui, lady Nicole, je le savais, figurez-vous. J'essaie toujours, autant que possible, de me tenir dans les flaques. On y est plus tranquille, car elles restent somme toute peu fréquentées.

La fossette réapparut sur la joue droite de lady Nicole, puis elle se mordit la lèvre inférieure, si rapidement que cette réaction aurait presque échappé à Lucas s'il n'avait pas dévoré la jeune femme des yeux.

— Pourtant, vous pouvez constater que je m'y trouve aussi, monsieur.

Très bien ! Si elle tenait tant à jouer, il n'allait pas la décevoir.

— Ce qui en fait donc *notre* flaque, n'est-ce pas, lady Nicole ?

— Je n'en suis pas certaine. Comme ma sœur jumelle ici présente pourrait vous le confirmer, je n'ai jamais été très partageuse. Il est peut-être préférable que vous reculiez, monsieur.

Elle osait lui adresser une mise en garde ? A lui, le marquis de Basingstoke, alors qu'elle n'était qu'une jeune provinciale fraîchement débarquée de sa campagne. C'était plutôt à lui de la mettre en garde, même s'il ignorait contre quoi.

Près de lui, Fletcher s'éclaircit la gorge.

— Bon… Euh… Il faudrait peut-être que nous y allions, Lucas… Nous avons ce rendez-vous, permets-moi de te le rappeler. Nous allons être en retard et tu sais comme notre hôte déteste cela. Et puis, ces dames vont prendre froid. Ne les retenons pas plus longtemps !

— Oui, tu as raison, ce n'est pas bien… Et puis, j'avais oublié ce rendez-vous, répondit Lucas en rentrant dans le jeu de son ami, car il avait déjà un plan en tête pour revoir lady Nicole.

Il se tourna vers lady Lydia, qui n'avait sans doute

guère d'influence sur sa sœur, mais à laquelle il pouvait s'adresser sans perdre tous ses moyens.

— Mon ami et moi-même serions heureux de vous inviter, mesdemoiselles — si toutefois votre frère l'autorise — à faire un tour en calèche jusqu'à Richmond demain. Y seriez-vous favorable, lady Lydia ?

— Si elle sait ce qui peut lui faire du bien, elle le sera, murmura tout bas lady Nicole en se couvrant la bouche de sa main gantée.

Et une fois de plus Fletcher s'éclaircit la gorge, sans doute pour masquer un fou rire.

— Je pense, monsieur le Marquis, que vous devriez voir cela directement avec notre frère, répondit Lydia, essuyant le regard agacé de sa sœur. Nous dînons en famille chez nous, à Grosvenor Square, ce soir, et si vous-même et lord Yalding êtes libres, nous serions honorés que vous vous joigniez à nous. Vous pourrez le lui demander à ce moment-là.

Lucas jeta un coup d'œil à lady Nicole qui fixait à présent sa sœur d'un air stupéfait. Il accepta vite, remercia lady Lydia et escorta les deux jeunes femmes vers leur voiture, qui portait les armoiries ducales.

— Quelle redoutable jeune personne ! commenta Fletcher, comme ils regardaient la voiture s'insérer sans difficulté dans la circulation fluide de ce début d'après-midi. Et qu'était-ce que tout ce pataquès à propos d'une flaque d'eau ? Je commençais à me sentir de trop, à vous écouter tous les deux. Lady Nicole est presque une enfant, Lucas. Et pas du tout ton genre habituel.

— Une enfant, Fletch ? demanda Lucas en faisant demi-tour vers sa voiture, car il avait besoin de rentrer à Park Lane pour réfléchir, tout seul, à ce qui venait de lui arriver. Je crains qu'elle ne l'ait jamais été.

— Tu as raison. Certaines femmes sont comme cela. N'y vois aucune offense contre quiconque, mais généralement, elles n'ont pas un duc pour frère, si tu vois ce que je veux dire. Et j'imagine que je suis censé occuper sa sœur pour que vous puissiez reprendre la conversation privée — compréhensible par vous seuls — entamée dans cette belle flaque d'eau ?

Ils tendirent tous les deux leur parapluie au domestique qui les attendait et qui allait les confier au marchand de parapluies le plus proche afin qu'il les sèche, les replie et les rapièce si nécessaire. Les magasins de parapluies étaient les commerces les plus prospères cette année-là à Londres.

— Si ce n'est pas trop te demander, oui.

— Absolument pas, répondit Fletcher. Lady Lydia est une belle jeune femme, même si le contraste avec sa sœur est frappant, ne trouves-tu pas ? Il faudrait presque un œil spécial pour voir sa beauté paisible lorsqu'elle se trouve au côté de l'étincelante lady Nicole.

— Et est-ce que tu l'as, toi, cet œil ?

— Je ne pense pas, répondit Fletcher en s'installant dans la calèche. La beauté de lady Lydia est trop subtile pour moi, qui, comme tu le sais, manque cruellement de subtilité. Mais pas assez tout de même pour ne pas avoir remarqué que ton humeur s'était grandement améliorée depuis notre rencontre avec ces demoiselles. Je pense vraiment que c'était l'incident d'hier au White qui te chagrinait.

— Si tu m'as trouvé maussade tout à l'heure, je m'en excuse. Mais je dois admettre qu'en ce moment nos contemporains me déçoivent. Personne ne veut rien entendre d'autre que des bonnes nouvelles. Nous préférons fermer nos yeux et nos oreilles et répéter sans cesse les mêmes erreurs.

— Je suis d'accord avec toi, tout du moins avec le fait que nous répétons encore et encore les mêmes erreurs. Par exemple, mon père aurait pu retenir que les tripots sont des endroits bien moins fréquentables que les clubs. S'il avait appris cette leçon par cœur, toute la famille en aurait bénéficié. Mais ce n'était pas ce que tu voulais dire, n'est-ce pas ? La façon dont nous traitons le peuple te met hors de toi ?

— Davantage que je ne l'aurais pensé, oui, acquiesça Lucas. Ce n'est pas avec une main de fer que l'on doit diriger un pays, Fletcher, surtout quand c'est l'ensemble de la société qui bénéficierait de davantage de douceur, de souplesse et de compréhension. Pourquoi nos pairs de la Chambre des lords sont-ils incapables de voir cela ?

Fletcher haussa les épaules.

— Peut-être justement parce qu'ils siègent à la Chambre des lords et qu'ils ne mènent pas une existence difficile dans les bas-fonds ? Mais ne devrais-tu pas abandonner ce sujet ? Tu as dit ce que tu avais à dire et personne ne semble s'en préoccuper.

Lucas réfléchit un instant, avant de secouer la tête. Il préférait ne pas raconter à son ami qu'il avait reçu le matin même la visite de lord Nigel Frayne, à qui son père avait eu affaire à la fin de sa vie, ni lui expliquer les conséquences que pourrait avoir cette rencontre si Lucas acceptait le marché proposé par ledit lord Frayne.

— Tu as sans doute raison, se borna-t-il à répondre. Mais j'aimerais vraiment pouvoir faire quelque chose.

Fletcher garda le silence. Déjà, la calèche ralentissait et finissait par s'arrêter devant l'appartement qu'il louait dans l'Upper Brook Street. La main sur la poignée de la porte, il se tourna vers son ami et déclara :

— Si tu as vraiment l'intention d'aider le peuple, j'ai appris quelque chose qui pourrait t'intéresser, mais que je ferais certainement mieux de ne pas te épéter.

Lucas, qui pensait depuis le début du trajet aux circonstances obscures entourant la mort de son père, leva à peine un sourcil.

— Voilà qui paraît bien inquiétant !

Fletcher se rassit confortablement.

— Au début, pour te dire la vérité, ce que j'ai entendu ne m'a pas paru bien méchant. Mais tu dois avoir une certaine influence sur moi... Quoi qu'il en soit, j'ai appris par hasard des choses sur notre très cher ami lord Sidmouth à mon club, la semaine dernière.

— Notre illustre ministre de l'Intérieur n'est l'ami de personne, Fletcher. A mon avis, même sa mère ne devait pas l'aimer.

— C'est fort possible. Veux-tu savoir ce que j'ai appris ou non ? Parce que, après t'avoir entendu plaider avec passion la défense de l'homme du peuple hier, je n'étais plus vraiment chaud pour te le dire. Après tout, il ne s'agit que d'une rumeur et je n'ai surpris de surcroît que quelques bribes de conversation.

Lucas esquissa un haussement d'épaules.

— Continue, s'il te plaît. Je te promets de ne pas me lancer dans un nouveau discours enflammé avant un moment.

— Dieu soit loué ! Eh bien, il paraît que lord Liverpool et lord Sidmouth avaient la ferme intention d'instaurer de nouvelles lois punitives et de nouvelles sanctions contre tous les mécontents, c'est-à-dire contre ces personnes mêmes que tu as si héroïquement défendues, dans une harangue magnifique, mais qui n'a peut-être été tenue ni au bon endroit ni au bon moment.

— Je vois. Et, par hasard, saurais-tu comment ils comptent s'y prendre pour que le Parlement adopte ces nouvelles lois, étant donné que la dernière tendance était plutôt aux réformes qu'aux sanctions ?

Fletcher secoua la tête.

— Non, hélas. Mais j'imagine qu'ils ont leur petite idée. Désolé de ne pas pouvoir t'en dire davantage.

Il saisit de nouveau la poignée de la porte et ajouta :

— Si je suis prêt pour 18 heures, est-ce que cela te paraît correct ? Ou est-ce trop tôt ?

Lucas, qui était une fois de plus perdu dans ses pensées, ne répondit pas tout de suite.

— Pardon, tu disais ? Non, 18 heures, c'est bien trop tôt. Je doute que le duc passe à table avant 20 heures.

— Alors, disons 19 heures. Avec un peu de chance, la jolie lady Nicole réussira à te faire oublier ce que je viens de te dire.

— Fletcher, cette jeune femme serait capable de faire *tout* oublier à n'importe quel homme !

Fletcher descendit de la calèche en s'esclaffant. Quelques instants plus tard, Lucas retrouvait son sérieux en songeant à son étrange rencontre avec lady Nicole.

Elle l'avait fait vaciller, non pas physiquement — elle ne faisait pas le poids —, mais mentalement en semant la confusion dans son esprit comme rien ni personne ne l'avait jamais fait.

Elle était d'une beauté stupéfiante et possédait une assurance et une impertinence extraordinaires.

Elle avait la bouche la plus irrésistible qu'il ait jamais vue. Et, de toute évidence, elle le savait, car pourquoi se mordillerait-elle la lèvre inférieure avec autant de sensualité si ce n'était pour faire tourner la tête des hommes ?

Le problème, c'était qu'elle représentait aussi une distraction. Or, avec ce que lord Frayne venait de lui demander, avec les informations inattendues qu'il lui avait fournies ce matin-là, avait-il vraiment besoin de distraction dans sa vie ?

Non. Absolument pas.

Chapitre 2

Nicole prenait son temps pour peigner ses épais cheveux noirs, démêlant avec application les quelques nœuds occasionnés par la coiffure relevée qu'elle avait portée toute la journée. Elle aurait pu laisser sa femme de chambre, la très précieuse Renée, accomplir cette tâche ingrate. Mais sachant que Renée avait l'air de penser qu'il fallait souffrir pour être belle, Nicole avait préféré lui demander de repasser le col de sa robe couleur pêche.

Par le miroir de sa coiffeuse, elle observait Lydia, assise sur une chauffeuse et plongée dans un livre. C'était là un spectacle tout à fait habituel. Un peu désespérant, certes, car elles se trouvaient au cœur de la ville la plus excitante de la planète, mais tout à fait habituel.

Nicole aimait sa sœur jumelle plus que quiconque, mais l'année écoulée s'était révélée très difficile. Et terriblement triste.

Quand leur frère Rafe était rentré de la guerre pour prendre les rênes du duché, il avait ramené avec lui son grand ami et compagnon d'armes, le capitaine Swain Fitzgerald.

Et Lydia, la tranquille, la raisonnable, la studieuse Lydia, était tombée folle amoureuse de lui, pour le perdre très vite, lorsque Bonaparte s'était échappé de sa prison pour se lancer dans une dernière bataille contre les Alliés.

Encore maintenant, il arrivait à Nicole de voir les grands yeux bleus de sa sœur s'emplir de tristesse durant ses moments de solitude.

L'on pourrait objecter qu'à dix-sept ans, Lydia avait été de toute façon trop jeune pour savoir ce qu'elle voulait, et que le capitaine Fitzgerald était bien trop âgé pour elle. Mais Nicole ne serait bien gardée de dire une chose pareille. Elle avait soutenu sa sœur dans son chagrin, craignant à tout moment de voir le cœur de Lydia se rompre et de perdre ainsi sa meilleure amie, l'autre moitié d'elle-même.

Le terrible jour où le duc de Malvern était venu dans cette même maison pour informer la famille de la mort du capitaine, Nicole s'était juré de ne jamais exposer son cœur à pareille peine. La vie était faite pour qu'on en profite et qu'on la célèbre. Accepter que son bonheur dépende d'autrui, c'était s'exposer à des tourments et à des souffrances que Nicole refusait de connaître.

Non, Nicole ne laisserait jamais aucun homme exercer un tel pouvoir sur elle et elle avait expliqué cela avec assurance à Lydia, ainsi qu'à sa belle-sœur, Charlotte.

Toutes deux s'étaient contentées de sourire avec indulgence…

Après tout, que pouvait faire une jeune femme de la condition de Nicole, à part se marier ? En tant que sœur de duc, les possibilités qui s'offraient à elle étaient limitées, même si la plupart des femmes les jugeaient merveilleuses. Un mari, des enfants, un grand domaine dont elle serait maîtresse… Elle deviendrait en outre une référence en matière vestimentaire, une hôtesse prisée et recherchée.

Il ne fallait surtout pas qu'elle envisage de voguer sur les océans, de mener des combats ou de siéger au Parlement... autant de choses qui ne la tentaient certes pas.

En vérité, elle ignorait ce qu'elle voulait faire de sa vie et ce qu'elle attendait de l'existence.

Elle savait seulement ce qu'elle ne voulait pas.

Avant tout, elle ne voulait pas être désespérée comme sa mère. Avant tout, elle ne voulait pas souffrir comme sa sœur.

Avant tout, elle voulait qu'on la laisse se débrouiller seule, afin de pouvoir un jour se prononcer en son âme et conscience sur ce qu'elle entendait devenir. Et entre-temps, si un petit flirt inoffensif la tentait et si elle avait envie de s'amuser un peu en exerçant ses charmes, elle ne voyait vraiment pas où était le mal.

Elle était profondément attachée à sa famille et elle n'avait besoin de personne d'autre. Bien qu'elle fût beaucoup moins savante et cultivée que sa sœur, Nicole avait un jour cité ces mots de Francis Bacon à Lydia : « Celui qui possède femme et enfants a donné des otages à la fortune ; car ce sont des obstacles aux grandes entreprises, bonnes ou mauvaises. »

Certes, Lydia, toujours sensée, avait fait remarquer que Nicole n'était pas un homme (ce qui chagrinait souvent cette dernière, qui enviait les hommes pour la liberté supérieure dont ils jouissaient) et qu'elle n'avait jamais remarqué que Nicole nourrissait des ambitions particulièrement élevées, bonnes ou mauvaises. Puis elle s'était contentée de lever les yeux au ciel et de soupirer d'un air résigné.

Comme elle se sentait différente de Lydia ! Cette dernière obéissait aux règles, acceptait la place qui était la sienne dans la société et ne causait jamais le moindre tracas à personne ; Nicole, elle, se rebellait contre toutes les contraintes, voyait chaque règle comme un défi et, même si ce n'était pas intentionnel de sa part, provoquait parfois chez sa sœur autre chose que des soupirs résignés.

Nicole et Lydia s'étaient très tôt installées dans leurs rôles respectifs. Pour Nicole, c'était un fait qu'elle acceptait et qu'elle avait même appris à apprécier : Lydia était d'une fiabilité et d'une lucidité à toute épreuve, même si cela la rendait parfois ennuyeuse, voire pénible. Et surtout, elle possédait un sens de la bienséance hors du commun, ce qui se révélait fort pratique lorsqu'on en manquait, mais n'expliquait pas du tout ce qui s'était passé ce jour-là.

— Lydia ?

— Un instant, s'il te plaît, répondit sa sœur en tournant une page et en continuant de lire encore une bonne minute avant de refermer l'ouvrage sur son doigt.

— Je suis en train de lire une démonstration à la fois très intéressante et plutôt curieuse.

— J'en suis heureuse, Lydia. J'en conclus donc que tu n'es plus plongée dans les dernières inepties de miss Austen.

Lydia secoua la tête.

— Ce livre-là, je l'ai terminé hier. Aujourd'hui, je lis un ouvrage que le capitaine Fitzgerald m'avait recommandé, écrit par un certain Thomas Paine. Il s'intitule *Les Droits de l'homme* et… écoute plutôt ça.

Ce fut au tour de Nicole de soupirer.

— Pas de sermon, je t'en prie !

— Mais non ! Je veux juste te lire un passage écrit par ce M. Paine. Voilà, c'est ici. Il explique à quel point il est nécessaire de canaliser les débordements du pouvoir et d'empêcher ses excès. Veux-tu que je te lise ses mots exacts ?

Nicole réprima un sourire.

— Non, je crois comprendre ce qu'il veut dire. Loin de moi l'idée de faire la savante, Lydia, mais est-ce que tu te rends compte que d'aucuns pourraient accuser ton M. Paine de faire l'apologie de la révolution et d'encourager les séditions ?

— Je préfère penser qu'il ne fait que nous mettre en garde, afin que nous restions toujours vigilants, répondit sa sœur en refermant de nouveau son livre. Mais il est possible que tu aies raison. Vois ce qui s'est passé en Amérique et en France : les révolutions fleurissent.

Nicole reposa son peigne.

— Ça n'arrivera pas chez nous. Nous avons un bon roi.

— Vraiment, Nicole ? Alors pourquoi ai-je trouvé ceci dans le tablier de ma femme de chambre en y cherchant le bouton qu'elle avait promis de recoudre sur ma pelisse bleue ? C'est d'ailleurs pour cela que je lis les mises en garde de M. Paine.

Tout en parlant, Lydia sortit de sa poche une feuille chiffonnée et la tendit à Nicole, qui regarda tout d'abord sa sœur, puis cet appel — imprimé sur un papier de médiocre qualité — à rejoindre les « Citoyens pour la Justice » et à « lutter contre un gouvernement oppressif résolu à affamer nos enfants et à briser les honnêtes gens ».

En lisant rapidement le reste du texte, elle comprit que Lydia ait pu s'alarmer.

— Et tu as trouvé ceci dans le tablier de ta femme de chambre ?

Lydia acquiesça.

— Je vais le montrer à Rafe demain. Il sait peut-être

ce que tout cela signifie. La révolution est une chose terrible, Nicole, même quand elle est nécessaire. Et il ne faut pas croire que cela ne peut pas arriver chez nous, tu sais. Cela s'est déjà produit une fois.

— Oui, je me souviens très bien de nos leçons d'histoire, répondit Nicole, plus inquiète qu'elle ne voulait le montrer. Mais crois-tu vraiment que…

— Oh ! non ! Non, je pense que non. Mais j'aimerais quand même pouvoir discuter de tout ça avec quelqu'un d'autre. Toi, je sais que le sujet ne t'intéresse pas, mais je… En fait, j'aimerais que le capitaine Fitzgerald soit parmi nous. Il saurait quoi me dire pour me rassurer.

Nicole fit la moue.

— Je n'ai jamais dit que cela ne m'intéressait pas, Lydia. Me crois-tu égoïste au point de ne me préoccuper que de mon propre sort ? Crois-tu que je me moque des opprimés et que je n'aie que faire des révolutionnaires ? Si c'est cela, Lydia, tu es injuste, car ce n'est pas vrai.

Sa sœur baissa les yeux et Nicole se demanda si les gens la voyaient vraiment comme une personne futile qui ne pensait qu'à s'amuser. Etait-ce le prix à payer pour qui faisait le choix d'une vie sans complication ? En outre, l'égoïsme était-il un crime s'il n'avait d'autre but que de se protéger ?

Oui, sans doute. Cela devait être, en tout cas, l'opinion la plus répandue, et cela ne lui faisait pas plaisir.

— Nicole ? Ne te fâche pas. Tu sais très bien que tu es la meilleure des sœurs, toujours là pour me distraire et me faire rire quand je broie du noir, comme dit maman chaque fois qu'elle me voit un livre à la main. Si cela ne tenait qu'à elle, nous ne parlerions que du temps qu'il fait, comme si, à part souhaiter que la pluie cesse et que le soleil revienne, il pouvait y avoir quoi que ce soit à en dire.

Ravie du tour plus léger que prenait la conversation, Nicole revint au sujet qu'elle avait tenté d'aborder dix bonnes minutes plus tôt :

— Quelle drôle d'idée tu as eue d'inviter le marquis et le vicomte à dîner ce soir, Lydia ! Je ne dis pas que ça ne m'a pas fait plaisir, mais cela te ressemble si peu…

Lydia se leva en jetant un coup d'œil à l'horloge.

— N'est-ce pas ? Ne me demande pas pourquoi j'ai fait cela, je n'en ai pas la moindre idée. C'est juste qu'il m'a semblé sur le moment que tu serais heureuse de revoir le marquis. Il était évident que lui, de son côté, ne demandait que cela. De toute façon, tous les hommes qui te croisent en veulent davantage.

— C'est-à-dire, davantage ? s'étonna Nicole, un brin provocatrice, tout en essayant de cacher son plaisir. Alors toi aussi, tu l'as vu, l'intérêt de ce marquis pour mon humble personne ?

— Je l'ai vu, et le vicomte de Yalding aussi, le pauvre, à tel point qu'il en paraissait gêné ! D'ailleurs, cela ne t'a pas échappé à toi non plus — ne le nie pas — et tu as ensuite pris un malin plaisir à tourmenter ce malheureux…

S'était-elle vraiment comportée de la sorte ? Nicole n'avait pas envie de l'admettre, mais d'un autre côté, elle avait oublié tout ce qu'elle avait pu dire au marquis. Elle avait été bien trop occupée à le dévorer des yeux.

— Tu as décidé qu'il serait ta première victime londonienne ? reprit Lydia.

Nicole glissa les mains sous ses cheveux et les souleva jusqu'au sommet de sa tête, avant d'en laisser la lourde masse retomber en cascade. Puis elle secoua la tête pour que ses cheveux se replacent naturellement autour de son visage et sur ses épaules. Avec un peu de chance, Lydia suivrait ses gestes et ne prêterait pas attention à la légère incertitude qui devait se lire dans son regard. Elle avait fait de son mieux, tout au long de l'après-midi, pour ne pas penser au marquis de Basingstoke ni à l'effet inattendu qu'il avait produit sur elle.

— Mais non, Lydia, répondit-elle. J'avais plutôt prévu de commencer par séduire le duc de Malvern. Après tout, c'est un ami de Rafe et il nous connaît déjà. Il est, qui plus est, plutôt bel homme. Il me semblait parfait pour un entraînement.

— Le duc de Malvern ? s'écria sa sœur, les joues soudain en feu. Ah non, Nicole ! C'est la personne la plus détestable de la terre. Comment peux-tu envisager une chose pareille ? Je crois que je préfère ne plus parler avec toi de tes projets stupides. Je vais aller me reposer dans ma chambre.

Nicole s'en voulut d'avoir oublié, ne serait-ce qu'un instant, l'effet que produisait le duc sur sa sœur. Elle s'en voulut d'avoir oublié que, pour Lydia, il était le souvenir vivant de tout ce qu'elle avait perdu. Elle pouvait en rejeter la faute sur le marquis de Basingstoke, qui lui faisait perdre tout discernement chaque fois qu'elle pensait à lui et au bref mais singulier échange qu'ils avaient eu cet après-midi-là.

— Lydia, attends…, cria-t-elle.

Mais sa sœur avait franchi la porte qui séparait leurs deux chambres.

Comment puis-je être aussi stupide ? se réprimanda-t-elle en son for intérieur en se laissant retomber sur le tabouret et en posant le menton sur ses mains, tout en se regardant dans le miroir de la coiffeuse. *Il faudra que je m'excuse plus tard. Peut-être même que je lui propose de l'accompagner une nouvelle fois à la librairie Hatchard's et de l'attendre des heures pendant qu'elle s'extasie sur chaque volume. Ce doit être assez, comme pénitence.*

Cette affaire réglée, elle pencha la tête sur le côté en se demandant ce qui, chez elle, avait eu l'air de tant ravir le marquis de Basingstoke. Ses yeux ? Même si elle trouvait qu'ils étaient d'une jolie couleur et peu communs, Nicole aimait l'idée d'être elle-même peu commune, singulière.

Il y avait assez peu de chances qu'il ait été ébloui par ses taches de rousseur, fléau de son existence, surtout depuis que sa mère, quand elle daignait se souvenir qu'elle avait des filles, s'était mise à insister pour que Nicole y étale de la purée de fraise et de la crème fraîche deux fois par semaine.

Cependant, si elle devait choisir entre avoir une peau laiteuse et immaculée comme Lydia et pouvoir continuer à chevaucher tête nue dans la campagne, avec la caresse du vent dans ses cheveux, elle voulait bien continuer à vivre avec ces taches ingrates.

En revanche, elle serait tout de même plus heureuse si elle parvenait à se débarrasser de cette habitude puérile de se mordiller la lèvre inférieure toutes les fois qu'elle se sentait déstabilisée, car ce n'était certainement le genre de chose que se permettaient les jeunes filles londoniennes de bonne famille.

Quoi qu'il en soit, le marquis l'avait trouvée à son goût. Il aurait fallu être stupide pour ne pas le remarquer. Or il était beau et élégant, le gentleman londonien dans toute sa splendeur, ce qui avait quelque chose de terriblement excitant. L'homme idéal pour une première conquête…

A moins qu'il ne la trouve vaniteuse et stupide. Voire frivole…

Ça suffit ! se dit-elle. *Peu importe ce qu'il pense de toi. Tu es ici pour t'amuser, pas pour finir comme Lydia.*

Toutefois, avant d'appeler Renée pour qu'elle prépare son bain, elle attrapa le petit livre que sa sœur avait abandonné et s'assit dans le fauteuil, avec le secret espoir de devenir un peu plus intelligente.

Lucas s'immobilisa à la porte du salon de Grosvenor Square et déclara d'un ton calme :

— Mais quel idiot ! Elle a dit Rafael, n'est-ce pas ? Le capitaine Rafe Daughtry. Mais bien sûr… !

Rafael Daughtry, devenu duc d'Ashurst au cours de l'année écoulée et qui, avant cela en qualité de noble désargenté, avait sans autre perspective servi aux côtés de Wellington durant six ans, accueillit le marquis avec un large sourire.

— Bonsoir, major, et bienvenue !

— Qu'est-ce donc ? demanda, surpris, le vicomte de Yalding. Vous vous connaissez ? Pourquoi ne m'en avoir rien dit ?

— Figure-toi que je n'avais pas fait le lien, Fletcher. Je n'ai pas réfléchi.

Lucas s'avança, main tendue.

— Rafe Daughtry ! Combien de temps cela fait-il, mon Dieu ? La dernière fois que l'on s'est vu, je marchais vers Paris tandis qu'avec votre ami irlandais, vous en repartiez. Comment s'appelle-t-il déjà ? Ah oui, Fitzgerald. L'un des plus valeureux soldats que j'aie jamais connus. D'une intrépidité absolue. J'espère qu'il se porte bien.

Rafe secoua lentement la tête en regardant les jeunes femmes qui venaient de pénétrer dans le salon.

— Nous avons perdu Fitz à la bataille des Quatre-Bras, expliqua-t-il. Nous étions sur le point de célébrer ses fiançailles avec ma sœur Lydia.

Lucas ressentit dans le plexus solaire cette douleur familière qui le transperçait chaque fois qu'il apprenait la mort d'un vaillant soldat. Même maintenant, alors qu'un an avait passé, cela arrivait hélas encore trop souvent.

— Mes plus sincères condoléances, Rafe ! Mais n'ayez pas d'inquiétude, je ne dirai pas un mot de plus.

Puis il présenta brièvement Fletcher et, ensemble, ils se tournèrent et s'inclinèrent devant les jeunes femmes.

Elles étaient trois, à présent. Lady Lydia, Charlotte, la jeune épouse de Rafe, qui ne pouvait dissimuler sa grossesse, et lady Nicole. Lucas commença par baiser la main de la duchesse en la priant de ne pas s'incliner devant un homme qui devrait lui tendre un siège plutôt que de l'obliger à rester debout, puis il sourit aux deux autres.

Enfin, il espérait avoir souri aux deux autres, car lady Nicole était la seule qu'il voyait vraiment.

S'il l'avait trouvée séduisante cet après-midi, elle était tout bonnement éblouissante ce soir. Pendant toute la soirée, il avait eu hâte de la découvrir tête nue, mais il ne s'était pas préparé à un tel choc, à une telle splendeur. Deux épaisses tresses noires arrangées avec simplicité selon la dernière mode venue de France encadraient le visage parfait de lady Nicole, tout en accentuant le violet profond de ses yeux.

Si sa robe couleur pêche était simple et sage, comme il sied à une débutante, il n'y avait rien de simple ni de sage dans le corps que cette toilette mettait si joliment en valeur. Le joli décolleté rebondi qui émergeait d'une fine mousseline de soie rentrée dans le corsage de la robe était piqueté d'une multitude de taches de rousseur qui donnèrent à Lucas l'envie — mais plus qu'une envie, c'était déjà un besoin, une obsession — de savoir si toutes les parties de son corps, dont celles que n'atteignait jamais la lumière du soleil, en étaient recouvertes.

Autour d'un verre — de vin pour ces messieurs, de citronnade pour ces dames —, Rafe raconta en quelles occasions Lucas et lui s'étaient croisés en Espagne. Il divertit son auditoire en relatant un incident comique où il était question du détournement d'un convoi de provisions et d'un festin entre amis digne d'un roi, d'autant plus apprécié qu'il était en principe destiné à l'ennemi.

— Et vous, bien sûr, mon cher époux, vous allez nous dire que vous vous êtes contenté de jouer un rôle d'observateur durant cet épisode de brigandage, intervint Charlotte, les yeux brillants.

Rafe lui prit la main et la porta à ses lèvres, d'une façon qui en disait long sur l'affection profonde qui le liait à son adorable épouse et sur sa volonté de clamer cet amour à la face du monde.

— Mais c'est l'évidence même ! J'ai toujours été soucieux de ma respectabilité, même quand j'étais transi de froid, à moitié mort de faim et enfoncé dans la boue jusqu'aux genoux.

— Oh non, je ne vous crois pas, protesta Charlotte. Et je pense que nous devrions saluer votre ingéniosité à vous tous qui avez participé à ce haut fait de grivèlerie.

— Merci, ma chérie. Mais c'est Lucas ici présent qui a supervisé l'attaque sur le convoi, et il l'a fait de main de maître. Pendant qu'il y était, il a même enlevé le cuisinier espagnol qui l'accompagnait. Celui-ci ne parlait pas un mot d'anglais, nous ne parlions pas un mot d'espagnol, mais nous nous sommes débrouillés malgré tout. Cela faisait des mois que nous n'avions pas aussi bien mangé.

— J'ai gardé cet homme prisonnier pendant tout l'été, il me semble, renchérit Lucas. Jusqu'à ce que nous nous comprenions assez pour qu'il m'informe qu'il avait une femme et, si je me souviens bien, une dizaine d'enfants qui l'attendaient dans un village juste derrière la colline. C'est ainsi que nous nous sommes fait nos adieux. Je regrette encore son art d'accommoder le poulet. Même si ce que j'ai le plus regretté sur le moment, ce sont les poulets qu'il a dérobés en s'en allant.

Lorsque le majordome annonça que le dîner était servi, les convives s'étaient mis d'accord pour mettre de côté titres et formalités et ce fut un petit groupe fort joyeux qui s'installa devant une assiette de consommé fumant.

— Le potage est au poulet, fit remarquer Nicole à Lucas sur un ton pincé au moment où il levait sa cuillère. Si la nostalgie de votre cuisinier espagnol vous prend encore, ne cherchez pas à vous contenir.

Lucas lui adressa un regard interrogateur.

— Vous n'avez pas aimé notre petite histoire ?

— Si, répondit-elle en paraissant se concentrer sur son assiette. Mais je n'ai pu m'empêcher de penser, pendant que Rafe et vous racontiez vos aventures, que le capitaine Fitzgerald n'était pas là pour prendre part au récit. Vous savez, n'est-ce pas ?

— Oui, votre frère a eu la délicatesse de me prévenir.

Il jeta un coup d'œil furtif à l'autre bout de la table :

Lydia semblait suivre avec la plus grande attention ce que Fletcher lui racontait à grand renfort de gestes.

— On dirait que son sujet le passionne, commenta-t-il en désignant son ami. Et il serait peut-être plus prudent d'écarter les verres. Un jour, alors qu'il racontait un match de boxe auquel il avait assisté à Epsom, il a renversé une bougie qui a fini sur les genoux de lady Hertford. Cela n'a pas fait rire du tout cette pauvre femme, croyez-moi.

— Moi, cela m'aurait fait rire ! répondit Nicole. Beaucoup, même. Mais pourquoi essayez-vous de changer de sujet ? Pour ma part, je trouve que mon frère se montre trop protecteur vis-à-vis de Lydia. Comment peut-elle espérer surmonter son chagrin si tout le monde continue à la dorloter et à ne jamais prononcer le nom du capitaine Fitzgerald devant elle ? L'élever au rang de saint, placer sa mémoire sur un piédestal où il n'est plus ni humain ni réel cause du tort au capitaine aussi bien qu'à Lydia. C'était un homme bien vivant, fait de chair et d'os. Elle l'aimera toujours, elle ne cessera pas de chérir son souvenir, mais il est temps qu'elle sourie en prononçant son nom. Et qu'elle cesse de l'idéaliser.

Lucas regarda la jeune femme avec étonnement. De toute évidence, une conversation polie, superficielle et inoffensive ne serait pas à l'ordre du jour avec lady Nicole au cours de la soirée.

— Vous avez peut-être raison, lady Nicole. Mais voulez-vous courir le risque de peiner votre sœur ?

— Non, je ne pense pas. Pas pour l'instant en tout cas. Mais il me semble qu'il ne faudra pas esquiver le sujet quand nous nous reverrons. Eviter sans cesse de prononcer le nom du capitaine, c'est duper Lydia en plus d'être compliqué pour tout le monde.

— Lorsque nous nous reverrons ? Ah, j'entrevois une lueur d'espoir. Vous avez donc la permission d'aller jusqu'à Richmond demain ?

La petite fossette apparut sur la joue semée de taches de rousseur alors qu'elle lui sourit.

— Rafe a l'air de vous tenir pour quelqu'un d'inoffensif. Quel effet cela fait-il, monsieur, d'être considéré ainsi ? Je vous pose la question, parce que personne n'a jamais dit cela de moi.

— Je me demande bien pourquoi, rétorqua Lucas, tandis que les domestiques débarrassaient les assiettes à soupe pour pouvoir servir le plat principal.

Le repas était raffiné, mais Lucas n'avait guère d'appétit, sinon pour la jeune femme assise à côté de lui, qui le provoquait délibérément en semblant vouloir tester ses limites afin de voir jusqu'où elle pouvait aller sans le choquer.

Lui aussi, d'ailleurs, était curieux de le savoir.

— Lucas, lança Fletcher, les coudes appuyés sur la table. Tu ne le croiras jamais : lady Lydia ici présente a lu Thomas Paine. Te rends-tu compte ?

— Est-ce vrai, lady Lydia ? demanda-t-il, sincèrement intéressé, mais seulement à demi étonné. On considère que c'est son pamphlet le plus célèbre, *Le Sens commun*, qui a exhorté les colons américains à se soulever contre nous au siècle dernier. Saviez-vous cela ?

Les joues de Lydia rosirent, mais elle regarda Lucas droit dans les yeux.

— Certaines choses doivent être dites, ne pensez-vous pas ? Certaines erreurs doivent être corrigées. Comme l'écrit M. Paine, nous ne pouvons pas nous permettre de demeurer passifs, contents de nous-mêmes, sans jamais remettre en cause l'autorité.

— Oui, je me souviens : « Une chose qui, par habitude, n'est pas jugée mauvaise finit par donner l'impression d'être bonne. »

— Tu œuvres pour son souvenir, Lucas ? lança Rafe. Ne me dis pas qu'il fait partie de ta famille ?

— Pas du tout, même si le fait de partager le même nom nous a parfois amenés à défendre sa mémoire. J'admire certains de ses écrits, mais j'aurais aimé qu'il cesse avant de déverser toute son aigreur dans *Les Droits de l'homme*. Il fut un temps où en posséder un exemplaire était un délit, le saviez-vous ?

— Lydia en possède un exemplaire, dit Nicole le plus calmement du monde. J'en ai lu des passages pas plus tard que cet après-midi.

Lucas leva un sourcil. Il savait que le moment où elle allait le choquer arriverait fatalement, mais il n'était pas préparé à ce que cela se produise aussi tôt.

— Vraiment ? Et en avez-vous lu assez pour vous forger une opinion ?

Nicole se mordit la lèvre avant d'acquiescer.

— Vous voulez la vérité ? Ma sœur ne sera peut-être pas d'accord avec moi, mais d'après ce que j'ai pu lire, je pense que l'homme mélange les vérités désagréables à entendre avec de dangereux non-sens, et que le tout forme un cocktail des plus explosifs.

Lucas éclata de rire.

— Rafe ! Tu entends cela ? Je n'aurais pas pu dire mieux moi-même.

— Mais tu l'as dit toi-même ! fit remarquer Fletcher

en contemplant Nicole avec curiosité. Presque mot pour mot. C'en est presque inquiétant !

Lucas surprit un échange de regards interloqués entre Rafe et sa charmante épouse. Visiblement, ils ne s'attendaient pas à entendre Nicole tenir de tels propos. Toutefois, que Lydia ait pu lire les écrits de Thomas Paine n'avait pas paru les choquer. Y avait-il quelque chose qui lui échappait ?

Curieux, il décida de pousser l'interrogatoire :

— Puisque vous avez lu Thomas Paine, demanda-t-il à Nicole en se remettant à manger, j'imagine que vous avez également lu Wieland, Gibbon et Burke.

— Vous pouvez toujours l'imaginer. En fait, vous pouvez imaginer tout ce que vous voulez, répondit-elle d'une voix claire et posée.

Il tressaillit. Il venait d'être remis très fermement à sa place par une jeune fille qui ne se laissait pas décontenancer par les maladroits de son espèce.

— Je suis désolé, déclara-t-il. Je n'aurais pas dû faire cela. C'était déloyal de ma part.

Pour son plus grand bonheur, elle lui posa la main sur le bras et se pencha vers lui.

— Et moi, je n'aurais pas dû faire semblant d'être une personne que je ne suis pas. L'esprit, c'est Lydia qui l'a reçu en totalité, ne me laissant en partage qu'une intelligence très ordinaire. Mais j'ai bien fait illusion, n'est-ce pas ? L'expression « un cocktail des plus explosifs » était bien trouvée, il me semble !

Ce fut à ce moment que tout bascula.

Une beauté comme celle de Nicole ne pouvait être ignorée et c'était bien entendu la raison pour laquelle il prenait tant de plaisir à la regarder et avait plus que tout au monde envie de la posséder. Mais alors qu'il découvrait une lueur taquine — diaboliquement taquine — dans ces yeux admirables, Lucas n'était pas loin d'être perdu pour de bon.

Et il le savait.

Chapitre 3

On eût dit que le ciel voulait punir Nicole pour son comportement déplacé — dont elle avait tout à fait conscience — du dîner : il plut tant à Londres au cours des deux jours suivants qu'aucune personne saine d'esprit n'aurait envisagé de s'aventurer au-dehors ou de se promener en calèche, que ce fût jusqu'à Richmond ou ailleurs.

De désespoir, elle avait emprunté à Lydia son exemplaire d'*Emma,* de Jane Austen, et était restée dans sa chambre jusqu'à ce que tous les personnages aient enfin trouvé leur âme sœur et qu'Emma soit tombée sous le charme de M. Knightley.

Elle n'avait guère aimé cette histoire. Tous ces efforts pour que chacun trouve sa chacune et pour éviter que ne se forment des couples mal assortis lui paraissaient ineptes.

Les femmes n'avaient-elles vraiment rien de mieux à faire que de s'occuper de choses aussi terre à terre ? A l'évidence, sa décision de ne jamais se marier la protègerait d'une existence aussi vaine qu'absurde, et c'était la meilleure qu'elle ait jamais prise de sa vie.

En même temps, se considérant comme plus douée dans ce domaine que l'héroïne de Jane Austen, Nicole se disait qu'il pourrait être amusant de trouver un mari qui convienne à Lydia. Car si elle-même ne souhaitait pas tomber dans le piège du mariage, elle voyait bien que sa sœur avait besoin d'être aimée et d'aimer en retour.

Pourquoi pas le vicomte de Yalding, songea Nicole. Il semblait agréable et plutôt gentil, bien qu'un peu nerveux ? Pourraient-ils former un couple assorti, Lydia et lui ? D'un autre côté, cette dernière n'avait pas prononcé un seul mot à son sujet depuis le dîner.

En revanche, sa sœur avait souvent évoqué le marquis de Basingstoke. Celui-ci avait été soldat, comme le capitaine Fitzgerald. Il avait lu Thomas Paine, comme le capitaine Fitzgerald. Il la traitait avec gentillesse et, de toute évidence, appréciait son intelligence. Comme le capitaine Fitzgerald. Mais cela signifiait-il véritablement quelque chose, si ce n'est que Lydia pensait toujours au pauvre Fitz et parlait sans cesse de lui ?

Au matin du troisième jour, au moment où, sous un soleil timide, ces messieurs arrivaient à Grosvenor Square dans deux jolis cabriolets, Nicole s'était persuadé que Lucas Paine n'était qu'un homme comme les autres et qu'il n'était pas digne de hanter ses pensées alors qu'ils ne s'étaient vus que deux fois.

Nicole se targuait d'être en toute circonstance maîtresse de sa vie, de son esprit et, surtout, de son cœur. Dans ces conditions, pourquoi la simple perspective de revoir le marquis lui faisait-elle perdre ses moyens ?

Il était temps de se ressaisir. Aujourd'hui, ce serait elle qui troublerait, et non pas elle qui serait troublée.

Elle regarda Lydia, qui était en train de nouer son chapeau — dont les rubans bleus avaient été choisis pour elle par le capitaine Fitzgerald l'année précédente

—, et tenta d'imaginer sa sœur mariée au marquis de Basingstoke.

Elle ressentit un léger pincement au cœur et se mordilla la lèvre par réflexe, mais n'abandonna pas pour autant son idée.

— Lydia ? demanda-t-elle tandis qu'elles se dirigeaient vers l'escalier, car Rafe et Charlotte les avaient prévenues qu'il n'était pas poli de faire attendre trop longtemps les chevaux de ces messieurs. Que penses-tu du marquis ?

Lydia s'arrêta, la main posée sur la rampe.

— Ce que je pense de lui ? Je suis désolée, Nicole, mais je n'en pense rien, pour la simple raison que je ne pense jamais à lui. C'est plutôt toi qu'il faudrait interroger : que penses-tu de lui ?

Nicole éluda la question en en posant une autre :

— Tu ne le trouves pas bel homme ?

Lydia lui attrapa le bras.

— Nicole, que se passe-t-il ? lui souffla-t-elle à l'oreille. Je pensais qu'il te plaisait. Il avait l'air de te plaire en tout cas, le jour où nous l'avons rencontré, et au dîner, il a été d'une compagnie très agréable. Rafe l'apprécie. Charlotte l'apprécie. As-tu décidé de te démarquer et de ne plus l'apprécier simplement parce qu'il plaît à tout le monde ?

— Ce ne sont pas mes façons de faire, protesta Nicole. N'est-ce pas ?

— Non, sauf pour la broderie et les navets. Mais tu m'inquiètes vraiment, parfois. Tu n'es pas forcée de séduire tous les hommes que tu rencontres, tu sais. Si tu as décidé que le marquis ne serait pas ta première conquête, alors, je t'en prie, ne te sens pas obligée de continuer à le voir. Et sache aussi que, quoi qu'il en soit, je n'approuve pas forcément ton idée.

— Mais je ne me sens pas dans l'obligation de séduire tous les… Tu sais quoi, Lydia ? Parfois, je ne m'aime pas beaucoup. Cette Saison était censée être amusante. Londres, les fêtes, toute cette gaieté… J'attends ce moment depuis toujours, cela fait des mois et des mois que j'ai envie de ne penser à rien d'autre, et puis voilà qu'il apparaît ! Si je pouvais me défiler pour cette excursion, je le ferais. Il me met trop mal à l'aise.

Lydia la considéra un long moment, puis sourit.

— Tu vois, Nicole, qu'il te plaît.

— Ne sois pas ridicule.

— Ce n'est pas moi qui suis ridicule, mais quelqu'un d'autre ici présent… Tous tes projets, toutes tes fanfaronnades, balayés par un seul homme. Comprends-tu à présent, Nicole ? Ce n'est pas toi qui choisis. C'est le destin qui choisit pour toi.

— C'est peut-être vrai pour certaines personnes, mais pas pour moi, persista Nicole. Mais viens, à présent ! Il ne faut pas que les chevaux restent trop longtemps immobiles, tu te souviens ?

— Loin de moi l'idée de faire attendre ces messieurs ! Et puis, tout à coup, j'ai très envie d'être à cet après-midi, déclara Lydia en descendant la première marche.

Nicole remarqua alors que sa sœur, qui paraissait comme endormie et traversait la vie comme une ombre depuis juin, avait une lueur d'excitation dans les yeux.

— Eh bien, moi pas ! grogna Nicole, juste pour lui faire plaisir.

Puis elle la suivit dans l'escalier.

Lucas jeta un nouveau coup d'œil au profil de Nicole joliment souligné par le bord de son chapeau de paille.

Elle l'avait salué sans chaleur, avait grimpé sur le siège sans lui laisser le temps de lui venir en aide et n'avait guère prononcé qu'une dizaine de mots depuis le début du trajet pour Richmond.

Sa sœur et Fletcher se trouvaient dans le deuxième cabriolet et, chaque fois que Lucas se retournait pour s'assurer qu'il ne les avait pas semés dans la circulation, il les voyait discuter fort joyeusement, tandis que Fletcher désignait tel ou tel endroit remarquable de la capitale.

Nicole faisait comme si elle ne s'intéressait ni aux monuments ni aux gens qui marchaient sur les trottoirs des avenues. Et surtout, elle faisait comme si elle ne s'intéressait pas à lui. Elle regardait droit devant elle, ses mains gantées croisées sur ses genoux, et lui répondait soit par hochements de tête soit par monosyllabes chaque fois qu'il essayait de lancer un sujet de conversation.

Lucas finit par en avoir assez.

— Votre frère vous a-t-il demandé de bien vous tenir ?

Elle se tourna vers lui avec un regard outré.

— Comment ? Pourquoi dites-vous cela ?

— Je ne sais pas. Si j'étais votre frère — ce que, heureusement, je ne suis pas, étant donné l'attirance assez peu fraternelle que je ressens pour vous —, je ne vous laisserais même pas sortir du tout.

Elle esquissa un sourire qu'elle refusa de laisser s'épanouir.

— Il me semble que ce ne sont pas des choses à dire, monsieur le Marquis.

— En effet. Mais si vous avez décidé de me prendre en grippe, autant que je sois honnête.

— Je ne vous ai pas pris en grippe, rétorqua-t-elle, le menton levé. Si cela avait été le cas, monsieur, je ne serais pas en ce moment même assise à côté de vous. Je ne fais jamais ce que je n'ai pas envie de faire.

Il s'empressa de saisir la perche tendue pour la provoquer.

— Ah ! Vous avez donc bien *envie* de vous trouver en ma compagnie aujourd'hui ! Je m'excuse d'avoir pensé que vous vouliez m'expédier sur la lune.

Elle refit cette petite moue délicieuse qu'il commençait à connaître et tourna de nouveau la tête vers lui.

— Ce que vous pouvez être agaçant ! s'exclama-t-elle.

Lucas songea qu'aucune femme ne s'était jamais permis de lui dire une chose pareille. Ni sa mère, ni sa nourrice, ni aucune de celles qui avaient l'air de penser qu'elles devaient se montrer agréables et charmantes — et ennuyeuses — si elles voulaient le prendre dans leurs filets.

— Dans ce cas, je réitère mes excuses, déclara Lucas, alors qu'ils quittaient l'enceinte de Londres et qu'il faisait prendre un peu de vitesse à ses chevaux. Y a-t-il autre chose ?

— Autre chose ? Ah… Vous voulez dire : est-ce qu'il y a autre chose chez vous qui m'agace ?

Il commençait à avoir du mal à garder son sérieux.

— Je ne sais pas si j'aurais présenté les choses exactement de cette façon, dit-il. Mais allez-y, ne vous gênez pas pour exprimer toutes vos insatisfactions et proférer toutes vos insultes une bonne fois pour toutes. Ce serait même plus charitable de votre part.

Il n'aurait pas été surpris de voir de la fumée s'échapper des narines de sa compagne à ce moment-là, mais la jeune femme se contenta de quelques respirations rapides avant de compter sur ses doigts gantés le nombre de ses griefs.

— Un, vous me regardez bizarrement, ce qui m'empêche d'éprouver la tranquillité d'esprit qui m'est familière.

Deux, je suis à Londres pour profiter de la Saison, et non pour me trouver un mari, donc ce que vous pouvez ressentir ou pas à mon égard m'importe peu. Trois, je n'aime pas votre façon de... Non, c'est tout. J'ai terminé.

— En êtes-vous bien sûre ? Je ne sais pas si j'ai raison, mais j'aimerais connaître ce troisième point.

— Si vous y tenez... Avez-vous déjà eu un projet, monsieur le Marquis ? Un projet auquel vous avez pensé pendant des mois et des mois, voire des années. Un projet auquel vous avez réfléchi longuement afin de tout prévoir, tout anticiper. Un projet auquel vous avez cru dur comme fer, sûr de vos plans, de vous-même et de vos motivations. Et puis, soudain, au moment de passer à l'action, avez-vous constaté avec consternation que rien n'allait se dérouler comme vous l'aviez imaginé ?

Elle s'était rembrunie et il devina qu'elle parlait d'expérience. Il répondit donc avec toute la légèreté possible, taisant ses propres projets et espérances concernant son père, car ce n'était pas un jour où il avait envie d'être sombre.

— Non, pas vraiment. La vie que j'ai menée jusqu'ici m'a comblé. Je ne pense jamais que je vais être déçu par ce que je veux et, comme je possède déjà presque tout ce que je peux désirer, je ne consacre pas mon temps à échafauder des plans pour en obtenir davantage. Je ne voudrais pas passer pour trop exigeant, voire capricieux.

Elle lui adressa un regard acrimonieux et il lut dans ses yeux une certaine douleur qui ne les rendait pas moins magnifiques, au contraire.

— Capricieuse. C'est donc ce que je suis, d'après vous ? Mais oui, c'est évident... Je ne pense qu'à moi et à mon plaisir. Je ne prends en compte que mon propre bonheur. Je veux de la distraction, de la gaieté, de l'aventure et je veux me sentir… me sentir *libre*. Et… et vous m'agacez, parce que…

Tout à coup, Lucas comprit : Nicole était venue à Londres pour s'amuser, rien d'autre. Elle n'était pas intéressée par le mariage, ce qui faisait en effet d'elle un oiseau rare. Et voilà qu'il était venu se mettre en travers de son chemin.

Il la comprenait. N'avait-il pas exactement le même problème… avec cette jeune femme charmante qui était venue se mettre en travers de son chemin à lui ?

Si elle avait l'intention de lui témoigner une telle franchise, il n'allait pas faire mine de ne pas comprendre ce qu'elle essayait de lui dire.

— Dois-je m'en aller pour réapparaître dans deux ans ? l'interrogea-t-il tout en obliquant pour emprunter une allée plus étroite et moins fréquentée. C'est ce que j'aurais de mieux à faire, me semble-t-il.

— D'habitude, les gens ne se parlent pas ainsi, n'est-ce pas ? Pas avec autant de franchise.

Nicole croisa ses mains sur ses genoux, avant de poursuivre :

— Si elle savait, Lydia s'évanouirait sans doute. Quant à Charlotte, elle lèverait les yeux au ciel et se demanderait à voix haute comment je fais pour me fourrer toujours dans des situations pareilles, soit par mes paroles, soit par mes actes, et pourquoi je ne réussis pas à me comporter comme il faut. Et Rafe, lui, penserait… Non en fait, personne ne dirait rien à Rafe : les hommes sont bien plus heureux quand ils ne savent rien.

Lucas dissimula un sourire.

— Et diraient-ils tous que vous êtes incorrigible ?

— Entre autres choses, oui. Mais je ne pense pas que vous deviez disparaître. Il est déjà trop tard, de toute façon. A cause de vous, j'ai déjà perdu tout espoir de m'amuser.

Si Lucas devait répéter cette conversation à Fletcher — ce qu'il n'avait nulle intention de faire —, son ami lui dirait probablement que lady Nicole n'avait fait que lui avouer là qu'elle était tombée amoureuse de lui. Et il ne se priverait pas de le railler à ce sujet, comme il le faisait avec l'épisode de la flaque d'eau, dont il lui reparlait à la moindre occasion.

Mais Lucas était trop intelligent pour croire Nicole amoureuse de lui. On ne tombait pas amoureux si vite. Certes, il y avait eu entre eux une attirance mutuelle instantanée, mais « attirance » et « amour » étaient deux concepts bien différents.

Pour Lucas, l'amour n'était pas à l'ordre du jour, et il ne semblait pas l'être non plus pour Nicole. Ce n'était pas sa faute si elle était jeune et inexpérimentée et si elle ne se rendait pas compte que leur attirance mutuelle était physique. Et s'il lui disait cela, elle serait tout à fait en droit de le gifler, puis de chercher à l'éviter jusqu'à la fin de son séjour à Londres. Ce qu'il ne souhaitait en aucun cas.

— De quelle façon comptiez-vous vous amuser en venant à Londres ? demanda-t-il après avoir réfléchi à la manière la plus sage et la moins risquée de relancer la conversation.

Elle haussa les épaules.

— En vivant toutes sortes d'aventures, je suppose. Tout ce qui aurait pu être nouveau, différent et… et excitant. J'ai passé toute ma vie au fin fond de ma campagne. Par exemple, je n'ai jamais conduit de cabriolet, et c'est même la première fois que j'y grimpe.

— Je vois... Et vous pensez que je devrais vous apprendre à conduire un cabriolet ?

Elle tourna vers lui un visage plein d'espoir.

— J'ai déjà conduit la calèche de Rafe à Ashurst Hall, vous savez !

— Lady Nicole, répondit Lucas avec le plus grand sérieux, si je dois me racheter d'avoir gâché votre Saison en vous permettant de vous amuser un peu malgré tout, vous êtes gentiment priée, de votre côté, de ne pas me servir ce genre de mensonge. Est-ce clair ?

Le sourire qu'elle lui décocha faillit le faire tomber à la renverse.

— En tout cas, notre cocher m'a laissée grimper à son côté et m'a appris à tenir les rênes. Ensuite, j'ai attaché de vieilles rênes à une chaise dans ma chambre et je me suis entraînée pendant des mois, jusqu'à ce que je sois bien sûre de moi. C'est presque pareil.

— Presque, mais pas tout à fait quand même... Enfin, voyons voir ce que votre cocher vous a appris.

Tout en priant pour qu'elle ait dit au moins partiellement la vérité, il lui passa les rênes et la regarda prendre celles-ci en main, ce qu'elle fit avec aisance.

Les deux chevaux bai qu'il aimait tant sentirent aussitôt le changement. Jupiter, placé à gauche, testa le nouveau conducteur en allongeant le pas.

— Ah non, tu n'as pas le droit de faire ça ! s'exclama Nicole en le faisant ralentir sans aucune peine. Vous n'utilisez pas le fouet, n'est-ce pas ? demanda-t-elle à Lucas en jetant un coup d'œil au long fouet toujours placé sur son support.

— Rarement. Souhaitez-vous vous en servir ?

Elle secoua la tête pour toute réponse et se concentra sur la route.

— Nous allons bientôt prendre un virage très sec sur la gauche, annonça-t-il. Voulez-vous continuer ?

— Si vous êtes d'accord, je relève le défi, répondit Nicole, dont le plaisir était évident. Derrière nous, Lydia doit être en pleine panique…

— Ce qui risque de poser un problème si Fletcher, pris de stupeur, tombe de son siège, répliqua Lucas, qui commençait à s'amuser lui aussi. Ah, très joliment négocié, lady Nicole ! Même si je dois vous dire que votre roue extérieure s'est dangereusement approchée de la bordure du chemin.

— Vraiment ? Il va falloir que je surveille cela. Est-ce que beaucoup de ces dames, à Londres, conduisent leur propre cabriolet ?

— Quelques-unes, oui. Mais aucune parmi les débutantes.

— Très bien ! Comme cela, je serai la première, rétorqua-t-elle en se dirigeant vers une vaste prairie pour s'y arrêter.

Lucas serra le frein.

— Laissez-moi deviner… Vous allez annoncer à votre frère qu'il vous faudrait un cabriolet à vous.

Elle fronça le nez un instant — un délicieux instant —, puis la fossette apparut sur sa joue.

— Je n'y avais pas pensé. Est-ce que vous feriez cela pour moi ?

— Pas même si vous me pointiez un pistolet sur la tempe et que vous aviez déjà compté jusqu'à deux, répondit-il joyeusement. Mais si vous consentez à m'accompagner de nouveau, je vous laisserai conduire le mien. Dans les parcs, bien sûr. Les rues de Londres sont une tout autre affaire.

— Lucas ? appela Fletcher, dont le cabriolet venait de les rejoindre. Ai-je mal vu, ou était-ce lady Nicole qui tenait les rênes tout à l'heure ? Son frère te tordrait le cou si par malheur elle se brisait le sien.

— Je sais, merci, Fletcher, répondit Lucas, avant de demander si quelqu'un souhaitait se rafraîchir dans une petite auberge toute proche.

La proposition fut accueillie avec enthousiasme et Lucas fit faire demi-tour à son attelage, conscient que Nicole observait ses moindres gestes en essayant sans doute de les graver dans sa mémoire. De toute évidence, elle prenait cet « amusement » très au sérieux.

— Merci pour votre proposition, dit-elle, alors qu'ils redémarraient pour de bon. Et, si vous pouviez également m'indiquer un endroit où je pourrais faire galoper ma Juliet, je vous en serais très reconnaissante. Elle doit bouder en ce moment, étant donné que je n'ai pas pu la sortir à cause du temps épouvantable. Et je vous assure que je suis une cavalière hors pair vers laquelle toutes les têtes se tournent où que j'aille.

— Vraiment ? Me dites-vous cela pour me prévenir ou afin que je prépare mes compliments pour quand je vous verrai à l'œuvre ?

— Monsieur le marquis ? demanda-t-elle en guise de réponse. Cela vous dérange-t-il que je sois aussi franche avec vous ? Je n'ai pas trop l'habitude de fréquenter de nouvelles personnes et j'ai peur de mal faire.

— Lady Nicole, il doit y avoir peu de choses que vous fassiez mal, je suis prêt à le parier. En particulier, vous êtes très douée pour faire vaciller un homme qui s'était toujours considéré comme inébranlable.

— Oh…

Elle se mordilla la lèvre inférieure durant quelques secondes, avant de hocher la tête.

— Très bien… J'imagine que je l'avais cherché…

Lucas riait franchement lorsqu'ils pénétrèrent dans la cour de l'auberge.

— Alors nous sommes quittes ? demanda-t-il. Et libres de nous demander ce qui va se passer ensuite entre nous ?

Nicole tourna brièvement la tête vers sa sœur, que le vicomte aidait à descendre du deuxième cabriolet.

— Je crois que nous devrions être amis, pas vous ? Je crois qu'il serait… qu'il serait plus sûr que nous nous considérions comme des amis.

— Pendant combien de temps ? demanda-t-il pour s'empêcher de penser qu'il n'avait qu'une seule envie : embrasser cette bouche si sensuelle et si attirante.

— Eh bien, jusqu'à ce que nous n'ayons plus envie d'être amis, j'imagine. Vraiment, c'est la conversation la plus étrange que j'aie jamais eue. J'arrive peut-être tout droit de ma campagne, monsieur, mais il me semble que ce n'est pas votre cas. Bon, je meurs de faim ! Pensez-vous qu'il y aura du jambon ? J'adore le jambon.

Par miracle, Lucas réussit à s'empêcher de répondre :

— Et moi, j'ai bien envie de commencer par vous dévorer vous !

L'auberge se targuait de posséder une petite salle à manger privée que le marquis s'empressa de réserver, pendant que Nicole et Lydia se rafraîchissaient dans une chambrette sous les toits où on les avait conduites.

Lydia était encore en train d'ôter ses gants tandis que Nicole avait jeté son chapeau sur le lit et se penchait au-dessus d'une bassine pour éclabousser ses joues brûlantes d'eau fraîche.

— Comment as-tu réussi à convaincre le marquis de te laisser les rênes ? s'enquit Lydia en dénouant les rubans de son chapeau. Mais, d'ailleurs, est-ce que je veux vraiment le savoir ?

Nicole s'essuya le visage avec la serviette rêche et sourit à sa sœur.

— Il vaut peut-être mieux que tu ne le saches pas, en effet… C'était merveilleux, Lydia, sauf que je savais qu'il me les aurait reprises si j'avais lancé les chevaux au galop, ce que je mourais pourtant d'envie de faire. Ce sont deux belles bêtes, même si elles ne sont pas aussi hautes sur pattes et impressionnantes que les chevaux du vicomte.

— Je n'ai rien trouvé à reprocher à l'attelage du vicomte. Nous avons encore eu une conversation très plaisante, au fait. Il a une multitude de sœurs, toutes plus jeunes que lui, et sa mère est veuve. C'est pour cela qu'il n'a pas fait la guerre. Et il vit très mal le fait d'être resté chez lui pendant que tant d'autres allaient risquer leur vie pour la Couronne. Alors je lui ai un peu parlé de notre oncle et de nos cousins en lui racontant comment, bien que n'ayant pas participé à la guerre, ils ont tous fini par périr. Nous avons reconnu ensemble qu'être en sûreté ne veut rien dire et que des actions imprudentes peuvent entraîner des conséquences aussi malheureuses qu'un combat sur les lignes ennemies.

Nicole leva les yeux au ciel.

— Comme je regrette d'avoir manqué cette conversation ! s'exclama-t-elle en se détournant pour replier la serviette et masquer son amusement. Sur le chemin du retour, vous aurez peut-être envie de revoir vos verbes français irréguliers, ce qui, à mon avis, sera tout aussi amusant. Mais je t'en prie, pendant que nous serons à table, essaie de trouver un sujet un peu plus léger.

— Mais… mais le vicomte semblait passer un bon moment ! De quoi avez-vous donc parlé avec le marquis, alors, toi qui fais la maligne ?

Pendant que Lydia se lavait les mains et se tamponnait précautionneusement les joues avec une serviette imbibée d'eau, Nicole s'installa au bord du lit et l'observa. Lydia, la jeune fille parfaite. Avec une grâce et une retenue qui lui étaient naturelles… contrairement à elle, Nicole, qui se faisait toujours remarquer par son impulsivité et ses manières manquant singulièrement de douceur.

Lydia, toujours prudente, s'immergeait avec précaution dans la vie. Nicole, sans faire attention, éclaboussait tout sur son passage. Toute la différence entre elles résidait là.

— Le marquis et moi, dit-elle en réfléchissant pour une fois à ses mots, avons décidé de devenir amis. Nous sommes très… très à l'aise ensemble.

— Vraiment ?

Bien sûr que non ! songea Nicole alors que son estomac se contractait, comme trop souvent lorsqu'elle pensait au marquis.

— Oh oui ! Il comprend que je suis à Londres pour m'amuser et cet arrangement lui convient très bien. Tu vois, j'ai jugé plus honnête de lui faire savoir que je n'étais pas là pour trouver un époux et un père pour mes futurs enfants.

— Nicole ! Assure-moi que tu ne lui as rien dit de tel !

Ce n'est pas parce qu'il a l'air de te porter de l'intérêt — ce dont, au fond, tu ne sais rien — qu'il a forcément envie de t'épouser ! Je sais que tu as voulu bien faire, trésor. Et, te connaissant, je suis certaine que tu n'as pas vu à quel point il était déplacé de sous-entendre que le marquis était prêt à… à…

— A faire de moi sa femme ? Ou, au moins, sa maîtresse ?

Nicole réprima un frisson, qu'elle espéra causé par l'horreur plutôt que par le plaisir.

— Ne me dis pas que tu ne l'as pas senti dès l'instant où nous l'avons rencontré, reprit-elle. Je ne suis pas idiote au point de ne pas savoir ce que les hommes pensent lorsqu'ils me regardent. Souviens-toi de M. Hugh Hobart. Il…

— Non, Nicole ! Il est hors de question que nous parlions de cet homme. Plus jamais ! Tu aurais pu te faire tuer. Ou pire…

— Lydia, rien n'est pire que de se faire tuer. Tout autre problème n'est que temporaire. Et, même si c'est pénible, voire angoissant, on peut tout surmonter. Mais peut-être préférerais-tu que je me retire du monde à cause de ce qui a failli m'arriver ce jour-là, comme tu l'as fait, toi, quand le capitaine… Oh ! Je suis désolée, ma Lydia !

Elle bondit du lit et se précipita pour prendre dans ses bras sa sœur, qui avait déjà les larmes aux yeux, et la serrer contre elle.

— Tu t'inquiètes pour moi parce que je saisis tout à pleines mains. Et moi, je m'inquiète pour toi parce que tu oses à peine tendre une main timide. Je t'aime tant ! Je ne dis pas que tu devrais essayer de conduire un cabriolet, ou de franchir toutes les barrières d'Ashurst

Hall au triple galop, ou de flirter outrageusement avec un homme dangereux parce que, au fond de toi, cela t'amuse. Nous sommes jumelles, oui, mais nous avons deux personnalités fort différentes. Tu as ta propre manière de faire et tu l'as toujours eue. Tu fais tout avec douceur, tendresse et amour. Je t'en prie, Lydia, il faut que tu aies assez d'estime de toi pour sortir de l'ombre dans laquelle tu te dissimules. Je veux que tu oses quelque chose, ma Lydia ! Sois vivante. C'est ce que je te souhaite et c'est ce que le capitaine te souhaiterait aussi.

Elles restèrent ainsi enlacées pendant de longues secondes, où l'on n'entendit que la respiration saccadée de Lydia. Puis celle-ci se détacha et embrassa Nicole sur la joue.

— Si je promets d'être moins prudente, me promettras-tu de l'être un peu plus ?

Nicole hésita, consciente de ses propres limites.

— Tu veux dire en général, ou juste avec le marquis ? s'enquit-elle. Parce qu'en fait, je ne sais pas si je pourrai...

— Oh non, je ne vais pas te demander de renoncer à cette espèce d'accord que vous semblez avoir passé tous les deux, puisque vous avez l'air de si bien vous entendre ! Mais sauras-tu te méfier, Nicole ? Je sais que tu n'imagines pas cela une seconde, mais même un cœur fort et indépendant peut être brisé, tu sais.

— Oui, répondit Nicole avec un large sourire. Et personne ne souhaite cela au pauvre marquis, n'est-ce pas ?

— Tu es incorrigible ! s'exclama Lydia en la serrant de nouveau dans ses bras.

— C'est ce que tout le monde me dit. Mais, avant tout, je suis affamée, ajouta Nicole, qui pensait vraiment que sa sœur était sur la bonne voie, ce qu'aurait sans doute approuvé le capitaine Fitzgerald. A présent, pendant que nous rejoignons ces messieurs, dis-moi : comment trouves-tu le vicomte de Yalding ? Est-ce qu'il t'intéresse ? Il a l'air de plutôt apprécier ta compagnie.

— Nicole ! s'exclama sa sœur. Certainement pas !

— Très bien, répondit Nicole en attrapant la rampe. Ce ne sont certainement pas les possibilités qui manquent à Mayfair. Je vais poursuivre mes recherches.

De derrière, Lydia lui administra une petite tape sur la tête, ce qui l'emplit de joie et la fit rire… jusqu'à ce qu'elle voie Lucas posté dans l'étroit couloir.

A cause de son chapeau, qui lui avait laissé une légère marque rouge au milieu du front, il avait les cheveux légèrement ébouriffés. Il n'en paraissait pas moins à son aise, beau et décontracté et extraordinairement vivant. Et, vivante, c'était ainsi qu'elle se sentait en sa compagnie.

Avait-il cru que son sourire et son rire lui étaient destinés ?

Il tendit la main et elle la prit, surprise par le frisson de plaisir qui lui parcourut alors le bras.

Et s'il avait pensé que son sourire lui était destiné, où était le problème ? Après tout, Lydia souriait aussi, non ? Et c'était sans aucun doute une très belle journée.

Chapitre 4

Lucas regardait, fasciné, Nicole agiter l'aile de poulet qu'elle tenait à la main tout en racontant le jour où Rafe et Charlotte avaient découvert une portée de bébés souris dans leur chambre à coucher d'Ashurst Hall. Alors que Rafe allait les chasser sans ménagement, Charlotte avait tenu à ce qu'elles soient recueillies toutes ensemble et relâchées dans le jardin.

Une fois, bien sûr, que Rafe aurait localisé leur mère, sans laquelle elles auraient été perdues…

Fletcher faillit s'étrangler de rire lorsque Nicole narra les efforts de Rafe pour attraper la mère, muni d'un morceau de fromage, d'un filet à papillon et d'une taie d'oreiller, avant que Charlotte lui demande, une fois qu'il l'eut capturée, s'il était certain qu'il s'agissait bien de la mère et non du père, car ce dernier, tout mignon qu'il pût être, n'aurait été d'aucune utilité pour les pauvres petites créatures.

— Et Rafe déclara : « Mon aimée, contre tout sens commun, j'ai agi selon votre volonté. Vérifiez ce qu'il y a à vérifier s'il le faut. En ce qui me concerne, j'en ai assez fait. »

Puis, alors que Fletcher s'essuyait les yeux, Nicole mordit

à pleines dents son aile de poulet — la troisième depuis le début du repas — et adressa un petit signe à Lucas.

Il se contenta de secouer la tête, lui signifiant que oui, elle était incorrigible.

Incorrigible, mais fabuleuse ! Elle ne se prenait pas au sérieux et était de toute évidence très bien dans sa peau. Elle semblait sûre d'elle et de la place qu'elle occupait sur cette terre, comme si elle ne doutait pas un seul instant que les autres allaient l'apprécier de la même façon qu'elle appréciait la vie en général. Un jour, il était prêt à le parier, elle ferait une délicieuse hôtesse et serait une femme influente dans la société. Il la voyait très bien créer des tendances, lancer des modes. A condition, cependant, qu'elle parvienne à ne pas se discréditer elle-même avant d'avoir décidé de son avenir.

Nicole était *la* femme dans toute sa splendeur : à la fois tentatrice et irrésistiblement naturelle. Il avait remarqué, lorsqu'elle était redescendue, que ses joues brillaient et que quelques mèches de ses cheveux étaient mouillées, comme si elle s'était aspergé le visage pour se rafraîchir plutôt que pour se refaire une beauté.

Elle ne se maquillait pas, il en était sûr, car sinon, ses taches de rousseur n'auraient pas été aussi visibles. Non, la luminosité de son teint était simplement une marque de bonne santé et ses lèvres étaient naturellement roses. Ses yeux brillaient de cette vie qui l'animait, de cette pure joie de vivre dont elle irradiait.

Certaines personnes devaient la trouver fatigante. Lui la trouvait drôle et merveilleusement provocante. Et s'il avait obéi à un quelconque instinct de conservation, il l'aurait tout de suite reconduite chez son frère et aurait pris soin, ensuite, de l'éviter.

— Avez-vous encore faim, lady Nicole ? lui demanda-t-il en apparté au bout de quelques minutes. Ou avez-vous envie de faire une petite promenade pour profiter de cette exceptionnelle journée de beau temps, avant de reprendre la route pour Grosvenor Square ?

Elle l'observa un moment, tête penchée, puis tendit la main afin qu'il l'aide à se lever.

— Allons-nous oser laisser ces deux-là tout seuls sans chaperon ? interrogea-t-elle sur le même ton, les yeux pétillants.

— Quoi ? Vous ne voulez pas leur proposer de nous accompagner ?

— Et vous ?

Etait-il possible qu'elle lise dans ses pensées ? Néanmoins, la politesse exigeait qu'il invite les autres à se joindre à eux.

— Fletcher, lady Lydia ? lança-t-il. Vous plairait-il de nous accompagner pour une petite promenade ? demanda-t-il, alors que Nicole, qui tournait le dos à sa sœur, le fixait d'un œil noir.

Lydia et Fletcher échangèrent un regard, avant de décliner la proposition. Manifestement, ils préféraient poursuivre la conversation qui les occupait depuis que Nicole en avait terminé avec ses histoires de souris et de filets à papillons.

— Pour respecter les convenances, je suppose qu'il suffira de laisser la porte ouverte en partant, dit Nicole en prenant le chapeau que lui tendait Lucas, puis en le reposant sur la table. Vous savez, j'ai plus d'une douzaine de ces chapeaux. Ils sont jolis, mais je les trouve plus gênants qu'autre chose. Quand je les porte, j'ai l'impression d'être un cheval de somme avec des œillères.

Lucas considéra un instant le couvre-chef, puis le

laissa à son tour là où il l'avait posé, avant d'offrir le bras à Nicole, puis de se diriger avec elle vers la sortie.

— Puisqu'il ne s'agit que d'une courte promenade, nous pouvons sans doute nous permettre un peu de décontraction sans choquer la bonne société, dit-il.

— Il me semble que la bonne société a bien mieux à faire que de décider si nous devons sortir tête couverte ou tête nue.

— Avez-vous l'intention de le clamer haut et fort à ladite bonne société, ou est-ce à moi de le faire, tant que nous n'en sommes pas bannis ?

— Cela vous ennuierait-il, s'enquit Nicole comme ils sortaient, puis empruntaient sur leur gauche une allée qui menait à un petit bois, que la bonne société puisse poser sur vous un œil critique et méfiant ? Je pensais que vous aviez plus d'assurance que cela. Je vous voyais même capable de lancer des modes. Comme celle de sortir sans chapeau, par exemple.

— Je le pourrais en effet. D'après Fletcher, je déborde d'assurance. Mais si vous, vous tentiez la même chose, on vous traiterait immédiatement d'agitatrice, et les mères veilleraient à ce que leurs fils ne vous approchent pas — à moins que Rafe ait prévu pour vous une grosse dot, auquel cas vous pourriez posséder trois oreilles que personne ne s'en soucierait.

Le rire de Nicole était un délice. Elle se pencha sans coquetterie aucune vers lui pour répondre :

— Si je possédais trois oreilles, je ne sortirais jamais sans mon chapeau.

Lucas regarda les reflets que le soleil faisait danser dans ses boucles brillantes. Ses doigts le démangeaient, avides de plonger dans cette masse profonde et d'en sentir la douceur.

— Et notre vie à tous s'en trouverait plus triste. C'est cela que vous souhaitiez m'entendre dire ?

Son sourire s'envola et elle se mordilla la lèvre avant de détourner le regard.

— Pas du tout. Je ne cherche pas les compliments. Je croyais que nous étions amis, monsieur, mais de toute évidence, je me trompais. Contrairement à ce que dit Charlotte, je ne passe pas mon temps à flirter, vous savez !

— Votre belle-sœur a sans doute les meilleures intentions du monde, mais elle ne vous voit pas comme moi je vous vois, ou comme vous voit tout gentleman âgé de moins de quatre-vingts ans qui ne soit ni sourd ni aveugle. Vous flirtez, très chère, par le seul fait d'exister. En fait, j'irais même jusqu'à dire que si madame la duchesse s'inquiète vraiment pour vous ou pour l'ensemble de la population masculine, elle devrait accrocher une pancarte autour de votre cou, pour prévenir les imprudents de rester à distance.

Nicola retira son bras et précéda Lucas sur le chemin étroit. Au bout de quelques pas, elle se retourna pour lui lancer d'un ton rageur :

— Je ne pensais pas que vous puissiez être méchant. Mais ce que vous venez de dire est tout simplement abominable.

Lucas s'en voulut aussitôt.

— Vous avez raison, s'empressa-t-il de répondre. Je suis désolé. Je ne voulais surtout pas vous insulter.

Il vit de nouveau vaciller dans les yeux lavande cette étincelle diaboliquement malicieuse.

— Moi ? Oh non, monsieur, je ne me suis pas du tout

sentie insultée. C'est vous-même que vous avez insulté et — comment avez-vous dit, déjà ? — l'ensemble de la population masculine. Il existe très certainement des hommes pour qui les apparences importent peu.

— Au risque d'insulter encore davantage mon propre sexe, je dois dire que, pour la plupart d'entre nous, les apparences ne sont pas seulement importantes, elles sont aussi essentielles.

— Ainsi, si j'avais trois oreilles et pas de dot, vous vous désintéresseriez aussitôt de moi ? Je vois…

Lucas tenta de se remémorer leur conversation depuis le moment où ils avaient quitté l'auberge, pour trouver le moment où il avait commis sa première erreur. Ce fut alors qu'il comprit ce qu'elle essayait de faire.

— Seriez-vous en train de tenter de provoquer une dispute entre nous ?

Elle rentra un instant la tête dans les épaules, avant de lever le menton et de le regarder droit dans les yeux.

— Oui. Et cela ne fonctionne pas, à cause de votre manque de coopération. Pourquoi cela ne fonctionne-t-il pas ? Rafe dit qu'en m'appliquant je pourrais venir à bout de la patience d'un saint.

— Je ne suis pas un saint, répondit calmement Lucas en s'approchant assez d'elle pour sentir l'odeur de ses cheveux délicieusement chauffés par le soleil. Avez-vous à ce point peur de moi ? Est-ce que vous me voyez à ce point comme une menace, Nicole ?

Elle se mordit de nouveau la lèvre, avant de porter très vite la main à sa bouche, comme si elle avait honte.

— Je ne vous connais même pas. Et vous ne me connaissez pas non plus, d'ailleurs. Pourquoi, alors, me faites-vous cet effet ? Parce que je dois vous dire que je n'aime pas cela, monsieur, vraiment pas.

— En quoi ma présence vous dérange-t-elle ? demanda-t-il à escient en osant lui effleurer le menton du bout du doigt. Dites-le-moi.

— Je ne vous donnerai pas cette satisfaction, rétorqua-t-elle en se dégageant le visage. Tout ceci est allé trop loin. Ramenez-moi à l'auberge ou laissez-moi passer !

C'était absolument hors de question.

— N'avez-vous pas passé ces trois derniers jours à vous demander l'effet que cela ferait si je vous embrassais, Nicole ? Parce que moi, si. Vous êtes la sœur d'un duc, la sœur d'un ami qui m'est cher, et tout ce à quoi je pense, c'est à vous embrasser et à vous serrer dans mes bras. Et ce, dès l'instant où vous avez surgi dans ma vie en faisant vaciller tous mes repères.

Elle secoua lentement la tête, mais sans plus essayer de s'échapper.

— Je n'ai pas peur de vous.

— Vraiment ? Je ne suis pas sûr de pouvoir vous croire. Moi, j'ai peur de vous. Vous êtes tout ce dont je n'ai pas besoin dans ma vie, de la même façon que vous m'avez bien précisé que vous ne vouliez pas de moi dans la vôtre. Et pourtant, voilà où nous en sommes aujourd'hui : j'ai toujours envie de vous embrasser et je suis certain que vous avez envie que je vous embrasse. A dire vrai, il m'étonnerait que nous réussissions à penser à quoi que ce soit d'autre tant que…

Elle faillit lui faire perdre l'équilibre en se jetant par surprise contre lui. Elle lui prit le visage entre ses deux mains tout en se hissant sur la pointe des pieds et l'attira à elle, puis pressa violemment sa bouche contre la sienne en fermant les yeux d'un air douloureux.

Elle le relâcha de façon tout aussi abrupte et recula, la poitrine comme agitée de spasmes.

— Voilà, c'est fait ! Maintenant nous n'avons plus à y penser.

Sur ces mots, elle souleva ses jupes et s'enfuit vers l'auberge. Perplexe, il décida de ne pas la suivre tout de suite et d'allumer un petit cigare, afin de lui laisser le temps de se remettre de son accès d'impulsivité.

Dieu, qu'elle était magnifique !

Et, tandis qu'il revivait en pensée ce baiser aussi imprévu que délicieux, un sourire aux lèvres, une idée germa dans son esprit. Une idée folle, mais qui lui paraissait de plus en plus raisonnable à mesure qu'il y réfléchissait…

Deviendrait-elle un jour moins impulsive ? Réussirait-elle à réfléchir avant d'agir ?

Seulement, elle avait voulu le faire taire. Qu'il cesse de parler, qu'il ne dise plus rien qu'elle ne puisse démentir sans passer pour la pire des empotées !

Sur le moment, cela lui avait semblé raisonnable. Et puis, ensuite, plutôt agréable.

Elle aurait dû penser, cependant, qu'elle allait devoir rester assise à côté de lui pendant tout le trajet du retour.

Elle avait couru jusqu'à l'auberge, ne s'autorisant qu'une courte pause pour reprendre son souffle et ses esprits avant de pousser la porte, et avait rejoint dans la salle à manger sa sœur et lord Yalding qui, toujours en pleine conversation, ne s'étaient même pas rendu compte de son retour.

Lucas était revenu quelques minutes plus tard en

annonçant qu'il avait réglé la note et qu'ils feraient mieux de ne pas trop tarder à rentrer, car le temps était capricieux et pouvait changer d'une minute à l'autre.

— Ne dites pas un mot, le mit-elle en garde lorsqu'il la rejoignit sur le siège du cabriolet, où il l'avait aidée à grimper. Pas un seul !

— Je ne me le permettrais pas. Mais puis-je au moins vous remercier ? C'était un baiser… intéressant. Votre premier, peut-être ? Je suis flatté.

— Là n'est pas la question, rétorqua-t-elle en se tournant vers lui, les yeux plissés. Et j'avais dit *pas un mot*, il me semble. Vous êtes censé être un gentleman et vous conduire en tant que tel.

— Je suis un gentleman. Un homme ordinaire vous aurait prise à bras-le-corps pour vous montrer ce qu'était un vrai baiser. Mais je me suis retenu. Je suis d'ailleurs assez fier de la parfaite maîtrise de moi-même dont j'ai fait preuve et absolument stupéfait de ma conduite impeccable dans une situation où la tentation était si grande.

— Comme vous devez être content de vous, monsieur ! En ce qui me concerne, je n'ai pas cette chance.

Elle prit une grande inspiration, puis se tourna en faisant mine d'admirer le paysage autour d'elle.

— Nous ferions mieux de ne plus nous revoir, reprit-elle. Pas de notre plein gré, au moins, même s'il me semble inévitable que nous nous croisions de temps en temps. Dans ce cas, nous nous efforcerons de nous montrer courtois l'un envers l'autre, surtout en présence de Lydia ou de Rafe. Assisterez-vous au bal de la duchesse de Cornouailles ?

— J'y serai, oui.

La réponse de Lucas provoqua son courroux en même

temps que son bonheur. C'était encore son cœur qui la trahissait...

— Mais, ajouta-t-il, je pense que je saurai me retenir de vous jeter à terre pour abuser de vous pendant le *reel* écossais, si c'est ce qui vous inquiète. En ce qui concerne votre conduite, je ne puis me montrer aussi affirmatif, il me semble. Après tout, ce n'est pas moi qui... qui suis passé à l'attaque.

— Oui, et je suis heureuse de l'avoir fait, rétorqua-t-elle avec toute la bravade dont elle fut capable. Car maintenant que ma curiosité a été satisfaite, il s'avère que je ne vous considère plus tant que cela comme un problème.

— Donc, ce baiser était un échec ?

Comme si elle allait lui dire le contraire... Il paraissait déjà bien assez content de lui. De la même façon, elle ne lui avouerait jamais combien elle était heureuse qu'il ne semble pas renoncer à la poursuivre de ses assiduités. Le repousser en prenant l'air outragé était de loin la posture la plus confortable. A présent, le problème serait de résister, conclut-elle en tremblant de n'être pas capable de tenir ses propres résolutions.

— Puisque je n'ai aucune envie de retenter l'expérience, je qualifierais plus volontiers l'entreprise de retentissant succès. Mais regardez un peu ce que vous faites, monsieur. Vous avez failli nous faire verser dans le fossé.

— Pardonnez-moi, répondit Lucas en regardant devant lui et en reprenant le contrôle de son attelage.

Peut-être était-elle allée trop loin ? Charlotte lui disait souvent que le caractère parfois exagéré et choquant de ses paroles et de ses actes pourrait faire sombrer un ascète dans la boisson. Nicole se tut sur environ deux kilomètres, durant lesquels elle se demanda si c'était pour le baiser ou pour l'embardée qu'il demandait à être pardonné, avant de reconnaître d'un ton calme :

— Bah, ce n'était pas si terrible !

— Excusez-moi ? Je crains que les derniers développements de notre conversation ne m'aient échappé, répondit-il.

Elle leva les yeux au ciel. Il ne lui rendait pas la tâche facile et elle voyait très clairement son manège.

— J'ai dit que ce n'était pas si terrible. Notre baiser. Je continue à bien vous aimer, malgré moi. Il est possible que nous soyons fous tous les deux et je sais que vous ne devriez pas vous comporter envers moi comme vous le faites, ni moi envers vous, mais je vous aime bien tout de même. Je ne sais pas pourquoi.

— C'est plus fort que vous, c'est mon charme naturel, affirma-t-il en lui proposant les rênes.

Elle s'empressa d'accepter, tout en se demandant si cette offre était destinée à acheter la paix.

— Tendez juste un peu plus les poignets… voilà, comme cela ! Maintenant, tout en tenant compte de la crise d'apoplexie qui doit guetter Fletcher derrière nous, faites-leur prendre de la vitesse, parce que je sais que vous en mourez d'envie. La route est toute droite sur cette portion et je ne vois personne ni devant nous ni face à nous.

Elle lui adressa un bref regard plein de reconnaissance. A vrai dire, elle sentait qu'elle ne pourrait jamais être véritablement fâchée contre lui, ce qui ne présageait sans doute rien de bon, ni pour elle ni pour lui.

— Vous êtes sérieux ? Vous pensez que j'en suis capable ? Ou bien est-ce juste pour vous excuser ?

— Comme j'aimerais autant ne pas me tordre le

cou, et comme être éjecté de ce siège n'est pas dans mes projets immédiats — même pour vous faire plaisir —, oui, je suis sérieux. Et je m'excuse, de surcroît. Cela vous satisfait-il ?

— Je crois, oui. Et je m'excuse moi aussi. J'ai bien conscience de m'être mal comportée… même si j'y ai été incitée, acheva-t-elle dans un murmure.

Puis elle se consacra tout entière à la conduite, agitant légèrement les rênes pour encourager les chevaux à prendre de la vitesse. La brise qui soulevait le bord de son chapeau la fit sourire.

— Ah, quel bonheur ! s'exclama-t-elle.

— Et demain, si le temps se maintient, nous essaierons de faire faire un peu d'exercice à votre jument. Juliet, c'est cela ?

Elle acquiesça, les yeux toujours fixés sur le chemin.

— Oui, très bien, j'accepte. C'est sans doute à cause de votre charme naturel, comme vous l'avez dit si modestement. Mais ne croyez surtout pas qu'il se passera quoi que ce soit entre nous, monsieur. Il n'y aura plus de baisers.

— Me voilà prévenu… et brimé ! Mais je suis d'accord, il n'y aura plus de baisers comme celui que nous avons échangé près de l'auberge.

Elle l'avait bien entendu, mais ne put s'empêcher de se demander s'il était sérieux. Le sourire qu'il affichait lui suggéra que non.

— Nous allons continuer comme nous avons commencé en amis, jugea-t-elle utile de préciser.

— Tant que c'est ce que vous voudrez, oui. D'ailleurs, j'ai moi-même mes raisons pour être d'accord avec ce que vous proposez. J'aurais sans doute dû vous en parler plus tôt, mais j'aimerais que nous passions un marché, tous les deux. Un marché que vous pourriez prendre comme une invitation à l'aventure. Vous avez bien dit que vous vouliez vivre des aventures pendant votre séjour londonien, non ?

Comme la route commençait à tourner et que d'autres voitures étaient en vue, il reprit les rênes. Elle ne protesta pas. Elle était bien trop intriguée par le ton de sa voix.

— Tout cela semble bien mystérieux. Vous avez vos raisons, dites-vous ?

— En effet, répondit-il en la fixant avec insistance. Laissez-moi vous expliquer rapidement, avant que mon jugement ne s'embrouille. Pour des motifs personnels avec lesquels je ne vous ennuierai pas, il est dans mon intérêt, me semble-t-il, que tout le monde me croie fou amoureux au cours des semaines à venir. C'est-à-dire occupé ailleurs et hors d'état de nuire.

Cela devenait intéressant et intrigant.

— Il faudrait être idiot pour vous considérer comme hors d'état de nuire. Mais quel serait le but de cette manœuvre ?

— Peu importe. Ecoutez-moi juste, Nicole, je vous en prie ! Nous avons décidé d'être amis, plus d'une fois, nous nous sommes découragés l'un l'autre de nous aventurer sur un autre terrain. Ni vous ni moi ne voulons nous compliquer l'existence en ce moment. C'est bien cela ?

Le soleil brillait toujours, mais Nicole se sentait tout à coup dans le brouillard le plus complet.

— C'est ce que nous avons dit. Je suis d'accord, oui, nous sommes... des amis.

— Dans ce cas, si j'accepte de vous laisser conduire mon cabriolet, si je vous emmène galoper avec votre Juliet — et si j'accède à tous vos désirs, pour peu qu'ils restent raisonnables —, accepterez-vous de m'accompagner en société ? Cela ne durera que quelques semaines, je vous le promets. Ensuite vous aurez le droit de m'éconduire en public et de retrouver votre liberté, ce qui vous laissera largement le temps de briser au moins une bonne douzaine de cœurs avant la fin de la Saison. Quant à nous, nous saurons tous les deux que nous n'avons fait rien d'autre que jouer une petite comédie, inoffensive pour vous comme pour moi.

Il y avait quelque chose dans ses yeux que Nicole n'avait encore jamais vu. Une espèce de détermination qui le faisait paraître grave, voire menaçant, comme s'il était en colère contre lui-même.

— J'aimerais comprendre, mais ce n'est pas le cas. Pourquoi voudriez-vous qu'on vous croie fou amoureux ?

— Ai-je dit « fou » ? Cela m'étonnerait.

Si son sourire était destiné à la divertir, il avait manqué sa cible.

— Si, c'est ce que vous avez dit, assura-t-elle sans lui rendre son sourire.

— Dans ce cas, nous allons plutôt dire « amoureux transi ». Cela vous convient-il ?

— Pas tant que vous ne m'aurez pas dit pourquoi vous voulez vous faire passer pour tel.

Le visage masculin se ferma soudain.

— Dans ce cas, laissez tomber, Nicole. Entre amis, les choses doivent reposer sur la confiance, comme lorsque je vous ai fait confiance en vous laissant les rênes.

Ce qu'il pouvait être exaspérant !

— Abandonnez-vous toujours aussi facilement la partie, monsieur ?

— Quand je me rends compte que j'ai été stupide,

oui. Oubliez tout ce que j'ai dit, s'il vous plaît. L'idée me paraissait séduisante jusqu'à ce que je la formule à voix haute. Maintenant elle me semble bête, pour ne pas dire ridicule.

— Non, c'est faux ! Etant donné que j'ai moi-même facilement recours au mensonge quand cela m'arrange, je m'en rends compte lorsque quelqu'un me ment. Votre idée vous plaît beaucoup, car elle sert votre objectif, quel qu'il soit. Ce qui vous déplaît, c'est que je veuille savoir pourquoi vous avez besoin de feindre quelque chose qui n'est pas vrai.

— J'ai mes raisons. C'est tout ce que je peux dire.

— Et c'est tout ce que vous direz.

Nicole l'observa du coin de l'œil et vit sa mâchoire tressaillir. Il était nerveux, tout à coup.

— Courez-vous un danger quelconque ? s'enquit-elle, inquiète.

Contre toute attente, il lui décocha un large sourire qui l'éblouit.

— Et je m'en remettrais donc à vous pour me protéger ? Aucun risque…

— Ne faites pas le malin ! rétorqua-t-elle sans réfléchir, plongée dans d'intenses cogitations. Vous ne pouvez pas être un espion, parce que la guerre est terminée et qu'en temps de paix, les espions ne servent à rien. N'est-ce pas ?

— En effet, je ne suis pas un espion. Mais oubliez cela, Nicole. Je n'aurais rien dû dire.

— Vous avez raison, vous n'auriez pas dû parler. Mais c'est trop tard, à présent, et je vais me creuser la tête sans répit jusqu'à ce que j'aie découvert ce qui vous a poussé à dire cela et pourquoi cela vous arrange que certaines personnes croient une chose qui n'est pas vraie. Oh !

Etes-vous harcelé par une mère qui essaie à toute force de vous fiancer à sa laideronne de fille ?

— Si je vous disais oui, me croiriez-vous ?

Elle réfléchit un moment.

— Non, je ne pense pas. Vous ne m'avez pas l'air d'être du genre à craindre quiconque portant jupon.

— A part vous, bien sûr, répliqua-t-il, provoquant chez elle un mélange d'agacement et de plaisir.

— Oui, oui, je suis féroce, je le sais, répondit-elle d'un ton léger, mais sans cesser de réfléchir. Répondez juste à cette question, s'il vous plaît : êtes-vous en danger ? Car vous ne m'avez pas vraiment répondu, la première fois où je vous l'ai demandé.

Il la regarda en haussant les sourcils.

— Tiens, vous l'avez remarqué ?

— J'ai déjà reconnu devant vous que je n'étais pas aussi savante et cultivée que Lydia. Mais je n'ai jamais dit que vous deviez pour autant me prendre pour une idiote. Et vous n'avez toujours pas répondu à ma question.

Il garda le silence quelques secondes, attentif à la circulation qui, aux abords de Londres, devenait plus dense.

Nicole attendit en s'efforçant de respirer normalement. Cela lui parut difficile, car ce serait en fonction de la réponse qu'il allait lui donner qu'ils se reverraient ou non. Elle le savait. Et elle était certaine qu'il le savait lui aussi.

— Mes projets, expliqua-t-il enfin, pourraient se révéler quelque peu dangereux. Mais en ce moment, non, je ne cours absolument aucun danger. Et si les gens n'ont aucune raison de me soupçonner de quoi que ce soit, ce risque infime s'amenuise encore davantage. Cela vous suffit-il, Nicole ?

S'entendait-il parler, au moins ? Il venait d'évoquer

un secret devant elle, ainsi que la perspective d'une aventure. Pensait-il vraiment qu'elle se satisferait de ne jamais savoir ce qu'il projetait ? Il ne lui laissait pas le choix : le seul moyen d'apprendre ce qu'il cachait, c'était d'accepter son marché.

— Lorsque ce sera terminé, me direz-vous quelle est cette chose dont vous ne voulez pas qu'on vous soupçonne ?

— Lorsque ce sera terminé, Nicole, et si je réussis, oui, je vous le dirai. Je vous dirai tout. Cela me semble la moindre des choses.

— Et si vous échouez ? interrogea-t-elle le cœur battant.

Voilà qu'elle se faisait du souci pour lui, et cela la dérangeait au plus haut point. Elle voulait de l'aventure, certes. Mais l'aventure gâchée par l'inquiétude, cela n'entrait pas dans ses projets.

— Que se passera-t-il, alors ? insista-t-elle.

— Je ne sais pas, répondit-il d'une voix lente. Je n'ai pas envisagé l'échec.

Elle sourit, d'abord à demi, puis franchement.

— Moi non plus, je n'envisage jamais l'échec. Nous nous ressemblons beaucoup, monsieur.

— Lucas.

— Nous nous ressemblons beaucoup, Lucas, répéta-t-elle, avant de pousser un petit soupir de contentement. Très bien ! Comportez-vous comme mon prétendant, pressant et transi d'amour, si vous en avez envie. Lydia sera ravie. Je l'entends déjà clamer : « Je te l'avais bien dit ! », car elle sait très bien que j'ai toujours crié haut et fort que je ne voulais pas qu'on me fasse la cour. Rafe et Charlotte seront heureux de me voir occupée avec une personne de confiance et croiront qu'il ne peut rien m'arriver, alors même que je vivrai l'aventure. Et, à la fin, je connaîtrai votre secret. Est-ce tout ?

— Une chose encore. En tant que gentleman et au nom de notre amitié, je dois tout raconter à Rafe.

Nicole leva les yeux au ciel, exaspérée. Savait-il ce qu'était un secret, un vrai ?

— C'est une très mauvaise idée. Pour commencer, il refusera que vous vous serviez de moi. Et si Rafe doit savoir pourquoi vous voulez faire cela, alors j'insisterai pour le savoir moi aussi, ou bien, sinon, vous aurez tous les deux un avantage sur moi. Et c'est une chose que je ne pourrais pas supporter.

— Rafe est votre frère et mon ami. Je ne peux pas le tromper.

— Allez-vous aussi lui dire que je vous ai embrassé ?

— Je ne pense pas, non.

— Mais pourtant, vous êtes un gentleman. Et vous êtes son ami. Comment pourrez-vous ne pas lui dire ? demanda-t-elle, assez satisfaite de son imparable raisonnement.

La réponse de Lucas calma vite son enthousiasme.

— Très bien, vous avez raison. Je vais tout lui raconter en disant que c'est moi qui vous ai embrassée — pour ne pas vous gêner, vous comprenez — et Rafe annoncera ensuite nos fiançailles dans les journaux du matin.

Elle le regarda, horrifiée.

— Vous me menacez ? Alors que j'ai accepté de vous aider ?

Il eut un bref éclat de rire.

— Comme c'est intéressant ! Vous considérez la perspective d'un mariage comme une menace, Nicole ?

Est-ce le mariage en général qui vous repousse, ou l'idée de m'épouser, moi ?

Elle agita les mains devant elle, comme si cela pouvait envoyer au loin ses paroles.

— Oh non, cela ne se passera pas ainsi ! J'ai accepté de vous aider, et maintenant vous regrettez de me l'avoir demandé. Vous essayez donc de me mettre en colère pour que je me dédise. Eh bien, je n'en ferai rien. Allez raconter à Rafe ce stupide baiser si vous ressentez l'irrésistible besoin de vous confesser. Ce n'est pas mon nez qu'il réduira en bouillie.

Il la regarda d'un air surpris.

— J'ai l'impression d'avoir été acculé dans un coin, et ce, par une jeune femme d'au moins huit ans ma cadette. Dites le contraire si cela vous chante, mais votre esprit est aussi vif que retors, Nicole. Cela fait froid dans le dos.

— Vous avez sans doute raison, mais je crois que mes arguments se tiennent, déclara-t-elle fièrement, avant de se souvenir que la dernière fois où elle s'était servie de son esprit « vif et retors » pour ce qu'elle pensait être une bonne cause, il avait failli y laisser la vie.

Elle s'était alors promis de se montrer plus prudente à l'avenir et, en particulier, de ne pas accorder trop vite sa confiance aux gens, ainsi que de ne pas surestimer sa capacité à exercer un contrôle sur autrui.

Faisait-elle confiance à Lucas ? Oui, elle devait admettre que c'était le cas.

Pouvait-elle exercer un certain contrôle sur lui ?

Non. Elle ne pouvait même pas garder le contrôle d'elle-même lorsqu'elle se trouvait en sa compagnie, alors…

Pourtant, il était hors de question de faire machine arrière. Pas maintenant. La carotte qu'il avait agitée devant ses yeux était trop appétissante pour qu'elle l'ignore. La liberté, l'aventure, un secret… Autant de perspectives qui la réjouissaient.

— Je ne sais pas si vos arguments sont fondés, Nicole, mais ils semblent au moins plus convaincants et meilleurs que les miens.

— Je suis très douée pour faire en sorte que ce qui est ridicule paraisse sensé, du moins à mes yeux, affirma-t-elle dans un sourire. Je m'entraîne beaucoup.

Elle ne s'était même pas aperçue que le cabriolet était de retour à Grosvenor Square. Lucas ne dit plus rien jusqu'au moment où il serra le frein et où un valet accourut pour aider Nicole à descendre.

Lucas lui posa alors la main sur le bras pour la retenir.

— Si je tenais à ma peau, je m'enfuirais tout de suite le plus loin possible de vous. Mais, hélas, il me semble que nous avons passé un accord. Allez demander à Fletcher et à votre sœur s'ils aimeraient se rendre au théâtre ce soir. Si nous devons convaincre les foules que je suis fou d'amour pour vous, autant commencer le plus tôt possible.

Nicole acquiesça et il retira sa main avant de sauter du cabriolet et de l'aider à descendre.

Elle lui posa les mains sur les épaules lorsqu'il la saisit par la taille et leurs regards se rencontrèrent quand, lentement, il la fit descendre à terre. Elle dut se rappeler de respirer.

— Je ne suis pas seulement curieuse, vous comprenez. Et, bien sûr, j'aime faire ce qui me plaît et je cherche à m'amuser. Mais ce… ce n'est pas que cela. Je sais que vous avez dit que vous ne risquiez rien, mais je m'inquiète pour vous. En tant… en tant qu'amie. Ce qui me met en même temps très en colère contre vous.

— Je sais, répondit-il calmement.

Lorsqu'il lui sourit, elle ressentit un plaisir qu'elle ne voulut pas essayer d'analyser. Il lui saisit la main droite et la porta à ses lèvres.

— Merci.

Etait-elle en train de rougir ? Elle avait très chaud aux joues. Mais non, c'était impossible : elle ne rougissait jamais. Lydia, oui, mais pas elle.

— Je… je vous en prie. Et vous en veux toujours, ajouta-t-elle lorsqu'il sourit de plus belle et qu'elle sentit son estomac se nouer. Et maintenant, je vais vous dire que j'ai passé une excellente journée et, s'il y a une once de bonté en vous, vous allez vous écarter pour que je puisse rentrer et essayer de réfléchir à ce qui s'est passé entre nous aujourd'hui.

Chapitre 5

Lucas lut à voix haute la première ligne rédigée par les Citoyens pour la Justice :

« Il est temps, compagnons, de se rebeller contre ce gouvernement d'oppresseurs résolus à affamer nos enfants et à jeter les honnêtes gens dans le ruisseau. »

Puis il replia la feuille et la rendit à Fletcher.

— Oui, enchaîna ce dernier, merci, je l'ai lue. Plusieurs fois, même. Ce n'est pas très rassurant. Elle entendait montrer ce papier à son frère, mais le duc a été rappelé à son domaine le lendemain de notre dîner à Grosvenor Square et il ne doit pas rentrer avant ce soir. Du coup, c'est à moi qu'elle l'a donné, hier à l'auberge, car elle ne voulait pas déranger son frère. Qu'en penses-tu, Lucas ?

— Cela n'augure rien de bon, c'est certain. Et tu dis que lady Lydia l'a trouvé dans les affaires de sa femme de chambre ?

— Dans la poche de son tablier, oui. Lady Lydia n'a pas interrogé sa domestique. Elle reconnaît qu'elle prend peut-être la chose trop au sérieux, mais ses lectures actuelles — les pamphlets de ton parent — lui ont mis des idées terribles dans la tête.

— Ce n'est pas mon parent, rectifia Lucas en passant.

Mais je comprends que lady Lydia ait fait le lien entre ces deux écrits. Le papier trouvé dans le tablier de sa femme de chambre est un appel à la sédition. Sais-tu ce que cela signifie, Fletcher ?

— Que des têtes vont tomber ? proposa Fletcher en haussant les épaules. Quand nous aurons découvert qui a écrit ces inepties, c'est certain... Citoyens pour la Justice ? Citoyens pour la Zizanie, oui ! J'ai dit à lady Lydia de ne pas s'inquiéter, mais je ne pense pas l'avoir convaincue. Qu'en dis-tu toi-même ? Il y a quelques jours, tu évoquais justement l'éventualité d'un soulèvement populaire.

— Ce que j'en dis ? fit Lucas en s'enfonçant dans le fauteuil de son bureau. En fait, je ne crois pas qu'il faille chercher des noms derrière ces inepties. C'est un appel à la révolte, certes, mais sans allusion directe au lieu ni au moment où le peuple en colère est censé se rassembler. Cela ne dit pas non plus ce que ces gens sont censés faire une fois réunis. Où vont-ils aller ? Qui vont-ils attaquer ?

Fletcher se gratta la joue.

— Eh bien, je... J'avoue que je sèche, Lucas. Aide-moi un peu ! Penses-tu qu'il y aurait un code caché derrière ces lignes ?

Lucas sourit.

— Non, je ne crois pas. Pas plus que je ne pense qu'il y ait plus d'une personne sur cinquante — parmi les destinataires de ce papier — qui soit capable de lire correctement l'anglais. Alors, pour ce qui est de déchiffrer un code... Cela étant, dans quel but écrit-on un tel texte ?

Fletcher plissa le front, visiblement plongé dans d'intenses réflexions. Puis il secoua la tête.

— Sachant nous devons être les deux seuls à l'avoir lu jusqu'au bout, j'avoue que je n'en sais rien.

— Mais si, Fletcher, au contraire ! Tu viens de le dire : ce texte ne s'adresse pas au peuple de Londres. Il est destiné à ceux qui sont capables de le lire. C'est-à-dire à nous.

— Alors là, désolé, je ne comprends pas.

Lucas aurait aimé ne pas comprendre lui non plus. Mais grâce à lord Nigel Frayne, il était malheureusement certain de tout saisir. Fletcher était le seul à croire que Lucas lisait ce texte pour la première fois.

— Souviens-toi de ce que tu m'as dit l'autre jour. Tu as entendu dire que certains membres de notre gouvernement pensaient avoir trouvé un moyen pour que le Parlement — aussi bien du côté des Tories que des Whigs — édicte des lois plus strictes et crée de nouveaux impôts qui prendront les citoyens de notre pays à la gorge. C'est bien cela ?

— Je n'ai peut-être pas utilisé exactement les mêmes termes, mais oui, c'était à peu près cela.

— Très bien. Dans ces conditions, quelle meilleure incitation pour agir qu'un peuple qui menace de se soulever contre le pouvoir ? Et contre nous, les riches et les puissants ?

Fletcher écarquilla les yeux.

— Es-tu en train de me dire que… ? Non, c'est ridicule. Qui aurait intérêt à ce qu'une telle catastrophe se produise ? Des émeutes ? Des manifestations dans les rues de Mayfair ? Ils jettent des pierres, Lucas. Ils arrachent des pavés et s'en servent comme armes. J'ai lu ce qui s'est passé il n'y a pas si longtemps. Je n'ai pas les moyens de remplacer toutes les fenêtres de chez moi !

— Même sans devoir payer de faramineuses factures de vitrier, personne n'a intérêt à ce qu'une révolte populaire éclate. Appeler la garde royale contre nos propres concitoyens, te rends-tu compte ? Et j'ai peut-être aidé Sidmouth et les autres avec ma tirade impulsive au Club, quand je les ai avertis que l'on pouvait s'attendre au pire si nous n'aidions pas ceux qui, en ce moment, souffrent le plus. J'ai en fait servi leur cause, ce qui était tout le contraire de mon intention.

Tout comme, au départ, il avait été contraire à son intention de laisser lord Frayne l'approcher…

Fletcher leva son verre de vin et en scruta le contenu, pensif.

— Voyons voir si j'ai bien compris… Tu prétends que quelqu'un — Sidmouth, par exemple, ou quelqu'un de son entourage — serait en train de pousser délibérément le peuple à l'insurrection ? Pour que nos lois, qui sont déjà suffisamment coercitives à son égard, le soient encore davantage ?

— C'est tout à fait cela.

Et, pour son plus grand malheur, Lucas savait très bien qu'en dépit de ses principes et de ses convictions, il allait participer à cette manœuvre.

— J'espère que tu ne m'en voudras pas si je te dis que j'aimerais que tu te trompes. La note du vitrier, tu comprends ? Mais tu me sembles bien sûr de toi et tu ne me donnes pas l'impression de vouloir rester les bras croisés. Comment puis-je t'aider ?

Pouvait-il mentir à son ami ? Si c'était pour blanchir le nom de son père, oui. Oui, il le pouvait. Et puis, se confier à Fletcher risquait de causer du tort à ce dernier. Après tout, on ne pouvait pas faire ce que Lucas s'apprêtait à faire sans enfreindre au passage quelques-unes des lois de Sa Majesté le roi.

— Je ne peux pas te mêler à cela.

— Bon sang, mais c'est trop tard ! Je suis ton ami. Si tu as un plan, je dois y participer. Tu ferais exactement la même chose pour moi, non ? Alors dis-moi : que veux-tu que je fasse ?

— Cela te serait-il pénible de continuer à courtiser lady Lydia Daughtry ?

Fletcher fronça les sourcils.

— Pour le cas où elle trouverait d'autres feuilles de ce type dans le tablier de sa femme de chambre ?

— Non, répliqua Lucas en secouant la tête. Je suis certain que nous sommes capables d'en trouver d'autres tout seuls sur Piccadilly en ouvrant un peu l'œil.

— Alors pourquoi ?

Il était trop tard, à présent, pour dire la vérité.

— C'est simple. Après m'être ridiculisé en public — comme tu me l'as si bien répété — au White, je ne voudrais pas que certaines personnes croient que j'ai pris fait et cause pour ceux qui sont supposés avoir rédigé ce papier. J'ai besoin de me faire tout petit en espérant que les gens oublieront au plus vite mon discours enflammé. Pour m'aider, lady Nicole a accepté de se prêter à une petite comédie destinée à montrer au monde que je la poursuis de mes assiduités et que je suis par conséquent trop amoureux pour me préoccuper d'une chose aussi grave qu'une révolte populaire.

— Ai-je bien entendu ? Tu as échafaudé un plan pour empêcher que les pavés ne se mettent à voler et tu es déjà passé à l'action ? Sans m'avoir consulté, mais après avoir enrôlé lady Nicole ? Cela me peine, Lucas. Vraiment ! Et je suppose qu'elle a accepté. Pourquoi ?

Pourquoi, en effet ? A la suite de cet après-midi passé

en compagnie de lady Nicole, Lucas n'avait cessé de se poser la question. Tantôt il se disait que la jeune femme avait vraiment le béguin pour lui et il se sentait flatté. Tantôt il se disait que c'était plutôt le parfum d'aventure qui l'attirait, et cela le contrariait.

Il leva la main d'un geste désinvolte.

— Bah, une histoire de cabriolets et de promenades à cheval… Il y a sans doute d'autres raisons, aussi, auxquelles j'aime autant ne pas réfléchir. Et je tiens à préciser que je n'ai pas de véritable plan.

— Pas encore, tu veux dire. A part tout faire pour que les gens oublient le terrible discours que tu as prononcé au White… De nouveau, dis-moi comment je peux t'aider.

— Très bien. Je te nomme responsable de la sœur de lady Nicole. Lady Lydia me paraît très protectrice envers sa jumelle. Et elle est en outre, tu l'admettras, redoutablement intelligente.

— En effet, reconnut Fletcher. Ses propos me dépassent parfois un peu, mais cela ne me dérange pas. Je suis sûr d'être inoffensif à ses yeux. Mais j'aimerais que tu m'en dises un peu plus sur tes projets, qui sont, je pense, tout sauf inoffensifs. Car, étant quelqu'un d'honnête, je n'ai pas la moindre idée de ce que tu as derrière la tête.

— Une autre fois, répondit-il en se levant, car nous ne devons pas être en retard pour emmener ces dames au théâtre. Pour l'heure, peux-tu répondre à cette question : sais-tu si lady Lydia a montré le papier à lady Nicole ?

Fletcher, qui s'était levé lui aussi, acquiesça.

— Oui, elle le lui a montré. Elle pense d'ailleurs que c'est la raison pour laquelle lady Nicole s'est ensuite plongée dans la lecture du pamphlet de Thomas Paine. Tu te souviens ? *Les Droits de l'homme.* Lady Lydia m'a confié qu'elle n'avait jamais été autant surprise qu'en apprenant que sa sœur l'avait lu. Elles ne se ressemblent pas, tu comprends. Elle croit que lady Nicole a décidé qu'il était temps pour elle de s'intéresser un peu à autre chose qu'aux distractions. Et lady Lydia en est assez fière.

— Bon sang, cela pourrait compliquer les choses ! Je vais devoir faire attention, soupira Lucas.

— Attention à quoi ?

— A la curiosité d'une jolie femme, Fletcher, répondit-il en faisant signe à son ami de le précéder hors du bureau. Pour l'instant, puisque tu m'as proposé ton aide, j'aimerais que tu les surveilles toutes les deux ce soir au théâtre au moment où je m'éclipserai. Je dois aller voir quelqu'un. Ne quitte pas lady Nicole d'une semelle tant que je serai absent, pas un seul instant, veux-tu ? Et demain, je pourrai peut-être t'en dire un peu plus.

— Lady Nicole n'est encore qu'une jeune fille à peine sortie du berceau et, qui plus est, tout juste débarquée de sa campagne. Je suis certain de pouvoir m'en tirer.

— Oui, répondit Lucas en détournant le visage pour dissimuler un sourire. Moi aussi, j'en suis certain…

Covent Garden était une merveille d'architecture qui faisait paraître bien dérisoire le petit théâtre de province situé près d'Ashurst, où Nicole et Lydia avaient assisté à quelques représentations.

Nicole commença par feindre un désintérêt blasé en regardant autour d'elle, mais ne réussit pas à tenir la pose plus de deux minutes. Il y avait trop de gens, trop de personnages impressionnants dans leur tenue de soirée. Il y avait des femmes à la beauté éblouissante, d'autres dont les corps comprimés dans des corsets de soie criarde l'amusaient, ainsi que des hommes d'une grande élégance dans leurs costumes sombres. On croisait aussi des jeunes filles aux talons cxagérément hauts et aux jupes voyantes, avec des mouchoirs en dentelle qui volaient au vent, et elle devait parfois se mordre les lèvres pour ne pas éclater de rire.

Des bijoux étincelaient sur toutes les gorges, même si toutes les gorges n'étaient pas faites pour les bijoux. Certaines personnes riaient trop fort, certaines paraissaient tristes, d'autres encore semblaient extrêmement bien dans leur peau et dans leurs vêtements, et tout à fait à leur place dans cet environnement somptueux.

Les gens remontaient d'un pas nonchalant l'avenue qui menait au théâtre, pénétraient en se pavanant dans le hall, puis se dirigeaient vers leurs places ou vers leur loge privée. Ils parlaient fort et adoptaient le pas le plus lent possible. Tout le monde regardait tout le monde. Les lorgnettes et les pince-nez étaient de sortie, les éventails s'ouvraient et se refermaient, les expressions passaient de l'ennui à l'intérêt feint, puis à la franche curiosité.

Tout ce beau monde plut énormément à Nicole. S'extasiant à la fois devant les superbes boiseries, les tentures de brocard, les lustres en cristal et les représentants de la haute société qui se pressaient autour d'elle, elle se pencha vers Lucas.

— J'ai l'impression d'être en plein conte de fées, murmura-t-elle. Qui sont tous ces gens ?

Sans s'arrêter, Lucas adressa un signe de tête à un couple qui les croisait.

— Des gens, Nicole, et rien de plus. J'aimerais vous dire qu'ils sont là pour profiter du spectacle, mais c'est faux, en tout cas pour la plupart d'entre eux. Ils sont là pour voir, pour être vus, et pour bavarder ensuite sur ce qu'ils ont vu. Ce qui est dommage, car la pièce de la comédienne Marie-Thérèse Du Camp, *Sourires et Larmes*, est au programme ce soir. Aimeriez-vous la rencontrer ? Cela fait-il partie de la liste des aventures que vous avez envie de vivre ?

Nicole lui sourit.

— Oui, sans aucun doute ! s'exclama-t-elle. Mais est-ce convenable ? Je veux dire, est-il convenable de rencontrer une comédienne ?

— Tout à fait. Surtout si je lui fais passer un billet pour lui demander de venir nous rejoindre dans notre loge pendant l'un des entractes. Ça le serait moins si c'étaient nous qui allions la trouver.

— Alors, bien entendu, c'est ce que nous ferons, décréta Nicole. Nous laisserons Lydia et lord Yalding sous le chaperonnage de Renée. J'ai bien compris ce que vous vouliez, n'est-ce pas ?

— Et moi, je vous permets du même coup de vivre de nouvelles aventures : vous voyez, je n'ai pas oublié ma part du marché. Vous êtes très belle ce soir, soit dit en passant ! ajouta-t-il. Les têtes se sont retournées sur chacun de vos pas.

Nicole l'avait remarqué, mais elle savait qu'elle devait ne faire mine de rien. Elle sourit en songeant que Lucas, en la dévorant ainsi des yeux, jouait son rôle d'amoureux transi à la perfection.

— Les gens regardent Lydia, également. Les hommes sourient et les femmes nous lancent des regards noirs. Est-ce mal de ma part de dire que c'est une sensation plutôt agréable ?

— Non, amusez-vous et profitez-en ! Souvenez-vous

juste de ceci : la profondeur de la sincérité et de la bienveillance de ces personnes n'excède pas celle de la flaque dans laquelle nous avons pataugé ensemble l'autre jour. Vous et votre sœur êtes les ennemies de chaque débutante et de chaque mère qui cherche à marier sa fille. Et les hommes ? Ah, vous êtes trop jeune pour savoir ce que pensent les hommes lorsqu'ils regardent une personne aussi jeune et fraîche que vous ou votre sœur. Mais pas tous les hommes. Les plus cupides préféreraient que vous soyez vilaines, afin que le riche duc qu'est votre frère leur accorde plus facilement votre main.

Ils grimpèrent un large escalier, firent quelques pas sur le palier, puis reprirent leur ascension, suivis par Fletcher et Lydia, et par la très sérieuse Renée.

— Vous êtes en train de chercher à gâcher mon plaisir, on dirait, reprit Nicole. Moi, je veux rire et m'amuser sans avoir à me soucier des arrière-pensées de tous les gens que je croise. Il y a certainement des exceptions à ce tableau fort peu flatteur que vous dressez. Vous, par exemple.

Il la conduisit vers les rideaux rouges qui bordaient un côté du couloir plus étroit dans lequel ils se trouvaient à présent.

— Ah, oui, bien sûr, je suis l'exception. Intègre, digne de confiance et sans aucune arrière-pensée. Un homme simple en somme, et scrupuleusement honnête. Vous pourriez questionner tout le monde, personne ne vous dirait le moindre mal du marquis de Basingstoke. Vous avez de la chance d'être tombée sur moi.

— C'est l'homme qui m'a demandé de prendre part à sa conspiration qui dit cela, objecta Nicole, tandis qu'un ouvreur en livrée écartait les lourds rideaux de la loge.

— Faites attention où vous mettez les pieds, Nicole, prévint Lucas. La loge est sur trois niveaux.

Elle n'écoutait pas. Si elle avait trouvé le grand hall d'entrée merveilleux, le théâtre qui s'offrait à sa vue dans son ensemble était tout simplement splendide. Elle avança d'un pas sûr, descendit les quelques marches, se fraya un chemin entre les fauteuils positionnés à sa droite et à sa gauche, pour aller poser sa main gantée sur la balustrade de cuivre et regarder la foule tout autour d'elle.

Il y avait plus de monde dans ce théâtre qu'elle n'en avait jamais vu rassemblé en un seul lieu. Le cœur battant à tout rompre, elle se laissa inonder par la délicieuse sensation d'être en vie.

C'est pour cela que je suis née ! songea-t-elle. *Pour être là et vivre cela.* Elle secoua aussitôt la tête, se demandant comment elle avait pu formuler une pensée aussi vaine et stupide.

Quand elle se retourna vers ses compagnons, elle avait un large sourire aux lèvres et les yeux brillants d'excitation.

— Lydia, viens voir ! Le monde entier est ici !

Déjà, Lydia prenait place dans un fauteuil du premier rang de la loge, juste devant lord Yalding, qui regardait par terre.

— Oui, j'ai vu, répondit-elle. Maintenant, assieds-toi, s'il te plaît ! Si tu continues à te pencher comme cela, tu vas tomber.

— Oui, s'il vous plaît, lady Nicole, renchérit Fletcher, le regard toujours fixé au sol et les mains crispées sur le dossier d'un fauteuil. Je ne peux pas m'asseoir avant vous, vous savez. Et, bien que j'aie honte de l'avouer, sachez que je ne me sens jamais à l'aise dans ces loges.

J'éprouve toujours une irrésistible envie de sauter. Ce qui me conduirait à une mort certaine…

Nicole s'assit sans attendre et lui adressa un regard non dénué d'appréhension.

— Vous avez vraiment envie de sauter, monsieur ?

— Non, bien sûr ! Sauter est la dernière chose que je ferais. Mais c'est plus fort que moi, vous comprenez ? J'ai la sensation que je pourrais faire des choses que je ne souhaite absolument pas faire, pour la seule raison qu'elles sont possibles.

— N'essayez pas de le comprendre, Nicole, dit tout bas Lucas en s'asseyant près d'elle. Il est comme cela depuis que je l'ai convaincu de monter dans un ballon à Green Park l'an dernier. Depuis lors, mon ami préfère de loin la terre ferme. Il ne bougera pas de sa place jusqu'à ce que nous soyons prêts à partir.

Nicole se retourna pour adresser un nouveau regard à lord Yalding. En voyant les marques blanches autour de ses lèvres pincées, elle lança :

— Le pauvre ! Oh ! regardez, Lydia lui propose son éventail. N'est-ce pas mignon ?

— Pas s'il l'accepte, répondit Lucas. C'est bon pour les dandies et je doute que Fletcher se sente à l'aise dans ce rôle. Ah, et nous commençons à attirer l'attention ! Permettez que je vous dévore des yeux pendant que je vous aide à vous défaire de votre châle.

Nicole essaya de rester impassible tandis que, de derrière elle, il tendait le bras pour l'aider à se débarrasser de la douce étoffe de cachemire sans détacher son regard du sien.

Si sa respiration ne s'était pas accélérée, si un petit frisson de plaisir n'était pas descendu le long de sa colonne vertébrale pour venir se loger au creux de son ventre, elle se serait considérée comme hors de danger, elle aurait pris tout cela pour un jeu.

Mais ce n'était pas un jeu. Du moins, pas l'un de ceux dont elle connaissait les règles. Au moment où le regard de Lucas s'était rivé sur le sien, elle aurait pu jurer que l'adoration qu'il lui manifestait était sincère. Savoir que ce n'était pas le cas lui fit monter les larmes aux yeux, réaction proprement ridicule, songea-t-elle. Oui, il fallait qu'elle se répète qu'elle était ridicule, et peut-être que son corps — ce traître — obéirait enfin à son cerveau.

Elle saisit l'éventail au manche d'ivoire qui pendait à son poignet et l'ouvrit d'un geste, manquant de heurter le nez de Lucas, pour le placer devant sa bouche pendant qu'elle murmurait :

— Je crois que tout le monde aura compris, monsieur. A moins que vous ne vouliez vous mettre à baver, de surcroît. Mais je vous le déconseille, cela se révélerait embarrassant pour vous comme pour moi.

Lucas se cala dans le fond de son fauteuil en riant comme si elle avait dit quelque chose de très intelligent. Pendant qu'il changeait de position, elle le contempla avec admiration : ses yeux vifs scrutaient chacune des loges visibles depuis la leur. Soudain, ils se posèrent sur celle qui leur faisait face et il marqua un temps d'arrêt qui n'excéda pas une seconde. Il inclina alors la tête de façon presque imperceptible, avant de continuer son examen de la salle. Rien de tout cela n'avait échappé à Nicole.

Elle se pencha légèrement en avant — ce qui dut faire frémir lord Yalding — et scruta le plus discrètement possible les occupants des loges d'en face.

— Qui est-ce ? s'enquit-elle en secouant doucement l'éventail devant elle.

— Je vous demande pardon ?

— Oui, vous le pouvez… Votre regard s'est arrêté sur quelqu'un — ou quelqu'une — il y a quelques secondes et vous lui avez adressé un signe. Un autre que moi ne s'en serait peut-être pas rendu compte, mais pour ma part, je suis très observatrice. Cependant, une personne assise dans ces loges s'intéresse autant que moi à vos faits et gestes, elle n'a pas pu manquer de le remarquer elle aussi. Vous manquez de pratique en matière de dissimulation, n'est-ce pas ?

— De toute évidence, oui. Puis-je également vous avouer que je tremble en songeant à l'expérience que vous semblez vous-même avoir en la matière ?

Nicole leva son éventail lorsqu'elle sentit son sourire s'élargir et sa fossette menacer d'apparaître.

— C'est cela. Vous n'avez plus l'air en adoration, mais surpris, voire captivé. Quiconque vous regarde en ce moment ne pourra remettre en question votre intérêt pour moi. Très bien.

Il entrouvrit la bouche, mais ne dit rien et se contenta de secouer la tête. Puis il se pencha en avant pour demander si le vicomte ou lady Lydia souhaitaient des rafraîchissements.

Cela laissa à Nicole le loisir de faire sa propre inspection des loges en feignant la plus parfaite innocence. Personne ne regardait vers eux cependant, de sorte qu'elle ne put deviner qui Lucas avait vu et salué.

Elle fut un instant distraite par la vue d'une très grosse dame vêtue du plus éclatant des violets et portant sur la tête une longue plume qui oscillait comme elle descendait les marches d'une loge pour gagner les fauteuils du premier rang.

L'homme qui l'accompagnait, âgé et trop fluet, essayait de les sauver tous deux de la fin atroce tant redoutée par le vicomte et jetait des regards affolés autour de lui, alors que l'imposante dame l'entraînait à sa suite. Ils furent préservés du désastre *in extremis* — et, avec eux, les spectateurs occupant les rangs d'orchestre situés juste au-dessous — par deux solides valets, l'un empoignant la traîne violette de madame, l'autre retenant monsieur par les basques de sa queue de pie.

Ce spectacle amusa tant Nicole qu'elle voulut partager son hilarité. Elle se retourna pour montrer la scène à Lucas, mais constata avec surprise que ce dernier avait quitté la loge. Déjà, le public commençait à faire moins de bruit et tous les yeux se tournaient peu à peu vers la scène.

— Où se trouve monsieur le marquis ? demanda-t-elle à lord Yalding.

— Il est parti chercher des rafraîchissements, répondit Fletcher.

Puis il posa un doigt sur ses lèvres, comme pour lui signifier qu'il était temps de se taire et d'être attentive.

Nicole se sentit partagée. A présent, tout le monde applaudissait et elle ne voulait à aucun prix manquer un seul moment de sa première expérience théâtrale londonienne. Toutefois, c'était plus fort qu'elle, elle ne pouvait s'empêcher de scruter les loges d'en face en se demandant qui Lucas avait bien pu saluer.

En gardant sa tête dans l'axe de la scène, elle fit du coin de l'œil un rapide inventaire de la demi-douzaine de loges qui avaient pu être l'objet de l'attention de Lucas.

Trois jeunes femmes et leur mère occupaient l'une d'elles ; Nicole se souvenait avoir croisé un peu plus tôt la jolie rousse du milieu. Dans celle d'à côté, étaient installés deux messieurs, l'un très ordinaire, l'autre impeccablement vêtu, plutôt beau, mais affichant une telle expression d'ennui qu'elle se demanda pourquoi il était venu assister à cette représentation.

— Qui est-ce ? demanda-t-elle à lord Yalding en se servant de son éventail pour désigner discrètement celui à qui elle faisait allusion. Ce monsieur qui donne l'impression que rien ne pourrait le surprendre, pas même l'entrée en scène d'un troupeau d'éléphants ?

Fletcher soupira et quitta la scène des yeux pour regarder les loges en question.

— Oh ! Cela ressemble fort à M. George Brummel, mademoiselle. Et il s'agit bien de son air habituel.

— Le Beau Brummel ? fit Nicole en redoublant d'attention. Oh mon Dieu… Tout ce qu'on dit de lui est donc vrai ?

— Si vous faites allusion au fait qu'il est en disgrâce auprès du régent, qu'il est terriblement endetté, que l'homme assis à côté de lui est l'un de ses créditeurs qui le suit partout pour être sûr qu'il ne s'enfuit pas vers Calais pour s'évanouir dans la nature, alors oui, tout ce qu'on dit de lui est vrai. Et maintenant, si vous n'y voyez pas d'inconvénient, j'aimerais…

— Oh ! oui, pardonnez-moi ! Retournez à votre… amusement, s'excusa Nicole, qui reprit aussitôt son examen des loges.

Celle située à gauche de celle de M. Brummel était vide depuis que la dame en violet et le malheureux qui l'accompagnait avaient trébuché dans les escaliers. Dans celle d'en dessous, se trouvaient toujours les deux dames bien en chair, la jeune femme portant une jolie toilette dans les tons bleus et le… En fait, non, le monsieur distingué aux cheveux gris avait disparu.

— Lord Yalding ? Psst ! Lord Yalding !

Fletcher soupira de nouveau lorsqu'il détacha son regard du ballet qui se produisait sur la scène pour se pencher sur le côté.

— En quoi puis-je vous aider, mademoiselle ? interrogea-t-il à voix basse, avec vers la scène un petit coup d'œil destiné sans doute à lui faire comprendre qu'elle l'empêchait une fois de plus de suivre le spectacle.

— Toutes mes excuses. Mais cette jeune femme, dans la deuxième rangée de loges, juste en face de la nôtre…, La voyez-vous ? Elle est assise entre deux femmes plus âgées. Elle est habillée en bleu. La connaissez-vous ?

Fletcher suivit son regard.

— La nièce de lord Frayne ? Je ne connais pas son nom, mais c'est elle. Je les ai vus ensemble tout à l'heure. Pourquoi ?

— Pour rien, répondit joyeusement Nicole. Je me disais juste qu'elle était jolie. Lord Frayne, vous avez dit ? Merci. Lord Basingstoke va-t-il bientôt revenir ? J'ai très soif.

— Il n'est pas allé bien loin. Il sera là d'une minute à l'autre. Maintenant, si vous voulez bien…

— Oh ! bien sûr, bien sûr ! répliqua Nicole en adressant un petit signe de la main à sa sœur, qui la regardait d'un air réprobateur.

Comme tout le monde la regardait toujours d'un air réprobateur, Nicole n'en prit pas ombrage.

Comme lady Lydia et lord Yalding, elle se tourna vers la scène. Le ballet avait pris fin. A présent, un homme déclamait un texte avec une virulence déconcertante.

Lydia, qui semblait fort impressionnée, tenait les mains serrées contre sa poitrine.

Nicole compta jusqu'à dix, une fois, puis deux, avant de se lever de son fauteuil et de grimper les marches dans l'obscurité.

— Mademoiselle ? souffla Fletcher d'un ton qui semblait anxieux.

— Chhhut ! le gronda-t-elle. Il ne faut pas gêner le comédien. Je viens de me rendre compte que la balustrade était légèrement fendue. Je vais m'asseoir un peu plus au fond avec ma femme de chambre.

Le vicomte de Yalding la suivit d'un regard contrarié, puis secoua la tête et se tourna de nouveau vers la scène.

Tout en fixant Lydia pour la dissuader de dire quoi que ce soit, Nicole s'empara du réticule de sa sœur et recula jusqu'au fond la loge, avant d'écarter juste assez le rideau pour se glisser dans le couloir.

Le jeune homme en livrée qui les avait fait entrer dans la loge se précipita vers elle et s'inclina en lui demandant s'il pouvait lui venir en aide.

— Comme c'est aimable de votre part, répondit-elle en lui adressant son plus beau sourire. Ma sœur ne se sent pas bien. Je cherche lord Basingstoke, qui est allé chercher de l'aide. Mais cela fait bien longtemps qu'il est parti et ma sœur ne va pas bien. Sauriez-vous par hasard par où il est parti ?

— Oui, mademoiselle, je le sais, répondit le jeune homme, pendant que Nicole fouillait dans le réticule de sa sœur pour en extraire une pièce, les sourcils légèrement froncés car elle venait de se rendre compte que ce sac en argent jurait avec sa robe jaune aux reflets dorés.

— Formidable ! Et auriez-vous l'amabilité de me le dire ?

— Oh… oui, bien sûr, pardonnez-moi ! Il est parti par là, mademoiselle, répondit-il en pointant du doigt une direction, tout en empochant la pièce de l'autre main. Seulement, il n'y a rien dans cette direction, mis à part les dernières loges et un escalier qui conduit dans les coulisses.

— Merci, dit Nicole en constatant que le buffet se trouvait dans la direction opposée à celle que lui indiquait le jeune homme. Il a dû prendre l'escalier, pour aller chercher de l'aide. Peut-être pourriez-vous me conduire jusqu'à lui ?

Nicole savait qu'elle ne devait pas être vue seule dans le couloir qui n'était pas encore désert. Elle était en outre quasi certaine que, même s'il s'apercevait de sa disparition, le vicomte de Yalding ne se hasarderait pas à se déplacer dans le noir de la loge pour se lancer à sa recherche.

— Avec plaisir, mademoiselle, répondit le garçon, comme s'il avait l'habitude que des dames de qualité lui demandent de l'escorter. Je m'appelle Lester, mademoiselle.

— Vraiment ? Quel beau prénom ! Maintenant, s'il vous plaît, il est impératif que je retrouve monsieur le marquis le plus vite possible.

— Oui, mademoiselle, l'escalier est juste là.

Lester avait raison : il n'y avait que quelques pas à faire pour rejoindre un autre petit couloir, puis la porte donnant sur l'escalier. Lorsqu'il ouvrit celle-ci, Nicole découvrit un escalier en colimaçon qui menait à un petit palier.

— Restez ici, Lester, demanda-t-elle. Fermez la porte et faites le guet pour moi.

— Mais, mademoiselle…

Nicole posa sa main gantée sur le bras de Lester. Celui-ci devait avoir deux ans de moins qu'elle : une proie facile, songea-t-elle pour se donner du courage.

— S'il vous plaît, Lester ! Vous ne voudriez pas être un obstacle à l'amour, n'est-ce pas ?

— Mais… Mais vous avez dit que votre sœur…

— C'était un boniment, Lester. Pour le cas où quelqu'un écouterait. C'est le seul moyen que monsieur le marquis et moi-même avons trouvé pour nous retrouver seul à seul quelques instants. Nous sommes surveillés en permanence. Et je l'aime tant, Lester ! Puis-je vous faire confiance ? S'il vous plaît !

Nicole vit avec stupéfaction la pomme d'Adam du jeune homme monter et descendre de façon presque convulsive.

— Je… Hum… Je pense que…

— Dieu vous bénisse, Lester, s'empressa-t-elle de répondre.

Puis elle regarda autour d'elle, ne vit personne dans les environs proches — puisque, de toute façon, ce couloir ne menait nulle part une fois dépassées les dernières loges — et pénétra rapidement dans la cage d'escalier, tout en faisant signe à Lester de fermer la porte derrière elle.

Il n'était pas garanti qu'elle tombe sur Lucas, mais elle était plutôt optimiste. Si Lester l'avait vu partir dans cette direction et ne l'avait pas vu revenir, il y avait de fortes chances pour qu'elle le retrouve. Il n'était sans doute pas descendu jusqu'à la scène, mais avait dû s'arrêter juste un étage plus bas, afin de rejoindre ce lord Frayne qui, lui aussi, avait disparu de sa loge.

Elle n'avait pas de plan ; elle voulait simplement voir les deux hommes ensemble. Elle n'avait aucune idée de ce qu'elle ferait de cette découverte, mais elle voulait que Lucas sache qu'elle savait… même si elle ne savait pas précisément ce qu'elle savait.

Enfin, l'idée lui avait semblé pertinente lorsqu'elle l'avait eue…

Nicole demeura immobile jusqu'à ce que ses yeux s'habituent à la faible lumière dispensée par quelques bougies disposées dans des niches. Alors, elle commença à descendre lentement en guettant les bruits.

Elle arriva au premier palier sans incident, fit encore quelques pas, puis s'apprêta à continuer sa descente jusqu'au couloir, avant d'hésiter.

Tout près d'elle, une porte étroite était ménagée dans le mur et il lui sembla entendre des voix derrière elle, même s'il était impossible de distinguer clairement ce qui se disait. Retenant son souffle, elle se pencha et colla l'oreille à la serrure. Elle avait la délicieuse impression d'être une espionne en train de déjouer un complot.

C'était la voix de Lucas !

— … sur place avant 7 heures, dirais-je, pour être sûr. Je connais l'endroit. Saint Giles, juste après Fetter Lane.

— Attention, il ne s'agit pas de l'église en elle-même, mais de l'immeuble juste à côté. La taverne s'appelle La Roue Brisée. La réunion aura lieu au sous-sol, on y accède par la ruelle derrière le bâtiment. Vous donnerez le mot de passe et on vous laissera entrer.

— Et cela suffira ?

— Il ne vous reste plus qu'à prier pour que cela suffise, sinon, demain pourrait être votre dernière journée parmi les vivants. Vous pourriez alors demander directement à votre père qui a voulu sa disgrâce, au lieu de vous adresser à moi. Ecoutez, tirez-en les renseignements nécessaires et, la fois suivante, ce sera à vous de prendre la parole. D'accord ?

— D'accord. Et je serais flatté par tant de sollicitude de votre part, si je ne savais pas que je ne vous serais d'aucune utilité si l'on retrouvait mon corps flottant dans la Tamise. Et maintenant, après cet agréable moment passé en votre compagnie, je dois retourner à ma loge. La jeune lady doit se demander où je suis passé.

— Je l'ai vue, elle est superbe. Qu'elle ne vous distraie pas, cependant !

— Pas de danger. C'est comme si je ne la voyais même pas.

Derrière la porte, Nicole fit la moue.

— Pas de danger, répéta-t-elle pour elle-même. Non mais, quel toupet !

— Très bien. J'ai un autre rendez-vous avant de retourner à ma loge. Vous pouvez y aller.

— Un moment, monsieur ! Vous ne m'avez pas communiqué le mot de passe.

Nicole rapprocha encore son oreille de la serrure.

— Ah non ? J'avoue qu'ils ne sont pas allés le chercher bien loin. C'est Guy Fawkes.

— Ah, l'homme qui voulait faire sauter le Parlement. Cela doit être très encourageant pour vous. Très bien, je vous contacterai dès que possible. Où pouvons-nous nous revoir ?

Nicole aurait bien aimé le savoir elle aussi, mais comme les voix devenaient plus fortes et plus distinctes, elle comprit qu'il était temps de battre en retraite. Elle souleva ses jupes et remonta l'escalier aussi vite et silencieusement que possible, avant de frapper à la porte pour prévenir Lester qu'elle était de retour.

La porte s'ouvrit sur le jeune homme tout sourires. Sans lui laisser le temps de parler, elle lui empoigna le bras et le repoussa vers le couloir.

— Le vestiaire des dames ! Vite, Lester, où se trouve-t-il ?

— Il est, euh… il est… là-bas, en face de la loge de lord Basingstoke.

— Parfait ! Si monsieur le marquis vous pose la question, c'est là que je me trouve, et ce depuis un bon moment. Vous êtes un peu inquiet pour moi, car vous m'avez trouvée pâle et je vous ai dit que je ne me sentais pas bien. Pouvez-vous faire cela pour moi, Lester, s'il vous plaît ?

— Mais je croyais que vous étiez avec… Ah, mademoiselle, je comprends à présent. Je ne suis pas censé savoir que vous étiez avec lui.

Et voilà ! Prise à ses propres mensonges !

— Cela… euh… cela vaudrait mieux en effet, si vous faisiez comme si vous ne saviez rien, confirma Nicole en sortant une autre pièce du réticule de sa sœur.

Quelle chance que Lydia n'ait pas dépensé tout son argent en colifichets comme elle !

— Il s'est mal comporté, mademoiselle, c'est cela ?

Lester s'était raidi, visiblement prêt à demander réparation au marquis pour sa mauvaise conduite.

— Je n'aurais pas dû vous aider, poursuivit-il, si c'était pour qu'il vous maltraite.

— Mais non, Lester, il ne m'a pas maltraitée ! Nous nous sommes disputés, voilà tout. Il veut que je m'enfuie avec lui pour que nous puissions nous marier, mais je ne peux tout de même pas faire cela à ma pauvre maman, qui est veuve ! N'oubliez pas ce que je vous ai dit, c'est tout, ajouta-t-elle en tournant les talons pour se diriger en hâte vers le vestiaire des femmes.

Elle réussit à disparaître à temps et se réfugia dans la vaste pièce vivement éclairée. Soulagée, elle s'appuya contre la porte, le cœur battant et le souffle court.

— Ah, te voilà !

Nicole, qui avait fermé les yeux pour se remettre de ses émotions, les rouvrit aussitôt.

— Lydia ?

— Oui, en effet : Lydia, ta sœur, qui est dans tous ses états depuis dix minutes en se demandant ce que tu as encore pu faire. C'est incroyable que tu te souviennes de moi. Où étais-tu ? Lord Yalding m'a dit que je te trouverais sans doute ici. Et tu as pris mon réticule par erreur, t'en étais-tu rendu compte ? J'ai le tien, mais il est vide. Je n'y ai même pas trouvé un penny à donner à la jeune femme qui est allée me chercher une serviette humide pour que je puisse me rafraîchir. J'espérais que tu finirais par réapparaître, car je ne peux partir d'ici sans la remercier. Cela fait partie des consignes de Charlotte, n'oublie pas.

Nicole entendit un petit ricanement et se retourna. Renée se trouvait là avec quelques autres dames élégantes accompagnées de leur femme de chambre. Elle foudroya Renée du regard, et celle-ci déguisa aussitôt son rire en quinte de toux.

— Je suis désolée, Lydia ! s'exclama Nicole. J'ai dû me perdre dans un couloir. J'avais la nausée, tu comprends. J'étais là-bas, assise sur un banc, tu ne m'as pas vue ?

— Non, je ne t'ai pas vue, répliqua Lydia.

Elle leva le menton et Nicole comprit qu'elle avait tout deviné. Il était clair qu'elle désapprouvait son comportement, mais aussi qu'elle ne dirait rien tant qu'elles seraient entourées de toutes ces oreilles indiscrètes.

— Il y avait une plante verte qui me masquait, ce doit être pour cela que tu ne m'as pas vue, mais je n'ai pas bougé, poursuivit Nicole en passant le bras sous celui de sa sœur. Excuse-moi de t'avoir inquiétée. Ne crois-tu pas que nous ferions mieux de retourner à la loge ?

Une fois qu'elles furent dans le couloir, Lydia s'immobilisa et força Nicole à en faire autant.

— Vous avez fait quelque chose que je ne préfère pas savoir, n'est-ce pas ? Lord Basingstoke et toi…

Nicole essaya de rougir, mais abandonna vite, sachant qu'elle ne parviendrait pas à exprimer de façon crédible le remords ou la gêne. Autant dire à sa sœur ce qu'elle s'attendait à entendre :

— Oh ! ce n'était qu'un petit baiser, Lydia. Rien de bien terrible. Il m'a suppliée, tu comprends. Et moi, j'avoue que j'étais un peu curieuse.

— J'aurais dû m'en douter ! La curiosité est une de tes caractéristiques. Tu l'as vraiment laissé t'embrasser ?

Il fallait mentir encore. Après avoir menti à Lester, menti une première fois à Lydia… et même s'être menti à elle-même ! Elle allait finir empêtrée dans les mensonges.

— Pour la première et la dernière fois, Lydia, je te le promets. Mais tu es fâchée contre moi, n'est-ce pas ? Une fois de plus, je t'ai contrariée et je m'en excuse.

Elle se pencha vers sa sœur pour l'embrasser, avant de poursuivre :

— Je vais me racheter, c'est promis. Demain, nous irons chez Hatchard, toi et moi, et tu pourras feuilleter tous les livres dont tu auras envie pendant aussi longtemps que tu voudras, sans que je te demande une seule fois si tu as bientôt fini.

— Tu détestes m'accompagner et m'attendre pendant que je feuillette des livres.

— Je sais, et j'ai tort. En fait, je devrais en profiter pour acheter un plan de Londres, avec toutes les rues et les églises. Je suis sûre qu'il y a dans cette ville une foule d'églises intéressantes. Certaines possèdent peut-être même des vieilles tombes ou d'autres vestiges anciens.

— Mais tu détestes visiter les vieilles églises ! fit remarquer Lydia en la considérant d'un air soupçonneux.

— A t'entendre, on croirait que rien ne m'intéresse. J'essaie de me racheter et de me faire pardonner de t'avoir fait peur. Pourquoi m'en empêches-tu ?

Lydia, parce qu'elle était Lydia, rougit aussitôt et parut s'en vouloir.

— Je suis désolée. Si tu souhaites t'excuser, je ne devrais pas être aussi dure avec toi. Mais promets-moi s'il te plaît de ne plus disparaître avec le marquis. Tout de même, ce n'est pas très convenable de sa part !

La main gauche derrière le dos, Nicole sourit à Lucas qui arrivait vers elles, l'air préoccupé, et croisa les doigts pendant qu'elle jurait solennellement de bien se tenir à partir de maintenant.

— Lady Nicole, déclara le nouveau venu en lui adressant un regard appuyé. Lord Yalding m'a dit que vous ne vous sentiez pas très bien.

— C'était peut-être l'excitation de cette première véritable soirée londonienne, répondit Nicole en songeant aussitôt qu'elle aurait dû trouver un meilleur mensonge, car Lucas Paine n'était pas homme à se laisser berner aussi facilement. Mais je me sens mieux à présent.

Pouvons-nous retourner à la loge ? Je veux absolument voir ce *Sourires et Larmes* dont vous m'avez parlé. Cela me semble être une pièce très intéressante.

— C'est le cas. Toutefois, elle est presque terminée, répliqua Lucas, avant de s'incliner devant Lydia. Puis-je me permettre de vous raccompagner jusqu'à la loge, lady Lydia, et de vous confier à lord Yalding ? J'aimerais m'entretenir avec votre sœur quelques minutes, afin de m'assurer qu'elle va vraiment mieux.

— Mais vous venez de passer… enfin, je… oui, cela me convient. Mais vous allez rester juste ici, dans le couloir, n'est-ce pas ? N'est-ce pas, Nicole ? insista Lydia en regardant sa sœur d'un air totalement perdu et paniqué qui était fort compréhensible. Ne tarde pas à nous rejoindre !

— Non, c'est promis. Juste le temps que monsieur le marquis aille me chercher un verre de citronnade. Il fait très chaud ici, non ?

— Et ce n'est que le début ! marmonna Lucas entre ses dents, avant d'escorter Lydia jusqu'à la loge où l'attendait Fletcher.

Lorsqu'il revint, un instant plus tard, le sourire qu'il affichait lorsqu'il était avec Lydia avait disparu.

Il saisit Nicole par le coude et l'entraîna au bout du couloir, non sans saluer poliment les gens qu'ils croisaient au passage.

La jeune femme était presque certaine qu'il ne l'emmenait pas voir son amie, la comédienne qui avait aussi écrit la pièce, mais elle n'avait pas encore abandonné tout espoir.

— Où allons-nous ?

— Je pense que vous le savez, rétorqua-t-il.

Elle osa lui adresser un petit regard, avant de sentir son estomac se contracter.

— C'est Lester, dit-elle à voix basse, mais sûre de son fait. Il vous a tout raconté.

— C'est comme cela qu'il s'appelle ? Ce garçon m'a regardé comme s'il allait me frapper. Je vous demanderais bien ce que vous lui avez dit, mais je crois que j'aime autant ne pas le savoir.

— Il pense que vous vouliez que nous nous enfuyions ensemble pour nous marier, que je n'étais pas d'accord et que nous nous sommes disputés pour cette raison. C'est tout.

— C'est *tout* ? Mais c'est merveilleux ! Maintenant, je passe pour un goujat doublé d'un séducteur de très jeunes femmes.

Nicole eut très envie de rire.

— Oui, et vous devriez avoir honte, d'ailleurs ! Comment avez-vous fait pour que Lester me trahisse ?

— Vous lui avez donné du cuivre, Nicole, moi de l'argent. Même le plus enjôleur de vos sourires ne fait pas le poids face à une pièce d'argent. Il faudra vous en souvenir la prochaine fois que vous voudrez user de vos charmes pour obtenir quelque chose.

Nicole dut se mordre la lèvre pour ne pas répondre. Il était en colère, très en colère contre elle. Elle n'avait plus du tout l'impression d'être une espionne rusée, ni de vivre une aventure excitante. Elle se sentait redevenue une enfant capricieuse et elle n'était pas très fière d'elle.

Toutefois, sa honte ne lui faisait pas pour autant oublier ce qu'elle avait entendu !

Lucas s'arrêta et lui ordonna à voix basse de faire mine d'inspecter l'ourlet de sa robe, comme si elle craignait que le volant en soit déchiré. Ensuite, quand il n'y eut plus personne en vue, il l'attira vers le couloir plus étroit situé après les loges, ouvrit la porte de l'escalier et la conduisit dans la petite pièce qui donnait sur le palier.

Chapitre 6

Où avait-il la tête lorsqu'il avait eu l'idée de mêler cette femme-ci à ses affaires ?

Mais en même temps, comment aurait-il pu savoir ? Aucune des femmes qu'il fréquentait d'ordinaire n'aurait tenté ce que Nicole avait tenté. Oser le suivre de cette façon ! Quelle témérité !

Elle inventait mensonge sur mensonge avec une facilité déconcertante pour parvenir à ses fins, satisfaire sa curiosité, débusquer l'aventure, qu'elle recherchait avec beaucoup plus d'enthousiasme qu'elle ne cherchait un époux, contrairement à la quasi-totalité des débutantes.

De quoi était-elle faite ? Y avait-il, par hasard, quelque chose qui lui aurait échappé ou qu'il n'aurait pas compris ?

Il la regarda examiner la petite pièce sans fenêtre, qui ne contenait qu'un vieux fauteuil en velours usé et une table portant un chandelier.

Elle n'avait ni peur ni honte. Elle était aussi calme et confiante qu'un homme, ou au moins assez forte pour lui donner cette impression.

Elle était si innocente, si belle et si exaspérante à la fois qu'il en grinça des dents.

— A quoi sert cette pièce ? demanda-t-elle en s'approchant du fauteuil.

— Ne vous asseyez pas ici ! lui ordonna-t-il d'un ton brusque.

— Excusez-moi, répondit-elle en lui adressant un regard surpris. Je reconnais que ce fauteuil ne semble pas des plus confortables, mais c'est vous qui m'avez emmenée ici. Comment connaissez-vous l'existence de cette pièce ?

— Il y en a quelques-unes comme cela qui sont disposées stratégiquement dans tout le théâtre, pour les conversations privées et les rendez-vous amoureux. Celle-ci a été réservée pour la soirée par mon interlocuteur. Donc aucun risque qu'on nous dérange.

— Pour des rendez-vous amoureux ? Vraiment ? demanda-t-elle en inspectant de nouveau la pièce, avec davantage d'intérêt cette fois. Donc, vous êtes en train de me dire que…

— Personne ne vient au théâtre pour voir les pièces qu'on y joue, sachez-le, l'interrompit-il. Mais peu importe, Nicole. Qu'avez-vous entendu ?

Elle lui sourit d'un air innocent.

— Qu'est-ce qui vous fait croire que j'ai entendu quelque chose ? Je voulais juste savoir où vous étiez. Vous ne vous êtes même pas donné la peine de vous excuser, monsieur le marquis, ce qui est très impoli de votre part.

Elle ouvrit son éventail et se mit à l'agiter devant elle.

— Loin de moi l'envie de me plaindre, ajouta-t-elle, mais cette pièce ne sent pas très bon, n'est-ce pas ?

Lucas se passa nerveusement la main sur la bouche en évitant le regard de Nicole. La pièce sentait les amours clandestines. Le fauteuil défoncé et maculé de taches ne laissait pas planer le moindre doute sur ce fait. Cette salle et les autres étaient utilisées pour les conversations privées, certes, mais elle servait surtout de lieu de rencontre aux amants et, assez souvent, aux prostituées et à leurs clients. Pourquoi diable avait-il emmené Nicole ici ?

— Soyons brefs, dans ce cas, afin que nous puissions nous en aller le plus vite possible. Qu'avez-vous entendu ?

Elle soupira.

— C'est bon, acquiesça-t-elle, je vais vous le dire. Mais pas ici. Je n'aime vraiment pas cet endroit.

Il secoua la tête.

— Non, Nicole, ne comptez pas quitter cet endroit avant de m'avoir tout dit. Cela m'a pris du temps, mais je crois que je commence à comprendre la façon dont vous fonctionnez. Si nous sortons d'ici, vous trouverez une excuse pour ne rien me dire avant demain. Demain, vous m'éviterez toute la journée et le soir, en me retournant, je suis sûr de vous trouver derrière moi.

La jeune femme prit un air buté qui lui fit comprendre qu'il avait vu juste.

Il s'appuya contre le mur, croisa les bras et attendit.

— Guy Fawkes, commença-t-elle enfin en le regardant par en dessous, comme si elle le détestait pour de bon. Saint Giles. La Roue Brisée. Les révolutionnaires. J'ai tout entendu, Lucas. Toute personne qui se serait donné la peine de vous suivre en aurait entendu autant que moi. Vous devriez être soulagé qu'il se soit agi de moi, et pas de quelqu'un d'autre. Maintenant, pouvons-nous nous en aller ?

— Dieu… ! souffla-t-il, terrifié de voir ses pires craintes confirmées. Et qu'avez-vous l'intention de faire de ce que vous venez d'apprendre ?

— Oh ! par pitié, arrêtez de me regarder ainsi ! Rien ! Je ne vais rien en faire. J'étais inquiète, voilà tout. Et comme vous n'aviez pas l'intention de m'expliquer quoi que ce soit, je n'ai eu le choix, j'ai tenté de le découvrir par moi-même.

Elle lui sourit de nouveau.

— Oui, c'est cela, poursuivit-elle. La faute vous revient entièrement depuis le départ. Vous devriez avoir honte.

Il secoua la tête en cherchant à se souvenir quand, comment et pourquoi il avait pu avoir l'idée de la mêler à tout cela.

Nicole continuait de lui sourire d'un air triomphal. Ses yeux ensorcelants étincelaient et son sourire avait fait naître sur sa joue sa satanée fossette. Sa poitrine se soulevait et s'abaissait sous la soie jaune de sa robe, ravivant aussitôt l'obsession qu'il s'était découverte pour les taches de rousseur.

— Pauvre de moi ! murmura-t-il en s'écartant du mur, comme poussé par une force invisible, pour la saisir par les épaules et l'attirer à lui. Vous croyez savoir ce que vous faites, n'est-ce pas ? Mais vous n'en avez aucune idée… Pas la moindre !

— C'est là que vous vous trompez, Lucas, répliqua-t-elle en le regardant droit dans les yeux sans trembler. Je sais que vous vous apprêtez à accomplir des choses très dangereuses. Je sais que vous semblez croire que vous avez besoin de moi pour faire comme si ce n'était pas le cas. Je sais que vous êtes borné, au point de croire que je suis assez jeune et bête pour me réjouir de l'aventure que vous me proposez, sans me soucier que vous puissiez en sortir blessé, voire ne pas en sortir du tout.

— Borné ? Vous venez de me qualifier de borné ?

— J'aurais pu dire bien pire.

Elle se dégagea avec précaution.

— Alors nous en avons terminé, poursuivit-elle. Finie la comédie ! Je ne veux plus être votre complice pendant que vous complotez avec lord Frayne. J'en ai assez, Lucas ! Maintenant, laissez-moi passer !

Tout l'amusement que la situation aurait pu inspirer à Lucas s'évanouit d'un coup.

— Lord Frayne ? Dieu du ciel ! Vous connaissez même son nom ?

— Oui. Je suis très douée pour découvrir certaines choses lorsque je m'applique, répliqua-t-elle en le regardant toujours sans la moindre gêne. Il sait des choses que vous voudriez savoir vous aussi et il vous oblige à faire des choses dangereuses. C'est la condition pour qu'il vous dise ce que vous voulez savoir au sujet de votre père. Et je ne crois pas que vous soyez très satisfait du marché que vous avez passé avec lui.

Lucas se massa les tempes, abasourdi.

— Très bien, très bien… Vous savez tout. Ou, en tout cas, vous croyez tout savoir. Donc, je réitère ma question : que comptez-vous faire de ces informations ?

— Rien, répéta-t-elle avec vigueur. Je ne vais rien en faire, parce que je ne vais plus vous revoir. Je ne veux pas participer à une opération dans laquelle vous risquez votre vie. Je ne veux pas voir votre corps flotter dans la Tamise.

— Vous avez appris par cœur toutes les phrases que vous avez entendues ? C'est cela ?

— Peu importe… Vous auriez dû me répondre quand je vous ai interrogé, Lucas, voilà tout. Je vous avais prévenu. Toutes les personnes qui me connaissent auraient pu vous prévenir. Je n'aime pas les secrets.

Maintenant, raccompagnez-moi auprès de ma sœur ou laissez-moi passer, je peux retrouver mon chemin toute seule. Je n'ai plus envie de vous voir.

Il ne bougea pas.

— Tout cela parce que je ne vous ai pas dit ce que votre curiosité dévorante voulait savoir ? Ou parce que vous êtes inquiète, inquiète au point d'être en colère contre moi ? Si tel était le cas, je serais flatté…

Lucas n'était pas stupide : il réussit à saisir à temps le poignet de Nicole alors qu'elle s'apprêtait à le gifler.

— Laissez-moi partir, siffla-t-elle en le fixant de ses yeux si intensément violets qu'ils en paraissaient presque noirs.

— Je ne peux pas, répondit-il avec une honnêteté qui le surprit lui-même. Je ne peux ni vous laisser partir ni vous retenir ici… Dans les deux cas, je ne me le pardonnerais sans doute jamais.

— Lucas…

Ce n'était pas pour protester qu'elle prononçait son nom, songea-t-il. Non, cela sonnait plutôt comme une question, voire comme un soupir. Mais peut-être se faisait-il des idées en imaginant qu'elle se sentait attirée par lui, alors même que la colère leur avait échauffé le sang à tous les deux ? Quoi qu'il en soit, il préférait ne pas trop y réfléchir.

Il se pencha vers son visage sans lui lâcher le poignet, tandis que, de l'autre main, il lui saisissait la taille pour l'attirer à lui.

Il se serait montré doux si elle l'avait laissé faire, mais ce ne fut pas le cas : elle se serra au contraire contre lui, et il s'embrasa en sentant, à travers l'épaisseur de leurs vêtements, son corps docile épouser parfaitement le sien.

Il la sentit soupirer tout contre sa bouche et l'embrassa avec davantage d'ardeur, la conduisant dans des voies où elle ne s'était assurément jamais aventurée, même si elle était en train de lui enseigner que l'innocence était le plus délicieux des nectars.

Il mit fin au baiser en se promettant de la laisser partir, mais le cou délicat de la jeune femme l'attira irrésistiblement et il fut incapable de résister. Il baissa la tête et embrasser la fine gorge, caressant du bout de la langue la peau délicatement tachetée.

Quelque part dans ce qui lui restait de conscience, il songea que c'était ainsi qu'au cours des siècles, des hommes simples, des empereurs et des rois s'étaient retrouvés sous l'emprise de femmes d'une beauté et d'une intelligence redoutables. Anne Boleyn, Mme de Pompadour, Emma Hamilton… Nell Gwyn était encore plus jeune que Nicole lorsqu'elle s'était emparée du cœur et de l'âme du roi Charles II…

— Lucas…

A contrecœur, il réprima l'élan passionné qui l'avait pris par surprise. Il avait été sur le point d'attribuer à Nicole des pouvoirs qu'elle ne possédait pas. Elle n'était qu'une enfant à l'aube de sa première Saison ; sauvage, impulsive et passionnée, oui, mais pas calculatrice. C'était lui, l'homme du monde retors et expérimenté.

Il la regarda dans les yeux avec une tendresse et une émotion qu'elle ne dut pas comprendre.

— Vous avez raison, dit-il. Il vaut mieux ne plus se revoir. Nous nous compliquons mutuellement l'existence. Ni vous ni moi ne voulons de cela pour l'instant. Et en ce qui me concerne, c'est une distraction que je ne peux absolument pas me permettre.

Etaient-ce des larmes qu'il voyait briller dans ses yeux ? Etait-elle à ce point bouleversée par la perspective de ne plus le revoir ? Ou craignait-elle pour sa vie ?

Existait-il, quelque part au monde, un autre homme aussi stupide et arrogant que lui ?

Elle se mordilla la lèvre inférieure tout en acquiesçant. Et alors, au moment même où il pensait qu'elle avait compris, elle déclara :

— Je veux vous accompagner demain soir. Vous ne devez pas y aller seul.

— M'accompagner ? Quand les poules auront des dents, madame ! Cette conversation est terminée.

Il la saisit par la main et la retint, tout en ouvrant la porte, afin de s'assurer par lui-même que personne ne passait par là, puis il l'entraîna à sa suite. Ensemble ils sortirent de la pièce, puis remontèrent l'escalier et il ne la relâcha que dans le grand couloir, lorsqu'il fut certain que l'on allait les voir.

De toute évidence, ils revenaient pendant un entracte, car le hall et les couloirs étaient remplis de gens désireux, une fois encore, de voir et d'être vus. Ils réussirent à se mêler à la foule sans attirer l'attention.

— Lucas ? murmura-t-elle en faisant mine de s'intéresser à ce qui se passait autour d'elle. Vous m'avez entendue. Je sais où vous allez demain soir. Je sais quand. Et, grâce à Lydia et à ses pamphlets révolutionnaires, je crois presque savoir pourquoi. Laissez-moi vous accompagner. J'ai plus d'une fois écouté les discussions entre Rafe et le capitaine Fitzgerald au sujet de l'importance, en temps de guerre, d'avoir quelqu'un pour surveiller ses arrières. Vous pouvez me faire confiance.

— Non, chuchota-t-il tout en répondant à la duchesse

de Cornouailles qui lui avait adressé un signe de tête pendant qu'elle parlait à lord Gordon. Absolument pas.

— Très bien, je vous aurais prévenu. Je me débrouillerai toute seule.

Elle avait lancé sa menace d'un ton courtois, souriait et continuait à regarder autour d'elle en feignant l'intérêt et la curiosité. Cette femme était un vrai démon.

— C'est cela, répondit-il tandis qu'ils se frayaient un chemin entre le mur et un petit groupe de personnes qui stationnaient au milieu du passage. Bonsoir, lady Baldridge, bonsoir, lord Baldridge. Quelle belle soirée, n'est-ce pas ?

— Oui, Lucas, une soirée superbe ! railla-t-elle à voix basse. Vous ne pouvez pas défaire ce qui a été fait et je ne peux oublier ce que j'ai entendu. La Roue Brisée, à 19 heures. Je m'en souviens parfaitement.

— Je mettrai Rafe dans la confidence, afin qu'il vous enferme dans votre chambre.

Verraient-ils un jour le bout de ce couloir ? Il n'avait plus qu'une idée en tête : qu'elle se retrouve dans la loge en compagnie de sa sœur. Lady Lydia. Celle des jumelles qui était « normale » et raisonnable.

— Vous ne ferez pas cela, susurra-t-elle alors que Lucas lui tendait le verre de citronnade qu'il venait de saisir au passage sur un plateau. Vous avez déjà menacé de tout raconter à Rafe sans passer à l'acte. Donc, je ne vois pas pourquoi vous le feriez maintenant. En outre, il est retenu à la campagne : il n'est donc pas là. Et vous ne pouvez pas vous confier à Charlotte, car on n'inquiète pas une femme enceinte. En revanche, il y a une chose que vous pouvez faire pour me faire changer d'avis.

Lucas lui adressa un regard sévère. La diablesse ! Elle

l'avait menacé dans le but de passer un marché avec lui. Ou, plutôt, dans le but de le faire chanter. Et il l'avait cru innocente ? Aussi innocente qu'Eve tendant la pomme à Adam, oui…

— Quelles sont vos conditions ? demanda-t-il sèchement.

— J'allais y venir, justement. Premièrement, laissons tomber cette idée idiote de ne plus nous revoir, car nous savons tous les deux que c'est contraire à notre volonté. Quand je l'ai dit, c'était seulement sous le coup de la colère. Vous allez donc m'emmener faire galoper ma Juliet demain matin.

La loge n'était plus très loin à présent et lady Lydia et Fletcher se tenaient tous deux devant l'entrée, scrutant la foule avec l'air de les chercher.

— Je vous ai déjà dit que j'étais d'accord.

— Si j'ai déjà votre parole, c'est très bien. Je suis donc assurée que vous ne reviendrez pas dessus. Deuxièmement, pendant cette promenade à cheval, vous me raconterez tout sur votre rendez-vous à la taverne et sur lord Frayne. Et aussi sur votre père. Absolument tout.

— Et si j'accepte, vous n'essaierez pas de me suivre jusqu'à la taverne demain soir ? Mon Dieu, savez-vous que je vous crois assez entêtée pour tenter une chose aussi dangereuse ?

— Vous allez bien le faire, vous ! rétorqua-t-elle en adressant un petit signe de la main à sa sœur. Mais peut-être les hommes sont-ils les seuls à avoir le droit d'être entêtés ?

Lucas ne se donna pas la peine de souligner qu'il était en effet un homme et qu'il pouvait se défendre seul, alors qu'elle n'était qu'une femme et qu'elle était sans doute incapable de… Mais non, pas elle.

— Nicole ?

— Oui ?

— Savez-vous tirer ?

— Bien sûr. Au pistolet. Et à l'arc aussi, même si je doute que cela serve beaucoup ici, à Londres. Qu'y a-t-il d'autre à faire à la campagne si l'on ne s'intéresse ni à la broderie ni à l'aquarelle ? J'aimerais apprendre l'escrime, si cela ne vous fait rien de me donner des leçons. Ah oui, cela me fait penser… Troisièmement, nous allons continuer notre petite comédie, comme vous l'appelez. J'ai bien compris maintenant que vous vouliez que les autres vous croient aussi inoffensif que… enfin… que lord Yalding. Donc, vous allez continuer à faire semblant de m'adorer. Cela vous donne l'air bête, mais cela me plaît assez.

Ils n'étaient plus qu'à quelques mètres de Lydia et Fletcher et ils s'arrêtèrent. Nicole se tourna vers lui.

— Vite, Lucas. Acceptez-vous mes conditions ?

Ses conditions, de nouveau ? Alors, il comprit. Il s'était adressé à elle avec, en tête, son propre plan. A présent, elle avait réussi à retourner la situation à sa façon, si bien que c'était devenu son plan à elle. Car c'était ce que Nicole voulait : être aux commandes, choisir l'air sur lequel il allait danser. Une fois de plus, elle était ce qu'elle tenait par-dessus tout à être : maîtresse de sa propre vie.

Il avait eu tort de la comparer à Eve. Malgré sa jeunesse et son éducation campagnarde, elle surpassait cette dernière dans l'art de la manipulation, et de loin.

Mais elle s'était prise, au moins en partie, dans ses propres filets, et ce parce qu'il ne lui était pas indifférent. La façon dont elle avait répondu à son baiser ne laissait planer aucun doute sur la question. Dans ce cas, pas étonnant qu'elle ait été en colère contre lui !

— Je les accepte, finit-il par acquiescer.

Ils se remirent aussitôt en marche et regnoignirent Lydia et Fletcher. Il s'excusa pour leur absence en prétendant qu'ils avaient été retenus par lady Hertford, qui voulait leur parler du bal qu'elle organisait.

Nicole entra si bien dans son jeu et raconta de façon si vivante et amusante comment lady Hertford avait l'intention de décorer la salle de bal en rose, qu'il l'aurait crue s'il n'avait pas su qu'elle inventait.

De nouveau, il se sentit captivé et ensorcelé. C'était l'effet que cette femme produisait sur lui depuis le début. Il ne pouvait faire autrement que de la regarder et l'admirer.

Sauf que le sourire de Nicole, jusque-là rayonnant, se figea lorsqu'elle posa le regard à l'extrémité du couloir.

— Y a-t-il un problème ? demanda-t-il à voix basse.

— A vous de me le dire, répondit-elle sur le même ton en se tournant comme si elle voulait cacher son visage. Quelle sera votre réaction si je vous apprends que c'est avec ma mère que lord Frayne semble avoir rendez-vous maintenant ?

Chapitre 7

Lady Helen Daughtry — trois fois mariée et trois fois veuve —, duchesse douairière depuis l'accession de son fils au rang de duc, titre qu'elle avait en horreur, avançait vers le petit groupe au bras de lord Frayne.

Elle était vêtue des pieds à la tête en rose framboise, sa couleur favorite, et portait une robe dont le style aurait davantage convenu à ses filles qu'à une femme qui avait dépassé la quarantaine. Ses cheveux blonds relevés sur le sommet de sa tête étaient piqués de perles, et des diamants brillaient à ses oreilles et à son cou, où ils disputaient la place à l'or. Son maquillage savant sauta aux yeux de Nicole, qui, d'aussi loin qu'elle s'en souvienne, n'avait vu qu'une seule fois le visage de sa mère sans les artifices dont elle usait et abusait pour montrer au monde que le temps avait peu d'emprise sur elle.

Nicole se demanda si sa mère s'aspergeait ainsi de parfum et de poudre parce qu'elle voulait sentir bon ou pour masquer l'odeur du désespoir et la sourde angoisse que sa fille lisait dans ses yeux bleu clair.

Elle-même ne deviendrait pas comme elle. Elle ne serait jamais comme elle, cherchant désespérément à être aimée et terrifiée à l'idée de finir sa vie seule et oubliée de tous. Une femme qui n'existait qu'à travers autrui et dont le bonheur dépendait de l'adoration que lui portait son entourage. Elle était pathétique.

— Vous voici, mes chéries ! s'exclama Helen Daughtry, en s'arrêtant tout près de Nicole — trop près à son goût. Vous devriez avoir honte : vous, mes propres filles, m'obliger à vous poursuivre jusqu'au théâtre !

Elle se tourna vers lord Frayne pour poursuivre :

— Mon fils m'a fait présent d'une magnifique maison à Grosvenor Square, juste à côté de la sienne, mais je pourrais y rester à attendre pendant des semaines avant que mes filles ne daignent rendre visite à leur maman chérie.

— Mille pardons, maman, répondit Nicole en s'inclinant pour saluer lord Frayne. Je ne m'étais pas encore rendu compte que vous aviez vieilli au point de ne plus pouvoir vous déplacer jusqu'à la maison voisine de la vôtre pour rendre visite à vos enfants. Dans ce cas, je m'étonne que vous ayez pu venir jusqu'ici.

— Nicole, je t'en prie ! murmura Lydia.

— Ne t'inquiète pas, Lydia, répondit-elle sans chercher à parler à voix basse. Notre mère sait très bien que je plaisante. N'est-ce pas, maman ? A présent, c'est le moment de dire à monsieur que vous avez nourri des serpents dans votre sein. C'est un passage que j'aime toujours beaucoup.

— Je me suis montrée trop faible avec elle, Nigel, soupira lady Daughtry en prenant un air contrit. Mais elle est amusante, n'est-ce pas ?

— Oui, euh, oui... et une très bonne soirée à vous, lady Daughtry, intervint Lucas, comblant le silence qui s'installait tandis que mère et fille se fixaient d'un air glacial. Lord Frayne, permettez-moi de vous présenter les filles de lady Daughtry, lady Nicole et lady Lydia. Bien entendu, vous vous souvenez de lord Yalding.

Nicole réprima la colère que les retrouvailles avec sa mère lui avaient inspirée et s'inclina une deuxième fois.

— C'est un plaisir et un honneur de faire votre connaissance, monsieur. Il me semble vous avoir vu tout à l'heure, dans l'une des loges situées face à celle de lord Basingstoke. Et j'ai vu votre charmante nièce également.

Le regard gris de lord Frayne se glaça.

— Ah oui, ma nièce. Je vous aurais volontiers présentées, mais elle doit partir à la campagne très tôt demain matin. Helen ? Il me semble que vous souhaitiez faire un détour par la loge de Mme Drummond-Burrell avant la fin de l'entracte.

— Bien sûr, Nigel, très cher…

Lady Daughtry adressa un clin d'œil à ses filles, avant de poursuivre :

— En fait, ce qu'il veut, c'est m'avoir pour lui tout seul au moins quelques instants. Le coquin ! lança-t-elle en donnant un petit coup d'éventail sur le bras de lord Frayne.

Nicole et ses compagnons regardèrent le couple s'éloigner en laissant dans leur sillage un parfum féminin qu'elle tenta de dissiper en agitant frénétiquement son éventail sous son nez.

Lorsqu'elle put de nouveau respirer, elle se tourna vers Lucas.

— Y a-t-il quelque chose qui m'aurait échappé ? Elle vient de le regarder comme si elle avait envie de lui planter un couteau dans le dos. Lucas ?

— C'est ma faute, Lucas, répondit Fletcher d'un air

misérable. J'ai dit que c'était sa nièce. C'est tout ce que j'ai trouvé.

— Et ce n'est pas sa nièce ? demanda Lydia en tendant le cou pour apercevoir sa mère en train de noyer lord Frayne sous un flot de paroles. Mais où vont-ils ?

Nicole se retourna et, comme les spectateurs avaient commencé à regagner leurs sièges, elle put facilement voir le couple dépasser les dernières loges, puis obliquer furtivement vers le petit couloir qu'elle ne connaissait déjà que trop bien.

Elle regarda Lucas, qui semblait soudain pris de violentes démangeaisons au milieu du front.

— Lydia, retournons nous asseoir, suggéra Nicole en luttant contre la nausée qui menaçait de la gagner. Avec tout cela, je n'ai pratiquement rien vu de la pièce.

— Et à qui la faute ? demanda Lydia avec un emportement qui ne lui était pas coutumier, avant de se laisser conduire vers sa place par Fletcher.

— Si ce n'est pas sa nièce, dit Nicole à voix basse tandis que Lucas lui offrait son bras, dois-je supposer que c'est sa…

— Sa maîtresse, oui, répondit Lucas en s'asseyant. Et, avant que vous ne posiez la question, je crois que cette jeune personne vient d'être supplantée par… par votre mère. Mais entendons-nous bien : vous n'êtes pas censée le savoir. Pas plus que vous n'êtes censée connaître l'existence de la petite pièce située à l'entresol. C'est compris ?

— Oui, répondit-elle en réprimant une grimace de dégoût. Cela me révolte, vous savez. Elle ne le laissera pas tranquille tant qu'il ne l'aura pas épousée. Ils finissent tous par l'épouser. Et ensuite, ils meurent. Rafe dit qu'ils préfèrent la mort à la vie avec elle.

— Votre mère est une belle femme. Physiquement, c'est votre sœur Lydia qui lui ressemble le plus. Mais vous tenez peut-être d'elle pour d'autres choses.

Nicole lui décocha un regard qui aurait dû l'inciter à sauter dans le vide dans le seul but de lui échapper.

— Vous avez dit cela par pure méchanceté.

— C'est possible. Et c'était bas et mesquin de ma part. Je vous prie d'accepter mes excuses.

Nicole soupira et se cala dans le fond de son siège, tellement gênée en songeant à sa mère qu'elle ne parvint ni à voir ni à entendre ce qui se passait sur la scène.

— Ma mère se marie souvent, mais elle manque cruellement d'inspiration dans le choix de ses époux. D'abord mon pauvre père, fils cadet d'un duc, qui avait la manie de parier de grosses sommes sur n'importe quoi. Et ensuite tous les autres, chacun étant pire que le précédent. Dites-moi au moins que lord Frayne n'est pas criblé de dettes.

— Non, lord Frayne n'est pas exactement dans le besoin, loin s'en faut. Si c'était le cas, je lui aurais versé une coquette somme pour l'information qu'il m'a promise, au lieu de me lancer dans cette entreprise périlleuse. Mais si vous croyez que c'est ce qu'elle espère, votre mère va être déçue : il ne l'épousera pas. A ce que j'ai entendu, son fils unique est mort l'an dernier dans un accident de la circulation et Frayne est à la recherche d'une jeune épouse susceptible de lui donner un nouvel héritier.

— Mais dans ce cas, pourquoi est-il…

Elle agita les mains devant elle en un geste d'impuissance, incapable de trouver les mots. C'était sans doute qu'il n'y avait aucun mot pour exprimer cela, au moins à ses yeux.

— Il est rare de refuser une chose offerte gratuitement, fit remarquer Lucas, même si l'on n'a nulle intention de donner quoi que ce soit en retour.

Nicole le regarda un long moment avant de fixer de nouveau la scène. Elle n'était pas comme sa mère. Pas du tout.

Oh ! s'il vous plaît, faites que je ne sois pas comme elle !

Ce fut seulement au moment d'applaudir qu'elle se rendit compte qu'elle tenait les poings serrés et crispés sur ses genoux.

Il était minuit passé lorsque Nicole, à bout de nerfs, se décida à jeter les couvertures en bas du lit et à se lever. Elle allait boire un verre de lait. Sans cela, elle n'aurait toujours pas fermé l'œil quand l'aube poindrait.

Elle avait essayé d'imputer son insomnie à Lucas Paine, mais cela n'avait pas fonctionné et elle avait dû regarder la vérité en face. Elle s'était mal comportée ce soir. Très mal.

Et pire encore, elle allait désormais être obligée de continuer à mal se comporter. Sinon, Lucas ne lui dirait plus rien. Et si elle devait passer les prochains jours, et même les semaines à venir, à s'inquiéter pour lui et à craindre qu'il soit blessé ou pire … eh bien, gare à lui !

En rond. Son esprit tournait en rond et elle était incapable de le faire aller droit ou filer dans la direction qu'elle voulait lui imposer. Non, vraiment, elle en revenait toujours à la même pensée : Lucas Paine était en train de devenir bien trop important pour elle.

Et gare à lui pour cela aussi !

Elle fit glisser ses pieds nus sur le sol jusqu'à trouver ses chaussons et enfila sa robe de chambre pour se diriger vers l'escalier de service qui menait directement dans la cuisine.

Tout en avançant dans le couloir faiblement éclairé, elle vit de la lumière filtrer sous la porte de la chambre à coucher de Rafe et Charlotte.

Puisque Rafe était toujours retenu à la campagne, Charlotte occupait seule leurs appartements. Le bébé ne s'annonçait pas avant juillet, quand toute la famille serait de retour à Ashurst Hall, mais Charlotte, fatiguée, avait passé de longues heures alitée ces derniers jours.

Nicole regarda la lumière quelques secondes et, en se mordillant la lèvre, se demanda si elle devait s'inquiéter. Elle finit par frapper à la porte.

— Charlotte ? Charlotte, c'est Nicole. Est-ce que tout va bien ?

Elle entendit quelque chose qui ressemblait à une réponse, mais ne comprit pas. Elle entra donc en refermant la porte derrière elle.

— Charlotte ?

— Je suis là, Nicole.

Elle avança prudemment, car la pièce comportait de nombreux tapis dans lesquels elle ne voulait pas trébucher. Elle traversa ainsi la petite antichambre avant de pénétrer dans la chambre à coucher proprement dite, où l'on y voyait plus clair.

Charlotte était assise devant la cheminée, les jambes allongées sur un repose-pieds, un livre ouvert sur les genoux.

— Pourquoi ne dors-tu pas ? demanda Nicole en s'installant en face de sa belle-sœur. Avec Lydia, nous t'aurions volontiers raconté notre soirée au théâtre, mais nous pensions que tu étais allée te coucher.

— C'est ce que j'avais fait, répondit Charlotte en glissant entre deux pages de son livre un ruban brodé confectionné et offert par Lydia à Noël dernier, avant de poser l'ouvrage sur une table basse. Mais le fils de Rafe avait d'autres projets en tête, on dirait. A ton avis, peut-on naître avec des bottes d'équitation aux pieds ? Et des éperons ?

Nicole rit, car c'était sans doute ce que Charlotte attendait, puis poussa un soupir involontaire.

— Nicole ? s'alarma aussitôt sa belle-sœur. Qu'est-ce qui ne va pas, ma chérie ?

Nicole hésita. Charlotte était peut-être la femme la plus intelligente qu'elle connaisse. La preuve, elle n'avait jamais été capable de lui dissimuler quoi que soit.

— Rien du tout, répondit-elle cependant. J'aimerais... j'aimerais juste me connaître aussi bien que tu me connais.

— Mon Dieu, rien que cela ! Si tu m'expliquais ce que tu veux dire par là ?

Nicole considéra son amie, qui avait été sa voisine et qu'elle connaissait depuis toujours. C'était une femme ravissante, et son mariage avec Rafe puis sa grossesse avaient encore épanoui sa beauté.

Avec ses cheveux blonds, retenus en arrière par un ruban blanc, et dans la douce lumière dorée que dispensaient les flammes, elle incarnait pour Nicole la féminité dans toute sa splendeur. Charlotte était heureuse de vivre, heureuse d'être mariée et de mettre bientôt un enfant au monde, adorée par un époux qu'elle adorait en retour.

Bref, Charlotte était tout ce que, théoriquement, Nicole s'était jurée de ne jamais devenir.

Nicole avait besoin de sa liberté et refusait surtout que quiconque, dans sa vie, puisse devenir un jour un

« otage de la fortune ». Personne ne devait vivre pour elle et elle ne voulait elle-même vivre pour personne. Jamais elle ne pleurerait comme Lydia avait pleuré le capitaine Fitzgerald. Jamais elle ne deviendrait pathétique comme sa mère, pour laquelle le bonheur était impossible sans un mari transi à ses pieds.

Son bonheur dépendrait d'elle seule.

Elle n'aurait donc jamais l'air aussi aimée et comblée que Charlotte ce soir…

— Nicole ? Tu me fais peur, trésor. Tiens, prends ceci.

Nicole releva les yeux. Charlotte lui tendait un mouchoir bordé de dentelle. Alors seulement, elle s'aperçut qu'elle avait les joues baignées de larmes.

— Je suis désolée, dit-elle en reniflant et en s'essuyant le visage. Je ne voulais pas…

— Je m'en doute bien. Je ne me souviens pas de la dernière fois où je t'ai vue pleurer, ni même si je t'ai déjà vue pleurer, d'ailleurs. Même quand tu es tombée de poney à dix ans et que tu t'es cassé le bras, tu n'as pas pleuré.

Nicole esquissa un faible sourire.

— Oh si, j'ai pleuré ! rectifia-t-elle. Mais je l'ai fait en cachette. Lydia avait déjà versé assez de larmes pour nous deux, parce qu'elle pensait que c'était à cause d'elle que j'avais chuté.

— Et c'était de sa faute ? Je sais qu'à l'époque, tu avais dit le contraire.

— Elle ne pouvait pas savoir que j'allais couper par le jardin avec Jasper et surgir devant elle par surprise dans l'allée. C'était de ma faute. Je m'étais juste dit que ce serait très drôle d'aller où je n'étais pas censée aller. Je n'avais pas réfléchi aux conséquences.

Puis elle regarda Charlotte et demanda :

— Pourquoi ai-je fait cela ?

— Tu n'étais qu'une enfant, Nicole. Une enfant de dix ans. Tu ne te conduis plus de façon aussi irréfléchie à présent.

— Eh bien, si, figure-toi ! C'est même ce que je viens de faire ce soir. Ma mère a raison : je ne suis rien d'autre qu'une enfant capricieuse.

— Tout ceci a quelque chose avoir avec lord Basingstoke, n'est-ce pas ?

Nicole acquiesça, avant de se moucher. Elle détestait pleurer. Pleurer, c'était bon pour les enfants.

— Je croyais m'amuser un peu, jouer à le séduire et, pourquoi pas, avoir une petite aventure avec lui. Et maintenant… maintenant, je comprends à quel point je m'étais trompée et à quel point il peut être dangereux de… de tenir à quelqu'un.

Elle serra les poings et les enfonça dans ses cuisses.

— Je suis tellement en colère contre lui !

— Le marquis de Basingstoke, dit Charlotte d'une voix douce. Tu es en colère contre lui. Parce qu'il est dangereux de tenir à lui. Très intéressant. Dangereux pour qui, Nicole ?

Nicole avait conscience de tenir des propos sibyllins, mais maintenant qu'elle avait commencé à s'épancher, elle ne pouvait plus s'arrêter.

— Pour nous deux. Pour moi, il est dangereux de tenir à lui, parce qu'il fait des choses dangereuses… Et en plus, je sais qu'il courrait encore plus de risques si j'essayais de l'aider. De toute façon, il ne veut pas que je l'aide. Ce dont je me moque, d'ailleurs… Et puis il me regarde, oh, si tu savais comme il me regarde ! Je sais qu'il ne pense pas ce que ses yeux semblent dire, que cela fait partie d'un jeu, mais j'ai tout de même envie qu'il le pense pour de vrai, et alors je m'en veux terriblement de vouloir ce que j'ai toujours prétendu ne pas vouloir… Oh ! que vais-je devenir ? Lydia a sans doute ressenti la même chose quand le capitaine Fitzgerald est parti pour Bruxelles. Je me sens tellement impuissante ! Le capitaine Fitzgerald est parti à la guerre, il est parti au-devant du danger… et il n'est pas revenu, Charlotte.

— Vas-tu me dire ce que lord Basingstoke prépare de si dangereux ?

Nicole secoua la tête.

— Non, je suis désolée, c'est son secret. Il me l'a fait clairement comprendre, mais j'en ai découvert une petite partie par moi-même — ce que je regrette amèrement, parce que maintenant j'ai vraiment peur. Et je ne peux pas lui montrer que j'ai peur, bien sûr, parce qu'il croit que je ne suis rien d'autre que… qu'une petite peste sans cervelle à qui il a demandé de l'aide, mais sans vraiment vouloir que je l'aide, mais juste parce que… eh bien, parce que je flirtais avec lui — j'en ai bien conscience — et que je n'avais pas l'air effarouché… Donc, il a cru qu'il pourrait facilement s'amuser à faire croire qu'il était épris de moi.

— Pourquoi… pourquoi s'amuserait-il à faire croire qu'il est épris de toi ?

Nicole secoua sa main devant elle pour signifier que la réponse n'était pas importante.

— Franchement, je ne saurais l'expliquer. La seule chose que je peux te dire, c'est que nous avons tous les deux accepté de jouer à ce petit jeu pour des raisons qui nous étaient propres. Charlotte ? Que dois-je faire ?

Charlotte eut un petit rire affectueux.

— Oh ! je suis désolée, trésor. Je sais que ce n'est pas drôle du tout, mais comment puis-je te conseiller alors que je n'ai toujours pas la moindre idée de ce dont tu me parles ?

— Mais tu ne vas pas insister pour que je te raconte tout, n'est-ce pas ? C'est la différence entre toi et moi, Charlotte. Si Rafe t'annonçait qu'il ne peut pas te dire quelque chose dans l'immédiat, tu te plierais à sa décision, à partir du moment où il t'aurait assuré que tout allait bien. Tu attendrais bien gentiment qu'il sente le moment venu de tout te raconter. Mais pas moi ! Moi, je ne supporte pas de ne pas savoir et je m'empresse de chercher à tout découvrir par moi-même. Je ne suis contente que lorsque je sais tout. Et là, il faut toujours que je me débrouille pour mettre mon grain de sel, pour faire les choses à ma façon.

— Je vois ce que tu veux dire. Tu as besoin de sentir que tu contrôles chaque situation, Nicole. Que tu contrôles ton propre destin, et peut-être aussi celui des autres. Depuis le jour de votre naissance, à Lydia et à toi, vous avez toujours été ballottées entre Willowbrook, quand votre mère daignait s'occuper de vous, et Ashurst Hall, chez votre oncle, quand l'argent venait trop à manquer et qu'elle voulait se débarrasser de ses enfants pour se consacrer à un énième nouveau mariage. Dès que vous vous pensiez en sécurité et enfin installés pour de bon, un nouveau beau-père prenait les rênes de Willowbrook et bouleversait la donne, en aggravant généralement la situation financière de la famille. Rafe détestait cela, lui aussi. Cette sensation de ne pas pouvoir contrôler sa propre vie, son propre destin…

— Mais Lydia, cela n'avait pas l'air de la déranger.

Elle s'accommodait toujours de tout, soupira Nicole. La résignation restera à jamais le mot d'ordre de sa vie.

— Tu le crois vraiment, Nicole ? Moi, je n'en suis pas si sûre. Je pense que Lydia est pour l'instant en sommeil dans son cocon, mais qu'elle est appelée à se transformer un jour en un magnifique papillon qui nous surprendra tous quand il prendra son envol.

Nicole renifla et sourit.

— J'aimerais le croire aussi. Quand le capitaine est mort, j'ai cru qu'elle n'y survivrait pas.

— Fitz a été son premier amour. Un simple amour de jeune fille, d'après moi, même si elle devra attendre de connaître son premier amour de femme pour s'en rendre compte. Je crois que Fitz l'aurait rendue heureuse. Je sais qu'il l'aimait. Mais aurait-elle pris son envol avec lui, aurait-elle déployé entièrement ses ailes ? Je n'en suis pas certaine. Un jour, quelqu'un la réveillera et nous serons tous stupéfaits de découvrir jusqu'à quelle altitude elle peut s'élever.

— Ce serait merveilleux, n'est-ce pas ?

— Cela le sera, oui. J'attends ce jour avec autant d'impatience que celui où tu te débarrasseras de l'armure que tu portes depuis trop longtemps, et où tu permettras à ton cœur de s'ouvrir. De s'ouvrir à la joie, à la souffrance, à la vie telle qu'elle est, et non à la vie telle que tu penses qu'elle devrait être. Ce jour-là, tu cesseras de battre la campagne à la recherche de ce que tu crois qu'il te manque encore. Et entre-temps ? Je ne sais pas quoi te dire, Nicole, à part de te fier à ton cœur pour savoir ce qui est bon.

— Et si mon cœur me dit que je ne peux pas rester à attendre tranquillement en me contentant d'espérer ?

Et si mon cœur me dit qu'à faire cela, je risque de tout perdre ?

Charlotte la considéra un long moment. Une bûche en train de se consumer tomba soudain dans l'âtre.

— Tu ressembles davantage à Rafe que je ne le pensais, reprit pensivement Charlotte. Tu te lances à la poursuite de ton objectif sans te soucier des conséquences. Quand ton frère s'était mis dans la tête que je lui cachais quelque chose, il ne m'a pas lâchée jusqu'à ce que je lui raconte toutes les choses que je m'étais juré de ne jamais dire à personne. Mais il a fait cela, Nicole, parce qu'il m'aimait et qu'il voulait m'aider. Pas pour satisfaire une curiosité mal placée.

Nicole essuya ses yeux qui étaient de nouveau pleins de larmes. Elle était en train de se transformer en fontaine. Elle chercha quelque chose à dire, mais ne trouva rien d'autre que :

— Je suis tellement en colère contre lui !

— Oui, tu l'as déjà dit. Maintenant, il faut trouver pourquoi, ne crois-tu pas ?

Chapitre 8

Lucas avait été forcé de s'extirper du lit à 7 heures, lui qui n'avait pas réussi à trouver le sommeil avant l'aube. Il avait sérieusement songé à envoyer un billet à Grosvenor Square pour reporter cette sortie à cheval, mais cela aurait été injuste envers Nicole, qui était sans doute déjà prête et en train de l'attendre.

Un palefrenier échauffait une belle jument baie déjà sellée lorsque Lucas arriva à Governor Square, montant la dernière recrue de son écurie, un étalon noir âgé de quatre ans, hélas un peu trop nerveux, qu'il avait acheté chez Tattersalls la semaine précédente.

Tonnerre — c'était son nom et il le portait bien — tenta presque aussitôt un rapprochement avec la jument, obligeant Lucas à montrer qui, du cheval ou du cavalier, était le maître.

Bien entendu, puisque ces derniers temps Lucas semblait jouer de malchance, l'étalon décida de se cabrer juste au moment où la porte de la maison s'ouvrit sur Nicole, qui apparut sur le perron.

Lucas parvint à maîtriser la monture, qui se cabra cependant une deuxième fois et exécuta ensuite une petite danse sur lui-même, comme s'il voulait attirer l'attention de la jument.

Pendant qu'un palefrenier époussetait le chapeau de Lucas tombé à terre, Nicole lança :

— Je peux demander que l'on selle Daisy, la jument de Lydia, pour vous si cette bête-ci vous donne du fil à retordre, monsieur le marquis. Daisy est douce comme un agneau.

— Vous êtes trop bonne ! railla Lucas en la regardant descendre avec grâce les marches de marbre qui menaient au trottoir.

— Trop bonne, je ne sais pas. Mais taquine, oui, je l'avoue, répondit-elle en s'approchant de l'étalon avec une carotte à la main. Il est magnifique. Comment s'appelle-t-il ?

— Tonnerre. Cela fait à peine une semaine qu'il est à moi, mais j'ai déjà compris pourquoi il avait été baptisé ainsi.

— Il semble avoir son caractère, en effet. Tiens, mon joli !

Elle tendit la main, paume vers le haut, et Tonnerre saisit la carotte avec une douceur qui aurait stupéfié le palefrenier qu'il avait mordu pas plus tard que la veille. Puis elle caressa la tête de l'animal qui tenta d'enfouir le museau dans son cou.

La jument choisit cet instant pour hennir.

— Oh ! mais te voilà jalouse, ma Juliet ! J'en ai aussi pour toi, n'aie crainte.

Elle nourrit sa jument, avant de placer le pied sur les mains croisées d'un deuxième palefrenier et de se hisser en selle avec aisance et fluidité.

Le premier palefrenier grimpa sur un hongre brun

qu'on imaginait mal suivre Tonnerre et Juliet, puis les trois cavaliers se dirigèrent vers l'entrée du square, le palefrenier restant consciencieusement à distance.

— Et maintenant, un peu tard je l'avoue, je vous souhaite le bonjour, lady Nicole ! lança Lucas. Puis-je vous complimenter sur votre splendide tenue d'amazone ?

— Elle est belle, n'est-ce pas ? répondit-elle en portant la main au chapeau posé, légèrement incliné, sur son front. Je vous avais prévenu qu'elle était magnifique.

Elle se trompait. Certes, la veste militaire bleu nuit et la jupe-culotte lui allaient à ravir, mettant en valeur ses courbes voluptueuses. Mais ce n'était pas elles qui étaient magnifiques. C'était lady Nicole Daughtry, et celle-ci aurait été tout aussi merveilleuse vêtue de haillons.

Il avait bien vu les hommes la regarder, à la dérobée ou ouvertement, la veille au soir au théâtre. Elle ferait sa première apparition officielle au bal que la duchesse de Cornouailles allait donner le soir même et Lucas savait que, s'il ne lui demandait pas très vite d'inscrire son nom sur son carnet de bal pour qu'elle lui accorde la première valse et au moins une autre danse, il ne la verrait pas de toute la soirée.

Sauf s'il venait avec son épée pour se tailler un chemin parmi les admirateurs de Nicole.

— A cette heure-ci, nous pouvons encore aller nous promener à Hyde Park, si vous avez envie de faire voir votre jolie tenue, dit-il.

Il connaissait déjà sa réponse. Car si Nicole était franche, voire impertinente parfois, elle n'était pas vaniteuse.

— Vous avez promis de m'emmener à Richmond pour que nous puissions galoper en toute liberté. Juliet en a désespérément besoin et moi aussi. Mais peut-être voulez-vous revenir sur votre promesse, de peur de ne pas réussir à maîtriser votre monture ?

— Je suppose que je dois prendre cela comme un défi.

— J'espère bien ! répondit-elle, pendant qu'ils chevauchaient dans les rues qui, à cette heure matinale, n'étaient peuplées que de livreurs et de marchands. Oh ! regardez ! Cette femme vend des fraises !

Lucas secoua la tête, conscient que la marchande ambulante n'avait pas besoin de plus d'encouragements pour venir vers eux, son large panier sur la tête.

— Et j'imagine que vous en avez envie.

— Oh oui ! Nous pouvons les emporter et nous les mangerons pendant que nos chevaux se reposeront de leur galop. Vous n'aimez pas les fraises, vous ?

Pendant un instant — un instant assez troublant — il se vit, la tête posée sur les genoux de Nicole, allongé dans l'herbe verte sous un chêne majestueux tandis qu'elle le nourrissait de fraises…

— Si, j'en suis même assez friand, répondit-il en fouillant dans sa bourse.

Il tendit bien plus que le prix des fraises à la marchande, qui reçut l'instruction de confier le petit panier au palefrenier qui les suivait.

Comment ce dernier allait-il réussir à le porter sans le renverser ? Bah, à lui de se débrouiller ! Tout ce qui importait à Lucas, c'était qu'il reste au moins deux fraises quand ils arriveraient à Richmond.

Des gamins dépenaillés surgirent soudain de nulle part en tendant leurs mains sales dans l'espoir de récolter une pièce ou deux, tandis que d'autres vendeurs en tous genres se précipitaient vers eux, leurs chariots remplis de gâteaux ou de brassées de lavande. Lucas indiqua à Nicole qu'il était temps de se remettre en route.

La dernière fois qu'ils s'étaient promenés ensemble, à bord du cabriolet qu'il conduisait, Nicole n'avait pas eu l'air de s'intéresser à ce qui l'entourait. Sans doute était-elle trop en colère contre lui ou obnubilée par l'idée de lui arracher son secret. Ce matin-là, en revanche, elle le pressa de questions et ils devisèrent architecture — domaine qu'il connaissait bien, et elle pas du tout —, sans manquer de prêter la plus grande attention aux gens qu'ils croisaient. Nicole semblait prendre beaucoup de plaisir à inventer des histoires sur ces derniers et il fallait avouer qu'elle possédait un certain talent pour cela.

— Cet homme, là-bas ! lança-t-elle en tournant son joli petit menton vers la droite, alors que la densité de la circulation, à cette heure où tout le monde arrivait de la campagne, le contraignait à avancer au pas. Il a peut-être l'air d'un drapier en route pour aller ouvrir son magasin, mais c'est en fait le prince déchu d'un pays oublié de tous. Pauvre homme, il est tombé si bas ! Mais notez qu'il n'a rien perdu de sa dignité.

— Si c'est sa façon de marcher comme s'il avait avalé un parapluie qui vous fait penser cela, que diriez-vous de ces trois hommes, là, au coin de la rue ?

Le sourire de Nicole s'évanouit.

— Oh ! ce sont des soldats, très certainement. Vous voyez ? L'un d'entre eux porte encore sa veste d'uniforme, qui est toute déchirée et défraîchie, sans doute parce qu'il ne possède pas d'autre manteau. Et celui qui est à côté n'a plus qu'un bras : il a dû perdre l'autre sur le champ de bataille. Ils sont tous les trois maigres et voûtés, comme si tout le poids du monde pesait sur eux. Rafe dit que la façon dont nous traitons nos braves soldats depuis que notre gouvernement n'a plus besoin de chair à canon est inadmissible.

Lucas les observa. Comme s'il avait entendu Nicole, l'un des hommes tourna la tête et les regarda. Ses grands yeux vides s'arrêtèrent sur les chevaux soignés, sur les beaux vêtements. Alors le regard vide se transforma en regard de dédain, puis de haine, avant de retrouver son impassibilité lorsque l'homme traversa la rue et vint lui tendre la main comme un mendiant.

— Un penny, mon bon monsieur, gémit-il. Pour mes enfants qui ont faim.

Le palefrenier éperonna aussitôt son cheval dans l'intention, sans doute, de venir s'interposer entre le marquis et le mendiant, mais Lucas l'en empêcha en le retenant par le bras.

— A quel régiment appartenez-vous, soldat ? eut-il la présence d'esprit de demander.

Aussitôt, comme par réflexe, l'homme se redressa.

— Trente-troisième régiment d'infanterie, monsieur. Tout comme mes deux compagnons. Bertie a eu le bras arraché par un de ces maudits Français et Billy n'entend plus rien, vu qu'il était canonnier. Moi, j'ai juste faim, monsieur. Nous avons tous toujours faim. La faim, c'est tout ce que le champ de bataille nous a apporté.

— Le régiment du duc de Wellington en personne ? s'étonna Lucas. Vous vous êtes donc retrouvés plus d'une fois en première ligne, n'est-ce pas ?

Il chercha de nouveau dans sa bourse, dont il sortit trois couronnes d'or, soit bien plus, il en était certain, que les trois hommes n'en avaient jamais vu.

— Tenez, une pour chacun de vous. J'aurais aimé pouvoir vous donner plus.

Le soldat regarda les pièces d'or, puis posa sur Lucas ses yeux où montaient les larmes. Aussitôt, il s'empara de l'argent comme s'il avait peur que l'élégant gentleman, sur son grand cheval noir, change d'avis.

— Dieu vous garde, mon bon monsieur, vous et votre dame ! Dieu vous garde tous les deux !

Lucas le regarda courir vers ses compagnons, puis tendre une pièce à chacun. Il aurait aimé être heureux après ce qu'il venait de faire, mais ce n'était pas le cas. Il se sentait creux, vide. Il lui semblait être un traître vis-à-vis de ces trois soldats, vis-à-vis de tous les désespérés qu'il aurait voulu aider. Il pouvait essayer de soulager sa conscience d'une façon ou d'une autre, mais, à un moment donné, il trahirait ces hommes.

Ce fut son tour d'être silencieux alors qu'ils chevauchaient, enfin libérés des encombrements de la ville, au milieu d'une verte et luxuriante campagne.

Nicole n'avait pas prononcé un mot, ne l'avait pas félicité d'avoir fait une bonne action, n'avait pas livré le moindre commentaire. Elle respectait son silence, comme si elle savait que les mots seraient forcément inadéquats.

Lorsqu'ils arrivèrent à Richmond, d'autres cavaliers matinaux faisaient déjà gambader leur monture sur les petites collines qui se succédaient dans le paysage. La plupart étaient des palefreniers en train d'échauffer les chevaux de leurs maîtres alors que ces derniers étaient encore au lit ou prenaient leur petit déjeuner.

Dans le lointain, une nappe de brouillard flottait au-dessus du sol. Lucas s'arrêta et la désigna.

— Ce brouillard dissimule un ruisseau, expliqua-t-il.

Un ruisseau qu'en temps normal nous aurions pu franchir à cheval, mais avec toute cette pluie, le courant doit être très fort. Il faudra donc vous arrêter avant de le traverser.

— Quand il n'y a pas trop de courant, vous le traversez à cheval, n'est-ce pas ?

Il répondit sans réfléchir :

— Pas tout à fait. Si j'étais avec Victor, je le franchirais en sautant, si c'est cela que vous voulez savoir. Mais j'ignore si Tonnerre sauterait spontanément, ou s'il n'y plongerait pas les pattes, en m'envoyant par la même occasion valser au-dessus de sa tête.

— Il n'y a qu'un moyen de le savoir, vous savez, fit-elle remarquer d'un ton joyeux.

Il la dévisagea, conscient qu'elle venait de lui lancer un nouveau défi.

— Nicole…

— Vous savez, Lucas, l'interrompit-elle, parfois quand Juliet et moi partons galoper, je hurle.

— Comment cela, vous hurlez ?

Le sourire qu'elle affichait était une invitation à Dieu seul savait quoi.

— Oui, je hurle. Je crie. Aussi fort que je peux. Il y a quelque chose… quelque chose de très libérateur dans le fait de chevaucher face au vent et de laisser les éléments emporter tout ce qu'il y a de triste ou de mauvais en vous. Je me contente alors d'ouvrir la bouche et de tout laisser s'en aller.

— Comme les hussards qui chargent au moment où ils se lancent dans la bataille, acquiesça Lucas avec un hochement de tête. Leurs cris sont destinés à la fois à faire peur à l'ennemi et à se libérer de la sienne.

— C'est à peu près ça, et cela fonctionne aussi avec

la colère et la frustration. Il se peut que vous ayez envie d'essayer. Aujourd'hui me semble le jour idéal pour hurler, pour tous les deux. Ne laissez pas Tonnerre croire que c'est lui qui commande. Sur ce, j'y vais !

Elle talonna les flancs de sa jument, qui descendit aussitôt au galop la longue pente qui menait à une partie plus plate, puis plongeait de nouveau vers le ruisseau et la colline suivante.

A l'évidence surpris, Tonnerre se cabra et se mit à exécuter de petits cercles sur lui-même jusqu'à ce que son cavalier le repositionne dans la bonne direction.

— Satanée Nicole ! cria Lucas en suivant des yeux la progression de sa compagne. Et maintenant, je suis censé la suivre…

Il entendit le palefrenier rire dans son dos.

— Vous savez, elle va essayer de franchir le ruisseau, monsieur le marquis, parce que vous lui avez dit de ne pas le faire. Lady Nicole n'a pas froid aux yeux !

— Je le sais, merci, répondit Lucas.

Il se maudissait de ne pas avoir choisi le fiable et agile Victor et ne se voyait plus du tout en train de se faire gentiment nourrir de fraises par Nicole.

— Advienne que pourra ! lança-t-il soudain en donnant un coup de talons dans les flancs de l'étalon.

Tonnerre le surprit tout de suite par son goût pour la vitesse, qui prit le dessus sur son attitude rebelle.

Il y avait d'autres cavaliers dans les prés ou sur les chemins qui serpentaient. Mais aucun d'eux ne chevauchait à une allure aussi folle que Nicole sur sa jument.

En fait, la plupart des cavaliers s'étaient même arrêtés et observaient Nicole en train de dévaler la colline. Sa jument, dont les sabots soulevaient de grosses mottes de terre, semblait flotter au-dessus du sol.

Toutefois, Tonnerre n'avait manifestement pas l'intention de se laisser distancer par une femelle et il allongea la foulée. Ses muscles puissants se contractaient et se relâchaient sous les cuisses de Lucas, qui avait perdu son chapeau dans la cavalcade et dont les cheveux, libres, flottaient au vent.

Il avait l'impression de se lancer dans une bataille, l'épée levée, le cœur battant. La bise qui soufflait dans son visage emportait tout ce qui encombrait et obscurcissait son esprit, les soucis et les ombres, sa soif de revanche et le souvenir de ces soldats et de leur désespoir, qui reflétait celui d'une multitude de leurs semblables.

Pendant quelques précieuses minutes, il vivrait pleinement ce moment magnifique. Sans penser à la veille ni au lendemain. Il rattraperait Nicole et la suivrait jusqu'au bout du monde. Il jouirait de ses yeux rieurs, il se laisserait dévorer par sa jeunesse et sa beauté tout en abandonnant à un autre Lucas Paine — au Lucas Paine plus raisonnable et plus prudent, qui avait eu la bonne idée de s'absenter — le soin, un autre jour, de songer aux conséquences de ses actes.

Lorsqu'il regarda droit devant lui, il vit ce qu'il savait déjà : Nicole n'avait aucune intention de freiner sa jument en approchant du ruisseau. Sans hésiter un seul instant, elle allait la faire sauter par-dessus l'obstacle et toutes deux s'envoleraient vers le brouillard… et l'inconnu.

Et elles arriveraient saines et sauves sur l'autre rive.

Parce qu'il n'y avait pas le choix. Parce que Nicole n'envisageait jamais l'échec. Parce qu'elle était mi-enfant mi-sorcière et que c'était la créature la plus vivante de l'univers.

Mais il ne la laisserait pas pour autant passer la première…

— Vas-y, Tonnerre ! hurla-t-il aux oreilles de l'étalon en se penchant sur son encolure. Tu ne vas tout de même pas laisser une femme passer devant toi !

Tonnerre réagit comme s'il avait compris. Sa fierté le força à accélérer encore, de sorte qu'il arriva à hauteur de Nicole et de sa jument en quelques foulées.

La cavalière tourna la tête et sourit d'un air de contentement. Lucas ressentit comme une décharge au creux des reins.

Il tendit le bras gauche bien haut et poussa un cri libérateur. Ce fut si bon la première fois qu'il recommença aussitôt.

— Houra !

— Houra ! hurla Nicole à son tour, tandis que Tonnerre dépassait la jument, filant tout droit vers le ruisseau plongé dans le brouillard.

Une fois au cœur de la brume, le sol devint visible. Sans cela, le saut à venir aurait été un suicide, ce à quoi, fort heureusement, l'étalon n'avait pas l'air de songer.

Lucas osa un rapide coup d'œil derrière lui pour voir Nicole, avant de se concentrer sur ce saut dans l'inconnu.

Il poussa un nouveau cri et Tonnerre prit une dernière impulsion sur ses pattes antérieures avant de se catapulter dans les airs. Lucas entendit l'eau qui coulait au-dessous, avant que n'explose le coup de tonnerre des sabots du cheval heurtant de grosses pierres plates, puis le sol plus ferme de l'autre rive. Ils étaient de l'autre côté. Et, sans ralentir, l'étalon poursuivit sa course vers la colline, foulant la tendre herbe du printemps.

Lucas regarda par-dessus son épaule juste à temps pour voir la jument se regrouper avant de sauter. Nicole avait la tête baissée et le reste du corps levé, dans la posture qu'adoptent les meilleurs et les plus intrépides des cavaliers.

Et l'instant suivant, elle était saine et sauve, accrochée à l'encolure de sa jument, qui se tendait avec fougue à la poursuite de Tonnerre.

— Nous avons réussi, Lucas ! cria-t-elle. Nous avons réussi. Houra !

Le cœur de Nicole battait-il aussi fort que le sien ? se demanda-t-il, presque ivre de bonheur. Il se sentait jeune, jeune comme cela ne lui était pas arrivé depuis la mort de son père. Et tout cela grâce à une petite sauvageonne dont la présence commençait à lui paraître indispensable.

Il força Tonnerre à ralentir sur quelques centaines de mètres et Nicole fit de même une fois qu'elle l'eut rejoint. Marchant côte à côte, leurs chevaux les conduisirent jusqu'à une rangée d'arbres au sommet d'une colline.

— Il faut que nous les laissions se reposer avant de rentrer, déclara Lucas en pointant l'index vers la gauche. Mais pas ici. Il y a un endroit, là-bas, où nous serons un peu à l'écart du chemin, au cas où il prendrait l'envie à d'autres fous de galoper à toute allure ce matin.

Le souffle court, les joues rosées, les yeux brillant de plaisir, Nicole acquiesça d'un petit signe de tête. Même en déployant tous ses efforts, elle ne parviendrait pas à dissimuler ses émotions, c'était clair. Il se demanda à quoi elle ressemblerait allongée près de lui, tandis qu'il serait en train de l'éveiller à une toute nouvelle gamme de sensations…

Ils longèrent la rangée d'arbres qui semblait naturelle, alors que Lucas savait que toute la zone avait été déboisée et replantée pour donner l'impression d'avoir été ainsi pensée par la nature.

Ils parvinrent à l'orée d'une fûtaie et Lucas prit la tête de leur petit convoi, s'enfonçant dans la verdure. Au bout de quelques mètres, il mit pied à terre et saisit les rênes que Nicole lui tendit, avant de conduire les deux chevaux jusqu'à une branche suffisamment solide pour les y attacher.

— Vous avez perdu votre chapeau, remarqua-t-elle, alors qu'il levait les bras pour l'aider à descendre de cheval.

— J'ai perdu bien plus que cela. J'ai perdu toute la dignité que je pensais jusque-là posséder. Mais je survivrai, assura-t-il alors qu'elle posait ses mains sur ses épaules.

Il la saisit par la taille et elle se laissa glisser vers le sol, l'effleurant au passage de la poitrine jusqu'aux genoux.

Ses lèvres pleines dessinèrent un charmant sourire. Quel goût pouvaient-elles avoir aujourd'hui ? s'interrogea-t-il. Un goût de soleil et d'herbe fraîchement coupée, peut-être. Ou bien un goût de rire et de jeunesse ? Un goût d'aventure ?

— Tout le monde va dire que je vous mène par le bout du nez, vous savez. En tout cas, ces personnes que nous avons dépassées pendant notre chevauchée, dit-elle en s'écartant. Est-ce ce que voulez que la bonne société pense de vous ?

Il la regarda se diriger vers un tronc d'arbre coupé, à la base duquel quelques branches avaient commencé à repousser. Elle s'y assit et ressembla aussitôt à une nymphe des forêts installée sur son trône végétal.

— C'est en effet ce sur quoi nous nous sommes mis

d'accord hier soir. De la même façon que j'ai accepté de répondre à toutes vos questions, même si, après réflexion, j'aimerais revenir sur ma parole. Je veux bien cependant vous dire tout ce que vous voulez savoir… à condition que vous promettiez d'être sage.

Elle retira ses gants et les posa sur ses genoux.

— C'est-à-dire ?

— C'est difficile, répondit-il en posant le pied sur l'un des petits troncs coupés pour encourager de nouvelles pousses. C'est-à-dire, Nicole, ajouta-t-il en se penchant vers elle, que comme je ne peux pas savoir ce qui, à tout moment, peut vous passer par la tête, je veux me préparer à toute éventualité. J'ai donc besoin que vous me promettiez, sans aucune condition, de ne rien faire de tout ce que je pourrai vous raconter.

Elle ôta une à une les épingles en argent qui maintenaient son chapeau sur sa tête, puis se décoiffa.

— Nicole ?

Il la regarda retirer quelques épingles supplémentaires, avant que ses cheveux noirs retombent sur ses épaules. Elle secoua alors la tête tout en passant ses doigts dans la masse de ses boucles ébène.

— Ah, c'est bien mieux comme cela ! s'exclama-t-elle. Vous savez, avant, j'avais hâte de pouvoir relever mes cheveux, parce que je me disais que ce serait le signe que j'étais devenue une femme. Maintenant je me rends compte que cela me cause surtout d'affreuses migraines. Je crois que je vais demander à Renée de tout couper.

— Oh non, surtout pas ! s'écria Lucas, avant de se reprendre, furieux contre lui-même pour la violence de sa réaction. C'est que… les cheveux courts ne sont plus à la mode. Mais que faites-vous, à présent ?

Elle avait sorti un ruban noir de sa poche et se nouait les cheveux en queue de cheval.

— C'est pourtant évident, me semble-t-il ! rétorqua-t-elle en se levant, son chapeau à la main. Non, je ne promettrai pas.

— Je vous demande pardon ?

Il était si captivé par la vision qui s'offrait à lui, captivé par les petites mèches qui n'avaient pas été prises dans le ruban et qui ondulaient joliment autour du visage féminin, qu'il avait perdu le fil de la conversation.

— Vous ne promettrez pas quoi ? De me conduire à ma perte ?

— Non. Je ne vous promettrai rien du tout. J'y ai réfléchi, Lucas, longuement, et je ne peux tout simplement pas faire cela. Je suis désolée.

Elle voulut passer devant lui, estimant sans doute qu'ils en avaient terminé, ce qui, parole de Lucas, était loin d'être le cas.

Il la saisit par le bras et la força à lui faire face. Elle lui décocha alors un regard violet foncé. La mise en garde était claire : elle voulait sans doute le prévenir que quelque chose bouillait en elle, prêt à exploser. Mais quoi ?

— Que s'est-il passé, Nicole ? Hier soir vous aviez une foule de questions à me poser !

— C'est vrai, mais j'ai décidé que je n'avais pas besoin de connaître les réponses. Davantage de réponses ne feraient qu'entraîner davantage de questions. Et si je ne peux rien faire pour vous aider, mis à part vous laisser me regarder comme si j'étais la plus délicieuse des tartes au citron, eh bien, je préfère encore vivre avec mes questions. Savoir ce que vous vous apprêtez à faire ce soir me suffit. Lorsque ce sera passé — si vous survivez à cette nuit — je ne veux pas me retrouver en train de me demander ce que vous faites chaque fois que je ne vous ai pas sous les yeux.

Lucas ne sut que répondre. Au départ, il n'avait pas eu l'intention de lui en révéler davantage que ce qu'elle avait déjà deviné. Mais cela, c'était hier soir. Aujourd'hui, il voulait tout lui raconter. Aujourd'hui, c'était comme s'il avait besoin qu'elle comprenne pourquoi il avait dû accepter le marché de lord Frayne.

— Nicole ? lança-t-il à voix basse. Je veux vous expliquer !

Les yeux de la jeune femme lancèrent de nouveau des éclairs et, cette fois, il fut sûr de l'émotion qu'il avait suscitée dans les profondeurs violettes. C'était de la colère.

— Vraiment ? Eh bien, c'est dommage pour vous ! Vous partez à la guerre — ne haussez pas les sourcils ainsi ! D'une certaine façon, c'est ce que vous vous apprêtez à faire, partir à la guerre. Si je ne peux me battre à vos côtés — et vous m'avez clairement fait comprendre que vous ne vouliez pas de mon aide —, je ne veux rien savoir de vos batailles avant qu'elles ne soient terminées. Mais peut-être que l'idée de me savoir éveillée toutes les nuits, à faire les cent pas dans ma chambre en m'inquiétant pour vous, qui n'en valez vraiment pas la peine, vous ravit-elle ? A mon avis, oui. Je suppose que les hommes qui partent à la guerre sont toujours rassurés de savoir qu'ils laissent derrière eux une personne qui priera pour eux, comme Lydia l'a fait pour son capitaine.

— Nicole…

— Non ! Laissez-moi terminer. Certaines femmes

doivent être capables d'attendre tranquillement, en tricotant des chaussettes, par exemple. Pas moi. Je ne peux pas faire cela et jamais je ne le ferai. J'y ai beaucoup réfléchi — beaucoup — et je me connais assez bien pour savoir que je ne peux pas être comme ces…

Sa propre réaction ne le surprit pas lorsqu'il mit fin à la tirade de Nicole en plaquant la bouche contre ses lèvres. Mais son destin était-il de ne l'embrasser que pour la faire taire ?

Sa colère le comblait, car elle signifiait que Nicole tenait à lui, même si elle ne l'admettrait jamais devant lui… ni devant elle-même, d'ailleurs. Sa colère était empreinte de passion et ce fut cette passion qui la fit se rapprocher de lui dès que leurs lèvres furent en contact.

Il fit alors courir ses mains sur les côtés du buste frêle, tandis qu'elle lui passait les bras autour du cou pour se coller contre lui. Du bout des doigts, il trouva le petit interstice entre la jupe et la veste, qui s'était légèrement relevée, car Nicole s'était hissée sur la pointe des pieds pour être plus près de lui.

Lorsqu'il toucha la peau nue, elle étouffa un gémissement et se colla de plus belle contre lui, ce qui contraria l'envie quasi incontrôlable qui l'avait pris d'arracher les passementeries de soie qui maintenaient la veste fermée.

Il insinua ses genoux entre les cuisses de la jeune femme et la plaqua encore davantage contre lui en un mouvement si primaire qu'elle aurait dû en être choquée et le repousser.

Mais non, elle ne semblait pas choquée.

Décidément, elle ne se comportait jamais comme elle était censée le faire !

Il la savait innocente, pourtant. Elle avait réagi en

se laissant guider par la passion — une fulgurante passion — et non en connaissance de cause. Nicole se contentait d'aller là où ses sentiments la portaient, et elle paraissait bien décidée à goûter à tout ce que la vie avait à lui offrir, sans se soucier de l'avis d'autrui ni des conventions.

C'était la conclusion à laquelle il avait abouti au terme de sa longue nuit d'insomnie et il était certain de ne pas se tromper.

La seule question qu'il se posait encore et à laquelle il n'avait pas été capable de répondre jusque-là, la question qui, de façon perverse, passait à ce moment précis en boucle dans son esprit était la suivante : ne représentait-il pour elle qu'une aventure parmi tant d'autres ?

— Nicole, assez, dit-il en la repoussant assez loin pour la regarder dans les yeux et voir que ce n'était plus la colère, mais la passion qui y brillait. Votre palefrenier va finir par venir vous chercher.

— C'est tout ce que vous avez à dire ?

— Non. J'ai bien plus à dire. Je dois parler à Rafe.

— Pourquoi ?

Lucas sourit de sa naïveté.

— Parce que, ma belle, si je continue de compromettre votre réputation à tout bout de champ — et il y a assez peu de doutes sur le fait que j'aie envie de continuer —, je vais devoir lui demander votre main. Si je ne le fais pas, votre frère, qui est une fine gâchette, me logera une balle entre les deux yeux.

— N'essayez pas de changer de sujet, Lucas ! protesta Nicole. Nous parlerons de cela plus tard…

D'un geste, elle dégagea les yeux de Lucas, qu'une

mèche de cheveux cachait, et il eut l'impression que ce contact, dont il apprécia l'intimité, lui était naturel.

— Dites non à lord Frayne, poursuivit-elle. Dites-lui que vous avez changé d'avis, que vous n'allez pas faire ce qu'il vous demande de faire, ni cette nuit ni une autre.

— C'est impossible, Nicole.

Elle laissa retomber sa main.

— Alors laissez-moi vous accompagner ce soir.

Tout cela pour en revenir au même point ?

— C'est tout aussi impossible.

Elle ferma les yeux un moment et, lorsqu'elle les rouvrit, ils étaient froids et déterminés. La Nicole tendre prête à se donner à lui avait disparu, tout comme son innocente passion. Ils auraient tout aussi bien pu être deux étrangers l'un pour l'autre, car elle le regardait comme s'il ne signifiait rien pour elle.

— Dans ce cas, ne prenez pas la peine de vous entretenir avec Rafe : il n'y a aucun risque que vous vous retrouviez de nouveau assez proche de moi pour envisager de compromettre ma réputation. Maintenant, ramenez-moi chez moi !

C'était lui qui était en colère à présent. Et il avait une bonne raison pour cela, du moins le pensait-il.

— Vous êtes ce que votre mère dit de vous. Une enfant capricieuse et autoritaire. Vous voulez que tout le monde se plie à vos quatre volontés et, quand ce n'est pas le cas, vous tournez les talons et allez voir ailleurs. Est-ce bien cela, Nicole ?

— Oui ! confirma-t-elle avec emphase. C'est exactement cela ! Je suis une enfant gâtée. Et vous ne représentez que des ennuis pour moi. J'étais venue à Londres dans le but de m'amuser et de prendre du bon temps, certainement pas pour avoir à m'inquiéter pour une espèce d'idiot décidé à se faire tuer et trop têtu pour demander de l'aide, sauf de la façon la plus ridicule qui soit. J'aimerais ne rien avoir entendu de ce que j'ai entendu hier soir. J'aimerais que vous ne m'ayez jamais proposé de participer à votre grotesque farce. Et maintenant, vous osez vous gausser de moi en évoquant un mariage ? Ah, j'aimerais ne jamais vous avoir rencontré.

Elle fit volte-face et se précipita vers sa jument, attendant avec impatience qu'il lui fasse la courte échelle. Lorsque ce fut fait, elle grimpa en selle avec bien moins de grâce qu'à Grosvenor Square.

Il détacha les rênes et les lui tendit, sachant qu'elle n'avait nulle intention d'attendre qu'il soit lui-même à cheval pour prendre la direction du ruisseau. Ils rentreraient à Grosvenor Square côte à côte, mais en silence.

Elle avait raison. Tout était de sa faute. Il lui avait proposé cette « farce grotesque », comme elle disait, sans réfléchir, mais en se précipitant sur cette idée parce qu'elle lui permettrait de revoir Nicole. Il était assez honnête envers lui-même pour le reconnaître. Il s'était engagé dans cette voie et, s'il continuait comme cela, il ne pourrait bientôt plus faire demi-tour.

Il aurait aimé se réjouir de constater qu'elle s'inquiétait pour lui et se souciait de son sort, qu'elle ressentait même de l'attirance physique pour lui. Mais ce n'était qu'une bien maigre consolation.

C'était terminé. A peine commencé, le peu qu'ils avaient vécu ensemble arrivait déjà à son terme.

Nicole était jeune. Selon toute vraisemblance, elle allait s'enfermer dans ses appartements et pleurer toutes les larmes de son corps, puis elle l'oublierait.

Lucas se sentait vieux comme le monde. Il allait se réfugier à Park Lane, se terrer dans sa bibliothèque et boire jusqu'à la torpeur en sachant que lui, il ne l'oublierait jamais.

Et le palefrenier pourrait les manger, ces fichues fraises…

Chapitre 9

— Oh ! Viens voir, Nicole, s'exclama Lydia en ouvrant un nouveau livre choisi sur les présentoirs de chez Hatchard. C'est un livre sur les fleurs. Regarde ces belles aquarelles ! Celle-ci représente des marguerites, celle-là une ortie — oh, et une bruyère ! Si je ne possédais que la moitié du talent de cet illustrateur, je m'estimerais heureuse. Et toi, qu'as-tu trouvé ?

Nicole considéra le fin volume qu'elle tenait entre les mains.

— Bah, pas grand-chose ! Il s'agit juste d'une série de dessins représentant les rues de Londres. J'ai trouvé Grosvenor Square, et la maison de Rafe est indiquée, avec le nom de son propriétaire. Comme cela, tout le monde peut savoir exactement où nous habitons.

— Tiens, comme c'est intéressant ! répondit Lydia en prenant le livre pour le feuilleter. Ah, et je vois Carleton House et Covent Garden, où nous sommes allés hier soir, et Saint-Paul. Nicole, n'avais-tu pas parlé de visiter les églises de Londres avec moi ? Avec ces cartes, nous pourrions nous constituer un itinéraire. Je crois que nous devrions acheter ce livre.

— Si tu veux, répondit Nicole en haussant les épaules.

— Si je veux ? Mais c'était ton idée de visiter des églises ! Que se passe-t-il ? Depuis que tu es rentrée de ta promenade à cheval avec lord Basingstoke ce matin, tu broies du noir, même si tu refuses de le reconnaître. Serais-tu malheureuse avec monsieur le marquis ? Hier soir, tu m'as donné l'impression inverse.

— Il est assez amusant, je dois le reconnaître, déclara Nicole en récupérant l'ouvrage sur les fleurs et en tendant les deux livres à Renée, afin que les achats soient portés sur le compte de Rafe. Maintenant, ne pousse pas de hauts cris et n'essaie pas non plus de me faire la morale, mais je lui ai dit ce matin que je voulais me sentir un peu plus tranquille, un peu plus libre, pour pouvoir bien profiter de ma première Saison.

Lydia se pencha pour murmurer :

— Tu l'as congédié ? Est-ce ce que tu es en train de me dire ? Nicole ? Je croyais qu'il te plaisait. Tu l'as embrassé !

— C'est lui qui m'a embrassée, Lydia. Cela fait une différence.

— Ah oui ? Et laquelle, je te prie ?

Nicole ne se souvenait pas avoir jamais vu sa sœur aussi insistante dans ses questions.

— Je ne sais pas, mais ce n'est pas du tout la même chose. Quoi qu'il en soit, tu devrais être contente que je me sois rendu compte que je ne me comportais pas de la meilleure façon. Donc oui, je l'ai congédié.

Une fois dehors, les jeunes filles, suivies de leur femme de chambre, furent accueillies par des domestiques qui les attendaient avec des parapluies déjà ouverts, car la pluie s'était mise à tomber.

— Lui as-tu brisé le cœur, Nicole ? Tu as dit que cela

pourrait être drôle de briser quelques cœurs pendant notre séjour à Londres. Je crois même que tu as dit que cela pourrait être « délicieux. »

— J'ai dit beaucoup de choses avant notre arrivée ici et je serais très contente si tu t'empressais de toutes les oublier. Je peux parfois me montrer extrêmement stupide et puérile.

— Peut-être, mais tu n'es jamais méchante, répondit Lydia en passant le bras sous celui de sa sœur. Donc je sais que tu essayais juste de me choquer. Quelqu'un d'autre aurait pu ne pas s'en rendre compte, mais moi si.

— Merci, souffla Nicole pendant qu'elles montaient en voiture. Quoi qu'il en soit, monsieur le marquis et moi-même avons décidé que nos caractères n'étaient pas compatibles, voilà tout. Nous nous sommes séparés bons amis.

Lydia s'installa face à sa sœur et posa sur elle un regard scrutateur.

— Mais cela t'a rendue triste. As-tu toujours envie d'assister au bal de la duchesse de Cornouailles ce soir ? Parce que, si tu ne veux voir personne, je le comprendrai très bien et je peux même rester à la maison avec toi.

Nicole s'empressa de sourire.

— Rester à la maison ? Quelle idée ! Pour rien au monde je ne manquerais notre premier vrai bal. Rien à voir avec ceux auxquels nous avons assisté à la campagne. Imagine, ce soir, le bal ne commencera pas avant 22 heures. A cette heure-là, à Ashurst Hall, nous avons déjà récité nos prières et nous sommes prêtes à nous coucher !

— Lord Yalding a proposé de nous emmener en pensant sans doute que le marquis viendrait aussi. Mais maintenant que Rafe est de retour, c'est peut-être lui qui nous conduira.

Nicole s'adressa mentalement de sévères reproches. C'était tout elle : agir et ne réfléchir qu'ensuite aux conséquences de ses actes. A présent, elle avait gâché les chances de sa sœur avec lord Yalding.

— Mais tu apprécies la compagnie de lord Yalding, dit-elle.

— C'est quelqu'un de très agréable, c'est vrai, même s'il est encore un peu jeune. Mais il n'y a rien d'autre que de l'amitié entre nous, contrairement à ce que tu as l'air de penser. De toute façon, je suis sûre que nous le verrons ce soir. Alors demandons à Rafe.

— Non, nous ne pouvons pas lui demander de nous accompagner à un bal alors qu'il vient tout juste d'arriver de la campagne. Il va plutôt vouloir rester avec Charlotte. Mais je comprends ce que tu veux dire. Si lord Basingstoke ne nous accompagne pas, lord Yalding se sentira mal à l'aise. Il faudrait que tu lui fasses parvenir un billet pour le prévenir.

— Oui, c'est ce que je vais faire. Mais qui va nous conduire là-bas ? Mme Buttram a de la goutte et elle souffre trop pour venir, précisa-t-elle en faisant allusion à leur ancien chaperon, auquel elles avaient dû de nouveau faire appel, car Charlotte ne souhaitait pas apparaître en société dans l'état qui était le sien. Il y a bien… maman.

Nicole fut prise d'un violent spasme à l'estomac. Pour une pénitence, c'était une pénitence ! Son entêtement, son autoritarisme, son besoin de se protéger — même si elle savait qu'elle avait ouvert la voie à davantage de souffrance encore en essayant de caparaçonner son cœur — trouvaient là leur punition.

— En effet, il y a notre chère maman, répondit-elle, la mort dans l'âme. Quelle chance nous avons !

Lucas écouta sans réagir son ami évoquer le billet que lady Lydia lui avait fait parvenir et dans lequel elle expliquait qu'elle serait ravie de le voir au bal de la duchesse de Cornouailles, mais qu'elle et sa sœur avaient décidé qu'il serait plus convenable que ce soit leur mère, lady Daughtry, qui les y accompagne.

— Tu sais ce qui me paraît bizarre, Lucas ? C'est que je n'ai pas eu l'impression que ces filles-là aimaient beaucoup leur mère, commenta Fletcher en avalant une gorgée de vin. Tu te souviens… lady Nicole a dit qu'elles ne faisaient que plaisanter, mais franchement, je n'y ai pas cru. Cela m'a fait penser à ces Noëls où l'on obligeait ma sœur Sophie et notre cousine Jane à bien s'entendre, parce que toute la famille était réunie. Elles se souriaient toutes les deux sans cesser de se lancer des regards assassins qui faisaient froid dans le dos. Moi, j'avais envie de me cacher sous les tapis. J'avoue que les femmes me font peur, parfois, Lucas ! conclut-il en riant.

— En fait, c'est ma faute, Fletcher. Nous nous sommes disputés, avec lady Nicole, et je suppose qu'elle a demandé à sa sœur de trouver un moyen de m'éviter.

Lord Yalding se détendit aussitôt.

— Oh ! Mais alors, c'est très bien. Je croyais que c'était à cause de moi, figure-toi ! Vous vous êtes disputés, tu dis ? Ce n'est pas gentil de ta part, Lucas.

— Je ne suis pas quelqu'un de gentil, répliqua Lucas en se levant. Et maintenant, si cela ne te dérange pas, j'ai quelques petites choses à faire avant d'aller à ce bal.

— Quoi, nous ne sortons pas dîner ? s'étonna Fletcher,

qui reposa son verre et se leva à son tour. C'est fâcheux, Lucas, car j'ai donné congé à mon cuisinier ce soir. Que vais-je faire ?

Lucas jeta un coup d'œil à l'horloge. Il était déjà 18 heures passées.

— Je vais demander à ma gouvernante de te préparer quelque chose. Mais je dois vraiment y aller.

Fletcher le dévisagea avec curiosité.

— Ce que tu as à faire a-t-il un quelconque rapport avec ce dont nous parlions l'autre jour ?

— Souhaites-tu vraiment que je réponde à cette question ?

— Non. Sauf si tu as besoin de mon soutien actif. Je ne m'y entends pas forcément en manœuvres douteuses, mais si tu as besoin de moi, je ferai de mon mieux.

Lucas se souvint fugitivement que Nicole lui avait proposé à peu près le même service, mais en faisant preuve de davantage d'enthousiasme et en semblant bien plus convaincue de sa capacité à lui apporter de l'aide.

— Je suis désolé, Fletcher, vraiment, mais c'est non. Je ne courrai aucun danger, sois tranquille.

Fletcher hocha la tête.

— Tu sais, Lucas, cela fait maintenant très longtemps que ton père est mort. Tu ne trouveras sans doute jamais les réponses aux questions que tu te poses depuis sa disparition, et ce parce qu'il n'y a peut-être pas de réponses. Et je suis contraint de te le demander : pourquoi y tiens-tu encore autant ? Tout le monde a oublié, tu sais.

— Pas moi. Ni ma mère. La mort de mon père l'a détruite. Pendant trop longtemps, nous avons cru l'un comme l'autre des choses qui n'étaient pas vraies. On m'a proposé de me donner de vraies réponses et je ne peux pas tourner le dos à cette opportunité. Si je dois passer un pacte avec le diable pour les obtenir, je le ferai. C'est ce que j'ai déjà fait, d'ailleurs.

De nouveau, Fletcher hocha la tête.

— Lord Frayne.

— Comment…

— Je ne suis pas stupide, Lucas. Lady Nicole n'est pas la seule à avoir remarqué qu'il avait disparu de sa loge en même temps que toi. Tu joues un jeu dangereux avec cet individu, mon ami.

— Oui, sans doute. Et ce n'est pas le seul jeu dangereux auquel je suis en train de jouer en ce moment, ajouta-t-il en songeant à Nicole.

Trente minutes plus tard, vêtu d'un large pantalon brun, d'un tricot marin de grosse laine, d'une veste informe et d'une paire de bottes qui avait sans doute servi à Waterloo sans avoir été cirée depuis, le tout acheté par son valet dans une friperie de Tothill Fields, Lucas s'approcha de la taverne La Roue Brisée.

Deux colosses qui se tenaient près de la porte, les bras croisés, se détachèrent du mur sur lequel ils étaient appuyés, avec l'air résolu à l'intimider.

Lucas, qui avait frotté ses cheveux blonds à la cendre et les avait fourrés sous une casquette graisseuse, avant de se salir les mains et le visage pour faire comme s'ils n'avaient pas vu de savon ni d'eau depuis des mois, leva le menton d'un air belliqueux et les toisa.

— Quoi ? Je suis trop beau pour vous ?

L'homme le plus proche de lui se détourna, sans doute incommodé par l'haleine de Lucas, qui avait pris soin de mâcher un bel oignon avant de partir. Il avait pensé que ce parfum se marierait bien avec celui de ses vêtements, qui avaient passé la journée enveloppés autour d'un gros poisson que son valet s'était procuré à Billingsgate pour la moitié de son prix de départ, car il était déjà vieux de trois jours.

— Recule, pour l'amour du ciel, ordonna le cerbère. Tu sens plus mauvais que le plus puant des putois. Et passe ton chemin ! Tu n'as rien à faire ici.

— Ce n'est pas ce que dirait mon très cher ami Guy Fawkes, répondit Lucas avec calme.

Les deux hommes échangèrent un rapide regard et le second s'avança.

— Tu m'as l'air de causer un anglais bien distingué pour quelqu'un qui sent mauvais et qui est habillé comme ça, déclara-t-il, suspicieux.

Mais Lucas s'était préparé à ce genre d'objection. Certes, il s'était entraîné à parler avec différents accents et différents niveaux de langage, mais son valet l'avait assuré qu'il serait de toute façon pris pour un imposteur s'il utilisait n'importe lequel d'entre eux.

— Vous n'avez jamais vu quelqu'un chuter par temps difficile ? demanda-t-il sans cesser de regarder son interlocuteur dans les yeux. Un homme ne peut-il pas tout perdre sans que ce soit de sa faute ? Nous sommes tous les victimes d'un gouvernement qui nous opprime, mon ami. Mais va au diable, voilà ce que je dis.

Il tourna le dos à l'homme, pour sentir aussitôt une large main se poser sur son épaule.

— Tu connais les mots qu'il faut. Ça veut dire que tu connais quelqu'un qui te fait confiance. C'est bon, tu peux entrer.

Lucas réprima un soupir de soulagement, repoussa

la main de l'homme, marmonna un juron et se dirigea vers la cave de La Roue Brisée.

Seules quelques bougies éclairaient la pièce aveugle aux murs de brique, qui sentait l'humidité, la sueur et la bière. Lucas distinguait mal le visage des individus les plus proches de lui, ce qui était logique, sachant que personne n'avait envie d'être reconnu une fois sorti de ce lieu.

Il s'assit au dernier rang, sur un banc de bois grossier, entre un petit homme qui tenait une béquille sans doute fabriquée par ses soins et une très grosse dame qui, après avoir humé l'air au moment où il s'installait, alla chercher une autre place. Puis il attendit que ses yeux s'habituent à l'a pénombre pour se risquer à regarder autour de lui.

Il y avait beaucoup plus de monde qu'il ne l'aurait cru. Il compta plus de soixante-dix personnes, des hommes pour la plupart. Nul ne parlait ni ne regardait son voisin. Tout le monde attendait.

Au bout de quelques minutes, il y eut un peu de mouvement à la porte et trois hommes grossièrement vêtus entrèrent pour se diriger vers la table placée devant les bancs.

Ce fut le plus grand d'entre eux qui prit le premier la parole, posant les deux mains sur la table pour annoncer :

— Les Citoyens pour la Justice vont faire entendre leur loi !

Puis il se tourna vers son voisin de gauche, qui acquiesça, avant de se lancer dans une longue énumération des péchés dont le prince régent s'était rendu coupable. Puis ce fut au deuxième homme d'entamer une diatribe enragée qui fit frémir Lucas, tant elle était annonciatrice de désastre.

Les désespérés qui se trouvaient dans la salle applaudissaient chaque mot séditieux et approuvaient toutes les propositions, même les plus dangereuses. Sans hésitation, ils acceptèrent de se rassembler sur le pont de Westminster avec leurs piques, leurs fourches, leurs bâtons ou les armes — épées, fusils — qui leur seraient fournies sur place. Ensemble, ils marcheraient ensuite sur le Parlement pour faire entendre leurs doléances devant les Chambres.

Lucas savait ce qu'il était censé faire lorsqu'il présiderait un autre rassemblement de ce type, dans la cave d'une autre taverne. Il devrait se lever et répéter les mots qu'il venait d'entendre, mêlés à ceux qui lui étaient sortis de manière si spontanée au club, quelques jours plus tôt. Comme lord Frayne le lui avait dit, il s'était montré très convaincant dans sa défense de l'homme du peuple. Il s'était seulement trompé de public.

Et Lucas avait accepté. Pour découvrir qui s'était employé à détruire son père, il avait conclu un pacte avec ce démon qu'était lord Frayne. Il allait jouer le rôle d'agent provocateur et tenter de faire éclater des émeutes qui prouveraient à la population combien les nouvelles lois et sanctions répressives étaient nécessaires pour éviter que l'Angleterre ne devienne le théâtre d'une révolution semblable à celle qui avait secoué la France.

Ce soir, il se trouvait là pour écouter et pour apprendre. Il savait que les deux orateurs qui s'exprimaient étaient payés par lord Frayne et consorts. La prochaine fois que lord Frayne prendrait contact avec lui, ce serait pour lui révéler la date et le lieu de la réunion où lui, Lucas, devrait à lui tout seul enflammer, inspirer et trahir des êtres humains à la fois désespérés et pleins d'espoir qui, au fond, ne demandaient rien d'autre qu'un peu de charbon dans leur poêle et un peu de nourriture dans le ventre de leurs enfants.

En échange de ce « service », on lui avait promis le nom de celui qui avait anéanti son père. Son père, qu'il avait détesté pendant tant d'années, jusqu'à ce jour de l'année précédente où il avait reçu une lettre anonyme lui apprenant que son père n'avait pas été un traître ayant mis fin à ses jours, mais au contraire un vrai patriote, que les mensonges d'une tierce personne avaient détruit.

Durant l'année écoulée, Lucas avait essayé de comprendre seul, mais sans succès. Il avait toutefois suffi d'un discours impromptu et passionné pour que, soudain, lord Frayne apparaisse pour lui proposer les explications qu'il cherchait. Lord Frayne, qui avait détesté le père de Lucas, mais qui semblait à présent haïr encore davantage une autre personne. Assez, en tout cas, pour en révéler le nom au fils qui avait juré de venger son père, pendant que lord Frayne resterait à l'abri dans l'ombre et ne se salirait pas les mains.

Oui, c'était un pacte passé avec le diable, dans lequel tous les hommes et toutes les femmes présents dans cette salle, ainsi que tous ceux qui, en cette période troublée, se rencontraient partout ailleurs dans le pays, n'étaient rien d'autre que des pions dans un jeu qui les dépassait et dont ils ne se douteraient jamais.

Pouvait-il faire cela ? Pouvait-il vraiment devenir comme lord Frayne dans le seul but de lever les zones d'ombre qui entouraient la mort de son père ?

Pouvait-il justifier ses actes en se persuadant qu'il réussirait à déjouer *in extremis* les projets de lord Frayne une fois qu'il en aurait mieux connaissance ? Pouvait-il se consoler en se disant qu'il voulait la vérité sur la mort de son père, non pas pour lui, mais pour sa mère ?

Pourrait-il de nouveau regarder Nicole en face si elle découvrait à quel dangereux jeu il jouait en risquant la vie d'autres personnes ?

Pourrait-il, lui, se regarder dans le miroir ?

Non. Bien sûr que non.

Il aurait dû savoir depuis le début qu'il ne pourrait pas faire cela.

Malgré lui, et sans réfléchir aux conséquences de ce qu'il faisait, Lucas s'aperçut soudain qu'il était debout, face aux trois hommes qui continuaient de haranguer la foule en lui promettant travail et nourriture, comme s'il était dans leurs capacités d'y pourvoir.

— Montrez-nous ! cria-t-il. Montrez-nous ces armes ! Pourquoi devrions-nous vous croire ? Vous voulez que nous nous retrouvions au pont de Westminster sur des promesses ? Allons-nous devoir affronter les troupes du roi avec juste vos grands mots pour nous défendre ? Vous-mêmes, où serez-vous pendant que nous marcherons sur le Parlement ?

Comme Lucas le comprit aussitôt, ce n'était pas là ce qu'il pouvait faire de plus intelligent. Si, au club, ses connaissances avaient esquissé de petits sourires en trouvant de bonnes raisons de s'éclipser après le discours enflammé qu'il avait tenu, les pauvres hères réunis dans ce sous-sol ce soir-là ne se montrèrent pas aussi mesurés dans leurs réactions.

— Espèce de lâche !

— Mieux vaut mourir en homme que de crever de faim comme un animal !

— Jetez ce saligaud dehors !

— Trouillard ! Froussard ! Poltron !

Chacun entendait ce qu'il voulait entendre, croyait ce qu'il avait besoin de croire, Lucas le savait depuis toujours. Les occupants de la cave, qui partageaient tous le même besoin de croire, se tournèrent vers lui comme un seul homme, lui donnant un aperçu de la horde furieuse qu'ils pourraient devenir si cette marche sur le Parlement avait bien lieu.

Il se baissa précipitamment en sentant — plus qu'il ne vit — un objet lancé dans sa direction le frôler. Au même moment, quelqu'un l'attrapa par le bras pour l'entraîner vers la porte.

Il tentait en vain de se libérer lorsque des mots murmurés à son oreille l'en dissuadèrent.

— Si j'étais vous, je ne demanderais pas mon reste et j'activerais mes guiboles, chef…

Surpris, il s'empressa de se courber en deux et se laissa conduire jusqu'à l'escalier qui menait au-dehors.

— Venez, chef, lança celui qui l'avait sauvé lorsqu'ils furent à l'air libre.

Lucas n'avait pas besoin de plus d'encouragement pour se mettre à courir. Il y avait trois hommes pour le guider à présent. A vive allure, ils le menèrent de ruelle en ruelle et ne s'arrêtèrent que lorsqu'on n'entendit plus aucun bruit.

N'y tenant plus, Lucas regarda les hommes qui lui avaient sauvé la vie.

— Je m'appelle Johnny, m'sieur, déclara le soldat qui avait croisé sa route le matin même. Et voilà Billy et Bertie. C'est Billy qui vous a reconnu. Vous n'avez rien à faire ici, m'sieur.

— De toute évidence, non, dit Lucas en jetant un

coup d'œil autour de lui tandis qu'il recouvrait lentement ses esprits. Mon cocher m'attend à Lincolns Inn Fields.

— C'est par ici alors, m'sieur. Nous allons vous escorter.

— Mais cela ne vous intéresse-t-il pas de savoir ce que je faisais ici ce soir ? Dans cet accoutrement ?

Johnny secoua la tête.

— Aucune importance. Mes gosses ont eu de la viande dans leur assiette ce soir, m'sieur. De la vraie viande de bœuf. C'est tout ce que j'ai besoin de savoir, moi.

— Savez-vous que les hommes qui vous ont parlé ne sont pas vraiment vos amis, Johnny ? Qu'ils ne sont là que pour vous pousser à la révolte ? Ils veulent créer des troubles qui permettent au Parlement de décider le vote de lois répressives.

Johnny regarda ses compagnons, qui se contentèrent de hausser les épaules, puis de nouveau Lucas.

— C'est comme ça, m'sieur. Ceux qui écoutaient étaient sincères, au moins. Et ils avaient de vraies raisons d'être là.

— Ce que vous dites est très juste : c'est ce qui compte. J'ai vraiment été stupide de faire ce que j'ai fait, non ?

Johnny se frotta le nez.

— C'est pas à moi de le dire, m'sieur. Vous savez quoi, m'sieur ? Vous sentez encore plus mauvais que Billy. Et ce n'est pas peu dire…

Lucas se mit à rire. La tension semblait s'être évanouie d'un coup. Il leva les yeux. Bientôt, il ferait nuit noire. Le temps avait filé à toute allure. Et il allait devoir passer un long moment dans son bain s'il voulait se rendre présentable pour le bal de la duchesse de Cornouailles.

Mais il se sentait mieux. Bien mieux qu'il ne s'était

jamais senti depuis qu'il avait passé ce pacte maléfique avec lord Frayne.

Les soldats le raccompagnèrent jusqu'à sa voiture, glissant tous les trois d'ombre en ombre, se faufilant entre des maisons délabrées dont ne s'échappait ni fumée de cheminée ni odeur de viande, sous les regards vides ou hostiles de pauvres hères appuyés aux portes ou aux gouttières.

Lorsqu'ils arrivèrent enfin à la voiture, Lucas fit promettre à Johnny de se présenter à l'entrée de service de son hôtel particulier le lendemain matin à 10 heures.

— Si j'avais une montre, m'sieur, je l'aurais vendue depuis longtemps.

— Bien sûr, bien sûr, excusez-moi… Dans ce cas, soyez-y quand vous le pourrez, mon ami. Je vais prévenir mon valet de votre venue. D'ici demain soir, je veux être certain que vous trois, avec femmes et enfants, êtes en route pour ma propriété de campagne. Je veux que vous partiez d'ici, que vous soyez loin de tout ce qui pourra se passer.

— Monsieur ?

Lucas se frotta le crâne et fut horrifié par les taches de cendres et de gras qu'il découvrit ensuite sur ses mains. Mon Dieu, dans quel état se trouvait-il ! Et pour couronner le tout, la tête lui tournait légèrement, ce qui n'était pas ses habitudes : que lui arrivait-il donc ?

— Je ne peux rien faire de plus que cela, Johnny. Ce serait idiot de ma part de penser pouvoir tout arranger. Ce serait idiot de ma part de penser pouvoir me mêler de tout. C'est pourtant ce que j'ai fait en venant à cette réunion ce soir, et j'ai été bien idiot. Laissez-moi faire ce que je peux faire, conclut-il en tendant la main. Me donnez-vous votre parole que vous viendrez ?

Le soldat regarda la main de Lucas avec incrédulité, puis considéra ses deux compagnons, qui demeuraient immobiles, bouche bée. Un aristocrate ne serrait pas la main à des hommes comme eux. Même leur commandant, le duc de Westminster, les avait toujours traités comme la lie de l'humanité.

Johnny s'essuya la main sur son pantalon et la tendit néanmoins.

— Vous avez ma parole, m'sieur. Et vous pouvez avoir ma vie aussi, si vous me le demandez.

Qu'ajouter à cela ?

— Dans ce cas, c'est parfait, se contenta de répondre Lucas.

Bertie donna un coup de coude à Johnny et lui murmura quelque chose à l'oreille.

— M'sieur ? reprit ensuite ce dernier. Bertie dit que ça pourrait peut-être nous être utile de connaître votre nom.

Lucas éclata de rire.

— Et il a tout à fait raison. Je suis Lucas Paine, marquis de Basingstoke.

— Mazette ! s'exclama Bertie, qui s'exprimait pour la première fois.

Le cœur infiniment plus léger, Lucas grimpa dans sa voiture et fila vers Park Lane, pressé de prendre un bon bain.

Après cela, il irait trouver Nicole pour lui dire qu'il n'avait plus de secret, qu'il ne courait plus de danger et qu'elle pouvait donc cesser de l'éviter ou de se faire du souci pour lui.

Puis il songea à lord Frayne, à la réaction de ce dernier lorsqu'il apprendrait ce qui s'était passé à La Roue Brisée, à ce qu'il savait maintenant de ses infâmes projets, et il changea d'avis…

Chapitre 10

Nicole rit de bon cœur en regardant tour à tour les verres de citronnade que deux jeunes hommes lui tendaient, chacun se disputant son attention.

— La seule chose polie que je puisse faire, c'est soit prétendre avoir très soif, soit pas du tout, plaisanta-t-elle. Que suggérez-vous, messieurs ?

— Si vous acceptiez de m'inscrire sur votre carnet de bal, mademoiselle, répondit le jeune homme roux aux yeux verts rieurs, je laisserais à Freddie ici présent l'honneur de vous offrir ce verre.

— Oh ! mais quel toupet ! intervint le baron Frederick Bayslip d'un ton si acrimonieux que Nicole se demanda un instant si les deux hommes n'allaient pas en venir aux mains avec lui.

Mais non. Ils s'écartèrent l'un comme l'autre pour se mettre à discuter un peu plus loin, avec tant d'animation que la citronnade jaillit hors des verres. Ce fut à ce moment que Nicole se rendit compte qu'elle avait en fait très soif. Et qu'il n'allait sans doute rien rester à boire.

Contrariée et commençant à s'ennuyer ferme, elle étouffa un bâillement.

— Non, Nicole, murmura Lydia. Tu es censée trouver cela amusant.

— Vraiment ? Alors pourquoi suis-je en train de me dire que tout ça est ridicule et que je pourrais commencer à m'amuser seulement si ces gens s'en allaient tous ? Lord Hemmings a failli arracher le volant de ma robe pendant le quadrille. Le souffle du vicomte Walbeck m'a laissé epenser qu'il vouait une passion au chou bouilli. M. Timmons a composé une ode à mes yeux et il était très fier d'avoir fait rimer « violette » et « dunette » — je crois qu'il a passé quelque temps dans la marine royale — et le jeune homme roux, là-bas…

— M. Sunderland, corrigea Lydia, qui se retenait pour ne pas éclater de rire.

— Oui, merci. M. Sunderland m'a promis une promenade dans son nouveau phaéton demain, juste après m'avoir raconté comment il avait versé dans le fossé la semaine dernière. Mais il est presque certain que cela ne se reproduira plus, maintenant que son père a loué les services d'un cocher pour lui apprendre à conduire. Et à siffler. Il semblerait d'ailleurs que siffler lui tienne davantage à cœur que de savoir maîtriser sa voiture.

— Tu n'as pas accepté, n'est-ce pas ?

— Non. Mais comme j'ai dû inventer une excuse, il ne faudra pas que je m'approche du parc demain, sinon, je serai confondue. Pour la danse, c'est la même chose. Si j'éconduis un seul de ces messieurs, je ne pourrai plus danser de la soirée. Maman a été très claire sur ce point lorsqu'elle nous a fait cette petite leçon sur la façon dont nous devions nous comporter. Tout cela pendant qu'elle se pavane encore plus que toutes ces débutantes en quête de mari. Elle est en train de se ridiculiser.

Lydia soupira.

— Je sais. Je l'ai observée. Et j'ai entendu la duchesse de Cornouailles en personne dire à une autre femme que si lady Daughtry continuait à lancer ses appas un peu partout avec si peu de distinction et de discrétion, elle était mûre pour devenir poissonnière.

Nicole rit de cette plaisanterie plutôt osée, avant de reprendre son sérieux.

— Tu sais, n'est-ce pas, qu'elle ne serait plus la bienvenue nulle part si elle n'était pas devenue duchesse douairière ? Mais si elle continue comme cela, plus personne ne s'approchera de nous, de peur que nous ne soyons comme elle.

— Nous n'en sommes pas encore là, assura Lydia, alors que le jeune homme roux — M. Sunderland, peut-être ? — qui, de toute évidence, venait de remporter la bataille de la citronnade, s'approchait, un sourire triomphal aux lèvres.

— Mademoiselle, je suis votre serviteur, déclama-t-il avec emphase, tout en exécutant une profonde révérence, ce qui eut pour effet de lui faire heurter le verre contre un pilier de marbre.

De surprise, il lâcha le verre, qui se brisa au sol.

— Enfer et damnation ! jura-t-il en rougissant de confusion. Je… enfin… je reviens tout de suite, bredouilla-t-il, avant de disparaître.

— A ce que je vois, vous êtes en train de faire perdre tous leurs moyens à ces pauvres messieurs, déclara le duc de Malvern en venant s'incliner devant les deux sœurs. Même si, en ce qui concerne Sunderland, ce n'est pas un grand exploit, car, comme l'aurait dit feu mon père, les moyens en sa possession étaient au départ assez peu nombreux. Bonsoir, lady Lydia. Bonsoir, lady Nicole. Vous ne dansez pas, ce soir ?

Nicole sentit le corps de sa sœur se raidir et entendit sa respiration devenir plus saccadée.

— Mais si, Votre Grâce, nous avons dansé toutes les deux, répondit Nicole avant que Lydia ait le temps de dire le contraire. Mon cavalier pour la prochaine danse ne devrait pas tarder à se présenter. Dès que sa maman aura fini de le recoiffer, sans doute.

Le duc se mit à rire, comme il était censé le faire, avant de se tourner vers Lydia.

— Oserais-je vous demander la faveur d'être votre cavalier pour la prochaine danse, mademoiselle ?

— Non à un, non à tous, murmura Nicole tout en faisant semblant de se pencher vers Lydia pour réajuster la dentelle de sa manche.

— Euh... Eh bien, je... Oui, Votre Grâce, vous pouvez oser, répondit Lydia à voix basse, avec l'enthousiasme de quelqu'un à qui l'on aurait demandé s'il préférait être pendu avec ou sans bandeau.

— Et votre cavalier va bientôt arriver, vous êtes sûre ? demanda le duc à Nicole, comme s'il hésitait à la laisser seule au bord de la piste.

Nicole hocha la tête tout en l'encourageant, par de petits gestes, à s'éloigner.

— Ma pauvre sœur ! songea-t-elle en regardant le couple se mettre en place pour un quadrille.

C'était plus fort qu'elle, mais Lydia détestait le duc de Malvern. C'était lui qui était venu annoncer la terrible nouvelle de la mort du capitaine Fitzgerald à toute la famille. C'était contre lui qu'elle s'était acharnée, le traitant de menteur, lui intimant l'ordre de quitter l'hôtel particulier de Grosvenor Square. C'était lui qui l'avait tenue serrée, contre sa volonté, jusqu'à ce qu'elle s'écroule et éclate en sanglots dans ses bras.

Si elle le détestait à ce point, c'était que, chaque fois qu'elle le voyait, il lui rappelait tout ce qu'elle avait perdu.

Mais il était aussi l'ami de Rafe, il avait été celui du capitaine Fitzgerald et, si ce que Charlotte avait confié à Nicole était vrai, ce dernier, au moment de mourir, lui avait demandé de veiller sur *sa* Lydie.

Lydia aurait été horrifiée d'apprendre cela.

Nicole regarda sa sœur danser avec sa grâce habituelle, elle dont la beauté était trop sous-estimée. Lydia semblait si fragile aux yeux de l'observateur non averti… mais Nicole, elle, connaissait sa grande force.

Puis elle regarda le duc. Il avait une incontestable prestance : grand, le port altier et d'une élégance rare. Et ses cheveux bouclés atténuaient un peu la sévérité de ses traits.

Oui, on ne pouvait dire le contraire, le duc était un bel homme.

Ensemble, ils formaient un couple des plus séduisants, songea Nicole, tandis que les mouvements de la danse les rapprochaient l'un de l'autre. Elle se promit toutefois de ne pas dire cela à Lydia.

— Pourquoi ne danses-tu pas ?

Nicole se crispa au son de la voix de sa mère. Après une demi-heure d'absence, celle-ci surgissait tout à coup de nulle part, à moins que ce ne fût d'un coin sombre où elle était allée vaquer à des occupations qu'il valait mieux ignorer. Comme à son habitude, elle était tout de rose vêtue. Aux yeux de Nicole, son corset était trop décolleté de quelques bons centimètres et la coupe tout sauf sage de sa jupe aurait mieux convenu à une femme deux fois plus jeune qu'elle. Elle réprima un soupir ; telle était sa mère et on ne la changerait pas !

— Mon cavalier a dû être retenu quelque part.

Helen Daughtry déploya son éventail à manche d'ivoire et l'agita frénétiquement devant son menton.

— Dieu soit loué ! J'étais sûre que tu avais dit des choses déplacées à quelqu'un et que tu t'étais par là même mise hors course ! Tu en aurais été capable, je te connais ! Par ailleurs, la couleur de ta robe est jolie, mais elle fait pâle figure à côté de la mienne, tu ne crois pas ? Je ne devrais pas faire à ce point de l'ombre à ma propre fille. Si je fais les cent pas ce soir, c'est que je m'inquiète pour vous deux, tu sais. Plus tôt vous serez fiancées et mariées, ta chère sœur et toi, plus je serai heureuse. C'est ce que je vous souhaite et c'est ce que je me souhaite à moi aussi par la même occasion.

— Et si Lydia pouvait trouver un mari qui l'emmènerait vivre dans la lande sauvage d'Ecosse et si, pour ma part, j'épousais un aventurier américain avec qui je traverserais l'Atlantique, vous seriez transportée de bonheur. Mais Rafe, alors ? Et ce petit-fils que lui et Charlotte vont vous offrir dans quelques mois ? Mon Dieu, mon Dieu ! Comment allez-vous vous débarrasser d'eux ?

— Je ne vois pas de quoi tu parles, protesta lady Daughtry en agitant son éventail de plus belle. J'adore mes enfants.

Nicole soupira en se demandant pourquoi elle n'était pas capable d'échanger quelques mots avec sa mère sans éprouver la plus vive rancœur.

— Je suis désolée, maman. Lydia et moi-même vous

sommes très reconnaissantes d'avoir accepté de nous accompagner ce soir.

— C'est heureux que vous vous en rendiez compte ! Car vois-tu, cela n'arrange guère mes affaires d'être obligée de jouer le rôle de nurse. Et j'imagine qu'en plus, je devrai quitter le bal en même temps que vous. Oui, bien sûr... Mais je pense que vous êtes assez grandes pour rentrer seules, une fois que je vous aurai raccompagnées jusqu'à la voiture de Rafe.

— Ce sera très bien comme cela, maman. Oui, ce sera même mieux.

— Mieux pour toutes les trois, ma chérie, je suis d'accord. Oh ! mais voilà que s'avance quelque chose d'encore mieux, s'exclama-t-elle en donnant un coup de coude qui se voulait complice à Nicole. Et regarde-le te regarder ! Il ne te regarde pas, il te dévore des yeux. Toutes mes félicitations, ma chérie ! Basingstoke est le meilleur parti de la Saison. Et très doué comme amant, à ce qui se murmure. Il faut juste que tu ne lui donnes pas trop vite ce qu'il cherche, sinon, tu risques de le perdre.

Nicole eut envie de fourrer son mouchoir dans la bouche de sa mère pour la faire taire.

— Ce que vous dites est répugnant ! murmura-t-elle.

Helen Daughtry se mit à rire, la tête légèrement inclinée.

— Tu changeras vite d'avis, à moins que tu ne tombes sur un nigaud peu dégourdi. Au moins, Basingstoke est réputé savoir ce qu'il fait. Ah, et le voilà qui arrive. Redresse-toi, ma chérie, tu es là pour montrer la marchandise, tu le sais.

Incapable de s'en empêcher, Nicole regarda dans la direction indiquée par sa mère. Lucas venait vers elles, se frayant un chemin parmi les invités comme si ceux-ci n'existaient pas. Lord Yalding, qui le suivait de quelques pas, semblait pour sa part hésiter entre la confusion et l'appréhension.

Elle savait que Lucas était censé faire une apparition au bal. Enfin, sauf s'il avait malencontreusement dû finir au fond de la Tamise. Mais il était sain et sauf et, apparemment, entier, ce qui voulait dire que son opération à La Roue Brisée avait été un succès. Tant mieux pour lui.

Mais, après tout, cela ne la concernait pas et elle se moquait bien de ce qui avait pu se passer à La Roue Brisée. Il était là, c'était l'essentiel. Et il était superbe dans ses habits de soirée. Sous la lumière des chandeliers, ses cheveux blonds prenaient des reflets dorés. Son regard bleu était peut-être plus intense que d'habitude, mais elle pourrait aisément faire semblant de ne pas le remarquer.

Elle pourrait lui tourner le dos dès qu'il s'inclinerait devant elle et lui battre froid d'entrée de jeu. Cela lui prouverait bien qu'elle pensait ce qu'elle avait dit le matin même.

Allait-elle faire cela ? Allait-elle vraiment lui faire cela, à lui, et se faire cela à elle ?

Maudit soit-il ! Non, elle ne le pourrait pas…

— Lady Daughtry, lança-t-il en s'inclinant devant la duchesse qui referma aussitôt son éventail et lui tendit la main pour qu'il la baise. Pendant une seconde, il m'a semblé voir lady Lydia devant moi. Toutes mes félicitations, madame, vous avez sans doute découvert le secret de l'éternelle jeunesse.

— Vous êtes trop aimable, monsieur le marquis, répondit Helen, tandis que Nicole faisait de son mieux pour ne pas lever les yeux au ciel, effarée par l'extrême sensibilité de sa mère à la flatterie. Et bonsoir à vous, lord Yalding, ajouta-t-elle en tendant également la main au vicomte. Comment va votre délicieuse mère ? Et vos innombrables sœurs ? Nous ne pouvons que leur souhaiter de devenir jolies, n'est-ce pas, car nous savons tous qu'il n'y a rien à espérer du côté de leur dot.

— Mère !

— Voyons, Nicole, inutile de prendre cet air choqué, poursuivit Helen Daughtry, alors que les oreilles de Fletcher devenaient écarlates. M. le vicomte sait très bien que je ne fais que dire la vérité. N'est-ce pas, monsieur ? D'autant que je connaîtrais les mêmes tourments avec toi et de ta sœur si ton oncle et tes cousins n'avaient pas eu la bonne idée de passer de vie à trépas l'an dernier.

— Maman, murmura Nicole en adressant un regard noir à sa mère. Ce que vous venez de dire est extrêmement grossier et déplacé, même pour vous.

— Mais non, ma chère, c'est la société qui est en train de devenir de plus en plus puritaine. Il n'y a pas si longtemps, nous parlions bien plus franchement, et, si tu veux mon avis, nous nous amusions beaucoup plus. Oh ! regarde ! Voici lord Frayne qui vient par ici ! J'espère que je lui ai laissé de la place sur mon carnet de bal.

Nicole tourna la tête à gauche et vit en effet lord Frayne avancer vers eux d'un pas décidé. Il fut toutefois retenu par un homme à l'habit gris souris, qu'il toisa d'un air agacé.

Lucas saisit le bras de Nicole.

— Venez dehors avec moi, dit-il.

Ou plutôt, *ordonna*-t-il.

Nicole voulut se dégager et refuser, mais quelque chose dans le regard de Lucas l'en dissuada.

— Il pleut, dit-elle, tout en s'apercevant que son objection était ridicule.

— Oui, mais il fait bien plus frais sur le balcon, mademoiselle.

Elle avait décidé de se montrer têtue :

— Mais mon cavalier va venir me chercher très bientôt, poursuivit-elle.

— Fletcher ? Si le cavalier de lady Nicole se présente, dis-lui que mademoiselle avait mieux à faire que de l'attendre. Et mieux à faire que de danser avec lui.

Lady Daughtry se mit à rire, à l'évidence dépassée par ce qui se passait, comme souvent, du reste.

Nicole persista.

— Et… et Lydia va bientôt revenir.

— Fletcher ? appela encore Lucas sans quitter Nicole des yeux.

— Mais oui, Lucas, je me ferai un plaisir de danser avec lady Lydia. Mais où…

Nicole se libéra le bras, tandis que Lucas essayait de la conduire vers les portes-fenêtres les plus proches.

— Je refuse que vous me traîniez derrière vous comme un sac de farine, Lucas, l'informa-t-elle.

— Vous préférez peut-être rester dans la salle de bal et laisser votre mère vous embarrasser pendant qu'elle flirte avec son nouvel amant ?

— Vous connaissez déjà la réponse à cette question, marmonna-t-elle.

Il ouvrit la porte-fenêtre et s'effaça pour la laisser sortir la première sur le balcon.

— Restez près du mur et à l'abri de la pluie, lui conseilla-t-il — la croyait-il bête au point de ne pas être capable d'y penser toute seule ? songea-t-elle —, tout en regardant à droite et à gauche comme s'il cherchait ses repères. Par ici, ajouta-t-il en la prenant par la main et en l'entraînant vers la droite.

— Mais où allons-nous ? Est-ce que la duchesse de Cornouailles possède aussi de petites pièces secrètes qu'elle prête aux hommes amoureux, aux épouses volages et aux conspirateurs occasionnels ?

Lucas la regarda en souriant.

— Je vois que vous êtes en grande forme ce soir, lady Nicole. Vous êtes très belle, soit dit en passant. Le rose vous va à ravir.

— Je déteste le rose. J'ai fait faire cette robe dans le seul but de contrarier ma mère, qui ne porte rien d'autre. Vous ne pouvez pas savoir à quel point cela m'ennuie d'avoir reçu tant de compliments ce soir. Si ça se trouve, je vais même être obligée de reporter cette horrible couleur.

Il s'arrêta devant les dernières portes-fenêtres de la série et posa la main sur la poignée.

— Oui, je conçois très bien à quel point cela a pu vous ennuyer. Mais, pour être sincère, je pense que c'est ce décolleté fort seyant qui vous a attiré les compliments, même si même le moins éduqué des admirateurs n'aurait jamais osé dire que votre poitrine était particulièrement délectable ce soir.

— Vous venez de le faire.

— Je sais que vous aimez la franchise. Je suis franc, c'est tout. Assez franc pour ajouter que je trouve vos taches de son plus attrayantes que tous les colliers de diamants que j'ai vus au cou des autres femmes ce soir.

Nicole lutta contre l'envie de couvrir de son avant-bras son décolleté et ses maudites taches de son.

— Vous êtes l'homme le plus insupportable que je connaisse ! lança-t-elle.

— Et combien d'hommes connaissez-vous, Nicole ? demanda-t-il en entrouvrant la porte pour jeter un coup d'œil à l'intérieur. Venez ! Ici, nous pourrons parler.

— Mais non, Lucas, protesta-t-elle en prenant son air buté, mais en le suivant tout de même.

Ils se trouvaient à présent dans un petit salon, dont il alla fermer à clé la porte qui menait au reste de la maison. Puis répéter la même opération avec la porte-fenêtre.

— Il m'avait pourtant semblé avoir été très claire ce matin, reprit Nicole. Je ne veux pas parler avec…

Elle ne put terminer, car elle se retrouva plaquée contre le mur, le visage entre les mains de Lucas.

— Vous avez raison, Nicole, déclara ce dernier. Nous ne devrions pas parler, vous et moi. Nous ne devrions plus jamais parler.

Une joie qu'elle ne connaissait pas explosa en elle lorsqu'il prit possession de sa bouche. Alors elle ressentit un désir violent et brutal pour cet homme à qui elle offrait sa bouche, qu'elle prenait dans ses bras et dans le dos duquel elle enfonçait ses ongles, le tout sans la moindre retenue, prenant tout ce qu'il lui donnait et le lui rendant avec tout ce qu'il y avait en elle.

Elle sentait qu'il glissait les mains le long de son cou et sur ses épaules nues, pour s'arrêter à la naissance du décolleté, la laissant avec une curieuse sensation de frustration. Elle avait l'impression de lui en vouloir de l'avoir tentée avec un secret que, de toute évidence, il n'avait pas l'intention de partager avec elle.

Elle détestait les secrets.

Se souvenant de la sensation du corps de Lucas pressé

contre le sien le matin même, elle osa une effronterie qu'elle n'aurait même pas pu concevoir une semaine plus tôt, avant que Lucas n'entre dans son univers et, au premier sourire, ne mette son monde sens dessus dessous. Elle fit glisser ses mains le long du dos de Lucas pour les immobiliser juste au-dessous de sa taille, puis l'attira plus près d'elle, jusqu'à ce que leurs bassins entrent en contact. Elle le sentit dur et ferme contre son ventre et quelque chose en elle se contracta d'une façon presque douloureuse.

Mais délicieuse…

Lucas étouffa un petit grognement qui la ravit et mit fin à leur baiser pour la regarder droit dans les yeux.

— Vous ne savez pas ce que vous faites, affirma-t-il d'une voix légèrement altérée.

— Alors apprenez-moi, Lucas, rétorqua-t-elle, le souffle si court qu'il lui fut difficile de donner de la voix à sa requête pourtant pleine d'audace. Apprenez-moi…

Il la souleva alors et fit quelques pas, jusqu'à ce qu'elle sente le bord d'une table contre l'arrière de ses jambes. Elle se retrouva alors assise à sa hauteur et ils se regardèrent, les yeux dans les yeux, souffles mêlés, tandis que leurs cœurs battaient à l'unisson.

— Quand je suis avec vous, je n'ai envie que d'une chose : vous toucher. Quand je suis loin de vous, je ne suis capable que d'une chose : penser à vous et penser à combien j'ai envie de vous toucher. Envie de vous embrasser. De vous serrer contre moi. Vous ressentez la même chose, Nicole, n'est-ce pas ? C'est pour cela que vous êtes tellement en colère contre moi. Je suis entré dans votre esprit, tout comme vous êtes entré dans le mien.

Elle ne détourna pas le regard. Elle respirait par

saccades, la bouche entrouverte, et c'était tout ce qu'elle pouvait faire pendant qu'elle voyait les yeux de Lucas s'assombrir et s'emplir d'une émotion qu'elle n'aurait su nommer, mais qui ne faisait qu'ajouter au tiraillement qu'elle sentait au creux de ses entrailles.

— Oui..., reconnut-elle, sachant très bien que ni lui ni elle ne seraient dupes si elle mentait. Je pense à vous à chaque instant. Je vous imagine en train de me toucher...

Sans plus attendre, il tira sur son corsage pour le délacer. Les manches glissèrent et lui dénudèrent les bras, qu'elles emprisonnèrent contre son buste. Elle sentit alors l'air frais de la nuit sur sa poitrine nue.

Mais ce fut sur le visage masculin qu'elle se concentra, sur la façon dont Lucas la regardait, sur la soif qu'elle lisait dans ses yeux, sur la façon dont ses mains se posèrent sur sa peau.

Elle se mordit la lèvre tandis qu'il l'interrogeait du regard. Comment se sentait-elle ? demandaient ses yeux. Avait-elle peur ? Devait-il arrêter ?

Du bout de la langue, elle humidifia ses lèvres soudain très sèches. Les mots de sa mère lui revinrent, et gâchèrent presque ce merveilleux moment. Mais sa mère ne lui avait-elle pas, en même temps, donné sa bénédiction en sous-entendant qu'elle avait beaucoup à apprendre avec cet homme ?

— Apprenez-moi...

Il baissa les yeux et la détailla de haut en bas. A sa grande stupéfaction, elle sentit les pointes de ses seins se durcir sous cet examen. Elle ne savait pas ce qui lui arrivait, mais son corps le savait, de toute évidence. Elle étouffa un petit cri lorsqu'il posa ses pouces sur les mamelons tendus, et de nouvelles sensations, étranges, inconnues et délicieuses, l'envahirent.

Lucas approcha son visage pour venir déposer quelques baisers passionnés au creux de son cou. Pour mieux l'accueillir, elle leva le menton et rejeta la tête en arrière, lui offrant tout ce qu'il voulait. Les lèvres de Lucas tracèrent une ligne de feu sur sa poitrine et entre ses seins, tandis que ses pouces faisaient toujours des merveilles. Malgré le plaisir qu'elle éprouvait déjà, elle savait que ce n'était rien, comparé à ce qui l'attendait et qu'elle se languissait de découvrir.

Encore, elle en voulait encore !

Elle voulait tellement plus…

Comme s'il l'avait entendue, il posa la bouche sur sa peau, avant de prendre possession d'un mamelon. Sa bouche était chaude et humide et, avec sa langue, il faisait des choses qu'elle n'avait pas imaginées possibles. Lorsqu'il aspira avec avidité la chair qu'elle lui offrait et que sa langue se mit à bouger de plus en plus vite, elle crut qu'elle allait crier, tant la sensation était intense.

Elle ouvrit les yeux lorsqu'elle s'aperçut qu'il avait réussi à lui relever ses jupes. Comment y était-il parvenu sans qu'elle le remarque ? Comment pouvait-elle encore respirer, penser, alors qu'elle n'était plus que sensations ?

Du bout des doigts, il caressa la zone sensible située à l'intérieur de ses cuisses, juste au-dessus des bas de soie.

Puis il s'aventura plus haut.

Elle le laissa faire sans protester, curieuse. Elle en voulait encore plus. Tout ce qu'il désirait, elle le désirait aussi. Si cela signifiait par là qu'elle était la fille de sa mère, eh bien, tant pis ! Elle était prête à donner à cet homme tout ce qu'elle possédait, là, maintenant, tout de suite. Elle avait besoin de lui autant qu'elle avait besoin de respirer.

Il voulait qu'elle écarte les jambes, elle le savait d'instinct. Son corps le savait. Elle s'exécuta.

Puis il la toucha. De façon intime. De façon incroyable. Folle… incompréhensible… indélébile.

Alors qu'elle avait toujours les bras emprisonnés dans la robe, alors que tout son corps frémissait et s'exaltait, Nicole enfouit le visage dans le cou de Lucas… et le mordit. Il la couvrit de baisers fiévreux pendant que ses doigts la caressaient encore et encore, jusqu'à la rendre folle et, soudain, la propulser dans les airs comme si elle venait de franchir à cheval la plus haute des barrières et qu'elle se retrouvait flottant dans les airs, délivrée de toute apesanteur.

Lorsque la sensation se calma, toutefois, elle ne redescendit pas sur terre en douceur. Au contraire, le choc fut violent : son désir n'était pas éteint et elle en voulait davantage. Elle réussit à remettre son corsage en place et put de nouveau se servir de ses bras. Ce qu'elle fit en saisissant Lucas de toutes ses forces, avant de lui passer les jambes autour de la taille comme si elle voulait entrer à l'intérieur de lui, devenir une partie de lui.

— Doucement, trésor, doucement… Tout va bien, souffla-t-il, tentant sans doute de l'apaiser de la même façon qu'elle apaisait Juliet quand la jument avait peur de l'orage.

Cet orage-là avait éclaté à l'intérieur de Nicole, mais même s'il était en train de se dissiper, il était encore assez puissant pour que les battements de son cœur déchaîné échappent à son contrôle.

— N'arrêtez pas, lança-t-elle d'un ton fiévreux. S'il vous plaît, ne me laissez pas. Pas encore.

— Je ne vous laisserai pas. Je ne peux pas…

Il la serra contre lui, non pas des heures, mais seulement quelques minutes, peut-être. Le temps ne voulait plus rien dire pour Nicole. Elle avait juste besoin qu'il la prenne dans ses bras, qu'il reste avec elle. Elle voulait tout ce qu'elle s'était jurée de ne jamais vouloir et elle le voulait pour toujours.

Mais rien ne durait éternellement.

— Hé ! Hé, là-dedans ! Vous croyez que vous êtes les seuls à vouloir vous abriter de la pluie ?

La question, posée depuis le couloir, fut suivie d'un petit rire haut perché et plein de sous-entendus, que Nicole reconnut tout de suite.

— Ma mère ! murmura-t-elle, horrifiée, en s'écartant de Lucas. Est-ce lord Frayne qui est avec elle ?

Tout en prononçant ces mots, elle descendit avec précipitation de ce qui se révéla être un bureau, sans doute celui du duc de Cornouailles.

— Je ne crois pas, non, répondit Lucas en l'aidant à défroisser ses jupes et à réajuster la dentelle de son corsage, qui s'était presque déchirée.

— Non ? Mais cela voudrait dire que…

— En effet, cela voudrait dire que… Nicole, est-ce que ça va ? Je n'avais pas prévu… Je ne vous ai pas emmenée ici pour… oh, bon sang !

On frappait de nouveau à la porte en même temps que l'on actionnait la poignée avec impatience.

Lucas prit la main de Nicole.

— Venez ! Nous allons repartir par où nous sommes arrivés.

— Vous n'allez pas déverrouiller la porte ?

— Pour que vous puissiez dire bonjour à votre mère ? Jamais de la vie !

Il sourit et l'embarras dont Nicole avait commencé à se sentir gagnée une fois la passion retombée disparut. Elle était toujours Nicole et il était toujours Lucas. Quelque chose avait changé. Quelque chose de très important et d'extrêmement élémentaire pour tous les deux. Mais l'un et l'autre étaient toujours les mêmes personnes.

— Vous avez raison, laissons-les dans le couloir. Où allons-nous maintenant ?

— Retournons dans la salle de bal. Vous avez disparu trop longtemps.

Il ouvrit les portes-fenêtres et ils sortirent en longeant le mur sur la terrasse déserte.

Juste avant d'arriver à la porte-fenêtre par laquelle ils étaient sortis la première fois, Nicole demanda :

— Que s'est-il passé ce soir ? Vous étiez sur le point de me parler, n'est-ce pas ?

— Oui. Mais ce n'est que partie remise, Nicole. Je vous dirai tout demain et vous pourrez soit me tourner le dos à tout jamais, soit me pardonner.

— Je ne comprends pas.

— Non, je sais. Mais moi, au moins, je me comprends.

De toute évidence, il ne lui dirait rien de plus. Du moins, pour le moment. Elle le suivit dans la salle de bal surchauffée, où ils trouvèrent refuge derrière un gros pilier, lui-même dissimulé par un palmier en pot.

— Allez-y la première, je vous rejoins. Votre sœur est là-bas, avec Fletcher. Si quelqu'un vous pose la question, vous étiez avec votre mère, qui s'est sentie mal à cause de la chaleur. Ce n'est pas elle qui nous traitera de menteurs puisque, grâce à Dieu, elle n'est pas dans cette pièce en ce moment. Allez-y !

Nicole obéit et sortit de leur cachette pour rejoindre rapidement sa sœur.

— Ah, enfin, te voilà ! lança Lydia sur un ton exaspéré.

— Je t'ai cherchée partout, Lydia. Notre chère maman a prétendu que la chaleur la rendait malade et elle a insisté pour que je l'accompagne dehors, afin de prendre un peu l'air sous le portique et de se rafraîchir. Personnellement, je crois qu'elle a juste un peu abusé du vin.

— Tu étais avec maman ? s'étonna Lydia, qui semblait ne plus rien comprendre. Mais… mais lord Yalding m'a dit que tu étais partie avec lord Basingstoke.

— Vous avez dit cela ? demanda-t-elle au vicomte, qui parut soudain très intéressé par ses boutons de manchette. Oh oui, je me souviens maintenant. Je suis restée avec le marquis quelques minutes, durant lesquelles nous nous sommes disputés, comme d'habitude. Et ensuite maman… Bref, disons juste que, la prochaine fois qu'elle décide de se sentir mal, Lydia, elle ferait mieux de s'adresser à toi pour trouver soutien et réconfort.

— Lucas ! Te voilà ! s'exclama lord Yalding à la manière d'un naufragé apercevant un bateau de sauvetage. Lord Frayne te cherchait tout à l'heure. Cela semblait urgent.

— Oui, cela ne m'étonne pas, répondit Lucas à voix basse. Que lui as-tu dit ?

Fletcher haussa les épaules.

— Pas grand-chose. Juste que tu ne devais pas être loin, puisque tu m'avais emmené ici dans ta voiture et que tu ne serais jamais reparti sans moi. Je ne me trompais pas, n'est-ce pas ?

— Jamais une chose pareille ne me viendrait à l'idée.

Mais je suis affamé. Puisque les musiciens semblent vouloir faire une pause, quelqu'un voudrait-il m'accompagner au buffet ?

— Tu n'as pas l'intention de chercher lord Frayne ? Je te l'ai dit, il semblait très impatient de s'entretenir avec toi. Très très impatient.

Nicole regarda Lucas, guettant sa réponse.

— Mais cela, Fletcher, c'est le problème de lord Frayne et non le mien. Mesdames, venez-vous ?

Nicole glissa sa main sous le bras tendu de Lucas en se demandant si, en les voyant, quelqu'un aurait pu deviner ce qu'ils étaient en train de faire moins de dix minutes plus tôt. Elle avait l'impression, quant à elle, que tout le monde pouvait le lire sur son visage.

— Pourquoi évitez-vous lord Frayne ? demanda-t-elle, pendant qu'ils suivaient d'autres couples dans l'escalier de marbre menant à une grande pièce située au-dessous de la salle de bal et où les attendaient les rafraîchissements.

— Je ne l'évite pas ! Je suis tout occupé à vous faire la cour. Et je serais comblé si vous me regardiez d'un air adorateur, car je n'ai nulle intention de vous lâcher d'une semelle d'ici la fin de la soirée, à tel point que je serais capable de casser le nez du premier idiot qui oserait s'immiscer entre nous.

Et avec ces mots supposés légers et charmeurs, Nicole comprit.

— Vous êtes toujours en danger, n'est-ce pas ?

— Hier, je vous aurais menti en vous disant que non. Je vous aurais peut-être encore menti ce matin : je pensais à ce moment être prêt à vous dire la vérité, même si cela m'aurait coûté de devoir le faire. Ce soir ? Ah, ce soir je peux vous dire très honnêtement et très ouvertement : oui, c'est possible.

— Lord Frayne, dit Nicole, avant de soupirer. Oh ! Lucas, qu'avez-vous fait ?

Il garda le silence jusqu'à ce qu'ils eurent trouvé une table libre et qu'il l'eut aidée à s'asseoir. Puis il se pencha vers elle et déclara à voix basse :

— Demain, Nicole. Nous parlerons demain. Ce que je vous dirai pour l'instant, c'est que tout à l'heure, en début de soirée, j'ai appris à faire la différence entre ce qui était important pour moi et ce qui était très important. Maintenant, il me faut décider quelles conséquences je vais tirer de cet enseignement.

Elle le suivit des yeux pendant qu'il partait avec Fletcher leur chercher à manger pour tous les quatre. Et elle soupira tout bas au souvenir soudain de ses caresses et de la réaction tumultueuse qu'elles avaient provoquée en elle. Elle se sentait si proche de lui, et cependant si loin !

Des étrangers intimes, voilà ce qu'ils étaient devenus, ce qui, à l'oreille, semblait très poétique, mais qui, en réalité, était perturbant à l'extrême.

Chapitre 11

Lucas alluma un petit cigare à l'aide d'une braise de la cheminée, tout en consultant la grande pendule.

Elle venait de sonner 2 heures.

La note qu'il avait griffonnée pour Frayne, avant de demander à l'un des valets du duc et de la duchesse de Cornouailles de la porter à l'intéressé, était pourtant claire :

« Discrétion et maîtrise de soi sont hautement recommandées, monsieur. Je vous attends chez moi à une heure du matin. »

Frayne se faisait désirer, sans doute pour se venger du fait que Lucas l'avait évité pendant le bal. Mais voulait-il ce retard pour montrer que c'était lui qui commandait, ou parce qu'il souhaitait laisser à Lucas tout le loisir de trembler de peur avant son arrivée ?

Que ce soit pour l'une ou l'autre de ces raisons, lord Frayne allait être déçu.

Lucas se tourna vers la porte dès qu'il entendit la poignée tourner. Puis il regarda, impassible, lord Frayne entrer, le gilet déboutonné, la cravate dénouée, les traits creusés par l'âge.

— Je viens de parler avec les hommes que vous avez vus ce soir et il semblerait que je vous aie mal jugé,

Basingstoke, déclara-t-il sans préambule. J'ai dû vous reconnaître une intelligence que vous ne possédez pas. Vous êtes aussi stupide que l'était votre père avant vous. Je croyais que vous aviez bien compris notre marché.

— Moi aussi, je le croyais, répliqua Lucas en s'asseyant, les jambes croisées, sur l'un des fauteuils qui faisaient face à la cheminée. Mais il semble que je me sois trompé. J'ai découvert que j'avais d'autres priorités.

Lord Frayne haussa les épaules et se dirigea vers la table des alcools, où il se servit un verre de porto. Sa boisson à la main, il vint se placer devant Lucas pour le toiser, la bouche déformée par une grimace.

— Vous pensez sans doute que votre coup d'éclat de ce soir à La Roue Brisée a changé la donne, n'est-ce pas ? Que vous allez contrecarrer les plans du gouvernement ?

Lucas tira sur son cigare et rejeta lentement la fumée pour retarder sa réponse.

— Vous voulez dire *votre* plan, Frayne. Votre plan et celui de vos complices, quels qu'ils soient. Je crois vous cerner à présent. Vous voulez accroître votre pouvoir. Devenir plus puissant encore que notre roi dément, plus puissant que notre régent, plus puissant que Sidmouth et Liverpool, qui partagent peut-être certains de vos points de vue et pensent même comprendre ce que vous manigancez, mais qui ne voient pas plus loin que le contrôle du Parlement.

— Petits hommes, petits esprits, ambitions limitées ! commenta Frayne avec mépris. Et en ce qui concerne notre roi allemand au cerveau dérangé et ses fils incapables, ils ne servent clairement à rien, tous autant qu'ils sont !

Lucas dissimula sa surprise devant une telle franchise. Il était certain que moins il en saurait, mieux cela vaudrait pour lui. Pourtant, il ne put s'empêcher de presser l'homme de lui en révéler davantage.

— Et vous pensez que c'est tout ce qu'il vous faudra pour confisquer le pouvoir ? Une bonne insurrection ? Des centaines de morts, de bons citoyens de Londres terrorisés à la perspective de finir pendus haut et court ?

— Vous m'aviez montré moins de sensiblerie lorsque je vous ai proposé de nous rejoindre.

Lucas se leva, sachant qu'il dépassait d'une bonne tête lord Frayne, forcé de reculer de quelques pas s'il ne voulait pas avoir à lever les yeux pour le regarder.

— C'est vrai. Et je n'en suis pas fier. J'étais prêt à sacrifier mes convictions et mon intégrité pour apprendre qui était responsable de la disgrâce de mon père.

— Une faveur pour une faveur. Vous aviez très bien compris cela. Vous vous êtes montré convaincant quand il s'est agi de défendre la cause de la populace. Vous auriez pu exceller à les pousser à la révolte. Je n'aurais pu trouver meilleur agent provocateur que vous pour donner un coup de pied dans la fourmilière. Les hommes que vous avez entendus tout à l'heure ? Ils font ce qu'ils peuvent, comme les autres, mais ils ne possèdent pas l'intelligence et la vivacité d'esprit nécessaires pour faire autre chose que réciter un texte qu'ils ont appris par cœur. Ils m'ont dit qu'après votre intervention, quelques personnes ont commencé à leur poser des questions et à remettre en cause leur capacité à les armer et à les protéger des troupes royales. Vous ne m'avez pas rendu service, Basingstoke.

— Je suis sûr que vous trouverez le moyen de surmonter ce petit revers de fortune. Les hommes de votre espèce sont pleins de ressources. Mais comme vous le savez, ce sera sans moi. Nous en avons terminé, vous et moi.

— Votre père comptait-il si peu pour vous ?

Sans répondre, Lucas jeta son cigare dans le feu et tourna le dos à lord Frayne, pressé d'en être débarrassé. De toute évidence, toutefois, ce dernier n'entendait pas se laisser congédier de cette façon.

— Je vous ai vu batifoler avec la petite brune ce soir, vous savez ! lança-t-il. Une soi-disant lady, mais qui a la moralité d'une putain. Exactement comme sa mère. Je pourrais l'avoir aussi facilement que j'ai eu la mère.

Lucas s'immobilisa, se retourna et revint sur ses pas jusqu'à ne plus être qu'à quelques centimètres de lord Frayne.

— Faites attention à ce que vous dites.

— Oh ! Mais je vois que c'est encore plus sérieux que je l'imaginais ! Merveilleux ! Gardez pour vous votre opinion sur ce que vous croyez savoir, Basingstoke, et je garderai la mienne. Sinon…

Il haussa les épaules sans finir sa phrase.

— Dites ce que vous avez à dire ! ordonna Lucas d'un ton sec.

— Très bien, si je dois faire de vous ma marionnette, je le ferai. Je peux détruire la mère. Elle écrit des lettres, vous comprenez. Des lettres, disons, très… franches. Et comme elle s'est entichée de l'idée de se faire épouser par moi, tout comme elle s'est entichée de son nouveau titre, elle les signe également.

Lucas sentit son estomac se nouer.

— Et alors ?

— Et alors, mon ami idéaliste, elle est à peine tolérée dans notre société, cette chère Helen. Si ses lettres venaient à tomber entre de mauvaises mains, cela précipiterait sa chute et celle de ses filles. Certains murmurent déjà que le décès du précédent duc et de ses fils — dans des circonstances pour le moins obscures — est survenu à point nommé pour permettre à la progéniture d'Helen d'accéder au titre. Oh ! Basingstoke, je ne pense pas avoir jamais vu famille à ce point mûre pour la déchéance. Si ce n'est, peut-être…

Il s'interrompit, pour reprendre avec un sourire :

— Je repense à ce jour où votre père s'est donné la mort pour préserver sa femme et son fils du spectacle de sa pendaison publique.

— Mon père n'a pas trahi son pays. Vous l'avez dit vous-même.

— Ah bon ? Bah, je dis beaucoup de choses… Et vous savez quoi, Basingstoke ? Les gens croient ce que je dis. Comme vous m'avez cru vous-même. Mais vous feriez mieux de croire ce que je vous dis maintenant, et vraiment. Un mot, un seul mot de ce que vous croyez savoir et je me mettrai à parler. M'avez-vous bien compris ?

Frayne avait donc menti ? Sur toute la ligne ? Il ne savait rien sur la disgrâce de son père, sur sa mort et sur les hommes qui s'en étaient rendus responsables ? Il avait menti et lui, Lucas, n'y avait vu que du feu. Il avait cru cet individu et avait accepté sans état d'âme de passer ce pacte avec le diable. Il avait cru à des mensonges ?

Le sourire de Frayne répondit à ces questions silencieuses.

Oui, oui et encore oui.

Lucas imaginait sans peine passer les mains autour du cou de Frayne, il s'imaginait serrer lentement jusqu'à ce que mort s'ensuive. Il voyait les yeux révulsés de Frayne sortir de leurs orbites, puis devenir vides et vitreux. De sa vie, il ne s'était jamais senti aussi proche d'une explosion de violence. Cela aurait été si facile…

— Je vous ai bien compris, déclara-t-il enfin, avant de quitter la pièce.

— Mais tu ne peux pas faire cela ! s'exclama Lydia, manifestement paniquée, en suivant sa sœur dans sa chambre. Vraiment pas !

Nicole trouva les gants que Renée avait juré avoir cherchés partout et se tourna vers sa sœur.

— Bien sûr que si, Lydia. Je suis allée me promener avec Lucas hier, avec l'approbation de Charlotte. Il n'y a aucune raison que je ne puisse pas recommencer cet après-midi. Il n'y a rien de mal à cela.

Lydia se laissa lourdement tomber dans un fauteuil.

— Je le sais bien, Nicole, mais permets-moi d'éprouver quelques difficultés à déterminer à quel moment tu apprécies monsieur le marquis, à quel moment tu le détestes et à quel moment tu veux que je croie qu'il t'est indifférent. Je te signale que la maison est remplie des fleurs que tes admirateurs…

— *Nos* admirateurs, Lydia. Parmi tous ces bouquets, de nombreux t'étaient adressés, tu le sais. Tout comme l'étaient la bonne moitié des cartes que ces messieurs ont laissées, puisque nous avons décidé — enfin, que *tu* as décidé, si je me souviens bien — que nous ne recevrions pas ce matin. J'ai même remarqué que le duc de Malvern avait à la fois envoyé un beau bouquet et laissé sa carte.

— Oui, c'est exact, Nicole, tout à fait exact. Et c'est même la raison pour laquelle tu ne peux pas me laisser seule cet après-midi. Il va revenir. Il m'a parlé pendant le quadrille — que je n'ai pas réussi à danser convenablement, soit dit en passant — et il m'a paru plus facile de dire oui à tout ce qu'il disait, comme si je prêtais vraiment attention à ses propos… et, malencontreusement, j'ai accepté d'aller voir les marbres du Parthénon avec lui cet après-midi.

Nicole se pencha vers sa sœur, amusée.

— Lydia, ma chérie, que penses-tu qu'il puisse se passer de si terrible ? Tu iras là-bas avec lui, tu diras quelque chose de prodigieusement intelligent à propos de chacun de ces malheureux fragments de marbre, et puis tu reviendras ici. Et tu auras passé un agréable après-midi. Le duc ne mord pas, tu sais !

Lydia regarda ses mains, qu'elle était en train de tordre sur ses genoux.

— Je n'ai jamais dit cela.

— Non, mais tu te comportes comme si c'était une espèce de croque-mitaine, alors qu'il n'est qu'un homme comme les autres.

— A chaque… chaque fois que je le vois, je repense à…

Nicole s'agenouilla devant la chaise de sa sœur, le cœur serré. Certaines paroles, toutefois, devaient être prononcées :

— Ce n'est pas la faute du duc s'il est lui-même resté en vie, alors que le capitaine Fitzgerald n'a pas eu cette chance. Comme Rafe, il était l'ami du capitaine. Contrairement à Rafe, il était présent au moment de la mort du capitaine. Crois-tu être la seule à avoir perdu un être cher ce jour-là ?

Lydia leva la tête. Ses immenses yeux bleus étaient remplis de larmes.

— Je ne sais pas ce qui s'est passé ce jour-là. Je ne veux pas le savoir. Mais lorsque je vois le duc, j'ai envie de lui poser la question. Je… je me demande s'il ressent la même chose. S'il a envie de me raconter. C'est pourquoi j'essaie à tout prix de l'éviter.

— Mais tu ne peux pas l'éviter, Lydia. C'est l'ami de Rafe. Pour commencer, j'ai appris qu'il était invité à dîner ici demain soir. Tu peux te cacher aujourd'hui, mais tu le verras forcément demain.

En soupirant, Lydia se leva et prit les mains de sa sœur, qu'elle serra fort.

— Je ne suis pas prête, Nicole. Une simple danse, un dîner à plusieurs, ce n'est pas la même chose que de passer tout un après-midi avec lui. Il est très gentil, mais je ne sais jamais quoi lui dire. S'il te plaît. S'il te plaît, dis-moi que toi et le marquis allez nous accompagner ! *S'il te plaît !*

Le duc de Malvern avait organisé une visite privée des marbres du Parthénon, afin que Lydia puisse passer autant de temps qu'elle le souhaitait devant chaque pièce de cette immense collection.

Ce duc plaisait de plus en plus à Nicole…

Ils pénétrèrent rapidement dans le bâtiment en faisant de leur mieux pour ne pas remarquer les hommes, femmes et enfants vêtus de loques et errant devant l'entrée en criant à qui voulaient les entendre :

— Ce ne sont pas des cailloux que nous voulons ! Donnez-nous du pain ! Donnez-nous du pain !

— Nous pouvons remercier Cruikshank pour cela, déclara le duc de Malvern alors qu'on refermait les portes derrière eux et qu'un guide les conduisait vers la collection de sculptures et d'inscriptions gravées et vers les pans entiers de la frise qui, jadis, décorait le Parthénon.

J'ai vu les caricatures qu'il a affichées sur la devanture de son atelier.

— *John Bull en train d'acheter des cailloux pendant que sa famille réclame du pain,* acquiesça Lucas en menant Nicole par le bras jusqu'au bâtiment presque aveugle qui abritait provisoirement la collection. J'imagine qu'il est difficile pour l'homme de la rue d'accepter que le Parlement ait dépensé 35 000 livres pour des *cailloux*, quand ses enfants vont se coucher tous les soirs avec le ventre vide.

— N'oubliez pas les 10 000 livres allouées à la construction du bâtiment destiné à les abriter, ajouta le duc, avant de se tourner vers Lydia. Mais nous devons gâcher votre plaisir, n'est-ce pas ? Gardez à l'esprit, lady Lydia, que ce qui peut paraître folie à certains est en même temps une façon de protéger des trésors qui auraient été perdus pour nous et pour les civilisations futures. Il faut sans doute porter cela au crédit de lord Elgin, lui qui, en ce moment même, croule pourtant sous les dettes.

Ils commencèrent à faire le tour de la première grande salle, pour constater qu'une bonne partie de la collection se trouvait encore enfermée dans de grosses caisses de bois.

— Toutes ses dettes ne sont pas dues au fait qu'il a vidé la moitié de la Grèce de ses vestiges, indiqua Lucas à Nicole en s'éloignant de l'autre couple. Il y a une dizaine d'années, sa femme en a eu assez de voir les coffres des Elgin se vider pour des cailloux et elle l'a quitté pour un autre. Le divorce a fait grand bruit et a été assez scandaleux. Plus que la statuaire grecque et romaine, plus que les plus magnifiques œuvres d'art que vous puissiez imaginer, nos compatriotes aiment le scandale.

— Vous dites cela comme si c'était un avertissement,

répondit Nicole en feignant de s'intéresser à une statue sans tête à laquelle manquaient également un bras et la quasi-totalité d'une jambe.

Elle aurait bien aimé comprendre quel pourrait être l'intérêt de ce morceau de marbre à moitié démoli pour les civilisations futures.

Sa sœur, en revanche, était clairement conquise, ce qui faisait sans doute d'elle, Nicole, une incurable béotienne. Mais elle en avait l'habitude : les centres d'intérêt de Lydia étaient toujours hautement intellectuels, tandis qu'elle était plus encline à s'extasier devant un beau cheval ou devant une pièce de bœuf particulièrement appétissante.

— Etes-vous en train de préparer un scandale ? demanda-t-elle. Lucas ? dut-elle insister. Je vous ai posé une question.

Il sembla se secouer mentalement avant de lui répondre.

— Non. Pas aujourd'hui, en tout cas. Venez avec moi. Il y a encore beaucoup de salles à visiter. Votre sœur peut se passer de notre présence.

Nicole se retourna vers Lydia. Un livret décrivant toutes les pièces à la main, elle était courbée en deux pour examiner de près des fragments de la frise mis bout à bout pour reconstituer un motif de cavaliers alignés.

— Vous avez raison. Elle a complètement oublié qu'au départ, elle ne voulait pas venir. Où allons-nous ?

— Là où je pourrai vous embrasser, si vous n'y voyez pas d'inconvénient, répondit-il en ouvrant plusieurs portes et en inspectant les salles.

Au terme de quelques tentatives, il parut enfin satisfait et exécuta alors une profonde révérence, avant de désigner la porte pour inviter Nicole à entrer.

— Cela convient-il à madame ?

— Madame devrait dire non, sauf que cela ferait d'elle une abominable menteuse, répondit-elle à voix basse en regardant une dernière fois derrière elle avant de pénétrer dans la pièce sombre, qui ressemblait fort à une réserve.

Lucas referma la porte et ils se retrouvèrent dans une obscurité presque totale. Aussitôt, il posa les mains sur ses épaules.

— Est-ce que ça va ? s'enquit-il. Hier soir… Il n'était pas dans mes intentions qu'il se produise ce qui s'est produit. Je ne vous avais pas emmenée dans ce bureau pour cela. J'étais encore sous le coup de ce qui venait de se produire à La Roue Brisée. Assez imbu de ma personne, le sang encore chaud… Et quand je vous ai vue devant moi, si belle, si magnifiquement belle, et en sachant que j'aurais pu vous perdre et que vous auriez pu vouloir ne plus jamais me revoir, je… je… Oh ! tant pis. Comment demander pardon pour une chose que je ne regrette pas ?

Elle songea qu'elle aurait aimé voir son visage en cet instant.

— Vous l'avez fait de très jolie façon, en tout cas, même si vous auriez pu vous en dispenser. Mais vous avez dit tout à l'heure que vous vouliez m'embrasser.

— C'est vrai.

Elle le sentit alors se rapprocher et lui passa les mains autour de la taille pendant qu'il prenait sa bouche. Elle eut alors l'impression soudaine qu'elle était exactement là où elle devait être, qu'elle avait trouvé le lieu qui lui convenait après des années et des années d'errance. Elle était parfaitement bien dans ces bras, leurs corps avaient été façonnés l'un pour l'autre, ils étaient, sans aucun doute possible, destinés l'un à l'autre.

Il la caressa comme s'il la connaissait depuis toujours et elle répondit instantanément en se fondant à lui sans cesser de l'encourager de ses gémissements.

— Assez, dit-il soudain en la repoussant avec une grande douceur. Non, c'est faux… Ce ne sera jamais assez, mais il faut que nous parlions. J'ai tant de choses à vous dire ! J'avais espéré que nous pourrions nous retrouver en tête à tête cet après-midi. J'avais même réservé un salon particulier dans une auberge tranquille. Bon sang ! Toutes ces cachotteries doivent cesser, Nicole ! Il faut que je parle à Rafe. Il faut que nous nous mariions. Vous comprenez cela ?

Bien sûr, Lucas devait croire qu'elle serait d'accord avec lui. Il l'avait compromise — avec son concours et sa bénédiction — et tous deux savaient que les convenances l'obligeaient à l'épouser désormais sans tarder, qu'ils le souhaitent pareillement tous les deux ou non.

La vie était bien plus simple pour les hommes qui n'avaient pas de titre, ou pour les femmes qui n'étaient pas les sœurs d'un duc. Peu importait que ce soit un coup de folie passagère ou la manifestation d'un amour sincère qui les aient amenés à se comporter comme ils s'étaient comportés. La société dirait qu'en cédant à leur passion, ils avaient pris une décision avec laquelle ils devraient vivre le restant de leurs jours. L'homme serait alors libre de prendre des maîtresses et la femme, après avoir enfanté quelques héritiers mâles ressemblant un minimum à leur père, pourrait à son tour s'amuser avec des amants. Sa mère lui avait expliqué tout cela avec un enthousiasme qui l'avait affligée.

Nicole s'éloigna en soupirant.

— Vous n'arrêtez pas de répéter cela.

— Et je suis toujours aussi sérieux !

— Je n'en doute pas, assura-t-elle en croisant les bras comme pour se protéger de lui. Vous… euh… vous ne pouvez pas me résister, poursuivit-elle très vite, et on dirait que je ne peux pas vous résister non plus. Bon, tout cela est très bien, Lucas, mais…

— Mais quoi ? l'interrompit-il, non sans paraître agacé. Vous voudriez lutter contre cette attirance que nous éprouvons l'un pour l'autre ?

— C'est le cas depuis le début, si vous voulez bien vous en souvenir, rétorqua-t-elle en sentant l'exaspération la gagner. Cette « attirance » ne nous a apporté que des ennuis, à vous comme à moi.

— Parce que vous n'êtes pas venue à Londres pour trouver un mari.

— Exactement ! C'est tellement indigne, Lucas ! Revêtir ses plus beaux atours et se pavaner… Les robes, les soirées, les promenades à cheval au parc. Toute celà devrait être délicieusement amusant, mais à la fin, tout est tellement… calculé. « A combien s'élève sa dot ? » « Qu'en pensez-vous, ses hanches sont-elles assez larges pour enfanter ? » « Mon Dieu, regardez ces dents, je ne voudrais pas qu'un de mes fils hérite d'un pareil râtelier. » Et avant de rire, sachez que j'ai entendu quelqu'un dire cela pas plus tard qu'hier soir au bal.

— D'accord. Tout ceci n'est pas très glorieux. Mais qu'est-ce que cela a avoir avec nous deux ?

Quel besoin avait-il de poser une question aussi pertinente ?

— Je ne sais pas ! Je sais seulement que je ne suis pas venue à Londres pour cela. Je n'ai jamais eu l'intention d'épouser quiconque. Jamais !

— Cela vous aiderait-il si je vous disais que je pense être en train de tomber amoureux de vous ?

— Non, parce que je ne vous croirais pas, répondit-elle avec sincérité, malgré le délicieux frisson qui l'avait parcourue à ces mots. Je ne suis pas quelqu'un de très aimable. Je suis superficielle, et je suis bête, et horriblement têtue. Et égoïste aussi. Quand nous ne nous embrassons pas, nous nous disputons, et généralement pour une bonne raison. Ce n'est pas de ma faute si je suis… si je suis jolie et que vous voulez m'embrasser. Je *voulais* que vous m'embrassiez. Je voulais… je voulais tout. Mais ce n'est pas une raison pour nous marier.

— Donc vous êtes en train de me dire que je me suis laissé séduire par une enfant superficielle et capricieuse et que je serais le dernier des idiots si je demandais votre main. Je vois…

Oh ! Elle avait envie de le frapper !

— Vous n'êtes pas obligé de présenter les choses de cette façon, mais oui, c'est bien ce que je voulais dire. Et… et je vous remercie beaucoup de vous soucier à ce point de ma réputation, sauf que je vous imagine mal en train de grimper tout en haut de St Paul et de hurler que vous m'avez compromise. Ce que nous avons fait, ce que nous ferons encore — à moins que je vous aie dégoûtée de moi au point que vous n'ayez plus jamais envie de me revoir —, ne concerne que nous. C'est ce que *nous* voulons. Ce que nous faisons ne devrait regarder personne.

— Le croyez-vous vraiment ? demanda-t-il en se dirigeant vers la porte. Croyez-vous vraiment que ce que font deux personnes n'a aucune conséquence sur les autres ?

Elle sentit ses yeux s'embuer.

— Non, souffla-t-elle, forcée de reconnaître la vérité. Je ne peux pas avoir vécu toute ma vie dans l'entourage de ma mère et croire cela. J'ai juste besoin de me persuader que je ne suis pas comme elle.

Il avait entrouvert la porte, mais il la referma immédiatement.

— Vous n'êtes pas du tout comme votre mère, assura-t-il en lui posant la main sur la joue. Mon Dieu, Nicole, comment pouvez-vous seulement penser une chose pareille ?

— Peut-être… peut-être à cause de ce que nous avons fait au théâtre. Peut-être à cause de ce que nous avons fait hier soir. Et les deux fois, Lucas — les deux fois ! — elle était là, en train de faire les mêmes choses. Ses atouts bien en valeur, en train de ferrer un nouveau poisson, un quatrième mari pour se prouver qu'elle est belle et jeune et séduisante… Elle m'a dit que je devais vous donner tout ce que vous voudriez. Pas trop vite, bien sûr, car vous pourriez ne pas avoir envie de payer pour ce que vous pouvez avoir gratuitement.

— Qu'elle aille au diable ! jura tout bas Lucas. Comme si elle n'avait déjà pas fait assez de mal comme cela !

— Lucas ? De quoi parlez-vous ? Quel mal a-t-elle déjà causé ?

— Pas tout de suite, trésor, répondit-il en lui prenant la main pour l'attirer à l'extérieur. Votre sœur va bientôt vous chercher partout. Mais nous n'en avons pas fini. Il faut que je vous voie ce soir. Je suppose que vous êtes invitée à la soirée chez lady Hertford.

— A celle-là et à d'autres, oui. Mais je ne changerai pas d'avis, vous savez, affirma-t-elle, tout en sachant que son ton manquait de conviction.

— C'est ce que vous croyez, j'en suis certain, dit-il en l'embrassant sur la joue, ce qu'elle trouva bien décevant. Je serais bien abattu si je ne pensais pas que je vais prendre beaucoup de plaisir à vous montrer combien vous vous trompez.

Ils venaient de quitter la réserve lorsque Lydia et le duc les rejoignirent dans la grande salle. Lydia tenait toujours son livret ouvert et regardait autour d'elle, visiblement en chasse d'autres fragments de statues.

— Vous me semblez bien sûr de vous, monsieur, répliqua Nicole en clignant des yeux pour se réhabituer à la lumière dispensée par les hautes fenêtres. C'est très agaçant.

Il sourit en lui offrant son bras.

— Et j'ai hâte de vous *agacer* davantage ce soir. Mais j'en ai assez des réduits et des bureaux, pas vous ? Si le temps reste correct, ce soir, je vous *agacerai* peut-être dans le jardin de lady Hertford.

Nicole voulut répondre, mais ne trouva rien à dire. Ce programme lui convenait assez, mais il valait peut-être mieux se taire.

— J'aimerais autant, prétendit-elle, que nous parlions de ce que vous avez fait hier soir à La Roue Brisée.

— Je n'en doute pas.

— Ce n'est pas une réponse, insista-t-elle en le retenant par la manche pendant qu'il essayait de l'entraîner vers Lydia.

— Très bien. Je vous le dirai. Je vous dirai tout. Et ensuite, vous aurez tout loisir de refuser de nouveau ma proposition, pour une bonne raison cette fois.

Chapitre 12

Le White était assez peu rempli, sans doute parce qu'au froid et à l'humidité ambiants, s'était ajouté un épais brouillard jaune qui pénétrait dans le club chaque fois qu'on ouvrait la porte, au point de former à présent, au-dessus du sol, comme un nuage maléfique.

Lucas passa près d'un monsieur d'un certain âge qu'un des employés du club reconduisait vers le vestibule. L'homme toussait violemment dans un grand mouchoir.

— Bon après-midi, lord Harper, le salua Lucas, sachant que l'autre allait lui battre froid, étant donné qu'il avait été un de ceux qui s'étaient le plus offusqués lors de son discours improvisé sur le volcan, le temps, les menaces sur les récoltes et la nécessité d'aider ceux qui allaient le plus en souffrir. Vous ne semblez pas au mieux de votre forme. Puis-je vous escorter jusqu'à votre voiture ?

Lord Harper retira le mouchoir de devant sa bouche et considéra Lucas avec animosité.

— Vous pouvez aller au diable, Basingstoke. C'est à cause de vous, ce satané brouillard. Il est absolument impossible de respirer !

Puis il fut pris d'une nouvelle quinte de toux et replaça le mouchoir sur sa bouche.

Lucas fit de son mieux pour ne pas sourire.

— Je vous demande pardon ?

— Oui, ça, vous le pouvez ! C'est comme si vous aviez souhaité que ce temps empoisonné s'abatte sur nous, avec vos sombres prédictions. Je vais de ce pas préparer mes affaires et partir pour la campagne, loin de ces nappes délétères qui stagnent juste à hauteur de nos poumons.

— Il fera le même temps froid et pluvieux à la campagne, monsieur, fit remarquer Lucas, sur le ton de l'humour.

— Vraiment ? Dans ce cas, je saurai aussi à qui en revient la faute.

Le valet regarda Lucas en levant les yeux au ciel et ce dernier inclina légèrement la tête, sans que l'on eût pu savoir si c'était à l'intention de l'employé du club ou du vieil aristocrate. Il tendit son chapeau et sa cape à un autre valet et se dirigea vers le salon, pour retrouver Rafael Daughtry, le duc d'Ashurst.

— Merci d'avoir accepté ce rendez-vous, Rafael.

— Comment aurais-je pu résister, quand votre billet précisait de ne mettre personne au courant ? Et par « personne », je suis quasiment certain que vous compreniez Nicole.

Rafe se leva et les deux hommes se serrèrent la main et un domestique apporta un autre verre et le déposa sur la petite table placée devant les deux fauteuils qui faisaient face à la cheminée.

— Fletcher est parti à la campagne ce matin, appelé par sa mère et préparé mentalement à ce que sa voiture s'enlise dans la boue au moins une bonne dizaine de fois jusqu'à Hastings. Comment s'est passé votre voyage ? demanda Lucas en se servant un verre de vin.

— Abstraction faite de la boue ? Parce que Fletcher

ne s'est pas trompé : il n'est pas possible qu'il y ait coupé. Sinon, mon séjour s'est bien passé, mieux que s'il avait eu lieu l'année dernière, grâce à ma chère épouse, qui m'a enseigné la façon dont un duc devait se comporter lorsqu'il est confronté à un dilemme tel que celui qui s'est présenté à moi dans notre propriété du Kent. J'ai renvoyé le régisseur du domaine, j'en ai engagé un autre, j'ai réussi à remettre de l'ordre dans les livres de comptes — que je n'aurais même pas été capable de déchiffrer l'an dernier — et j'ai commandé une nouvelle meule de pierre pour le moulin à blé. Il y a encore des moments où je me souviens du soldat que j'étais, du parent pauvre que j'étais, mais ils se font de plus en plus rares.

Lucas n'avait pas cherché à ce qu'une ouverture se présente aussi vite dans la conversation, mais maintenant que la perche était tendue, il la saisit.

— De quelle façon votre oncle et vos cousins ont-ils péri ? s'enquit-il. Beaucoup de choses m'ont échappé, je le crains, pendant que je me trouvais en compagnie de Wellington.

Rafe leva son verre et avala une grande gorgée de vin. Puis il répondit sans regarder Lucas :

— En mer, dans un accident. Un nouveau bateau, une tempête soudaine, et ce fut le naufrage. Aucun corps n'a été retrouvé. J'ai appris la nouvelle par ma tante Emmaline alors que j'étais encore à Paris.

Avec l'étrange pressentiment de n'avoir entendu qu'une partie de la vérité, Lucas posa son verre de vin et se pencha en avant.

— Aucun témoin n'a vu le bateau sombrer ?

— Non. Pourquoi ?

Lucas soupira. Rafe était son ami. Son épouse était

sur le point de lui donner son premier héritier. Leur bonheur était évident, il avait pu le constater lui-même lors du dîner à Grosvenor Square. Rafe était quelqu'un de bien et un bon soldat. De toute sa vie, il n'avait jamais rien fait qui puisse lui être reproché, c'était certain. Mais cette histoire pouvait très facilement devenir suspecte si elle était racontée par quelqu'un d'aussi malveillant que lord Frayne.

— Je devrais commencer par le commencement, dit Lucas, tout en faisant signe au valet de leur apporter une autre carafe.

— En effet, répondit Rafe en le dévisageant d'un air suspicieux. Je croyais que vous m'aviez fait venir pour me demander la main de Nicole. Ou tout du moins, c'est ce que pensait Charlie, ma femme. Qu'est-ce que mon oncle et mon cousin viennent faire dans l'histoire ?

— Rien, Rafe, rien du tout. En théorie, en tout cas. En pratique, je crois que j'ai réussi à nous placer tous devant un terrible dilemme. Laissez-moi vous expliquer.

Il commença par la mort de son père. Une mort que sa mère et lui avaient interprétée comme le suicide d'un lâche voulant échapper à la punition qu'il méritait pour sa traîtrise. Puis il enchaîna sur la lettre anonyme qu'il avait reçue un an auparavant et qui lui révélait que son père était innocent des actes ignominieux dont on l'avait accusé. Il passa rapidement sur ses longues recherches pour tenter d'identifier le ou les coupables, mais s'étendit sur son discours prononcé en ces mêmes lieux la semaine précédente — comme cela lui paraissait loin, déjà, presque comme si une année s'était écoulée ! — et le marché qui lui avait été proposé suite à cet épisode.

— J'étais tout à fait disposé à aider cette personne,

Rafe, ne vous méprenez pas à ce sujet. On m'offrait les réponses que je cherchais, on m'offrait la possibilité d'alléger la peine de ma mère, qui est toujours aussi vive qu'il y a quinze ans. Elle refuse d'apparaître en société depuis la mort de mon père et sa santé est assez fragile. Donc, si je pouvais lui apporter des réponses… Je voulais croire ce qu'on m'avait dit, Rafe. Mais lorsque je me suis retrouvé au pied du mur, je n'ai pas réussi à faire ce que j'avais promis. Ni pour moi ni pour ma mère.

— Cela ne me surprend pas. Vous êtes un homme d'honneur, Lucas. A présent, racontez-moi le reste. En quoi cela concerne-t-il mes cousins et oncle ?

— Et votre mère, ajouta Lucas en remplissant leurs deux verres.

— Ma mère ? Dieu du ciel, Lucas, dois-je réclamer une autre carafe ?

De nouveau, Lucas fournit de brèves explications. Son silence sur les projets et les motivations de l'homme qui l'avait approché en échange du silence de cet homme sur les circonstances soi-disant douteuses de la récente noyade du duc et de ses fils. Les malencontreuses lettres de lady Daughtry soigneusement gardées en réserve. Nicole, Lydia et toute la famille, pour l'instant protégés d'un scandale susceptible de les bannir à tout jamais de la vie publique.

— Et vous le croyez, cet homme que vous semblez curieusement si réticent à nommer ?

— Je le crois capable de presque tout pour se protéger et pour servir ses ambitions, oui. Je crois aussi que, tant qu'il a de la poudre pour ses canons — c'est-à-dire les lettres de votre mère —, aucun de nous ne peut se sentir en sécurité.

— Je suis d'accord avec vous, acquiesça Rafe, la mâchoire contractée.

— Je le savais. Par ailleurs, il y a ses projets politiques. Et c'est pour cela que j'ai voulu vous rencontrer aujourd'hui. Il tente d'organiser une marche du peuple sur le Parlement, Rafe. Les troupes du gouvernement seraient informées, bien sûr, et attendraient de pied ferme les manifestants de l'autre côté de Westminster Bridge. Comment puis-je fermer les yeux, moi qui sais tout cela ? J'aurais sur les mains le sang versé sur ce pont. Car je ne me fais pas d'illusions : si le temps ne s'améliore pas, si les récoltes sont aussi mauvaises que nous pouvons le craindre, les émeutes sont inévitables. Notre pays a déjà connu par le passé des épisodes de troubles populaires. Mais je pourrais empêcher cette marche-ci, cette émeute-ci, et ce serait toujours cela de gagné.

— Je ne vous demanderai pas comment vous pourriez l'arrêter. Je suis également d'accord avec vous quand vous dites que vous devez faire tout ce que vous pouvez pour empêcher ce qui pourrait tourner au massacre.

— Je vous remercie de votre soutien. En même temps, comment procéder, sachant que, ce faisant, je vous exposerais, vous et votre famille, à un dangereux scandale ? L'on prétendrait que vous avez assassiné, ou fait assassiner, votre oncle et vos cousins pour vous approprier leur titre. L'on ferait passer votre mère pour une femme de petite vertu.

— Donnez-moi son nom ! demanda fermement Rafe.

Lucas s'attendait à cette requête.

— Pour quoi faire, Rafe ? Pour une confrontation ? Je vous accompagnerais, si je pensais que cela pouvait se révéler d'une quelconque utilité.

— Non, une confrontation directe ne servirait pas nos intérêts, j'en conviens. Mais comme le répétait mon ami Fitz, si l'on creuse une tombe pour quelqu'un d'autre, l'on risque d'y tomber soi-même. J'ai l'impression que cet homme a besoin qu'on le pousse un peu dans la tombe qu'il s'emploie à creuser pour d'autres.

— Très bien, répondit Lucas en se rappelant pourquoi il avait toujours aimé Rafe Daughtry. Réfléchissons à la façon dont nous allons nous y prendre pour l'y pousser. Oh ! mais avant de commencer, je devrais sans doute vous dire que je vais épouser Nicole.

— Vraiment, répondit Rafe, dont l'expression s'était aussitôt adoucie. Le sait-elle ?

— Elle le sait. Elle a repoussé mes avances. Deux fois, ou même trois, peut-être… J'ai perdu le compte.

Rafe hocha la tête.

— C'est tout à fait Nicole. Charlotte m'a raconté à quoi avait ressemblé l'existence de mes sœurs en mon absence. Lydia s'est très bien adaptée au fait d'être ballottée entre notre modeste résidence de Willowbrook et la propriété de mon oncle quand les économies de notre mère ont commencé à se tarir. Mais Charlie ne peut pas dire la même chose de Nicole. Emmaline, ma tante, a vite abandonné l'idée de dompter sa rébellion. Je ne sais pas tout ce qu'elle a osé et je préfère ne pas savoir, mais tout ce que je sais, c'est que ma sœur a répété à tout le monde — et à l'envi — qu'elle ne se marierait jamais. Sans doute parce que notre mère s'est trop souvent mariée.

Lucas décida de garder pour lui ses opinions sur les raisons de Nicole et sur ses craintes, réelles ou imaginaires.

— Je l'aime vraiment, Rafe. Je crois que je l'aime depuis notre première rencontre, aussi fou que cela puisse paraître, quand elle m'a marché sur les pieds, au sens propre comme au figuré. Pour être franc, je serais prêt à affirmer qu'elle partage mes sentiments — même si elle préférerait avaler sa langue que de le reconnaître. J'ai bien pensé à l'enlever pour l'épouser de force, mais je ne crois pas que ce soit la meilleure façon de s'y prendre. Et je veux surtout que vous sachiez qu'elle ne craint rien avec moi.

— Je n'en doute pas un instant, mon ami, affirma Rafe en levant son verre pour porter un toast. J'aimerais seulement pouvoir dire avec la même conviction que *vous,* vous ne craignez rien avec elle.

Nicole sentit les yeux de Rafe posés sur elle alors qu'elle était installée en face de lui dans sa voiture de ville. Elle tritura même son châle dans tous les sens pendant un moment, pour essayer de couvrir davantage sa poitrine, craignant que Rafe ne trouve sa robe trop osée pour une débutante. Après tout, comment expliquer à son propre frère que ses formes étaient ce qu'elles étaient et que la robe la plus ingénieusement coupée du monde n'aurait rien pu faire pour les gommer totalement ?

Finalement, lorsqu'elle ne parvint plus à ignorer ses regards ni son sourire en coin, elle releva le menton et s'adressa à lui avec sa franchise habituelle :

— Qu'y a-t-il de si amusant, Rafe ? Qu'ai-je donc fait pour que tu me regardes ainsi ?

— Nicole ! s'exclama Lydia à côté d'elle.

Mais Nicole l'ignora.

— Rafe ? insista-t-elle. Vas-tu me le dire, ou dois-je

deviner toute seule ? Voyons voir… Charlotte t'a raconté que j'avais encore dépensé tout l'argent que tu m'avais donné. Non, cela ne te ferait pas sourire, n'est-ce pas ? Très bien, qu'est-ce qui pourrait te faire sourire ? Si seulement c'était notre mère qui venait de t'informer qu'elle partait pour Paris dès demain et qu'elle comptait s'y établir pour au moins une année. Mais peut-être serait-ce trop demander ?

— Pour ce qui est de la première chose que tu as évoquée, je n'étais pas au courant. Et pour la seconde, malheureusement, je n'ai rien appris de tel, non. Je repensais seulement à une conversation que j'ai eue tout à l'heure avec notre ami le marquis.

Nicole tressaillit.

— Le marquis est venu te trouver ? Je lui avais dit de ne pas le faire et il l'a fait quand même ? Qu'est-ce qui ne va pas chez lui ?

— Il ne tremble pas dans ses bottes quand tu donnes des ordres ? suggéra Lydia, qui, avec un plaisir évident, venait de se joindre à Rafe pour taquiner Nicole. Comme c'est courageux de sa part !

— Nous devrions songer à demander au roi de le décorer pour acte de bravoure, renchérit Rafe.

— Ce que vous êtes drôles, tous les deux ! pesta Nicole en se détournant pour regarder par la fenêtre, mais sans rien voir de ce qui se passait dehors, tant elle était aveuglée par sa colère.

— Je ne l'épouserai pas, tu sais. Alors peu importe ce que tu lui as dit.

Rafe ne répondit rien. Quant à Lydia, elle avait décidé de vérifier si sa femme de chambre avait bien pensé à mettre un mouchoir propre dans son réticule.

L'attelage parcourut encore quelques centaines de mètres avant de venir allonger la file des véhicules qui prenaient la direction de la résidence de lady Hertford.

Lorsqu'elle ne put plus supporter le silence, Nicole demanda :

— Alors ? Que lui as-tu dit ?

— Je ne lui ai rien dit, répondit Rafe en lui adressant un sourire en coin qui ressemblait fort à ceux dont elle était elle-même de temps en temps capable — elle savait donc parfaitement qu'il était en train de s'amuser comme un beau diable à ses dépens.

— Il n'est pas venu pour me demander la permission de t'épouser, poursuivit-il.

— Ah non ?

Et, pour la toute première fois de sa vie, Nicole sut qu'elle rougissait très fort.

— Alors… alors, pourquoi est-il venu te trouver ?

— Ai-je dit qu'il était venu me trouver ? Je ne crois pas. Nous nous sommes rencontrés au White. Il est possible que nous nous y croisions de nouveau, ou ailleurs, car nous fréquentons à peu près les mêmes cercles. A moins que tu ne veuilles m'interdire de lui parler…

Nicole regarda son frère en plissant les yeux.

— Tu as fait exprès. Tu m'as fait croire quelque chose à tort. Une chose à laquelle je n'aurais jamais dû penser. N'est-ce pas ?

Rafe la regarda tout en croisant les jambes.

— Charlie a raison, ton esprit est tortueux et essayer de le suivre condamne à l'épuisement. Je ne vois pas pourquoi le marquis voudrait t'épouser.

— Mais il ne veut pas m'épouser ! Tu as dit qu'il ne te l'avait pas demandé.

— Ah oui ! Mais je n'ai pas dit qu'il ne me l'avait pas *déclaré*. En tant qu'ami, j'aurais sans doute dû essayer de lui faire entendre raison, mais il paraissait déterminé, le pauvre garçon. Et nous voilà enfin arrivés.

Il se pencha pour ouvrir la portière et attendit qu'un valet abaisse le marchepied pour qu'il puisse descendre et aider ses sœurs.

— Mesdemoiselles, je vais vous accompagner à l'étage et ensuite me retirer dans la salle de jeu, car j'ai promis à quelques amis de disputer une partie de whist avec eux. Je viendrai vous rechercher à minuit. Entre-temps, Lydia, j'ai cru comprendre que le vicomte de Yalding avait très envie que tu lui racontes ta visite des marbres du Parthénon. En ce qui te concerne, Nicole, tâche de bien te tenir et, si tu n'y arrives pas, je t'en prie, sois discrète. En d'autres termes, lorsque le marquis se présentera à toi, comme je suis certain qu'il le fera, ne lui fais pas tout de suite une scène, entendu ?

Nicole songea à refuser de descendre de voiture, mais à quoi cela aurait-il servi, si ce n'était à prouver qu'elle pouvait se montrer têtue à l'excès, ce que tout le monde savait déjà ? Par ailleurs, Lucas était sans doute arrivé et, pour l'étrangler, il fallait qu'elle entre à son tour.

Les invités patientaient en file indienne sur le large escalier de marbre qui menait aux parties publiques de la résidence des Hertford, attendant d'être accueillis par leurs hôtes. Nicole avait envie de leur dire à tous de rentrer chez eux et de trouver une occupation un peu plus productive. Tout ce qu'ils faisaient là, c'était retarder sa confrontation avec Lucas.

L'odeur entêtante des parfums en trop grand nombre se mêlait à celle de la sueur des personnes qui en abusaient au détriment de l'eau et du savon. Les plumes des coiffes commençaient à piquer du nez à cause de la chaleur et de la trop grande promiscuité, et les conversations n'étaient que reproches à cette hôtesse qui avait si malencontreusement confondu raout réussi et maison pleine à craquer. Pour tous ces invités, la soirée était clairement en train de tourner au désastre.

Lorsque Nicole parvint avec son frère et sa sœur à la dernière marche de l'escalier, elle n'avait pas encore déterminé comment elle aborderait Lucas lorsqu'elle le verrait, et ce n'était pas faute d'y avoir réfléchi. Lorsque les vingt minutes durant lesquelles ils avaient déjà attendu s'étirèrent en une demi-heure, sa colère s'était muée en gêne. En fin de compte, toute émotion la déserta, sauf l'envie que Lucas l'arrache à cette foule et lui offre une boisson fraîche.

Elle aperçut Lucas et le vicomte de Yalding juste après avoir souri à l'hôtesse de la soirée. Celle-ci semblait ne plus prendre aucun plaisir à constater que son raout avait été plébiscité par toute la bonne société et n'aspirer qu'à s'asseoir au calme. Elle accueillit les hommages de Rafe par un : « Oui, oui, merci, Votre Grâce. Avancez, je vous prie. » légèrement épuisé.

— Viens, Lydia ! commanda Nicole à sa sœur en la prenant par le bras et en se contentant d'un petit hochement de tête à lord Hertford lorsqu'elles passèrent devant lui. Les vois-tu ? Ils ont des verres de citronnade pour nous. Vois-tu, je suis capable de tout pardonner à un homme aussi prévenant.

— Tu ne vas donc pas lui arracher les yeux pour le punir d'avoir annoncé à Rafe qu'il allait t'épouser ?

— J'ai dit « pardonner », Lydia, pas « oublier ». Tu ne

t'offusqueras pas si le marquis et moi-même disparaissons un moment pour parler en privé, n'est-ce pas ?

Lydia retrouva le sourire.

— Puisqu'il ne va pas t'épouser, je pense que non.

Nicole regarda sa sœur, la toujours calme et bien élevée Lydia, qui d'habitude était la bienveillance même.

— Cela te fait plaisir de me voir dans cet état, n'est-ce pas ?

— Je ne dirais pas que cela me fait plaisir, Nicole. Mais je dois reconnaître qu'il est assez amusant de te voir dans un tel état de confusion. Toi qui es toujours si sûre de toi d'habitude, toi qui aimes contrôler tout le monde, que ce soit toi-même ou ton entourage… Et, oui, jusqu'ici, tu as toujours fait en sorte que tout se passe selon tes projets et tes désirs. Maintenant, grâce à monsieur le marquis, tu vas peut-être comprendre ce que nous autres, pauvres mortels moins sûrs de nous, nous ressentons. Cela te fera sans doute le plus grand bien.

Nicole oublia sa soif et s'arrêta net, manquant de provoquer une collision avec le couple qui les suivait, avant d'attirer sa sœur à part.

— A t'entendre, on dirait que je suis quelqu'un d'épouvantable. Et de tyrannique. Si c'est comme cela, comment as-tu pu me supporter toutes ces années ?

Lydia lui prit la main avec affection.

— Non, ce n'est pas ce que je voulais dire, Nicole. Tu sais bien que je te trouve merveilleuse. Tu oses tout ! Tu rêves tout ! Moi, à côté, je ne suis qu'une pauvre petite fille timorée et ennuyeuse qui n'ose même pas imaginer de faire quelque chose qui sorte de l'ordinaire et risque de choquer.

— Tu n'es pas ennuyeuse, Lydia ! protesta Nicole.

— Ne discute pas, s'il te plaît, contente-toi de m'écouter. Ce n'est ni l'endroit ni le moment, mais tu comprendras peut-être lorsque je te dirai qu'avec le capitaine, nous ne nous sommes jamais retrouvés seuls, pas même un seul instant. Nous n'avons jamais parlé librement, même si nous savions tous les deux ce que nous ressentions l'un pour l'autre. Nous ne nous sommes jamais effleuré la main, nous ne nous sommes jamais embrassés. Il est parti à la guerre pour ne jamais en revenir, de sorte que je ne sais pas quel effet cela aurait fait de sentir ses bras autour de moi. Si tu savais ce que je regrette de ne jamais avoir osé ! Alors tu vois, je serai bien la dernière personne, la toute dernière, à te dire de ne pas te permettre ce que ton cœur désire !

En voyant des larmes dans les yeux de sa sœur, Nicole comprit que ce n'était pas le moment de la contredire, ni de lui expliquer qu'en fait, elle ignorait ce que son cœur désirait, mais savait en revanche ce dont son corps mourait d'envie. Si son cœur et son corps étaient en train de lutter pour savoir lequel des deux allait prendre le contrôle, elle se demandait encore lequel remporterait la bataille.

— Comme tu es sage ! préféra-t-elle répondre en serrant Lydia dans ses bras. Je suis fière de t'avoir comme sœur.

— Eh bien, eh bien, lança la voix de Rafe, qui arrivait derrière elles. Qu'ai-je manqué ?

— Rien, affirma Nicole en clignant rapidement des yeux pour sécher ses larmes. Combien de temps sommes-nous censés rester ? Jusqu'à minuit, c'est cela ?

— Charlotte m'a dit que vous deviez passer deux heures ici et que je devais ensuite faire en sorte que vous fassiez une apparition chez Mme Drummond-Burrell, que nous devons chaleureusement remercier pour vous avoir fait entrer à Almacks. Soit vous vous promenez dans les différentes pièces en suivant le troupeau, soit vous trouvez un endroit tranquille pour converser avec les messieurs que je vois approcher. Mais dans tous les cas, nous nous retrouvons ici. Cela vous va-t-il ?

— Bonsoir, mesdames, bonsoir, Rafe !

C'était Lucas qui s'était approché, accompagné de lord Yalding. Les deux hommes leur tendirent aussitôt leurs verres de citronnade, avant de s'incliner devant elles.

— Fletcher et moi nous sommes dit que des rafraîchissements seraient les bienvenus après l'épreuve de l'escalier qui a sans doute ravi notre hôtesse, mais qui pour nous, invités, fut aussi longue qu'une traversée de l'Atlantique à la rame. Toutes mes excuses, Rafe, vous allez devoir aller chercher votre verre vous-même.

Une fois de plus, il était superbe dans ses habits de soirée. D'autant qu'il paraissait calme et détendu... Tout le contraire de ce qu'elle-même ressentait ! Comme il aurait été d'une grande bêtise de se punir en niant sa soif, Nicole remercia les deux hommes et but sa citronnade en quelques gorgées sans doute assez peu dignes d'une lady.

— Merci, dit-elle en regardant lord Yalding, mais en tendant son verre vide à Lucas sans se préoccuper de ce qu'il allait pouvoir en faire.

Naturellement, un valet apparut comme par magie au milieu de la cohorte d'invités, un plateau d'argent à la main, de sorte que Lucas put reposer le verre vide, tout en prenant des verres de vin pour Rafe, le vicomte et lui-même.

Si, au moins, il avait un défaut, un seul ! songea Nicole. Elle serait plus heureuse si, par exemple, il avait pour habitude de se mettre en colère pour un oui ou pour un non, ou s'il mâchait la bouche ouverte — ce qu'elle détestait par-dessus tout ! —, ou si ses yeux ne pétillaient pas comme cela lorsqu'il souriait…

— Oui, cela me semble très bien, Rafe, dit Lydia, répondant visiblement à une chose que leur frère leur avait dite. Nicole, es-tu d'accord ?

Cueillie en pleine rêverie, Nicole acquiesça avec un sourire.

— Oui, bien sûr. Pourquoi ne le serais-je pas ?

— Dans ce cas, enchaîna Lucas en lui tendant le bras, par ici !

Où cela, par ici ? se demanda-t-elle.

En se retournant, elle vit que Rafe était déjà en pleine conversation avec lord Yalding, comme s'il se moquait éperdument d'avoir expédié sa sœur avec… enfin, ce n'était pas comme s'il l'avait expédiée avec un inconnu, n'est-ce pas ? Vraiment, le monde entier était-il en train de comploter contre elle ?

— Où allons-nous ? s'enquit-elle.

— Je ne vous ai pas interrompue, vous n'étiez avec personne d'autre, n'est-ce pas ? demanda Lucas sans répondre, tout en la conduisant vers une deuxième pièce tout aussi noire de monde.

— Non. J'étais trop occupée à imaginer votre mort lente et douloureuse.

Son attention fut soudain attirée par le spectacle de deux hommes qui essayaient, avec beaucoup de mal, de conduire une très grosse femme à demi évanouie dans un coin plus calme. Une femme d'un certain âge les suivait en déclarant à qui voulait l'entendre que si sa sœur ne desserrait pas son corset, elle se sentirait mal toutes les dix minutes.

— Pouvez-vous me dire à quoi tout cela rime ? soupira Nicole, excédée.

— Mais c'est évident ! Il n'y a pas de concert, pas de bal — il n'y aurait pas de partie de cartes si lord Hertford n'avait pas insisté — et le buffet est assez maigre. L'hôtesse invite deux fois plus de monde que sa maison ne peut raisonnablement en contenir et la soirée sera un succès si les collisions sont nombreuses. Ou les évanouissements. Ou les deux.

Nicole sentait son humeur s'améliorer à chaque mot prononcé par Lucas.

— Continuez…

— Un raout réussi est un raout qui combine des embouteillages à l'arrivée, une longue attente dans les escaliers, suivie d'une progression lente et pénible dans les salles spécialement prévues à cet effet, une descente compliquée par un autre escalier et de nouveaux embouteillages pour le retour. Et le but de tout cela est de voir, d'être vu — de parader comme vous l'avez dit, me semble-t-il — pour ensuite se rendre à la soirée, au raout ou au bal suivants, où l'on répétera à l'envi que l'on vient de chez lady Untel, où l'on s'est terriblement ennuyé, mais que voulez-vous, a-t-on le choix lorsque l'on est invité partout ?

Nicole fit de son mieux pour ne pas éclater de rire. Elle ne se rendit compte qu'ils se trouvaient devant un autre escalier qu'en sentant une bouffée d'air frais sur son visage.

— Nous partons ?

— Notre décision a dû vous échapper, mais oui. Rafe a retrouvé ses amis dans la salle de jeu, le très arrangeant Fletcher et votre sœur sont occupés à discuter des fascinants marbres du Parthénon, et quant à nous, nous nous promenons d'un salon à l'autre. Comme nous risquons de ne jamais nous retrouver tous les cinq, nous allons nous rendre séparément chez Mme Drummond-Burrell.

— Mais nous ne nous promenons pas d'un salon à l'autre ! protesta Nicole. Nous partons !

— Vous préférez y retourner ?

— Vous connaissez la réponse, répondit Nicole.

Lucas la conduisit jusqu'à sa voiture, qui attendait un peu plus loin, à l'écart, et l'aida à s'installer la première, avant de monter à son tour. Une fois la portière refermée, il faisait très sombre à l'intérieur de la voiture, car les rideaux avaient été soigneusement tirés. Nicole se rendit compte que c'était la première fois qu'ils se retrouvaient seuls tous les deux sans avoir à craindre que quelqu'un ne les voie, ne frappe à la porte ou ne les interrompe d'une façon ou d'une autre.

Et elle n'aurait sans doute pas dû s'en trouver aussi ravie…

— Nous avons un peu moins de deux heures pour que je vous dise tout ce que je veux vous dire, tout ce que j'ai besoin de vous dire et tout ce que j'espère ne pas devoir vous dire, l'informa-t-il alors. A vous de décider si vous voulez ou non consacrer une partie de ces deux courtes heures à m'agonir d'injures au sujet de ma rencontre de cet après-midi avec Rafe. Mais pour commencer…

Sachant très bien ce qu'il allait faire, elle le devança en s'approchant de lui et en lui passant les bras autour du cou, lèvres entrouvertes, prête à accueillir son baiser.

Pour des raisons inexplicables — mais sans doute était-ce son esprit qui, une fois de plus, la trahissait —, elle songea à toutes ces années qui l'attendaient et durant lesquelles elle aurait à vivre sans les baisers et les caresses de Lucas.

Alors elle s'accrocha de plus belle à son cou, bien consciente que tout ce qu'elle avait à faire était accepter sa demande en mariage. Dans ce cas, elle ne serait plus jamais obligée de le quitter et ne se languirait pas de ses baisers, car elle serait toujours avec lui. Toujours.

Il serait si simple de dire oui !

Elle n'était pas sa mère. C'était ce qu'affirmaient Lucas, et Lydia, et Charlotte. Il serait si simple de tous les croire !

Il était si simple de croire qu'elle aimait cet homme tout entier et qu'en retour, il l'aimait tout entière !

Mais elle avait vu le pouvoir du désir, de la convoitise. Et elle avait vu tout cela disparaître brutalement et en avait constaté les fâcheuses conséquences.

Sa mère avait voulu et désiré chacun des deux hommes qu'elle avait fait entrer dans la vie de ses enfants à la place de leur père, ainsi que tous les autres qui, selon les mots de Rafe « avaient été auditionnés, mais sans être retenus pour le rôle ».

Et sa mère jurait qu'elle les avait tous aimés… jusqu'au jour où elle les avait dans son lit ou, mieux encore, parvenait à les amener devant l'autel.

— C'est toujours cette même histoire, celle de l'oiseau, mes chères filles ! gémissait-elle ensuite, lorsqu'elle se retrouvait seule. Quand il est dans le ciel, il vous paraît beau et en tout point admirable. Mais une fois l'oiseau entre vos mains, vous vous rendez compte qu'il est comme tous ses congénères, plutôt sale et vilain, et vous ne comprenez plus pourquoi il vous plaisait tant. C'est la malédiction des hommes, et, sans aucun doute, le fléau du mariage.

Tandis que la voiture filait dans les rues sombres, Nicole se laissa aller, afin de goûter pleinement aux caresses de Lucas. Elle soupira lorsqu'il glissa une main sous sa jupe et qu'elle sentit la chaleur de sa paume contre sa cuisse.

Elle était la fille de sa mère, et ce pour de multiples raisons. Elle avait des attentes, des souhaits, des désirs que Lucas avait fait naître en elle. Lydia, elle, s'était contentée d'aimer de loin, elle avait accepté d'attendre le retour du capitaine, respecté les conventions qui dictaient le comportement des personnes de leur condition. Lydia, comme le répétait autrefois leur oncle, le duc, d'un ton vaguement moqueur, était une « bonne fille »…

Quant à Nicole, quel genre de fille était-elle ? Mais la fille de sa mère, pardi ! Qui pouvait en douter ?

Arrête, arrête tout de suite ! s'ordonna-t-elle, quand la voiture s'immobilisa et qu'à contrecœur, elle dut laisser Lucas mettre fin à leur étreinte. Il l'embrassa une dernière fois, puis replaça lui-même le châle qui avait glissé de ses épaules.

— Et il va bien falloir que je me contente de cela pour ce soir ! soupira-t-il avec un sourire en lui caressant la joue du bout des doigts. Car ce soir, enfin, nous allons parler.

Chapitre 13

— Où sommes-nous ? demanda Nicole en descendant de voiture avec l'aide de Lucas.

— Dans la ruelle située derrière mon hôtel particulier de Park Lane. J'ai pensé que ce n'était pas une bonne idée que l'on puisse vous voir entrer seule avec moi.

— Vous devenez un expert en intrigue ! commenta-t-elle comme il lui ouvrait la porte de service. Et vous avez ordonné à vos domestiques de rester dans leurs chambres, c'est ça ?

— J'ai donné leur soirée à la plupart d'entre eux, si vous voulez tout savoir, expliqua-t-il en souriant. Mais si vous avez faim, je peux appeler quelqu'un.

— Ne soyez pas stupide ! Dites-moi juste ce qui vous ferait plaisir !

Ils étaient parvenus dans la cuisine et Nicole avait ôté son châle pour le poser sur le dossier d'une des chaises disposées autour d'une grande table de bois rustique. S'adossant au chambranle de la porte, Lucas ne réfléchit qu'un instant.

— De vous emmener à l'étage et d'y rester une semaine avec vous, répondit-il. Mais seriez-vous en train de me dire que vous savez vous débrouiller dans une cuisine ?

Amusé, il la vit décrocher un tablier blanc de grosse cotonnade et se le nouer autour de la taille, par-dessus la luxueuse robe de soie.

— Je n'ai pas toujours été sœur de duc, ne l'oubliez pas ! Comme la tendance de notre mère était de dilapider en une semaine la rente que nous octroyait mon oncle tous les trimestres, Lydia et moi étions souvent appelées en renfort en cuisine ou ailleurs. Je sais aussi allumer un feu de façon tout à fait convenable et blanchir les draps. Je vois que votre cuisinière entretient et nettoie parfaitement sa cuisine, ce qui est l'assurance d'une nourriture toujours fraîche et saine. Elle prend soin de votre santé et je l'en félicite. Maintenant, conclut-elle en regardant autour d'elle, où se trouve le garde-manger ?

Lucas s'écarta du chambranle, examina la pièce à son tour et remarqua trois petites portes qui menaient Dieu sait où.

— Cette demeure appartient à ma famille depuis trois générations, déclara-t-il. Cela vous décevrait-il terriblement si je vous avouais que je n'en ai pas la moindre idée ?

— Non et, à vrai dire, cela ne m'étonne pas.

Elle quitta la cuisine, pour revenir quelques instants plus tard.

— Je crois que ce couloir conduit aux quartiers de la gouvernante, annonça-t-elle, avant d'ouvrir la porte suivante.

Elle ne revint pas immédiatement et Lucas en déduisit qu'elle avait localisé le garde-manger, aussi alla-t-il voir ce qu'elle y faisait. Même s'ils vivaient tous les deux jusqu'à cent ans, songea-t-il, elle serait encore capable de le surprendre. Cette femme était pour lui une source constante d'étonnement.

Elle l'accueillit par un ordre :

— Tendez les bras !

Il obéit. Quelques minutes plus tard, ils revenaient tous deux dans la cuisine, lui chargé d'un plateau avec ce qui ressemblait aux restes du rôti de bœuf qu'il avait partagé avec Fletcher au dîner, et elle tenant une miche de pain coincée sous son bras.

Nicole déposa aussi sur la table un gros morceau de fromage et partit ensuite en chasse de vaisselle, pour revenir avec un grand couteau, qu'il trouva fort menaçant et qu'elle lui tendit en lui conseillant de faire attention à ne pas se couper les doigts.

— Vous pourrez parler quand vous aurez terminé de trancher la viande, dit-elle.

Pendant qu'il s'exécutait, elle versa du lait dans deux grandes tasses en terre cuite, découpa des tranches de pain et de fromage, trouva un carré de tissu pour faire office de serviette et disposa le tout sur de lourdes assiettes blanches qui, d'ordinaire, devaient être utilisées par les domestiques.

De toute évidence, elle avait l'intention de rester dans la cuisine pour cette collation impromptue, mais un homme devait toujours savoir s'imposer, ce qu'il fit. Il aperçut un plateau de bois, sur lequel il déposa leur repas et, ayant éliminé les deux premiers couloirs, choisit le troisième en commandant à Nicole de le suivre.

Elle obéit, mais seulement après être allée ranger la viande et le fromage dans le garde-manger, et sans enlever son tablier. Il en fut ravi, car il trouvait cet accessoire plus affriolant que la plus séduisante des toilettes. Pourquoi une telle pensée ? Peut-être valait-il mieux ne pas trop y réfléchir, mais en attendant, il n'avait qu'une seule envie : prendre Nicole dans ses bras et l'embrasser tant et plus.

Au lieu de cela, il la conduisit à l'étage. Le salon était bien éclairé et préparé pour leur venue. Il déposa le plateau sur une table basse placée entre les deux canapés, que l'on utilisait d'ordinaire pour le service du thé et qui était donc habituée à ne recevoir que la plus fine porcelaine. Plutôt fier de n'avoir renversé que quelques gouttes de lait, il fit signe à Nicole de s'asseoir.

— Non, pas tout de suite, répondit-elle en gagnant la cheminée pour se poster sous le grand portrait qui la surmontait.

— C'est vous, n'est-ce pas ? reprit-elle. Est-ce par fierté que la main de votre père est posée sur votre épaule, ou pour vous empêcher de remuer pendant que le peintre travaille ?

— Pour ma défense, je dirais qu'il faisait très beau ce jour-là et que j'aurais de loin préféré courir dans les champs avec mes chiens que de poser à côté d'un ruisseau.

Il la rejoignit. Il se souvenait bien du moment où le tableau avait été peint.

— Mon père revenait à peine de Russie et de Copenhague, où le roi l'avait envoyé en mission. Il y était resté plus d'un an et était assez fier de ce qu'il avait réussi à accomplir. Il était attendu à Londres le mois suivant, où l'on disait que le roi en personne devait l'honorer. Il faut dire qu'il avait brillamment aidé l'empereur Paul de Russie à convaincre le Danemark de rejoindre la Ligue de neutralité armée. Des rumeurs disaient également qu'il était bien placé pour devenir le prochain premier ministre.

— Tout cela me paraît très impressionnant, même si je dois reconnaître que je n'étais pas très coopérante lorsque notre gouvernante essayait de me faire rentrer l'histoire du pays dans le crâne. Lydia doit savoir par cœur ce qu'est cette Ligue de neutralité armée, mais pour ma part, tout ce que je peux dire, c'est que vous deviez être très fier de votre père. Et l'avez-vous accompagné à Londres ?

Lucas secoua la tête et prit Nicole par la main pour la ramener vers les canapés.

— Non. Trois semaines après que ce portrait eut été terminé, mon père s'est enfermé dans son bureau, il a pris son pistolet et s'est tiré une balle dans la tête.

— Oh mon Dieu ! s'exclama-t-elle en posant la main sur son bras. Comme c'est affreux ! Je ne savais pas, je suis sincèrement désolée…

Elle se tourna de nouveau vers le portrait.

— Mais… mais vous aviez tous l'air si heureux sur ce tableau ! Et votre mère ?

— Elle ne quitte plus Basingstoke et s'est retirée de toute vie sociale. Elle ne s'est toujours pas remise de la mort de mon père. A bien des égards, moi non plus, d'ailleurs. Je ne devrais pas chercher à vous influencer, Nicole, mais je voulais que vous voyiez ce portrait, que vous voyiez ma famille telle qu'elle était. Cela n'excuse pas ma conduite, mais cela l'explique.

La nourriture resta sur la table, intacte, tout le temps que Lucas raconta à Nicole ce qui était arrivé à son père. Elle garda le silence et ne retira pas la main de son bras pour l'écouter, sans poser de questions ni l'interrompre, ce qui rendit son récit plus aisé.

Lorsqu'il eut terminé, Nicole lui lâcha le bras et utilisa un coin du tablier pour s'essuyer les yeux.

— Et l'on a vraiment cru que votre père avait participé au complot visant à assassiner l'empereur ? Mais il n'était même pas en Russie au moment de l'attentat ! Il était avec vous.

— C'est vrai, mais des messages compromettants pour mon père ont été interceptés. Au lieu de se rendre à Londres pour répondre des charges retenues contre lui — et sans doute pour être pendu —, il a préféré se donner la mort. Jusqu'à l'an dernier, j'ai cru que mon père était un lâche et un traître. Je l'ai haï, comme j'ai haï ce qu'il nous avait fait.

— Que s'est-il passé l'an dernier ?

— Je ne vais pas vous ennuyer en vous montrant la lettre que j'ai reçue. Anonyme, bien sûr. Elle disait que mon père était innocent et que son nom n'avait été cité que pour protéger une tierce personne, mais qu'il n'aurait sans doute pas échappé à un procès public ni à la condamnation. En d'autres termes, il n'est pas mort en traître, mais en brave, et n'a voulu que nous protéger. J'ai passé l'année qui vient de s'écouler à tenter de découvrir qui m'a envoyé cette lettre et pourquoi.

Nicole appuya la tête contre le bras de Lucas.

— Moi, j'en aurais perdu la raison, commenta-t-elle à voix basse. Comment supportez-vous de ne pas savoir ?

Par ces mots, elle lui offrait l'occasion de lui dire ce qu'elle devait savoir. Il posa un instant le menton sur la tête de Nicole pour se donner du courage. Car s'il avait déjà été difficile de lui parler jusqu'ici, ce qu'il restait à lui dire risquait de la faire fuir à tout jamais.

— Vous n'avez rien mangé, fit-il remarquer en la repoussant doucement pour se lever, car il avait besoin d'être debout, de marcher et, si possible, d'éviter son regard.

— Je n'ai plus faim, affirma-t-elle en le suivant d'un regard anxieux. Lucas, contentez-vous de me dire ce que vous pensez que je dois savoir et rien de plus. Mais avant que vous ne commenciez, laissez-moi vous remercier de m'avoir raconté tout cela. Cela n'a pas dû être facile pour vous. Et je vous le promets, je n'en parlerai à personne.

Son frère la prenait pour une enfant ? Non, Nicole n'était pas une enfant. Elle était jeune, certes, mais la compréhension et la compassion qu'elle lui témoignait là étaient le signe d'une grande maturité d'esprit.

— Je vous remercie, mais ce que je m'apprête à vous dire va, je le crains, bouleverser l'opinion que vous avez de moi. Pas plus tard que la semaine dernière, on m'a proposé de me fournir le nom de celui qui avait fait accuser mon père pour se protéger. J'ai saisi cette opportunité à pleines mains. Sans le moindre état d'âme et sans mauvaise conscience pour ce que j'aurais à faire en échange. Je veux que vous compreniez cela. Je ne suis pas fier de ce que j'ai fait, et encore moins de vous avoir entraînée dans cette histoire, même si vous n'y êtes mêlée que de façon marginale. Je me contente de vous dire la vérité.

Nicole le dévisagea.

— Je ne comprends pas.

Il prit une des tasses et but sans regarder, avant de grimacer en songeant que s'il n'avait pas bu de lait depuis des années, c'était pour une bonne raison. Il détestait cela. Il reposa la tasse et alla se servir du vin.

— Cette fois encore, je ne vais pas vous ennuyer avec tous les détails. La semaine dernière, j'ai prononcé à mon club un discours passionné sur les souffrances qu'endurent actuellement certains de nos compatriotes à cause de la guerre, du temps épouvantable, du manque de nourriture et du prix élevé du blé. Et j'ai évoqué le risque de voir éclater des émeutes ici, à Londres, mais aussi dans tout le pays, si le gouvernement ne fait rien pour aider ceux d'entre nous qui en ont le plus besoin.

Nicole acquiesça.

— Comme ces pauvres soldats que nous avons vus…

— Oui, comme ces soldats. Lord Frayne m'a entendu, il a compris que je pouvais servir ses intérêts et m'a proposé de me livrer le nom de celui qui a accusé mon père. En échange, je devais participer à un plan échafaudé par ses soins. Je lui rendrais un service et il me donnerait le nom en échange, une fois que j'aurais réussi.

Nicole se mordit la lèvre et il remarqua à quel point elle était pâle. Il se hâta de poursuivre, pressé d'en finir avec cette partie de l'histoire.

Il lui raconta comment il avait accepté de devenir un agent provocateur en infiltrant des réunions organisées par des groupes comme les Citoyens pour la Justice, qu'elle connaissait déjà grâce au papier découvert par sa sœur. Il devait pousser ces pauvres gens à l'émeute, afin que Frayne et ses complices puissent faire pression pour un durcissement des lois qui maintiendrait le peuple sous le joug serré du gouvernement.

Et ce n'était pas tout. Il s'était rendu compte, presque trop tard, que Frayne comptait également se servir de lui pour éliminer un ennemi. En donnant à Lucas le nom de celui qui avait accusé son père, il se débarrasserait d'une personne qui se dressait sur son chemin. Car son plan ultime n'était pas seulement de raffermir le pouvoir, mais également de s'en emparer. Frayne se voyait comme le nouveau Cromwell, mais un Cromwell dénué de ses supposées nobles intentions.

— Qu'auriez-vous fait si Frayne vous avait donné

un nom, Lucas ? Il semble bien qu'il n'attendait qu'une chose : que vous tuiez cette personne pour lui.

— Oui, en duel. Cela aurait été la solution la plus évidente. Je ne partage pas l'opinion de Frayne sur mes talents oratoires, mais je dois admettre que je suis plutôt bon tireur. Après avoir tué cet homme, j'aurais dû fuir le pays, mais cela aurait été un faible prix à payer pour venger mon père et pour que ma mère retrouve enfin la paix de l'esprit. J'étais tout à fait prêt à cela.

Allait-il oser ajouter « jusqu'à ce que je vous rencontre » ? Non, il ne pouvait faire peser ce poids sur de si frêles épaules. Il devait assumer seul ses décisions.

Nicole acquiesça.

— Je comprends, Lucas. J'aurais moi-même fait la même chose que vous. C'est comme si cet homme avait assassiné votre père et, pour cela, il mérite la mort. Aviez-vous le choix ?

— Par votre réaction, Nicole, vous me prouvez une fois de plus que vous êtes tout sauf timorée.

— En effet, je ne pense pas l'être, répondit-elle avec un faible sourire. D'ailleurs, j'aurais largement préféré naître homme. Mais là n'est pas le sujet. Racontez-moi le reste.

Lucas se rassit à côté d'elle et lui prit les mains.

— Je me suis rendu à La Roue Brisée hier soir avec la ferme intention d'obéir à Frayne, c'est-à-dire d'observer les hommes qui avaient déjà infiltré les Citoyens pour la Justice, de gagner la confiance de l'auditoire et de m'occuper ensuite des prochains rassemblements. Au passage, je suis convaincu que ce groupe est déjà le fruit du cerveau fertile de Frayne. Je vous ai utilisée afin de faire oublier le discours que j'avais tenu au White, de faire croire à tous que j'avais autre chose en tête que la politique et que ma passion subite pour le peuple souffrant n'avait été qu'une aberration passagère. Pour Frayne, il était important que je fasse de mon mieux pour paraître aussi inoffensif que possible pendant que je me chargerais de l'odieuse mission qu'il m'avait confiée. Donc… je vous ai utilisée comme dérivatif.

— J'étais consentante, si vous vous souvenez bien, fit-elle remarquer en exerçant une petite pression sur sa main. Mais inutile de m'en dire davantage : je suis certaine d'avoir deviné. Vous n'avez pu vous résoudre à faire ce que Frayne attendait de vous, n'est-ce pas ?

— Non, je n'ai pas pu. Ni pour mes parents, ni pour assouvir mes propres espoirs de vengeance. Hélas, quand je suis parvenu à cette constatation à La Roue Brisée, je n'ai pas réfléchi aux conséquences. Ce qui, ajouta-t-il en jetant un coup d'œil à l'horloge, nous laisse avec lord Frayne et ses dangereuses ambitions. Venez, nous continuerons cette conversation dans la voiture.

Elle se leva, mais se pencha aussitôt pour placer des tranches de viande froide et de fromage sur la serviette, dont elle replia les coins, avant de lui tendre le tout.

— Tenez, nous allons emporter cela avec nous. Je sens mon appétit revenir. Vous m'avez fait très peur, vous savez ! J'ai cru que vous alliez me confier des choses qui m'obligeraient à vous haïr.

— C'est peut-être ce qui va se produire, car je n'ai pas terminé. Oh ! Et aussi séduisante que vous soyez, vous préférez peut-être laisser ce tablier ici ?

Elle se regarda, puis se mit à rire de façon délicieuse.

— Je pourrais aussi décider de lancer une nouvelle mode ! s'exclama-t-elle. Mais non. Charlotte m'a fait promettre de me tenir le mieux possible lorsque je serais présentée à Mme Drummond-Burrell.

Ils sortirent par la même porte qu'à l'aller et regagnèrent la ruelle, où les attendait la voiture.

Nicole eut un sourire malicieux en prenant place sur la banquette, où Lucas vint la rejoindre.

— Vous devez savoir ce que votre valet et votre cocher s'imaginent à propos de ce que nous avons pu faire chez vous pendant tout ce temps, n'est-ce pas ?

— Et on dirait que cela vous amuse…

— Oui, je l'avoue. Car je sais aussi que les domestiques bavardent et il serait sans doute intéressant d'entendre leurs commentaires et leurs hypothèses quant au plateau que nous avons laissé dans la cuisine. Je suis sûre que vous allez marquer des points et les surprendre par vos prouesses romantiques.

— Ah, voilà ce qui vous amuse ! J'ai compris maintenant. Nicole, poursuivit-il en la regardant, mais sans parvenir à bien distinguer son visage dans l'obscurité, je vous remercie encore de ne pas m'accabler pour ce que j'ai failli faire, mais vous ne connaissez pas encore les conséquences de mon erreur.

— Mais bien sûr que si ! Lord Frayne est très en colère contre vous. Il craint sans doute aussi que vous n'essayiez de déjouer ses projets, qu'il s'était empressé de vous dévoiler, ce qui était incroyablement arrogant et stupide de sa part. Alors, comment allons-nous faire ? Pour contrer ses plans, je veux dire…

— *Nous*, Nicole ?

— Eh bien, oui, bien sûr. Pourquoi me raconter tout cela, sinon ? Vous n'avez pas voulu accepter mon aide la première fois, mais à présent vous êtes prêt à le faire, n'est-ce pas ?

Elle écarta le rideau. Il ne fit pas beaucoup plus clair dans l'habitacle, mais tout de même assez pour qu'il voie la curiosité et la détermination qui se peignaient sur le beau visage féminin.

— Je vous écoute, ajouta-t-elle.

— Avant tout, j'aimerais que vous me disiez ce que vous savez sur la mort de votre oncle et de vos cousins.

Il la vit écarquiller les yeux.

— Pourquoi me demandez-vous cela ?

Mon Dieu, cela n'allait pas être facile. Sa réaction lorsqu'il lui avait expliqué ses démêlés avec lord Frayne et les bêtises qu'il avait commises n'avait pas été celle qu'il redoutait. Sans doute pensait-elle avoir trouvé là l'aventure qu'elle était venue chercher à Londres. Mais maintenant que sa famille était concernée — par sa faute à lui —, elle y réfléchirait sans doute à deux fois avant de s'enthousiasmer.

— Parce que je vous ai impliquée dans l'histoire, parce que Frayne, qui est loin d'être un idiot, a compris que vous comptiez pour moi.

— Il vous a vu me faire des yeux de merlan frit, vous voulez dire, répliqua-t-elle. Je ne m'étais pas rendu compte que vous étiez aussi convaincant. Continuez !

— Nicole, tout cela est sérieux, terriblement sérieux ! insista Lucas. Il ne peut rien me faire qui n'ait déjà été fait. Si bien qu'il menace à présent de s'en prendre à votre famille si j'ose me dresser en travers de son chemin, tenter de l'arrêter, ou en parler à Dieu sait qui — car il n'est pas seul dans ce complot, c'est certain, ce qui signifie que je pourrais tout aussi bien m'adresser à l'un de ses complices.

Nicole garda le silence quelques instants en le fixant avec intensité.

— Vous avez vu Rafe cet après-midi. Ce n'était pas pour lui demander ma main, mais pour lui parler des menaces de Frayne.

— Exactement. Votre oncle, Nicole ! Dites-moi ce que vous savez à son sujet !

— Rafe ne vous a pas raconté ?

— Il m'a dit que le duc et ses fils s'étaient noyés au cours d'une tempête.

Elle baissa les yeux, évitant son regard.

— Oui, c'est ainsi que les choses se sont passées.

Lucas ressentit un frisson glacé le parcourir.

— C'est étrange. D'habitude, vous êtes pourtant une menteuse très crédible.

Elle releva le menton en signe de défi.

— Rafe n'est coupable de rien. C'est cela que lord Frayne vous a laissé entendre, n'est-ce pas ? Que Rafe avait quelque chose avoir dans la mort de mon oncle ?

— L'insinuation est une arme terrible. Les rumeurs, les commentaires se propageant de cercles en cercles… Si la mort de mon père m'a appris quelque chose, c'est bien cela. Je ne vais pas vous demander de me raconter ce qui s'est passé. Il me suffit de savoir que des questions restent en suspens, des questions qui mettent Rafe dans une position inconfortable. Et ce n'est pas tout…

— N'est-ce pas assez, déjà ? demanda Nicole, dont les yeux brillaient à présent dans la pénombre.

L'équipage rejoignit une file d'autres voitures, signe qu'ils arriveraient bientôt à destination. Lucas savait qu'il n'avait plus beaucoup de temps.

— Vous vous souvenez de cette soirée au théâtre ?

demanda-t-il. Vous vous souvenez que Frayne et votre mère étaient ensemble ? Ce n'était pas une coïncidence, Nicole. Frayne n'avait pas congédié sa maîtresse pour vivre une grande et belle romance avec votre mère. Il connaît sa réputation et il savait qu'il pouvait l'utiliser pour servir ses intérêts. Frayne n'est pas stupide. Il ne m'a pas fait confiance, il s'est donc préparé à l'éventualité que je change d'avis et que je refuse de l'aider.

La voix de Nicole dans l'obscurité se fit ténue, à peine audible :

— Dites-moi tout. Qu'a fait ma mère ? Comment nous a-t-elle trahis ?

— Frayne est en possession de lettres compromettantes écrites par elle.

Il s'interrompit, comprenant tout à coup que ces lettres étaient peut-être plus qu'une simple correspondance amoureuse.

— Nicole..., reprit-il. Vous avez prononcé le mot « trahir ». Votre mère pourrait-elle avoir commis l'imprudence de coucher noir sur blanc ce qui est arrivé à votre oncle et à vos cousins dans une lettre adressée à son amant ? Quelle qu'ait été la teneur de l'information ?

— Ma mère est capable de tout, répliqua Nicole d'un ton glacial. De tout, vous dis-je. Vous pensez que c'est ce qu'elle a fait ?

Lucas secoua la tête dans le noir.

— Non, répondit-il, pensif. Avec Rafe, nous supposions qu'il s'agissait de lettres d'amour. Mais maintenant que j'y pense, je n'en suis plus aussi certain. Et si c'est ce que je crains, c'est pire. Bien pire.

— Vous ne pouvez même pas l'imaginer... Ce qui est

arrivé à mon oncle et à mes cousins n'a rien à voir avec nous. Rien. Mais l'on pourrait très bien faire croire que…

Elle lui saisit la main et la serra au point de lui faire presque mal.

— Je vous repose la question : qu'allons-nous faire ?

— Le plus terrible, Nicole, c'est que vous avez raison. Même s'il m'en coûte, Rafe et moi-même avons reconnu que nous avions besoin de votre aide. Maintenant plus que jamais.

— Mais que puis-je faire ?

— Pour commencer, nous allons enlever votre mère.

Le linge contenant la viande et le fromage tomba des genoux de Nicole sans qu'elle le remarque.

— Pardon ?

La voiture ralentit, puis s'arrêta. Ils étaient parvenus devant la demeure des Drummond-Burrell.

— Nous n'avons plus beaucoup de temps, souffla-t-il, alors, s'il vous plaît, écoutez-moi attentivement. Demain, il faut que Lydia se débrouille pour que quelqu'un mette en malles toutes les affaires de votre mère. Il faut qu'à l'heure que nous aurons fixée, la femme de chambre de votre mère attende avec tous les bagages dans ma voiture de voyage, qui sera stationnée dans la ruelle derrière chez moi.

— Parce que Lydia participe elle aussi à l'opération ?

— Oui, car nous pouvions difficilement, dans son état, demander à votre belle-sœur de nous aider. Rafe m'a assuré que Lydia pourrait se charger de cela, pendant que vous, naturellement plus retorse et audacieuse — ce sont ses mots, pas les miens — vous vous occuperez de votre mère. Il faut que vous l'éloigniez de chez elle, que vous l'emmeniez quelque part en inventant n'importe quelle ruse, afin que je puisse entrer en scène à mon tour. Votre mère ne peut pas demeurer à Londres un jour de plus.

— Où va-t-elle aller ? Si Rafe l'emmène à Ashurst Hall, il ne pourra pas la ligoter dans son lit, vous savez ! Elle trouvera un moyen de revenir ici. Et ensuite, elle dira à tout le monde ce que vous lui avez fait.

— Rafe a eu une meilleure idée. Il l'envoie en Italie. Deux voitures partiront pour Douvres dès que tout sera prêt. Votre frère restera ici pour surveiller Frayne, qui n'est pas censé se douter que Rafe est dans la confidence, pendant que vous et moi nous assurerons que votre mère s'embarque bien demain soir comme prévu. Cela nous laissera le champ libre ensuite pour nous occuper de Frayne. Venez ! Nous devons descendre de voiture à présent. Votre frère et votre sœur sont sans doute déjà arrivés et ils doivent nous attendre.

— Est-ce que… est-ce que Lydia sait déjà ? demanda-t-elle au moment où la portière s'ouvrait.

— Rafe doit lui avoir parlé, à l'heure qu'il est. Nicole… Je suis vraiment désolé. Rien de tout cela ne serait arrivé si je ne m'étais pas laissé aveugler par ma soif de vengeance.

— Oui, je sais, répondit-elle en refusant sa main pour descendre, préférant celle d'un laquais en livrée. Je comprends vos motivations, Lucas, vraiment. J'aurais peut-être fait la même chose moi-même. Mais je vous le dis avec toute la sincérité dont mon cœur est capable : s'il arrive quoi que ce soit de dommageable à ma famille, je ne vous le pardonnerai jamais.

Chapitre 14

Nicole observait sa mère, qui se tenait devant le grand miroir d'un élégant magasin de Bond Street. Elle se tournait et se retournait pour examiner sous toutes les coutures le châle en cachemire qu'elle avait drapé autour d'elle, avec force poses et mouvements d'épaules.

Helen Daughtry était vraiment une belle femme.

Nicole se revoyait, enfant, assise les jambes croisées sur l'immense lit de Willowbrook, en train de regarder sa mère coiffer ses longs cheveux blonds, jouer avec ses fards et ses poudres, s'entraîner à sourire et à minauder devant la glace.

Physiquement, Lydia lui ressemblait beaucoup : mince, presque fragile, avec des yeux bleus comme un ciel d'été. Nicole, qui ne connaissait son père que par le portrait qui trônait au-dessus de la cheminée familiale, se demandait pourquoi elle avait eu le malheur d'hériter des cheveux corbeau de celui-ci et de sa tendance à l'embonpoint.

Parfois, sa mère laissait les jumelles jouer avec sa boîte à bijoux et se draper dans ses châles. Elle leur enseignait comment marcher, poser, flirter à l'aide d'un éventail et de regards faussement timides. Elles gloussaient en descendant l'escalier en colimaçon, en bas duquel les attendait un parterre de domestiques alignés comme s'ils étaient les invités d'un grand bal, avant de rejoindre le salon, où la table était toujours garnie de thé sucré et de petits gâteaux.

Nicole adorait sa mère.

Et puis, Helen disparaissait, souvent sans prévenir, pour ne revenir qu'accompagnée d'un homme — un de plus — qui soit les ignorait, soit, quand elles avaient commencé à prendre des formes, tentait de les entreprendre en cachette de leur mère. Le jour où Nicole avait mordu l'un d'eux, Lydia et elle avaient été expédiées pour la première fois chez leur oncle, le duc. Cela s'était si souvent répété par la suite que les domestiques n'avaient même plus pris la peine de défaire leurs bagages.

Et puis, Rafe s'était échappé en partant à la guerre, mais Nicole et Lydia avaient dû continuer à subir les caprices de leur mère. Lydia se réfugiait dans les livres, transportant son monde avec elle partout où elle allait. Elle ne faisait jamais de bruit, tout le monde la trouvait sage et raisonnable et on l'ignorait.

Mais pas Nicole. Elle, nul n'aurait pu l'ignorer ! Elle grimpait aux arbres, galopait sur sa jument à bride abattue, provoquait, flirtait, jouait des tours pendables à tout le monde. Elle bravait toutes les interdictions, osait tout. Elle ne reculait jamais. Et elle ne laissait jamais personne lui faire du mal ni oublier son existence.

— Il vous va à ravir, assura-t-elle à sa mère, qu'elle trouvait en réalité d'un ridicule achevé. Vous devriez l'acheter.

— Il est très cher, répondit Helen Daughtry, avant de hausser les épaules. Mais j'oubliais que mon fils le duc est très riche. Et es-tu certaine que Rafael a dit que je pouvais acheter tout ce que je désirais ?

— Oui, maman. Il compte sur ces petits présents pour se faire pardonner de vous avoir un peu négligée ces derniers mois. Nous savons qu'il a été terriblement occupé, entre Ashurst Hall et la grossesse de Charlotte. Et aussi nos débuts en société, à Lydia et à moi, bien sûr. Mais Charlotte lui a répété que sa maman devait toujours passer en priorité.

— La chère enfant ! s'exclama Helen en tendant le châle à la vendeuse, tout en inspectant déjà une petite table garnie de réticules précieux.

— J'ai souvent dit à Rafe à quel point j'étais enchantée qu'il l'ait choisie comme épouse.

Nicole ne put se retenir :

— Ah bon ? Je ne crois pas avoir été jamais présente quand vous lui avez dit cela. En revanche, je me souviens bien vous avoir entendu lui reprocher cette mésalliance, alors qu'avec son statut et sa fortune il aurait pu prétendre à une tout autre épouse qu'à une créature sans titre ni dot.

Sa mère la foudroya du regard.

— Tu te trompes. Je n'ai jamais rien dit de tel. Tu es vraiment mauvaise !

Telle mère, telle fille, songea Nicole, avant de se reprendre.

— Pardonnez-moi, maman. Vous savez, je pense que ce réticule en argent serait un bon choix. L'argent va très bien avec le rose.

— Tu trouves ? D'habitude, je ne porte que de l'or.

— Oui, répondit Nicole en faisant en sorte que son sourire paraisse forcé, comme si elle essayait d'être polie. Je sais.

Le réticule en argent fut fièrement brandi, avant d'être

saisi au vol par la vendeuse, qui s'inclina de plaisir avant d'ajouter l'objet à la pile qui grandissait sur le comptoir. Le subterfuge reviendrait cher à Rafe, mais ces heures passées à écumer Bond Street laisseraient à Lydia le temps de superviser les préparatifs du grand départ.

— Vous, là ! lança Helen à la vendeuse. Nous désirons des rafraîchissements. Nous allons nous asseoir ici, dans ces fauteuils, et vous pourrez nous montrer le reste de votre marchandise. Je suis particulièrement intéressée par la soie française.

— Fatiguée, maman ? demanda Nicole alors que sa mère relevait un pan de ses jupes pour se laisser tomber avec grâce dans le fauteuil voisin de celui où Nicole était déjà assise.

— A dire vrai, mes chaussures me font souffrir, avoua Helen en attrapant l'une des petites boîtes à priser disposées sur une table toute proche. Personne ne prise plus, de nos jours. Quelle détestable habitude ! Mais ces boîtes sont tout de même jolies, n'est-ce pas ?

Nicole regarda, consternée, sa mère glisser discrètement la boîte dans son corsage.

— Mère !

— Oh ! Ferme la bouche, Nicole, avant qu'une mouche n'y élise domicile. La vendeuse est partie nous chercher à boire. Et puis, tout le monde le fait. Maintenant, parle-moi du marquis. Tu ne l'as toujours pas laissé approcher, n'est-ce pas ? Je l'ai vu te regarder et il paraît toujours plus affamé que repu.

— Maman, s'il vous plaît ! J'aimerais autant que nous ne parlions pas du marquis.

— Oui, oui, tu t'acharnes à paraître prude et vertueuse. Fort bien. Mais tu n'es pas ta sœur, n'est-ce pas ? Tu me ressembles plus que tu le souhaiterais, non pas physiquement, mais de caractère, et cela, tu ne veux pas l'accepter, n'est-ce pas ?

« Mais, écoute-moi, ma fille, parce que je sais ce dont tu as envie, je sais ce qui t'empêche de dormir la nuit, les désirs qui t'habitent. Si cet homme brûle à ce point de t'approcher, mon conseil, c'est de le laisser faire. J'y ai bien réfléchi et, d'après sa réputation, je lui fais confiance pour savoir qu'il t'épousera une fois qu'il t'aura touchée.

— Je t'ai déjà dit que je ne souhaitais pas…

Mais Helen poursuivit son discours sans se soucier des protestations de sa fille.

— En outre, sache que la virginité n'est pas une vertu, ma chère. Elle ne fait que nous priver des plus grands plaisirs, tout du moins si le monsieur est un minimum compétent. Ah oui, comme monnaie d'échange, l'hymen a une certaine utilité, mais il y a toujours un moyen de faire croire à un homme qu'il a eu ce qui n'existait déjà plus. Et je te promets que tu ne regretteras pas ce sacrifice. Moi, je ne l'ai pas regretté, en tout cas.

Nicole se leva, prise de l'envie soudaine de s'enfuir en courant et en hurlant. Sa mère était horriblement grossière. Mais pire que cela, Nicole sentait bien que les paroles licencieuses qu'elle venait d'entendre s'insinuaient en elle et qu'elles n'allaient pas cesser de la travailler durant les heures à venir.

— Vous ne devriez pas me parler de ces choses-là, dit-elle en se rasseyant, une fois que la vendeuse eut déposé sur la table une théière et deux tasses en porcelaine et se fut de nouveau éclipsée.

— Allons donc ! Quelle est la personne la mieux

placée pour te dire la vérité et t'expliquer la vie, sinon ta propre maman ?

Elle se pencha vers Nicole pour enchaîner :

— Tu as dix-huit ans passés, Nicole, tu te poses des questions depuis trop longtemps. J'essaie juste de t'aider, ma chérie.

Puis elle se leva et apostropha la vendeuse :

— Vous, là ! Nous en avons terminé. Faites envoyer mes achats, ainsi que la note à Grosvenor Square.

Nicole regarda la pile des paquets, puis le thé qu'elles n'avaient pas touché.

— Non, mère ! En fait, je pense que nous devrions emmener vos achats avec nous.

— Pourquoi donc ? Je les recevrai demain au plus tard. Je peux bien attendre jusque-là.

— Mais… vous n'avez plus soif ? Vous avez réclamé du thé.

— J'avais réclamé des rafraîchissements et cette idiote nous a apporté du thé, nuance ! corrigea Helen. Cette franche discussion m'a donné envie d'un bon verre de vin. Tous mes autres achats sont déjà dans la voiture de Rafe. Je peux bien me passer de ces dernières petites choses.

Nicole regarda une nouvelle fois les paquets empilés et décida que sa mère pouvait très bien voir l'Italie sans cet affreux châle rose.

— Très bien. Je pense que nous pouvons nous mettre en route alors. Dès que vous aurez reposé cette boîte à priser.

Helen leva les yeux au ciel.

— Juste quand je commençais à me dire que ton cas n'était peut-être pas aussi désespéré que je le craignais, se lamenta-t-elle en soupirant, avant de se diriger vers la porte.

Le soulagement de Nicole fut palpable lorsque, une fois dehors, elle aperçut Lucas qui, au coin de la rue, faisait mine de s'intéresser à une vitrine. Sa présence signifiait que Lydia avait accompli sa mission et que la voiture chargée des bagages était déjà en route pour Douvres.

A présent, il était temps que sa mère se mette en chemin à son tour.

Nicole grimpa en voiture la dernière. Le trajet serait long et il fallait espérer que sa mère, qui s'était installée en sens contraire de la marche, ne serait pas malade.

— Tu sais, ma chérie, j'ai passé une matinée très agréable avec toi. Ce n'est pas souvent que nous nous retrouvons seules toutes les deux.

Nicole se sentit prise de remords en songeant que sa mère ne tarderait pas à découvrir le motif de ce tête-à-tête. Comment lui expliquerait-elle la chose ? Et pourquoi n'y avait-elle pas réfléchi plus tôt ?

— Oui, c'était très agréable pour moi aussi, assura-t-elle.

Helen arrangea ses jupes afin qu'elles ne soient pas froissées.

— Bien sûr, je préfère la compagnie de Lydia, qui a toujours été une enfant plus facile, mais au moins, les gens ne nous comparent pas, toi et moi. Il est bien préférable que tu sois brune comme ton père lorsque nous sommes ensemble : par contraste, tes cheveux bruns et ta peau mate font ressortir la blondeur de mes cheveux et mon teint de porcelaine !

A ces mots, Nicole eut comme l'impression de recevoir une gifle.

— Nous ne rentrons pas à Grosvenor Square, lança-t-elle, hargneuse, en se demandant ce qui avait bien pu lui passer par la tête quelques minutes plus tôt, lorsqu'elle avait eu des pensées charitables pour ce monstre. Une voiture remplie de vos affaires, et avec votre femme de chambre à son bord, est déjà en route. Nous vous emmenons à Douvres, nous vous faisons monter de force sur un navire et nous vous envoyons en Italie pour au moins un an, et plus si vous n'êtes pas sage. Rafe est en ce moment même en train de s'occuper de tout avec ses banquiers. Vous aurez un toit, une rente, et tout ce dont vous aurez besoin.

Sa mère ouvrit et referma plusieurs fois la bouche, les yeux écarquillés, évoquant un poisson en train d'agoniser hors de l'eau.

— Que viens-tu de me dire ?

— Vous m'avez bien entendue. Vous avez écrit des lettres et vous n'en écrirez plus, sinon, Rafe supprimera votre rente, et ce que vous pourrez devenir en Italie nous sera bien égal.

— Comment osez-vous ! J'exige que cette voiture s'arrête tout de suite ! M'as-tu entendue ?

Helen se leva comme une furie et voulut tirer sur la corde servant à alerter le cocher en cas d'urgence, mais Nicole réagit aussitôt et la repoussa vivement. Sa mère retomba sur la banquette de velours.

— Asseyez-vous ! cria Nicole. Et je vous le jure, maman, si vous ne restez pas tranquille, je prendrai l'un des pistolets que vous voyez dans cet étui, à côté de moi, et je le pointerai sur vous, armé, jusqu'à ce que vous compreniez que je parle sérieusement. Et alors vous n'aurez plus qu'à prier pour que les suspensions de cette voiture soient en bon état et que le cocher évite les ornières de la route.

Lady Helen Daughtry, qui avait connu son lot de succès et son lot — conséquent — d'échecs, sembla réfléchir quelques instants.

— Tu as dit « des lettres » ? Tout ceci a donc un rapport avec lord Frayne, n'est-ce pas ?

— Lui avez-vous oui ou non écrit des lettres ?

Helen haussa les épaules.

— Oui, nous avons dû correspondre… Des tendres mots d'amour laissés avec une rose sur mon plateau de petit déjeuner, précisa-t-elle, le sourire aux lèvres. C'est un coquin, sais-tu… Si coquin qu'il m'a demandé de brûler les lettres qu'il m'a envoyées. N'est-ce pas romantique ?

— Des « tendres mots d'amour » ? Et c'est tout ?

— Il doit y avoir eu aussi deux ou trois autres lettres, écrites à diverses occasions. Il était un ami très proche de feu ton oncle, tu sais. Je pense que je lui ai peut-être écrit à quel point il était terrible que mon beau-frère et mes très chers neveux aient été tués par…

— Ils se sont noyés, l'interrompit Nicole.

Helen sourit.

— Oui, si c'est ce qu'il faut dire, c'est ce que je dirai. Ils se sont noyés. Mais vous auriez tout de même pu me prévenir.

— C'est ce que nous avons fait. A maintes reprises.

— Ah oui ? Je ne m'en souviens pas.

Puis elle fouilla dans son réticule et en extirpa une petite flasque de verre et argent filigrané, qu'elle déboucha.

— Eh oui, du gin, ma chérie ! La ruine du peuple ! Mais il est bon marché et redoutablement efficace. Sans lui, comment tenir ? J'espère seulement que Giselle aura eu la présence d'esprit d'en mettre quelques dizaines de bouteilles dans mes bagages.

Nicole regarda, consternée, sa mère boire directement au goulot et avaler plusieurs longues gorgées d'affilée.

— Voilà, ça va déjà mieux, déclara Helen en rebouchant la bouteille. En Italie, tu as dit ? Là-bas, les gens parlent une langue étrangère, n'est-ce pas ?

La nuit était tombée.

Après deux haltes rapides pour se restaurer, trois changements de chevaux — et autant de visites dans la salle de tavernes pour remplir la précieuse flasque —, la voiture de Rafe arrivait sur les quais de Douvres, où stationnait déjà un attelage portant les armes du marquis de Basingstoke.

— Oh-oh, de mieux en mieux ! s'exclama Helen Daughtry en sortant de voiture. Et où est notre bon marquis ? En train de réserver une suite nuptiale dans l'une des auberges que nous avons dépassées ? Eh bien, toutes mes félicitations, ma chérie !

Nicole, qui avait passé une grande partie de la journée à se demander où se trouvait Lucas, fit semblant de ne pas avoir entendu sa mère.

Elle s'appliqua plutôt à humer l'odeur propre et fraîche de la mer portée par la forte brise venant de la Manche et qui, par bonheur, venait chasser les vapeurs délétères du gin qui lui avaient donné la nausée. Une fois qu'elle se sentit mieux, elle se concentra sur le spectacle étonnant de tous ces bateaux amarrés tête-bêche, coque contre coque dans le port, comme pour se protéger mutuellement de la marée du soir.

Tout autour, régnait la plus grande agitation, mais elle

n'entendit presque plus rien de ce vacarme — auquel se rajoutaient les cris des oiseaux marins — lorsque Lucas surgit de derrière la voiture pour lui murmurer à l'oreille :

— Vous ne l'avez pas étranglée ? Toutes mes félicitations pour votre force de caractère et votre patience, ma chère !

— Lucas !

Elle lutta contre l'envie presque intolérable de se jeter dans ses bras et de le supplier de pousser sa mère à bord du bateau le plus proche, puis de la laisser couper elle-même les cordages qui le maintenaient à quai.

— Où étiez-vous ?

— Jamais plus loin qu'à un souffle de vous, sur le dos de Tonnerre, à qui était attachée votre Juliet. Je vous ai devancées, pour m'occuper de vos collations et de vos chevaux. Les bagages de votre mère et sa femme de chambre ont déjà embarqué. Hé !

Il s'écarta d'elle pour rattraper par les épaules Helen, qui titubait dangereusement.

— Eh bien, lady Daughtry. Seriez-vous fatiguée du voyage ?

— Son étourdissement a d'autres causes, j'en ai peur, soupira Nicole. Ce trajet fut l'épreuve de ma vie.

Lady Daughtry sourit faiblement à Lucas, avant de pointer son doigt en direction de son visage.

— Ne croyez pas que je n'aie pas tout compris, monsieur. Allez, amusez-vous bien, tous les deux ! Vous avez ma bénédiction. Mais n'oubliez pas que je suis sa mère, même si elle me déteste.

Ses lèvres se mirent à trembler et une larme coula sur sa joue.

— Avec raison, d'ailleurs.

— Mère, s'il vous plaît, arrêtez ! supplia Nicole.

— Vous voyez ? Toute ma vie, je n'ai voulu qu'une chose : le bien de mes enfants. Toute ma vie.

Elle secoua la tête.

— Non, c'est un mensonge. Toute ma vie, je n'ai jamais pensé qu'à moi. Et à moi seule. Mais vous allez l'épouser, vous m'entendez ?

— C'est dans mon intention, madame, assura Lucas, alors que Nicole leur tournait le dos. Mais il est temps pour vous d'embarquer.

— Nicole ? Trésor ? Tu ne veux pas dire au revoir à ta maman ? demanda Helen d'une voix plaintive et mal articulée.

Nicole ne bougea pas. Les bras fermement croisés, elle se mordait les lèvres, pendant que la brise violente rabattait ses jupes contre l'arrière de ses jambes.

— Eh bien, ce n'est pas grave, poursuivit lady Daughtry, d'un ton triste mais résigné. Monsieur le mparquis, votre bras, s'il vous plaît.

— Avec plaisir, madame, répondit Lucas. Restez ici, Nicole. Je reviens tout de suite.

Nicole hocha la tête pour montrer qu'elle avait entendu et demeura immobile, ne doutant pas un seul instant du bien-fondé de son attitude. Sa mère était grossière, sans moralité. Sans vergogne, elle avait négligé ses enfants durant toute leur vie et les avait mis dans l'embarras quand elle avait enfin daigné se souvenir de leur existence. Maintenant elle vieillissait et devenait désespérée. Elle était pitoyable, elle qui s'accrochait à l'époque révolue de sa jeunesse, sans comprendre qu'à son âge les plaisirs étaient réprouvés par la bonne société. Non, il n'y avait rien que Nicole admirait chez cette femme. Rien.

Puis, tout à coup, elle se mit à courir, non pas pour s'enfuir, mais en direction du bateau. A courir et à appeler sa mère, pour la rattraper juste avant qu'elle ne monte sur le pont.

Elle enlaça Helen Daughtry et la serra contre elle.

— Bon... bon voyage, maman, dit-elle en lui déposant un baiser sur la joue.

— Ma chère fille, répondit Helen en l'embrassant à son tour. Tout ira bien, ne t'en fais pas. Très bien, même. Comme toujours. Je vous écrirai ! conclut-elle de son rire cristallin.

— Mère ! la réprimanda Nicole, qui ne plaisantait qu'à moitié.

— Bah, tu es la seule à m'avoir jamais comprise ! assura sa mère. Je me tiendrai bien, c'est promis. Sachez que je n'ai jamais voulu faire de mal à personne. Jamais.

— Je le sais, répondit Nicole en chassant ses larmes. Je vous aime, maman.

— Oui, oui, acquiesça lady Daughtry d'un ton brusque en essuyant à son tour ses larmes. Maintenant, file ! Un fort bel homme est monté à bord juste devant moi. Je ne peux pas le laisser me voir pour la première fois avec des yeux tout rouges, tout de même. File... Ta maman s'embarque pour une grande aventure !

Chapitre 15

Lucas n'ouvrit pas la bouche lorsqu'il ramena Nicole à la voiture et qu'ils grimpèrent à bord. Le cocher, de toute façon, connaissait déjà leur destination.

Assise dans un coin, la tête tournée vers l'extérieur, Nicole reniflait.

Lucas avait de la peine pour elle. Cela n'avait pas dû être facile de grandir en étant la fille de la légère et flamboyante Helen Daughtry. Mais les enfants aimaient toujours leurs parents, même quand ceux-ci les décevaient. Lui-même avait aimé son père, même quand il l'avait pris pour un traître.

Il avait cessé de l'estimer, mais pas de l'aimer. Nicole pouvait ne pas aimer la façon dont vivait sa mère, mais ele l'aimait, elle, à coup sûr.

— Tout ira bien pour elle, déclara-t-il.

— Je sais. Quoi qu'elle fasse, elle réussit toujours à s'en tirer. Je… je me disais juste qu'elle allait sans doute devoir apprendre l'italien. Et il y a fort à parier qu'elle rentrera l'an prochain en Angleterre au bras d'un nouvel époux italien. Elle sera la seule à ne pas le comprendre, mais cela ne les dérangera ni l'un ni l'autre.

Lucas sourit dans la pénombre de l'habitacle.

— *Amor regge senza legge,* murmura-t-il. L'amour ne connaît pas de lois.

— Ah, vous êtes extraordinaire ! s'esclaffa Nicole en lui passant les bras autour de la taille. Vous parvenez toujours à me faire retrouver le sourire. Où allons-nous ? Vous avez dit que vous aviez amené Juliet.

— J'ai pensé que vous aimeriez respirer le grand air après toute une journée passée en voiture. Lydia vous a préparé quelques affaires, dont votre tenue d'amazone. Nous n'allons pas faire tout le trajet du retour à cheval, mais nous devrions pouvoir nous accorder un petit galop de temps en temps. Nous prendrons notre temps et passerons deux nuits en route. Rafe ne nous attend pas immédiatement.

Elle finit par tourner la tête vers lui.

— Maman, Rafe, sans doute aussi Charlotte et même Lydia maintenant… Pourquoi se sont-ils tous donné le mot pour me pousser dans votre lit ? demanda-t-elle, avant de tressaillir, comme si elle se rendait compte de ce qu'elle venait de dire.

— A la décharge de votre sœur, quelqu'un lui a raconté que je possédais une petite propriété dans le Kent et elle pense que nous allons rendre visite à ma mère, censée y séjourner en ce moment.

— Rafe a menti à Lydia ?

— Non, c'était Charlotte, je crois. Mais, là encore, votre frère et votre belle-sœur ne savent pas que vous vous êtes mise à me détester. Ils pensent toujours que nous allons nous marier.

— Je ne vous déteste pas, répondit-elle à voix basse. Je vous l'ai dit : je comprends pourquoi vous avez agi de la sorte, ou, du moins, pourquoi vous vous pensiez capable de faire ce à quoi vous avez finalement renoncé.

— Mais j'ai aussi réussi à mettre votre famille en danger. Cela, je le comprends parfaitement.

— Vraiment ? Je ne pense pas que vous le puissiez, pas en ignorant ce que moi, je sais.

Lucas attendit qu'elle poursuive, mais n'en fit rien.

— Rafe m'a raconté ce qui s'était passé le jour de la mort de votre oncle et de vos cousins, reprit-il enfin. Je sais que cette information, si elle tombait entre de mauvaises mains, pourrait être utilisée pour prouver son implication dans cette disparition, même s'il se trouvait à Paris à ce moment-là. Au mieux, il éclaterait un scandale dont aucun de vous ne pourrait se relever. Au pire ?

— Au pire, Rafe serait pendu, termina-t-elle en détournant de nouveau la tête. Tout ceci est ma faute. Si je n'avais pas accepté de participer à votre plan sans vous demander pourquoi vous réclamiez mon aide…

Lucas se rendit compte qu'il serrait la mâchoire.

— Vous vous accusez ? Nicole, c'est absurde !

— Je suis souvent absurde, assura-t-elle en soupirant. Mais c'est la vérité, ne le voyez-vous donc pas ? Si vous m'aviez parlé de votre père et de ce que lord Frayne attendait de vous, j'aurais pu vous dire que c'était au-dessus de vos forces, malgré les promesses qu'il aurait pu vous faire. Je vous ai vu avec ces soldats. Vous n'auriez jamais pu faire quoi que ce soit qui puisse leur causer du tort, ni à eux, ni à aucun de leurs amis. Jamais.

Lucas songea à Johnny et à ses compagnons, désormais en sécurité loin de Londres, mais décida de ne pas révéler à Nicole ce qu'il avait fait pour eux. Il ne voulait avoir l'air de se mettre en avant. Toutefois, elle avait raison.

Quelque part au fond de lui, il aurait dû savoir que, mis au pied du mur, il n'aurait jamais pu jouer les agents provocateurs au profit de Frayne.

Il s'était menti à lui-même en faisant semblant de croire que pour découvrir qui avait trahi son père et détruit sa mère, il devait mettre de côté toute autre considération.

— Vous avez raison. J'aurais dû vous le dire. Prononcer ces mots à voix haute, surtout devant vous, m'aurait aidé à comprendre que je faisais passer mes désirs avant ma conscience. J'aurais dû vous écouter quand vous m'avez demandé de tout vous raconter.

Elle se tourna vers lui dans la pénombre de la voiture et, à la grande surprise de Lucas, lui sourit.

— J'ai toujours raison, Lucas. Sauf quand j'ai tort. J'ai eu tort d'accepter de vous aider alors que vous refusiez de me dire pourquoi vous aviez besoin de mon aide.

— Pourquoi l'avez-vous fait, alors ?

— Parce que j'avais envie d'être avec vous. Bien sûr, l'excitation et l'aventure m'intéressaient et puis je voulais découvrir votre secret. Mais, avant tout, j'avais envie d'être près de vous. Voilà, je l'ai dit ! Dans cette histoire, nous avons tous les deux nos raisons et notre part de responsabilités. Ma mère est en ce moment en route pour l'inconnu et Rafe est en danger. Et il ne nous reste plus à tous les deux qu'à trouver une solution pour dénouer la situation, puisque c'est par notre faute que tout est arrivé. C'est pourquoi je pense que nous ne devrions pas nous faire la guerre.

Dieu, elle était incroyable ! C'était la femme la plus incroyable qu'il ait jamais rencontrée…

— Nous étions en train de nous faire la guerre ?

Elle haussa les épaules.

— Moi, oui. Je vous détestais pour ce que je vous avais aidé à faire. Vous n'aviez pas remarqué ? De toute évidence, je vais devoir apprendre à me montrer plus féroce. Oh ! nous nous arrêtons. Au fait, vous ne m'avez pas dit où nous allions.

— Nous sommes à l'auberge du Grand Portail, sur la route de Douvres, près de Canterbury. Je m'y suis arrêté tout à l'heure et j'ai réservé deux chambres et une salle à manger privée. Avez-vous faim ?

— Terriblement ! Je n'ai rien pu avaler de la journée. Vous avez dit deux chambres ?

— Oui, j'ai pensé que c'était préférable. Mais maintenant, je me demande comment nous allons expliquer l'absence de votre femme de chambre ou d'une quelconque compagnie féminine. Ce n'est pas parce que nous sommes partis pour l'aventure que nous ne devons pas protéger votre réputation. De toute évidence, je ne m'y entends pas autant en intrigue que j'aurais aimé le croire.

Nicole haussa les épaules.

— Bah, ne vous inquiétez pas pour cela ! N'oubliez pas : je me suis entraînée toute ma vie et je suis une menteuse extrêmement convaincante.

— La plupart du temps, corrigea-t-il, alors qu'il se sentait le cœur de plus en plus léger, ce qui était ridicule, étant donné les problèmes qui les attendaient encore.

— Oui. Vous, vous semblez capable de percer mes petits mensonges à jour. Il faut que je garde cela à l'esprit.

— En même temps, vos petits mensonges, je les aime beaucoup.

Le valet ouvrit la portière et Lucas offrit son bras à Nicole.

— Voyons voir ce que vous allez être capable d'inventer, cette fois. Vous voulez bien ?

— Pourquoi pas. Il faut que personne ne nous approche de trop près, c'est cela ? Que personne ne nous pose de questions ? Que nous poussions les gens à se comporter comme les vendeuses des magasins où nous nous sommes rendues aujourd'hui et qui ont fait tout leur possible pour éviter maman ? Je vous jure, Lucas, l'une d'elles s'est littéralement cachée sous une table. Oui, je devrais y arriver. Je serai ma mère dans ce qu'elle a de plus autoritaire. Et elle est vraiment capable de se montrer très autoritaire, vous savez.

Lucas prit un air faussement apeuré.

— Merci de me prévenir.

— Je vous en prie. Avez-vous vu l'aubergiste tout à l'heure ?

Il secoua la tête.

— Non, j'ai préféré ne pas laisser les chevaux seuls. Tonnerre avait à plusieurs reprises essayé de mordre le garçon d'écurie. Je lui ai fait passer un mot, ainsi que quelques pièces de monnaie. Ah, j'oubliais… Nous sommes M. et Mme Paine. Je doute que quiconque ici puisse reconnaître mes armes, qui figurent sur ma voiture, donc nous ne risquons rien.

— Très bien. Je crois que je suis prête, monsieur Paine.

Nicole releva la capuche de son manteau pour parcourir la courte distance séparant la voiture du grand bâtiment à la façade blanche. Elle s'arrêta devant la porte fermée, leva la main droite au-dessus de sa tête et, avec autorité, claqua deux fois des doigts, sans doute pour lui signifier qu'il devait la précéder et lui ouvrir la porte.

Il comprit tout de suite qu'il allait devoir jouer le rôle de l'époux soumis. Elle ne lui épargnerait donc rien !

Une fois à l'intérieur, elle passa devant lui et se dirigea vers le vestibule éclairé à la bougie, où l'aubergiste, debout derrière un comptoir, était en train de tourner les pages d'un journal.

Avant que Lucas ne puisse prononcer un mot, elle rejeta son capuchon en arrière. Il vit alors son beau visage, tandis qu'elle parcourait le vestibule des yeux avec une expression de dédain si parfaite qu'il dut mettre la main devant sa bouche pour ne pas éclater de rire et gâcher ainsi toute la mise en scène.

— C'est donc cela, mon époux, l'auberge que vous avez choisie pour une femme s'apprêtant à passer une semaine éprouvante — je dis bien une semaine — en compagnie de votre mère ennuyeuse à mourir et de ses chiens ? La dernière fois, ils ont osé s'oublier sur mes pieds. Sur mes pieds ! Et tout cela sans la présence de ma femme de chambre pour m'aider et me soutenir. Cette éruption de boutons n'était pas si terrible, pourtant. Etions-nous vraiment obligés de la laisser à… où diable l'avons-nous laissée, déjà ?

— A Smardon, très chère, répondit Lucas, citant un nom de ville au hasard.

Sans doute alertée par le tapage, une femme rondelette fit alors son apparition dans le hall et regarda Nicole avec un mélange d'incrédulité et de curiosité.

— Nous la récupérerons sur le chemin du retour, comme je vous l'ai promis, compléta-t-il.

— Vous m'aviez aussi promis que votre domestique veillerait à nous trouver une auberge de première catégorie, rétorqua Nicole. Cela vous paraît-il être une auberge de première catégorie ? A moi, en tout cas, non. J'étais censée passer quelques jours tranquilles dans une belle maison de campagne et, au lieu de cela, vous m'emmenez ici ? Tout cela parce que votre mère — une fois de plus — se croit à l'article de la mort !

— Je suis son fils unique, ma très chère, répondit Lucas, qui s'amusait comme un petit fou.

— Humm… Je suis surprise, d'ailleurs, que votre père ait osé l'approcher, ne serait-ce qu'une fois. Vous ! ordonna-t-elle en se tournant, l'air courroucé, vers l'aubergiste. Combien de temps avez-vous l'intention de me laisser patienter ici ? Ma chambre, tout de suite, et un bain, qui a intérêt à être prêt dans la demi-heure, avec quelqu'un pour m'aider. Votre femme, que je vois ici, ou l'une de vos filles, du moment que ce ne soit pas l'une de ces petites bécasses avec plus de cheveux que de cervelle ! Les aubergistes ont toujours une multitude de filles ; dans le lot, il y en aura bien une qui conviendra. Eh bien ? Ma chambre, monsieur ! Qu'attendez-vous ?

— Oui, oui, madame ! s'exclama l'aubergiste, qui bondit de derrière son comptoir en regardant Nicole comme si elle menaçait de lui couper la tête.

— Maud ? Maud ! Pour l'amour de Dieu, femme, conduis madame à sa chambre !

Puis, après avoir sauvé sa peau en sacrifiant son épouse, il retourna vite se réfugier à l'abri du comptoir.

— Je vais m'occuper de vos bagages, très chère, annonça Lucas en regardant Nicole grimper l'escalier derrière la femme de l'aubergiste, le menton si haut levé qu'elle ne devait pas voir les marches sous ses pieds. Epoustouflé par tant de talent, il réprima une envie d'applaudir.

— Vous devez être M. Paine, monsieur ? s'enquit

nerveusement l'aubergiste en s'épongeant le front avec un grand mouchoir tiré de son tablier de cuir.

— Malheureusement, oui, et je porte de mieux en mieux mon nom.

L'aubergiste fronça les sourcils, ne comprenant visiblement pas le trait d'humour.

— Peu importe, ajouta Lucas, oubliez ce que je viens de dire.

— Oui, monsieur. Deux chambres et une salle à manger privée, c'est bien cela ?

— Deux chambres, oui, Dieu soit loué. Dormiriez-vous dans la même pièce que ce monstre si vous n'y étiez pas forcé ? demanda Lucas d'homme à homme, en partie pour se faire pardonner son mauvais jeu de mots.

— Avec un bâillon, peut-être… mais, pardonnez-moi, monsieur, il ne m'appartient pas de répondre à cette question.

Lucas s'approcha de l'aubergiste, s'amusant sans doute plus qu'il ne l'aurait dû, et posa un coude sur le comptoir de bois.

— C'est ce genre de femmes trop belles qui vous abusent en vous faisant croire qu'elles sont différentes de ce qu'elles sont vraiment, lui murmura-t-il sur le ton de la confidence. Mais une fois que vous vous en rendez compte, il est trop tard.

— Aucune femme n'est celle que l'on croit, monsieur, si vous voulez mon avis, affirma l'homme. Souhaitez-vous aller prendre un verre dans la grande salle pendant que nous montons vos bagages ?

— Voilà une excellente idée, mon ami, fit Lucas en se redressant. Mais il me reste une chose à vous demander. Ma femme est pire encore lorsqu'elle a faim. Un dîner froid pourrait-il nous être servi, disons, dans une heure ? Avez-vous du jambon ? Ma femme adore le jambon. Mais pour l'amour du ciel, aubergiste, retirez le gras ou nous en entendrons tous parler !

— Maud y veillera. Votre femme ne verra pas un seul morceau de gras, monsieur !

— Parfait ! Je suggère que vous lui fassiez monter un plateau dans sa chambre. Quant à moi, je... je vais aller voir mon cocher et nos chevaux.

Lucas se félicita d'être parvenu à sortir de l'auberge sans avoir éclaté de rire. Dès qu'il fut dehors, en revanche, il s'appuya contre un mur pour laisser libre cours à son hilarité.

Non, personne ne leur poserait aucune question à l'auberge Grand Portail. Le personnel serait trop soucieux d'éviter Nicole pour se préoccuper de savoir dans quelle chambre elle dormait.

Nicole se laissa glisser dans l'eau chaude jusqu'au menton une fois que la femme de l'aubergiste eut été assez aimable pour l'aider à se laver les cheveux et à les attacher au sommet de sa tête. Elle ferma les yeux lorsqu'elle entendit la porte se refermer derrière la pauvre femme, qu'elle venait de chasser en se plaignant d'un ton excédé qu'elle n'aimait pas que l'on s'affaire autour d'elle pendant qu'elle prenait son bain.

Elle avait honte de son comportement, mais il fallait vraiment que la personne de l'auberge la fuie, plutôt que de la regarder en se posant des questions. Lucas n'aurait plus qu'à distribuer de généreux pourboires à tout le monde au moment du départ.

Il avait été formidable, songea-t-elle en soulevant la

grosse éponge pour s'asperger d'eau chaude. Il avait joué la soumission à la perfection et lui avait en cela rappelé les maris ou les prétendants de sa mère, quand cette dernière décidait de monter sur ses grands chevaux.

Il avait été assez délicieux de jouer la comédie. Mais, malgré tout, elle préférait être elle-même. C'était fatigant et presque triste d'être quelqu'un d'autre, quelqu'un qu'elle n'était pas.

Elle s'immobilisa, l'éponge levée au-dessus d'elle, lorsque la vérité lui apparut enfin.

Sa mère avait passé sa vie entière à jouer un rôle, se dit-elle, choquée que cette découverte ne survienne que maintenant. Mais si elle ne l'avait pas compris plus tôt, c'était sans doute parce qu'elle ne connaissait pas vraiment la véritable Helen Daughtry. Etait-ce la jeune mère ravissante et délicieusement parfumée qui s'amusait à habiller ses filles et à les faire belles comme si elles étaient invitées à un bal ? Ou bien la femme de plus en plus désespérée qui prétendait avoir aimé tous les hommes qu'elle avait séduits ?

Etait-elle le personnage grossier qui parlait de ses conquêtes dans les termes les plus crus, ou bien la malheureuse qui collectionnait les conquêtes parce que c'était la seule façon de se faire remarquer ? La seule façon de se sentir aimée ?

Sa mère avait toujours compté sur son apparence, sur son physique irréprochable, certaine que c'était tout ce qu'elle possédait. Il n'y avait donc rien d'étonnant à ce qu'elle évite à présent Lydia, qui était jeune et fraîche alors qu'elle, pour sa part, devait miser de plus en plus sur le maquillage et autres artifices.

Mariée de force à seize ans à un homme qu'elle ne

pouvait aimer, qui l'avait négligée et reléguée à la campagne pendant qu'il dilapidait au jeu tout l'argent qu'il possédait, pour finalement mourir et l'abandonner aux bons soins de son frère le duc, qui tenait les cordons de la bourse ; clairement méprisée par celui dont elle et ses enfants dépendaient, condamnée à l'oubli dans leur petite résidence décrépie de Willowbrook, elle avait fait tout ce qu'elle pouvait pour reprendre le contrôle de sa propre vie. Devait-on l'en blâmer ?

A sa place, Nicole aurait lutté comme elle, même si elle n'aurait pas utilisé les mêmes méthodes. Sa mère s'était lancée dans la quête frénétique — quête qui n'était toujours pas terminée — du prince charmant qui la sauverait et l'aimerait. Et Nicole, l'observant sans comprendre, avait déclaré qu'elle-même ne tomberait jamais amoureuse, qu'elle ne laisserait aucun homme décider de la vie qu'elle allait mener.

Elles étaient si différentes, et pourtant si semblables !

— C'est une femme qui a peur, murmura Nicole dans la pièce vide, son cœur — par ses battements effrénés — lui indiquant qu'elle ne se trompait pas. Elle a sans doute eu peur toute sa vie, qu'elle a passée à faire semblant, à ne jamais se sentir libre d'être elle-même, à toujours chercher à plaire, à prendre soin de choquer, à tout tenter pour se faire remarquer, pour se prouver qu'elle existait.

Elle appuya la tête contre le rebord métallique de la baignoire et soupira.

— Oh ! maman, je ne savais pas, je n'avais pas compris. Je suis désolée.

Nicole n'aurait su dire combien de temps elle resta dans la baignoire. Ce fut la sensation de froid, malgré le feu qui brûlait dans un poêle tout proche, qui la tira de sa torpeur.

Elle venait de se lever pour attraper une serviette, lorsqu'elle entendit quelques coups frappés dans un coin de la pièce et lorsqu'une porte qu'elle n'avait pas remarquée s'ouvrit.

Contre toute attente, ce ne fut pas la femme de l'aubergiste qui apparut.

— Lucas !

Nicole retomba dans la baignoire en éclaboussant tout autour d'elle et disparut sous l'eau, avec la serviette qu'elle tenait à la main. Elle ressortit la tête et les épaules et se battit un moment avec la grande serviette, dont le poids menaçait de l'entraîner de nouveau sous l'eau, pour finir par triompher et par s'en draper tout entière.

— Nicole ? Mon Dieu, est-ce que ça va ?

Elle cracha de l'eau et s'essuya les yeux avec un coin de la serviette mouillée.

— Espèce d'idiot ! Qu'avez-vous essayé de faire ? De me noyer ?

Elle continua de se frotter les yeux sans parvenir à les ouvrir, à cause de l'eau savonneuse qui piquait. Mais cela ne l'empêcha pas de percevoir l'amusement dans la voix de Lucas lorsqu'il déclara :

— Si telle était mon intention, je ne suis pas parvenu à mes fins. Je suis désolé. J'étais certain que vous seriez sortie du bain à l'heure qu'il est. J'ai vu la femme de l'aubergiste descendre lorsque j'ai quitté la salle de l'auberge.

— Je l'ai chassée, expliqua Nicole en soufflant sur une mèche mouillée pour se dégager le visage.

Comme elle avait de l'eau dans les oreilles, elle secoua

la tête dans l'espoir de les déboucher. Elle n'avait jamais été aussi mouillée de sa vie.

— Où êtes-vous ? demanda-t-elle en entrouvrant enfin les yeux et en le cherchant sans le voir.

— Derrière vous.

Elle poussa un cri étouffé et resserra la serviette qui, par chance, était très grande. Grâce à cela et à la baignoire, dont les parois étaient hautes, elle devait être à peu près convenablement cachée.

— Savez-vous que c'est la seule serviette ?

— Savez-vous que la chose dont j'ai le plus envie en ce moment, c'est de vous étrangler ?

— Eh bien, c'est rassurant. Une autre femme aurait pu défaillir en apprenant cela et risquer de se noyer. Mais pas vous, madame Paine. Vous avez les épaules solides et je vous en félicite.

Il éclata d'un rire si franc et si joyeux qu'elle lui aurait volontiers lancé la serviette en plein visage si elle n'avait pas eu peur de se retrouver nue devant lui.

— Avez-vous terminé ? Rien d'autre à ajouter ? Très bien. Maintenant allez me chercher une serviette sèche, s'il vous plaît. L'eau est de plus en plus froide.

A cet instant, elle perçut de nouveaux coups frappés à la porte, la grande, cette fois.

— Qu'est-ce que s'était ?

— C'était, très chère épouse, le bruit de quelqu'un qui frappe à la porte, sans doute pour nous avertir de l'arrivée de notre dîner. Dois-je ouvrir ?

Lorsqu'elle sortirait de cette baignoire, si jamais elle en sortait un jour, elle le tuerait vraiment.

— Oh non, ne vous donnez pas cette peine ! Je vous en prie, laissez-moi m'en occuper, répliqua-t-elle, sarcastique.

— Si vous insistez, répondit-il, avant de lui recommander de ne pas bouger et de la rassurer en lui expliquant qu'il n'y avait rien d'anormal à ce qu'un mari soit vu dans la chambre de sa femme alors qu'elle était nue.

— Ne prononcez pas ce mot, rétorqua-t-elle à voix basse sans cesser de chercher désespérément un moyen de se sortir de cette situation ridicule.

La seule idée qui lui vint fut de fermer les yeux, comme si cette réaction puérile pouvait la rendre invisible. Comme elle savait que cela ne fonctionnerait pas, elle finit par rouvrir les yeux et regarder derrière elle. Lucas n'était plus là.

Elle claquait des dents, à présent. Il l'avait laissée là, seule et transie de froid !

Il revint une minute plus tard.

Elle se retourna de nouveau et ferma une fois de plus les yeux.

— J'ai demandé que le dîner nous soit servi dans ma chambre, indiqua Lucas en avançant vers la baignoire. J'ai aussi réclamé d'autres serviettes.

— Et vous êtes fier et content de vous, n'est-ce pas ? Je suppose que vous attendez mes remerciements maintenant ?

L'une des serviettes pliées tomba dans l'eau du bain à ces mots.

— Lucas !

— Il m'en reste deux, déclara-t-il. Pas une de plus. Il faut peut-être que vous le sachiez avant de dire autre chose.

— Lucas, s'il vous plaît, plaida-t-elle d'une voix chevrotante, car elle était frigorifiée.

— Bon, je vais tourner la tête, et vous, vous allez vous lever et me laisser vous envelopper dans une serviette sèche.

— J'ai une meilleure idée. Vous pouvez poser la serviette sur la chaise où j'ai trouvé la précédente, quitter la pièce et, ensuite seulement, je sortirai de la baignoire.

Il eut un petit rire.

— Non, je préfère ma solution. Et, avant que vous ne disiez quoi que ce soit d'autre, n'oubliez pas, Nicole. C'est moi qui ai les serviettes.

— Tournez la tête *et* fermez les yeux, alors.

— C'est sans doute la première fois que nous parvenons à un accord total depuis que nous nous connaissons. Cela me porterait presque à croire que tout est possible. Parfait… Et surtout prenez garde à ne pas glisser.

Elle attendit qu'il eut déplié la serviette. Dieu merci, celle-ci était aussi très grande et elle la couvrirait jusqu'aux genoux. Puis, dès qu'il eut tourné la tête et fermé les yeux, elle se leva et se précipita dans la serviette.

Aussitôt, il l'entoura de ses bras pour l'envelopper complètement dans le linge. Il la souleva ensuite hors de la baignoire comme si elle était légère comme une plume et la garda un moment dans ses bras.

— Ah, comme vous sentez bon, lui murmura-t-il à l'oreille, avant de l'embrasser juste derrière cette même oreille. Mais vous avez un léger goût de savon.

De nouveau, remarqua-t-elle, elle se retrouvait avec les bras plaqués contre le corps et entravés, non pas par ses manches cette fois, mais par la serviette.

— Posez-moi à terre ! ordonna-t-elle d'une voix qu'elle aurait voulue plus affirmée.

— C'est ce qu'il faudrait que je fasse, en effet.

Il s'exécuta lentement et recula de quelques pas.

— Allez-vous réussir à vous débrouiller seule, maintenant ?

— Réussir à me sécher et à m'habiller, vous voulez dire ? demanda-t-elle en fuyant la lumière du feu pour aller trouver refuge derrière le lit. Pourquoi me posez-vous cette question ? Vous-même n'êtes pas capable de vous débrouiller tout seul ?

Il leva la main pour se gratter le sourcil, mais elle aperçut néanmoins son sourire.

— Touché, trésor ! Je vous attends dans ma chambre, où vous pourrez me rejoindre dès que vous serez prête. Il y aura du jambon. Sans gras.

— Oh. J'aime bien le gras, le bon gras bien brun.

Son estomac gronda et elle se demanda s'il l'avait entendu. Elle avait faim ! Et puis, elle était toujours transie de froid, surtout depuis qu'elle s'était éloignée du feu.

— Je… je vous rejoins bientôt.

Il s'inclina avec élégance — sans doute pour se moquer — et quitta la pièce en refermant soigneusement la porte derrière lui.

Nicole passa alors à l'action.

Pieds nus, elle retourna devant le feu, maintenant sa serviette en place d'une main, tout en essayant, de l'autre, d'ôter le ruban mouillé qui lui retenait les cheveux et qui gouttait désagréablement dans son dos.

La femme de l'aubergiste avait voulu déballer les affaires qui avaient été montées dans la chambre, mais Nicole l'avait chassée, de peur de ne plus réussir à jouer son rôle bien longtemps et d'éclater de rire.

Elle n'avait donc plus qu'à voir par elle-même ce que Lydia lui avait fait préparer.

Elle dénoua les lanières de cuir et ouvrit la petite malle, pour en sortir d'abord sa tenue d'amazone, puis une robe complètement boutonnée dans le dos. Elle n'allait pas pouvoir porter cela, cela commençait bien…

Nicole trouva ensuite des sous-vêtements, qu'elle posa sur le lit, puis poursuivit ses investigations. Et là, elle tomba sur une chemise de nuit de grosse cotonnade avec la robe de chambre assortie, qu'elle contempla avec horreur.

Ni l'une ni l'autre ne lui appartenaient. Elles étaient à Lydia, et sa sœur, c'était certain, ne devait les porter que lorsqu'elle était malade et qu'elle avait envie d'être au chaud et bien emmitouflée.

En d'autres termes, la chemise de nuit se boutonnait jusque sous le menton, recouvrait entièrement les bras et descendait jusqu'aux pieds. Un vrai linceul !

Toutefois, Nicole continuait d'avoir froid, même après s'être séchée. Elle devait donc s'habiller au plus vite. Le choix était simple : c'était soit le linceul, soit la seule robe que Renée ait daigné mettre dans ses bagages. Dans le second cas, elle devrait demander à Lucas de l'aider non seulement à la boutonner, mais aussi à la déboutonner au moment de se coucher.

— Tant pis, marmonna-t-elle en passant la chemise de nuit.

Ses mains disparurent sous les longues manches aux étroites bandes de dentelle blanche et, pour échapper à cette vision affligeante, elle enfila vite la robe de chambre qui, Dieu merci, était brodée de petites roses jaunes au niveau du corsage.

Nicole avait vu les tenues de nuit de sa mère et avait choisi les siennes avec soin sur Bond Street, ce qui lui avait permis de découvrir qu'elle adorait le contact de la soie et du satin sur sa peau. Lydia n'aurait-elle pas pu choisir son ensemble jaune ? Celui qui avait cette si belle dentelle vénitienne sur le corsage, les poignets et le col ?

Parfois sa sœur n'était rien qu'une… qu'une sœur.

Elle attrapa la dernière serviette sèche et la posa sur ses épaules afin que ses cheveux ne trempent pas la robe de chambre.

Jetant un dernier coup d'œil dans la malle, elle y trouva une petite boîte contenant sa brosse à dents et de la poudre, ainsi que ses peignes en argent et écailles de tortue. Les larmes aux yeux, elle démêla ses cheveux, tirant rageusement sur les nœuds, jusqu'à ce qu'elle retrouve une apparence à peu près humaine.

Puis, avant de se refroidir par les pieds, elle fourra un peigne dans la poche de la robe de chambre, traversa la pièce — en évitant le miroir qui lui montrerait à quel point elle était ridicule — et entra chez Lucas sans prendre la peine de frapper.

Chapitre 16

Lucas avait retiré sa veste — non sans efforts, parce qu'elle était coupée très près du corps et que, sans son valet, il était un peu perdu. Mais il n'allait certainement pas l'avouer à Nicole, qui jubilerait d'avoir vu juste à ce sujet !

Il s'était servi du tire-bottes pour ôter ses bottes, dont le beau cuir avait souffert, mais, là encore, il ne demanderait pas d'aide à Nicole après son commentaire perfide. Haussant les épaules, il retira sa lavallière et ouvrit les deux premiers boutons de sa chemise.

Il avait laissé sa robe de chambre de soie bleu foncé dans ses affaires pour ne pas l'effrayer. Il s'était déchaussé et c'était déjà bien assez.

Il avait eu à peine le temps de se laver le visage et les mains dans la bassine lorsqu'il entendit s'ouvrir la porte de communication entre les deux chambres. Il se retourna aussitôt et vit Nicole avancer, le menton levé, comme si elle le mettait au défi de dire quoi que soit.

Il se garda donc de tout commentaire et se contenta de s'asseoir devant la cheminée en éclatant de rire.

— Il me semble avoir déjà vu des armures moins protectrices, affirma-t-il, s'attirant un regard noir. Il vous suffisait de dire « non », Nicole. Je sais que nous sommes seuls, mais je n'allais pas me jeter sur vous.

— C'est à Lydia, déclara-t-elle en se dirigeant directement vers la table dressée devant la fenêtre. C'est elle qui vous dit non. Moi, je suis celle qui n'a pas encore trouvé le moyen de prononcer ce « non » devant vous. Cependant, si vous ne cessez pas de ricaner ainsi, cela risque de changer.

— Toutes mes excuses, répondit-il en se levant. Attendez, je vais vous aider.

Il la rejoignit près de la table et souleva les cloches en étain qui dissimulaient un beau morceau de jambon, un quart de meule de fromage fermier, une motte de beurre, une miche de pain et un petit bol de fruits rouges à la crème.

Nicole saisit une baie du bout des doigts et l'engloutit. Un peu de crème coula sur son menton.

Lucas dut lutter contre l'envie de se précipiter pour la lécher directement sur sa peau.

— Je crois que je vais me contenter d'un peu de jambon pour l'instant et que je le mangerai dans ma chambre, annonça-t-elle en se servant avec les doigts et en déposant une tranche sur une assiette. Il faut que je me sèche les cheveux, sinon je mouillerai mon oreiller, et mes cheveux seront toujours humides et emmêlés demain matin.

— Restez ici, ordonna-t-il en se préparant la même assiette, mais avec un morceau de fromage en plus. J'ai sonné pour que quelqu'un vienne enlever la baignoire. Lorsque ce sera fait, vous pourrez regagner votre chambre.

Elle ne s'était pas donné la peine de prendre couteau et fourchette et elle mangeait son jambon avec les doigts, mordant directement dans la tranche. Mon Dieu, quelle animalité… Il sentit un nœud se former dans son estomac. Elle mâcha quelques instants, puis dit :

— Vous n'allez pas me demander de rester ?

Que répondre à cela ? S'il disait non, il mentirait. S'il disait oui, il profiterait d'elle et de la situation. En même temps, il profitait d'elle et de la situation depuis le jour de leur rencontre : il était plus âgé, plus expérimenté et prétendument plus raisonnable.

— Les circonstances, finit-il par répondre. Ce sont les circonstances qui nous ont réunis ce soir. Cela ne signifie pas qu'il doive absolument se produire quelque chose dans cette chambre, Nicole.

Elle le dévisagea un long moment, puis prit son assiette avec elle et alla s'asseoir sur le tapis, devant la cheminée, en posant l'assiette par terre devant elle.

— Il faut que je me sèche les cheveux.

Il la regarda s'accroupir et pencher la tête vers le feu, de sorte que ses longs cheveux retombèrent sur un côté comme un tapis de soie noire. Elle se les épongea avec la serviette qui se trouvait encore sur ses épaules, avant de laisser celle-ci tomber et de sortir un peigne de sa poche.

Puis, comme si elle était seule, elle commença à coiffer cette splendide chevelure ébène en la soulevant pour l'exposer à la chaleur des flammes, dont les reflets vinrent danser dans les boucles brillantes.

Le nœud dans l'estomac de Lucas se serra davantage tandis qu'il la regarda accomplir cette tâche simple et ordinaire en la transformant, sous ses yeux éblouis, en un tableau de maître.

Nicole paraissait si virginale dans cette longue robe de chambre dont ne dépassaient même pas ses orteils !

Et pourtant, quand elle levait les bras, il distinguait clairement les contours de sa généreuse poitrine. Quant à son postérieur, il était particulièrement mis en valeur par la position agenouillée qu'elle avait adoptée et qui la faisait ressembler à une sirène perchée sur un rocher pour charmer les marins. Et les conduire à leur perte.

Il n'était pas Ulysse. Il n'avait pas de fidèles compagnons pour l'attacher au mât du navire et l'empêcher de succomber à cet appel. Il n'était qu'un homme, un pauvre hère qui rêvait de Nicole toutes les nuits depuis le jour où elle lui avait souri sur Bond Street, le laissant sans voix.

Il s'agenouilla à côté d'elle et lui prit le peigne des mains.

— Laissez-moi faire, dit-il, reconnaissant à peine sa propre voix, sans se soucier de tout ce que sa requête impliquait.

Elle donna un nouveau petit coup de tête et ses cheveux s'étalèrent comme un lourd rideau autour de ses épaules.

Ils étaient toujours humides, mais légèrement tiédis par le feu. Des frissons parcoururent Lucas lorsque ses doigts entrèrent en contact avec la masse sombre et soyeuse dans laquelle il fit glisser le peigne.

Nicole pencha la tête en arrière avec un soupir. Elle semblait prête à ronronner comme un chaton sous les caresses.

— C'est très agréable, dit-elle. Renée a la fâcheuse habitude de m'arracher les cheveux, alors, en général, je les peigne moi-même. Mais j'aime bien quand c'est quelqu'un d'autre qui le fait. Je me sens… cajolée. Je ne vais peut-être pas me les faire couper, finalement.

— Laissez-moi deviner. Là, je suis censé vous supplier de ne pas le faire, c'est bien cela ?

Comme cela avait presque été le cas quelques jours plus tôt, se souvint-il.

Elle pencha encore plus la tête en arrière, de sorte qu'il put voir son visage du dessus.

— Je n'aurais rien contre, en effet. Et si vous pouviez, tant que vous y êtes, ramper à mes pieds, ce serait même mieux. Ce n'était pas très gentil de votre part, vous savez, de me taquiner avec cette serviette. Mais je suis certaine que vous n'avez rien vu du tout.

— Vous croyez ?

Le peigne pris dans les cheveux, elle fit brutalement volte-face.

— Non, vous n'avez rien vu ! Je n'étais pas complètement debout quand vous avez ouvert la porte et ensuite, j'ai glissé, et… Lucas, cessez de bouger vos sourcils de cette façon. Quel âge avez-vous donc ?

— Très bien, je l'avoue : je ne regardais pas vers la baignoire, hélas, et quand vous avez crié mon nom, je me suis retourné juste à temps pour voir un immense jaillissement d'eau. On aurait dit un geyser.

Elle sourit.

— C'était spectaculaire, n'est-ce pas ? Le tapis était trempé et le restera sans doute toute la semaine. J'y ai déjà réfléchi — et vous aussi, sans doute — et je pense qu'il faudra vous montrer très généreux au moment du départ, demain matin.

— Pour faire oublier les mauvais traitements infligés par mon épouse acariâtre ? Je suis d'accord avec vous.

Elle prit le peigne dans ses cheveux.

— Attendez. J'adore ce que vous me faites, mais mes cheveux ne sécheront jamais de cette façon.

Elle reprit sa position agenouillée, mais en s'installant

face à lui, et inclina la tête. Ses longs cheveux retombèrent sur ses genoux à lui. La robe de chambre s'était légèrement relevée et, en regardant sur le côté, il put voir ses pieds et ses chevilles nus.

Apercevoir de petites parties de son corps était encore plus excitant que de l'avoir vue nue dans la baignoire. Car, un jour — un jour où il ne craindrait plus sa vengeance —, il faudrait qu'il lui avoue que non, il ne s'était pas privé de la regarder en entrant dans la pièce.

— Placez la serviette sous mes cheveux, s'il vous plaît, demanda-t-elle en lui souriant. Oh ! cessez de me regarder ainsi. Vous n'avez plus à me coiffer. Ils vont sécher tout seuls maintenant et nous allons pouvoir discuter. Je veux vous parler d'une chose. D'une chose que j'ai découverte tout à l'heure dans mon bain.

Il continua à jouer avec ses cheveux, les soulevant et les faisant glisser entre ses doigts, pour les regarda retomber lentement sur la serviette. En séchant, ils commençaient à onduler, ce qui l'intrigua davantage.

Bientôt, très bientôt, il ne réussirait plus à résister à l'envie d'enfouir le visage dans cette merveilleuse chevelure.

— Il y avait quelque chose à découvrir dans votre bain ? Un poisson ? Un crapaud ? Je ne crois pas avoir entendu de coassement. Un grand cri et un glouglou ou deux, mais pas de coassement…

— Lucas, il suffit. J'essaie d'être sérieuse.

Il vit le violet profond de ses magnifiques yeux et secoua la tête.

— Oui, en effet. Je suis désolé.

Il se pencha pour lui embrasser le bout du nez.

— Allez-y, dites-moi ce que vous avez découvert.

— Eh bien…, commença-t-elle.

Elle s'interrompit aussitôt et il remarqua qu'elle avait croisé les mains et se frottait les doigts contre sa peau, comme si elle voulait se rassurer. Ou se donner du courage.

— Est-ce à propos de… nous ?

— Non, en principe non. Mais, en même temps, je pense que, d'une certaine façon, cela nous concerne. Voilà : j'ai… j'ai compris qui j'étais.

— Pardon ?

Elle se tourna et se leva légèrement pour pouvoir le regarder dans les yeux. Comme si elle requerrait toute son attention pendant qu'elle énonçait ce qu'elle avait à lui dire, elle lui posa les mains sur les épaules, avant de déclarer :

— Je suis la fille de ma mère, Lucas. C'est ce que je suis, comme tout le monde me l'a toujours répété. Et je l'accepte, je l'accepte vraiment. Mais je ne suis pas ma mère. Je suis moi. Et je crois finalement que je suis contente d'être qui je suis. Je n'ai aucune raison de vouloir être quelqu'un d'autre.

Il leva lentement la main et en caressa la peau très douce de sa joue en la regardant dans les yeux. Elle semblait guetter sa réaction. Il observa le feu qui dansait sur son visage et la lumière des étincelles qui l'éclairait.

— Jamais je ne voudrais de quelqu'un d'autre, affirma-t-il d'une voix douce.

Et elle ferma les paupières lorsqu'il s'approcha pour poser la bouche sur ses lèvres et qu'ils glissèrent à terre d'un même mouvement.

Il ne l'embrassa ni assez longtemps ni assez fort. Mais ce n'était pas grave, il avait tout son temps.

Il lui montra comment il savait se servir de sa langue et

de ses dents et la serra fort contre lui, sculptant chacune de ses courbes avec ses mains.

Il sentait l'excitation qui s'était emparée d'elle à la façon dont elle se mouvait contre lui, dont elle se lançait à corps perdu dans la recherche d'une chose dont elle ne savait pas encore qu'elle existait en dehors de son imagination ou de ce qu'on avait pu lui raconter.

Et Dieu seul savait ce que sa mère avait pu lui raconter…

Il voulait qu'elle sente tout, tout ce qu'il y avait à sentir, chaque merveille que leurs corps pouvaient s'offrir. Mais il voulait plus que cela. Et elle méritait plus que cela.

Elle devait comprendre que le vrai échange entre deux être est plus profond que le simple retour de caresses.

Alors, il la prit dans ses bras et la porta jusqu'au lit, où il la coucha délicatement sur les coussins. Puis il l'embrassa de nouveau, avant de se retirer dans l'ombre un instant, puis de venir la rejoindre sous les couvertures.

Il l'embrassa pendant de longues minutes : sur la bouche, les cheveux, les paupières. Il lui murmura des mots qu'il ne comprenait pas lui-même, mais qui semblaient aussi bien l'apaiser que l'enflammer.

Il l'embrassa en la déshabillant, rendant hommage à chaque nouvelle parcelle de peau à mesure qu'il la dénudait. A l'aide de sa bouche et de ses mains, il lui montra qu'il la chérissait, qu'elle était désirable, excitante, irrésistible.

Il l'embrassa à la base de la gorge et sentit le pouls rapide sous ses lèvres.

Il l'embrassa à la saignée du coude, au creux de la taille, à l'arrière du genou, sur le coup-de-pied gracieux et délicat.

La nuit leur appartenait et il l'exploiterait tout entière, de la même façon qu'il aimerait Nicole tout entière.

Elle était souple et offerte sous ses caresses. Elle ne lui refusa rien, se contentant de prononcer son nom d'une voix étranglée lorsqu'il osait un nouveau geste, plus intime, et qu'il lui disait sans recourir au moindre mot qu'elle était la perfection incarnée.

Lorsqu'il s'installa au-dessus d'elle en lui écartant doucement les cuisses, elle se souleva comme par réflexe. Il posa alors la bouche entre ses jambes et fut aussitôt transporté par la façon dont elle cria son nom, d'abord de surprise et ensuite de plaisir.

Il la couvrit de baisers fiévreux, l'explorant sans relâche, s'arrêtant sur la partie qu'il savait la plus sensible, et s'aida de ses doigts pour stimuler son intimité offerte à sa langue avide.

Et elle s'agitait sous ses caresses, alors que son corps la transportait dans des lieux où elle n'était jamais allée, la projetait dans des hauteurs auxquelles la furtivité de leurs précédentes étreintes ne l'avait pas préparée. Pour la première fois, elle semblait découvrir la liberté, la levée de toute inhibition, et l'ivresse de cette transe folle et brûlante qui finit par l'emporter, la secouer et la ramener aux plus primaires et aux plus intenses des sensations. Pour la première fois, elle découvrait le plaisir, le vrai.

Avant que ce ne soit terminé, avant qu'elle ne puisse redescendre sur terre, il plaqua doucement son bassin contre le sien. En silence, il pria pour ne pas lui faire trop mal et, d'un seul mouvement sec, franchit l'ultime barrière qui l'empêchait encore de la posséder totalement.

Il sentit qu'elle levait les bras et les passait autour de lui, il sentit qu'elle enfonçait les ongles dans son dos et enfouissait la tête dans son cou.

A présent, elle était sienne. Tout entière.

Il passa alors la main sous ses fesses pour l'inviter à soulever le bassin, sans être certain qu'elle le comprendrait. Mais un instant plus tard, elle avait passé les jambes autour de lui et l'attirait plus profondément en elle.

L'ardeur de son étreinte l'excitait, la chaleur qu'elle dégageait l'enflammait, au-delà de toute raison. Sa seule pensée — obsessionnelle — était de la posséder, de lui donner du plaisir, de la déclarer sienne maintenant et pour toujours.

Il la pénétra plus fort, plus vite. Elle le mordit, ainsi qu'elle l'avait fait ce premier soir, et aspira son cou, comme si elle voulait à la fois l'absorber et se fondre en lui, le déclarer sien à son tour, lui laisser sa marque sur la peau.

Et alors, juste au moment où il pensait ne plus pouvoir se retenir, elle parut se tendre entre ses bras, la tête renversée sur les oreillers.

— Lucas ! Lucas… Oh ! Seigneur…

Il sentit le corps de Nicole se contracter autour de lui, encore et encore, puis se libéra en elle dans une extase sans précédent.

— Voulez-vous que j'en redemande ? demanda Lucas, alors qu'ils étaient assis face à face à la petite table et qu'il la regardait étaler une épaisse couche de beurre sur le pain à la belle mie serrée.

Il était nu sous sa robe de chambre, ce qu'elle trouvait presque aussi délicieux que de porter, pour sa part, la chemise blanche d'homme qu'il avait retirée tout à l'heure, et de sentir ses cheveux retomber librement sur ses épaules. Le feu avait commencé à mourir et les bougies étaient largement consumées. Assis à la petite table à côté de la fenêtre, ils se trouvaient ensemble dans un cocon d'intimité qui réchauffait son cœur d'une façon qu'elle ne comprenait pas, mais qu'elle chérirait toute sa vie.

Elle regarda la tranche de pain qu'elle avait si généreusement beurrée.

— Vous insinuez que j'en ai trop mis ?

— Mais non, pas du tout. Il doit y en avoir à peine une livre sur votre tartine.

— Mais c'est tellement bon ! Je n'ai pas mangé de beurre aussi frais depuis que nous avons quitté Ashurst Hall. Il ne manque qu'une seule chose, vous savez : du sucre. Avez-vous déjà étalé un peu de sucre sur une tartine de beurre, Lucas ? Quand on mord dedans, c'est d'abord sucré et craquant, et ensuite doux et crémeux — à cause du beurre, vous comprenez. J'adore le goût du beurre, mais je crois surtout que j'aime la sensation qu'il laisse dans la bouche.

Il la regardait encore. Il la regardait comme il l'avait fait pendant l'amour. Comme si elle le stupéfiait. Comme il l'avait stupéfiée, lui aussi.

— Vous n'êtes que sensations, n'est-ce pas ? demanda-t-il en posant le menton sur sa main sans cesser de la regarder. La chaleur du soleil, le souffle du vent sur votre visage, le délicieux frisson de l'excitation lorsque vous osez un saut audacieux à cheval, la texture de la nourriture que vous mangez… Vous appréciez tout cela, vous en appréciez chaque instant. Comme vous appréciez chaque instant de la vie. C'est quelque chose que je vous envie.

— C'est parce que vous êtes vieux et blasé, sans doute, le taquina-t-elle en croquant de nouveau dans sa tartine. Vous savez, je crois que je n'ai jamais eu aussi faim de ma vie. Vous êtes sûr que vous ne voulez pas de fruits ?

Il se cala dans le fond de sa chaise et lui fit comprendre par un geste qu'il lui laissait le bol.

— J'aime les baies, mais je crois que je préfère encore vous regarder les manger. Nicole ?

Elle hésita, les doigts au-dessus du bol, car elle savait que les fruits seraient deux fois moins bons si elle les mangeait à la cuillère. Et puis, si elle se servait de ses couverts, elle ne pourrait pas lécher ses doigts pleins de crème.

— Hmmm ?

— Est-ce que ça va ?

— Est-ce que… Ah !

Elle baissa la tête en sentant ses joues se colorer. Pour être honnête, elle n'avait jamais rougi de sa vie, jusqu'à ce qu'elle le rencontre. Mais il s'était montré si fantastique, si prévenant…

Après la tempête de leur étreinte — qui avait été exactement telle qu'elle se l'était imaginé —, il avait mouillé un coin de la serviette dans la bassine et s'était occupé d'elle. Il lui avait expliqué calmement qu'elle n'aurait plus jamais mal, qu'il ne la laisserait plus jamais souffrir.

Elle n'avait pas eu le cœur de lui dire que sa mère lui avait tout raconté en détail — ce qu'elle avait trouvé fort gênant —, de sorte que, depuis le début, elle avait su ce qu'elle faisait, ce qui l'attendait, et qu'elle avait tout accepté en connaissance de cause. De toute façon, personne ne l'avait obligée à venir dans cette chambre, et encore moins à y rester.

Ils avaient fait l'amour, oui, mais c'était elle qui l'avait décidé. Sa mère avait raison : les hommes se trompaient lorsqu'ils pensaient que les décisions leur appartenaient.

— Oui, Lucas, ça va très bien. Je trouve… euh… que vous avez été fantastique. Vraiment.

Les yeux de Lucas s'assombrirent.

— Eh bien, je vous remercie, mais je ne vous demandais pas comment vous aviez trouvé ma prestation. Ce que je voulais savoir, en fait, c'est si vous acceptiez l'idée de notre mariage. Car il n'y a plus le moindre doute sur le fait que…

— Non, Lucas ! Je vous en prie, ne gâchez pas tout.

Il se pencha en avant et posa les coudes sur la table.

— « Gâcher », voici un verbe bien choisi. Car si nous en restons là, la société et votre famille ne manqueront pas de penser que ce que j'ai gâché, c'est votre vertu et votre réputation. Et ils n'auront pas tort, d'ailleurs. Nicole, pour l'amour du ciel…

Elle tendit les mains vers lui, le suppliant de se taire.

— Je vous en prie, Lucas, ne me faites pas la morale. Ne faites pas de ce qui s'est passé ce soir une espèce de demande en mariage purement formelle, que je n'aurais d'autre choix que d'accepter. Nous avons fait l'amour. Nous sommes tous les deux venus ici ce soir en attendant qu'il se passe ce qui devait se passer. Vous ne me… vous ne me devez rien. Et surtout pas un mariage.

Il se cala de nouveau contre son dossier en souriant, ce qui lui fit serrer les poings.

— Comme c'est bien dit ! Vous avez bien préparé votre petit discours, on dirait.

Elle détestait quand il avait raison.

— Je n'ai rien préparé du tout, rétorqua-t-elle très vite.

Trop vite…

— D'accord, peut-être juste un peu. Mais je pense vraiment ce que je vous ai dit. Ce n'est pas faute de vous l'avoir répété. Je suis venue à Londres pour vivre une aventure. Je vous l'accorde, je ne m'attendais à vous rencontrer, vous, ni à vivre... ce que nous venons de vivre. Mais je n'ai jamais eu l'intention de venir à Londres pour forcer un homme à m'épouser. Un tel comportement serait minable. Et gênant. Je ne veux pas être prise pour une calculatrice.

— A vous entendre, me voilà presque devenu votre victime. Je suis le pauvre idiot ensorcelé par votre beauté, manipulé par vos charmes, conduit à sa perte par votre attitude provocatrice ? Bientôt vous allez me dire que vous m'avez séduit.

Elle regarda le plafond.

— Eh bien...

Lorsqu'il éclata d'un rire sonore, elle se leva d'un bond, prête à quitter la pièce.

— Arrêtez ! Je suis terriblement sérieuse. Ne vous avisez pas de vous moquer de moi !

Il se leva à son tour.

— Je le ferai tant que vous direz des choses risibles.

— Ma mère...

— Non ! rétorqua-t-il en pointant l'index vers elle, sans plus aucune trace d'amusement dans ses yeux ni dans sa voix. Nous avons déjà eu cette conversation, Nicole, n'est-ce pas ? Vous l'avez dit vous-même. Vous n'êtes pas votre mère, vous vous souvenez ? Je ne sais pas ce qu'elle vous a répété pendant toutes ces années, ni ce dont vous avez été témoin, ni ce que vous croyez savoir.

Les larmes lui montèrent aux yeux, mais elle les chassa.

— Il se peut qu'elle m'ait dit que je devais faire en sorte que vous m'épousiez. Que vous m'épousiez à tout prix. Sinon...

— Mon Dieu ! répondit-il sans plus de colère tout à coup. Vous croyez que… que maintenant que… que maintenant que je vous ai « eue », mon intérêt pour vous va disparaître ? C'est cela ? Mon intérêt… ou le vôtre ? Est-ce l'un, ou l'autre ? Tous les hommes sont-ils vains, Nicole, ou bien toutes les femmes ? Dites-le moi. Je veux savoir ce que vous croyez, ce qu'elle vous a appris à croire.

Elle crut que son cœur était en train de se déchirer. Elle le sentit se briser en mille morceaux. Elle était si désemparée… Elle voulait croire qu'il l'aimait, que ce qu'il ressentait pour elle dépassait le simple désir. Mais comment le savoir ? Il l'avait désirée et elle s'était offerte à lui. Quel homme aurait pu refuser une telle invitation ?

— Je vais aller me coucher maintenant, déclara-t-elle, soudain si épuisée qu'elle chancela. Et je prends les fruits avec moi, ajouta-t-elle en s'emparant du bol et en le serrant contre sa poitrine comme s'il s'agissait d'un bouclier destiné à la protéger.

Lucas se gratta l'aile du nez.

— Très bien, allez vous coucher. La journée a été longue, très longue. Pour l'instant, dormir est sans doute la meilleure chose que vous ayez à faire.

— Merci, répondit-elle à voix basse. Lucas, je suis désolée.

— Je sais. Je sais également que vous vous trompez. Mais il ne suffit pas que je le sache. Vous devez le savoir vous aussi. Il est minuit passé, à présent : il est largement l'heure de se reposer. Je frapperai à votre porte à 8 heures et nous descendrons déjeuner. Vous aurez sans doute envie de galoper.

Elle acquiesça d'un signe de tête, car la boule qui s'était formée dans sa gorge l'empêchait de parler, et quitta la pièce. Une fois en sécurité dans sa chambre, elle regarda le bol de fruits — ce stupide bol de fruits — et l'envoya se fracasser contre le mur.

— C'est exactement ce qu'aurait fait l'horrible Mme Paine, murmura-t-elle en regardant, consternée, le bol cassé et les fruits partout répandus.

Puis elle s'installa au lit, remonta le col de la chemise de Lucas pour sentir davantage son odeur enivrante… et laissa libre cours à ses larmes.

Chapitre 17

Lucas fut réveillé avant l'aube par un message qui venait d'arriver pour M. Paine. Il n'hésita qu'une seconde avant de décacheter le pli, sachant qu'il avait dû se passer quelque chose d'important pour que Rafe prenne la peine d'envoyer l'un de ses domestiques jusqu'à l'auberge du Grand Portail.

Il remercia l'aubergiste et referma la porte. Puis il se dirigea vers la fenêtre d'où commençait à filtrer une pâle lumière et déplia la lettre. Il parcourut rapidement le bref message, le relut et le jeta dans le feu.

Il se lava alors et s'habilla en un temps record qui aurait stupéfié son valet de chambre. Mais sa veste d'équitation, plus ample et confortable que celle qu'il portait la veille, avait contribué à sa célérité. Il noua une lavallière propre autour de son cou et, sans prendre le temps de vérifier sa tenue dans le miroir, enfila ses bottes.

Puis il se dirigea vers la chambre de Nicole en passant les doigts dans ses cheveux ébouriffés par la nuit.

— Nicole ! appela-t-il en frappant à la porte. C'est moi. J'entre. Il faut que nous partions tout de suite.

Il s'attendait à la trouver au lit, mais elle était en train d'attacher ses cheveux à l'aide d'un gros ruban noir. Elle était déjà habillée, mais n'avait pas encore boutonné sa veste d'amazone.

Malgré la lumière du petit jour, qui accentuait la transparence de la chemise blanche qu'elle portait sous la veste, elle ne prit pas la peine de finir de s'habiller et continua au contraire de se coiffer avec application.

Elle était si belle, si fraîche et si attirante ! Il l'avait toujours su, mais maintenant qu'il avait embrassé chaque parcelle de sa peau, il savait qu'elle était plus qu'une femme belle et désirable. Elle était *sa* femme, même si elle ne voulait pas le reconnaître pour le moment. En dépit de toutes les difficultés qu'ils allaient encore devoir affronter, il se considérait comme l'homme le plus heureux de la terre.

— Alors j'avais raison, dit-elle en ôtant une épingle de sa bouche pour la piquer dans son chapeau. J'ai entendu un cavalier arriver tout à l'heure et j'ai cru entendre prononcer votre nom en ouvrant ma fenêtre pour regarder dans la cour. Enfin, le nom de Paine. J'ai immédiatement commencé à m'habiller. Mes affaires sont rangées et je suis prête à partir. Vous voulez peut-être vous peigner un peu, termina-t-elle en esquissant un sourire.

Il admira son sang-froid, mais ce n'était pas le moment de l'applaudir. Ni de l'embrasser, ce qui avait pourtant été sa première idée. Elle n'avait pas songé un seul instant qu'il aurait pu voyager plus vite sans elle et préférer la confier à l'homme que Rafe avait envoyé de Londres.

De façon étrange, jusqu'à maintenant, il n'avait pas non plus envisagé lui-même cette solution, pourtant plus raisonnable. Mais il la chassa aussitôt de son esprit.

— Rafe nous a déjà envoyé sa voiture avec un équipage tout frais. Ils nous attendent à mi-chemin. Avec la proximité des ports, il y aura beaucoup de monde sur la route de Douvres ce matin. Nous ferions mieux de laisser nos bagages dans ma voiture et de nous rendre par nous-mêmes en coupant à travers la campagne, jusqu'à notre première étape. Je ne sais pas comment votre frère l'a appris, mais la marche sur le pont de Westminster est prévue pour ce soir et nous sommes à près d'une centaine de kilomètres de Londres.

Elle acquiesça d'un brusque hochement de tête et s'assura rapidement que son chapeau était bien en place.

— Et vous devez être rentré à temps pour l'empêcher, conclut-elle en attrapant ses gants. Allez faire seller les chevaux, je descends tout de suite. Ah… Pensez-vous pouvoir me trouver une *vraie* selle à l'écurie ? Nous irons plus vite si je ne suis pas forcée de monter en amazone sur un terrain que je ne connais pas.

Il aurait eu mille questions après qu'elle lui eut exposé cette requête, mais il n'en posa aucune.

— Je vais voir ce que je peux faire. Vous avez cinq minutes, Nicole. Je suis désolé, nous n'aurons pas le temps de déjeuner, mais nous pourrons manger dès que nous arriverons à Lynsted. C'est à une trentaine de kilomètres, moins si nous coupons à travers la campagne. Pensez-vous que votre Juliet tiendra jusque-là ?

— Je ne lui ai jamais fait parcourir une aussi grande distance d'une traite. Mais elle y arrivera, elle n'a pas le choix.

Ils n'avaient pas un instant à perdre, mais l'embrasser, juste une fois, ne pouvait être considéré comme une perte de temps. Il l'attira à lui et s'empara de sa bouche, exultant de la sentir s'agripper à lui avec autant de force et de résolution.

— Prête ? demanda-t-il en mettant fin à ce baiser.

Elle paraissait légèrement hors d'haleine lorsqu'elle acquiesça, avant de demander :

— Je ne peux pas vous accompagner à La Roue Brisée, n'est-ce pas ?

Il secoua la tête.

— Vous ne devriez même pas faire le voyage avec moi.

— Mais vous ne m'auriez jamais laissée ici, si ?

— Non, assura-t-il en soutenant son regard, espérant qu'elle comprenait qu'il faisait plus que répondre à cette simple question. Je ne vous aurais jamais laissée ici.

Il vit ses yeux prendre une teinte violet foncé, cependant, elle se contenta de lui dire qu'elle le rejoindrait à l'écurie, mais que, tout d'abord, elle avait une chose à faire.

Cinq minutes plus tard, alors qu'il regardait la jument sellée avec la « vraie » selle qu'il venait d'acheter au triple de son prix normal, l'aubergiste vint lui demander s'il ne s'était pas trompé lorsqu'il avait réglé auprès de sa femme la note pour la nuit.

Devant son visage plein d'espoir, Lucas répondit que non, il n'avait commis aucune erreur. L'aubergiste se fendit alors d'un large sourire et lança :

— Vous avez passé une bonne nuit, alors, monsieur ? Dieu bénisse les femmes qui savent faire ce cadeau à leur époux, quel que soit leur caractère !

Lucas savait qu'il avait sans doute encouragé tant de franchise par sa petite comédie de la veille au soir, mais il ne put dissimuler sa surprise.

— Je vous demande pardon ?

L'aubergiste se tapota la nuque et sourit.

— Je vous souhaite un bon voyage, monsieur. Et tous mes vœux de prompt rétablissement à votre mère, ajouta-t-il, avant de tourner les talons et de retourner vers l'auberge en sifflotant.

Lucas porta la main à son cou en repensant à la façon hasardeuse dont il avait noué sa lavallière, mais en repensant surtout au moment où Nicole avait enfoui le visage dans son cou dans le feu de la passion, et au suçon qu'elle y avait laissé.

Il réajusta sa lavallière afin qu'elle le couvre davantage, puis alla trouver le domestique de Rafe pour lui donner ses dernières instructions et lui demander de ramener les bagages directement à Grosvenor Square.

Malgré les difficultés et les incertitudes qui l'attendaient, il se mit à siffloter.

Nicole sortit par l'arrière de l'auberge en regrettant de ne pas pouvoir s'attarder aux cuisines, où flottait une délicieuse odeur de pain en train de cuire. Mais elle était également pressée de reprendre la route pour Londres.

Se retrouver seule avec Lucas était excitant, mais aussi perturbant. C'était surtout une chose à laquelle elle ne devait pas trop réfléchir, au risque de passer la journée à penser à la nuit qu'ils avaient partagée et à celle qu'ils n'auraient pas, à cause de leur folle équipée vers la capitale.

— Tenez, attrapez ! cria-t-elle à Lucas dès qu'elle l'aperçut de dos.

Il se retourna aussitôt pour la regarder, et rattrapa de justesse l'œuf dur qu'elle venait de lui envoyer.

— Où avez-vous eu cela ?

— Je ne l'ai pas pondu moi-même, si c'est ce que vous voulez savoir.

Le jeune serviteur de Rafe se mit à rire en entendant cette réponse, avant de retourner à l'écurie.

Nicole avait écalé les deux œufs dans la cuisine et mangé le sien là-bas. Elle regarda Lucas avaler le sien en deux grosses bouchées pendant qu'ils s'approchaient de leurs chevaux.

— Ah, voici ma belle Juliet ! s'exclama-t-elle en lui tendant une carotte qu'elle sortit de la poche de sa jupe en même temps qu'une autre, qu'elle offrit à Tonnerre. Et est-ce que vous vous entendez bien, tous les deux ?

— Etes-vous sûre de vouloir le savoir ? s'enquit Lucas. Je vous assure que je vais bientôt avoir la bourse vide à force d'avoir à payer pour les exigences de ma femme, le matériel d'équitation et les dégâts causés par Tonnerre dans l'écurie pour rejoindre Juliet dans sa stalle de nuit.

En riant, Nicole s'approcha du marchepied et accepta l'aide d'un garçon d'écurie pour grimper en selle. Elle ressentit une légère gêne et une légère douleur en prenant place — ce qu'elle se garderait bien de révéler —, mais glissa comme si de rien n'était les pieds dans les étriers et fit signe au jeune homme de lui tendre les rênes.

Lucas était déjà en selle et la regardait d'un air interrogateur.

— Etes-vous confortablement installée ?

Elle comprit pourquoi il posait la question et s'empressa de le rassurer :

— Je suis parfaitement bien, merci.

— Vous êtes magnifique.

Ces mots chassèrent toute sensation d'inconfort chez elle. Elle lui sourit.

— Pas de galop, poursuivit-il. Nous ne devons pas les épuiser.

Juliet était déjà en train de danser sur place, piétinant le sol dur de la cour.

— Parfait. Mais dites-le lui. Connaissez-vous notre itinéraire ?

— Oui. Nous allons suivre la route sur environ deux kilomètres, ensuite nous couperons à travers la campagne. Prête ?

Nicole prit une grande inspiration et acquiesça.

— Prête !

Elle savait qu'un bon cheval — et Juliet et Tonnerre étaient bien plus que de bons chevaux — pouvait, si on l'y poussait, parcourir une distance de cent cinquante kilomètres en une journée. Ce qui voulait dire que les trente kilomètres qu'ils s'apprêtaient à leur imposer ne seraient pas exténuants.

Evidemment, ce qui aurait été exténuant — pour les montures comme pour leurs cavaliers — aurait été de devoir effectuer tout le trajet jusqu'à Londres à cheval. Lucas n'avait quasiment pas dormi de la nuit, elle le savait, car elle non plus n'avait pas fermé l'œil, et qu'elle l'avait entendu marcher dans sa chambre durant plusieurs heures.

Une fois qu'ils seraient dans la voiture de Rafe, elle persuaderait Lucas qu'il avait besoin de dormir pour mieux affronter ce qui l'attendait à Londres.

Cela lui laisserait aussi le temps de réfléchir à ce qu'elle allait faire pendant qu'il serait à La Roue Brisée, à essayer de convaincre une foule furieuse d'affamés de l'écouter. Elle savait déjà qu'elle ne l'attendrait pas en faisant les cent pas à Grosvenor Square ni en se croisant les pouces.

Ils quittèrent la route comme prévu. La circulation était en effet très dense et mieux valait couper à travers champs. Les chevaux durent lever plus haut les pattes lorsqu'ils traversèrent des champs pas encore ensemencés, car gorgés d'eau de pluie, ou présentant de maigres récoltes qui faisaient plus pitié qu'autre chose.

Lorsqu'ils empruntèrent un chemin plus large en lisière de champs, Nicole fit remonter Juliet à la hauteur de Tonnerre.

— Je ne m'étais pas rendu compte que la situation était à ce point catastrophique, dit-elle à Lucas. Pourquoi n'y a-t-il pas plus de belles journées comme celle d'aujourd'hui ?

— C'est déjà un miracle qu'il fasse beau de temps en temps, répondit-il en ramenant son cheval au pas. Tout cela à cause de ce satané volcan ! Nicole, ajouta-t-il, que vais-je pouvoir leur dire ? Les gens ne sont pas bêtes. Ils savent que les belles paroles et les grandes promesses ne remplissent pas l'estomac.

— Dans ce cas, dites-leur la vérité.

— A propos du volcan ? Je doute que cela les intéresse.

— Non, je ne parlais pas du volcan. Dites-leur que certaines personnes sans scrupules veulent se servir de leur misère pour servir leurs ambitions. Des personnes assoiffées de pouvoir qui veulent attiser la colère du peuple afin de faire voter des lois qui l'opprimeront davantage.

— En d'autres termes, vous voulez que je m'adresse à une assemblée d'hommes en colère et désespérés, armés pour la plupart de piques et de fourches et prêts à s'en servir, galvanisés par toutes les pintes qu'ils auront avalées, en leur disant qu'ils ne sont rien d'autre que de pauvres idiots manipulés.

Il se tourna vers elle en souriant.

— Est-ce que vous pleurerez à mes funérailles ?

— Ce n'est pas drôle, répondit-elle, l'estomac noué. Vous ne pensez pas qu'ils comprendront la vérité ?

— Oh si, ils comprendront très bien ! Mais réfléchissez à cela, Nicole ! La vérité ne fera qu'accroître leur colère. C'est en tout cas l'effet que cela me ferait, à moi.

— Eh bien, qu'ils soient davantage en colère, mais que leur colère soit dirigée contre la bonne personne !

Lucas la regarda d'une façon étrange.

— Mais oui… Il faut que je réfléchisse un peu mieux à cela. Venez, il est temps d'accélérer l'allure.

A 14 heures, ils avaient déjà changé deux fois de chevaux et Nicole avait abandonné l'idée de dormir pendant le trajet qu'il leur restait à parcourir jusqu'à Londres.

Ils étaient si secoués dans la voiture lancée à toute allure qu'ils avaient tous les deux failli tomber de leur siège à plusieurs reprises.

En outre, un domestique de Lucas, installé sur le toit, frappait sans cesse sur les parties métalliques de la voiture pour prévenir les autres véhicules et leurs chauffeurs qu'ils allaient les dépasser. Au début, Nicole avait trouvé cela drôle et excitant, mais à présent son estomac avait du mal à supporter ces incessants déboîtements et accélérations.

Tandis qu'ils empruntaient un virage particulièrement sec, elle se cala dans un coin de la voiture et s'accrocha à la poignée. En regardant par la fenêtre elle constata qu'ils roulaient dangereusement près du fossé et se tourna alors vers Lucas, qui semblait assoupi.

Il avait étendu ses longues jambes et posé les pieds sur la banquette d'en face, passé son bras gauche dans la lanière pour bien se caler, avant de croiser les bras sur son ventre et d'incliner son chapeau sur son front. A présent, il s'était même mis à ronfler légèrement. Comment osait-il ?

Au moins, il ne l'avait pas vue, lorsqu'elle s'était éclipsée en prétextant un besoin urgent, rendre le déjeuner qu'elle venait de manger à la dernière auberge où ils s'étaient arrêtés. La femme de l'aubergiste lui avait fait avaler une boisson au goût de menthe, mais même cela n'avait pas calmé les spasmes de son estomac. Elle le sentait creux et avait l'impression qu'il se promenait d'avant et arrière dans son ventre. Ecœurée, elle se disait que jamais plus elle ne mangerait de ragoût de mouton, même sous la menace d'un pistolet.

— Lucas ? Dormez-vous ? demanda-t-elle en lui adressant un petit coup, pas trop doux, dans les côtes. Lucas ? Vous dormez ?

— Plus maintenant, non, répondit-il en se redressant sur la banquette et en posant son chapeau en face de lui. Y a-t-il un problème ?

— Oui, il y a un problème. Comment faites-vous pour dormir ?

Il se frotta le visage, pour finir de se réveiller, supposa-t-elle.

— Ce n'est pas bien compliqué pourtant … D'abord je ferme les yeux…

— Je vous en prie, arrêtez cela tout de suite.

— J'aurais dû penser, aussi, à me boucher les oreilles, poursuivit-il, tout en se protégeant les côtes d'un nouvel assaut. Puis-je vous rappeler que c'était vous qui vouliez que je dorme ?

— C'était quand je pensais pouvoir dormir moi aussi. Mais ce n'est pas le cas et je trouve extrêmement déplacé de votre part de dormir quand je n'y parviens pas.

— Oui, je vois ce que vous voulez dire. Dois-je aussi

avoir faim quand vous avez faim ? Etre heureux quand vous êtes heureuse ? Triste quand vous êtes triste ?

— Mort quand je vous aurai assassiné ? rétorqua-t-elle en riant malgré elle. Mais ce n'est pas grave, rendormez-vous. Je vais en profiter pour réfléchir à la façon dont vous allez pouvoir arrêter cette marche sur le Parlement sans être piétiné par les manifestants, s'ils ne vous ont pas déjà passé à tabac et laissé pour mort à La Roue Brisée.

— Venez par ici, dit-il en lui passant le bras autour des épaules.

— Non, vous ne parviendrez pas à m'amadouer. C'est une affaire sérieuse que vous me semblez prendre un peu trop à la légère.

— Mais non, je vous promets que nous allons nous en occuper très sérieusement, Rafe et moi.

Elle le regarda avec surprise.

— Rafe ? Il vient avec vous ?

— Je pense que oui. Tout ceci arrive trop vite. Avec Rafe, nous pensions avoir un peu plus de temps pour nous organiser. Vous savez, n'est-ce pas, que si nous parvenons à empêcher la marche de ce soir, cela ne fera que rendre Frayne plus furieux encore. Non seulement nous devons arrêter la marche, mais aussi Frayne. Tout de suite, ce soir, avant qu'il ne puisse exploiter les bêtises commises par votre mère. Il faut le prendre de court : il ne s'y attendra pas, lui qui croit tenir toutes les cartes en main.

— C'est bien le cas, cependant. Même si, en fait de cartes, il s'agit plutôt de lettres.

— Oui, trésor, mais est-il prêt à en divulguer le contenu immédiatement ? J'y ai réfléchi et je ne le pense pas. Cette carte jouée, il n'aura plus aucun moyen de me contrôler ni d'être certain que je me taise.

— Mais Rafe ?

— Oui, je sais. Certes, les rumeurs pourraient se déchaîner et Rafe passera alors pour un assassin. En revanche, la réputation de mon père étant déjà faite — défaite, devrais-je dire — Frayne ne peut plus rien contre moi. Il se concentre sur Rafe, sur votre famille, et cela me laisse libre d'aller trouver Liverpool et Sidmouth pour leur révéler le pot aux roses.

— Vous vous adresseriez directement au Premier ministre et au ministre de l'Intérieur ?

— Oui, tout à fait. Tout en priant pour qu'ils ne fassent pas eux aussi partie du complot. Maintenant, venez par ici, je vous prie.

Elle tendit les deux mains devant elle pour l'empêcher de l'approcher.

— Vous avez raison. Pour Frayne, le plus simple serait encore de vous tuer.

Lucas la regarda en haussant les sourcils.

— Faites-moi penser à tout faire pour que vous ne deveniez jamais mon ennemie.

— Mais c'est la logique même, Lucas ! Je suis sûre que vous le voyez aussi bien que moi. Soit vous détruisez lord Frayne, soit c'est lui qui vous détruit.

— Je sais, trésor. J'espérais, bêtement, que vous n'y penseriez pas.

Elle glissa sur la banquette, aidée en cela par le cocher qui venait de prendre un nouveau virage sec, et se blottit contre Lucas, dans la position qu'elle avait eue envie d'adopter toute la journée.

Il aurait juste pu l'y inviter un peu plus tôt…

En frottant la joue contre le manteau de Lucas, elle déclara :

— Vous savez, lord Frayne ne vous dira jamais qui a trahi votre père. Le plus important, c'est que votre mère et vous ayez appris qu'il était innocent des accusations qui allaient lui être imputées.

— Vous avez sans doute raison. A sa mort, il n'y a eu que quelques petits murmures de suspicion, rien n'a été dit ouvertement au sujet de sa participation à l'assassinat de l'empereur de Russie. J'ai dû remarquer quelques regards, entendre quelques commentaires quand j'ai fait mes débuts en société, mais cela n'a jamais pris davantage d'ampleur et j'ai été accepté. La société se nourrit du scandale, elle en a besoin comme un bébé a besoin de lait, mais un scandale chasse très vite le précédent.

« Le suicide de mon père et les bruits ayant circulé à sa mort remontent à très loin dans le temps. Ma mère et moi sommes les seuls à avoir vraiment souffert de ce qui s'est passé. Alors, oui. Même si j'aimerais voir le ou les responsables démasqués et punis, c'est aussi bien si j'abandonne l'affaire et tire un trait sur le passé.

Nicole se blottit davantage.

— Vous êtes quelque de bien, Lucas. Une bonne personne et un bon fils. Quand ma mère rentrera d'Italie, j'essaierai moi aussi d'être une bonne fille. Mais me connaissant, et surtout connaissant ma mère, je doute que l'on célèbre l'apparition d'une grande vague de gentillesse et de compréhension mutuelles, pas pour une durée excédant deux semaines, en tout cas.

Elle regarda Lucas. Celui-ci souriait et c'était parfait, car c'était le but recherché.

Il lui passa le bras autour des épaules et lui posa la

main sur la poitrine. Presque absent, comme s'il le faisait sans s'en rendre compte, il commença à lui caresser le sein du pouce et elle sentit aussitôt le mamelon pointer sous le tissu de sa tenue d'amazone.

Avec les paroles qu'il prononça ensuite, elle se débarrassa vite de l'idée qu'il n'était pas à ce qu'il faisait :

— J'ai envie de vous faire l'amour… Comme je dormais, je ne sais plus : à votre avis, depuis combien de temps avons-nous repris la route ?

Elle se détourna, embarrassée.

— Je… je ne sais pas. Pas depuis très longtemps. Un quart d'heure, tout au plus.

Il se poussa légèrement pour fermer le rideau. Lorsqu'il revint à côté d'elle, elle vit la passion danser dans ses yeux.

— Dans ce cas, nous avons au moins une heure avant le prochain arrêt pour changer de chevaux. Vous dites aimer l'aventure.

Il se pencha au-dessus d'elle pour tirer un autre rideau.

— Alors, aventurons-nous…

Elle sentit entre ses cuisses comme une légère brûlure, presque une démangeaison, qui lui fit serrer les jambes en espérant très fort qu'il ne le remarque pas.

— Non ? Vous ne voudriez tout de même pas que nous… que nous…

— Mais si, pourquoi ? Je suis sûr que vous y pensez vous aussi.

— Mais non !

Il l'embrassa juste sur le bout du nez.

— Peut-être pas dès tout à l'heure, mais maintenant, si. Je le vois dans vos yeux. Quant à moi, Dieu sait si j'y ai pensé toute la journée…

Il la souleva légèrement et la fit pivoter pour l'installer

sur ses genoux face à lui. Tout en la portant, il se pencha pour fermer les rideaux qui restaient ouverts. En quelques secondes, ils se retrouvèrent dans une obscurité presque complète.

Alors, en laissant un bras autour d'elle et sans chercher à dissimuler son excitation plus que palpable, il commença à déboutonner la veste d'amazone.

— Vous… vous avez pensé à cela toute la journée ?

Il avait enfoui le visage dans son cou.

— Hmm… oui. On dirait, trésor, que je ne suis pas quelqu'un de si bien que cela. Pas du tout, même ! Je pense à cela depuis le moment où je vous ai vue grimper sur votre cheval ce matin. Vous aimez monter à califourchon ?

— Lucas !

Sa veste était déjà totalement déboutonnée et il baissa la tête pour lui embrasser les seins à travers le fin tissu du chemisier. Elle sentit la fraîcheur humide du tissu coller à sa poitrine, alors que, l'un après l'autre, il prit ses mamelons dans sa bouche, les lécha et les aspira en insistant sur les pointes qu'il avait encouragées à se former.

Elle avait passé les bras autour de son cou et le haut de son corps était tourné vers lui, offert. Elle sentit sa gorge se serrer et le désir monter en elle, impérieux.

Puis il l'embrassa de nouveau sur la bouche et elle étouffa un soupir en sentant la main de Lucas s'insinuer sous sa jupe. Elle écarta les cuisses, pour encourager sa progression le long de sa jambe. Une fois qu'il eut trouvé ce qu'il cherchait, il écarta son délicat jupon de soie, comme pour lever toutes les barrières subsistant entre ses doigts téméraires et la peau fine.

Elle aurait été davantage fascinée par l'audace de son

entreprise si elle avait pu se concentrer sur autre chose que les sensations qu'il faisait naître en elle.

— Aidez-moi, murmura-t-il en lui prenant la main pour la poser sur ses genoux.

Elle sentit les boutons du pantalon sous ses doigts. Il réclamait sa coopération, son aide et ses encouragements.

Elle n'était plus la vierge qu'il fallait ménager et conduire en douceur jusqu'au plaisir ultime. Il attendait maintenant d'elle une pleine participation.

Et elle était plus qu'heureuse d'accéder à sa demande.

Sa jupe-culotte semblait poser problème. Au bout de quelques minutes d'acharnement, Lucas parvint à défaire les boutons de la ceinture. Elle osa lever les jambes et, après l'avoir soulevée par les hanches pour faire glisser la taille de la jupe, il réussit à la débarrasser, en un seul mouvement, de la jupe et des sous-vêtements, qui atterrirent sur le sol de la voiture.

Elle ne portait plus, à présent, que sa veste ouverte, ses bottes d'équitation et ses bas.

Et son stupide chapeau toujours incliné sur sa tête.

— Mon Dieu, dit-il en plissant les yeux pour la regarder dans la pénombre, un sourire canaille aux lèvres. Nous sommes complètement fous.

Puis il partit pour de bon à l'assaut.

Cela parut si naturel d'être installée à califourchon sur lui, de le laisser glisser en elle et de l'absorber tout entier.

Les mouvements de la voiture devinrent partie intégrante de leur propre rythme. Solide, Lucas la tenait serrée contre lui, lui couvrait la gorge de baisers pendant qu'elle rejetait la tête en arrière. Tout en étant grisée par l'impression de puissance que lui offrait cette position, elle s'en remettait totalement à lui et lui faisait confiance pour les conduire au septième ciel.

Il n'y eut aucune douleur cette fois, aucune appréhension idiote sur ce qu'était sans aucun doute la plus fantastique union que deux êtres puissent imaginer.

Mais il y eut la soif, la frénésie. Un désir qui, à chaque seconde, grandissait en elle, la consumait. Nicole se démenait, prenait tout ce qu'il avait à lui donner. Plus vite. Plus loin. Plus fort…

L'explosion — simultanée — les souda l'un à l'autre. Ensemble, ils cherchèrent à prolonger cette bouleversante extase.

Ils restèrent dans cette position un long moment, bercés par les mouvements de la voiture, échangeant baisers et murmures… et, de temps en temps, des rires doux et légers.

Chaque tour de roue les rapprochait de Londres et de la réalité qui les attendait. Mais pour l'instant, pendant quelques précieux moments encore, il n'y avait rien d'autre, personne d'autre. Pas de passé, pas de futur. Pas de question sans réponse, pas de discussion sur la destination incertaine où leur passion allait les mener.

Ils étaient simplement deux personnes perdues dans l'instant présent… et tout ce qui pouvait les attendre à Londres semblait miraculeusement très loin d'eux.

Chapitre 18

Lucas s'installa en face de Rafe, tandis qu'un garçon posait un deuxième verre de vin sur la table, devant le feu.

— Vous avez fait vite, déclara Rafe en levant son verre d'un œil admiratif. Mais vous paraissez épouvantablement fatigué. C'est sans doute à cause de ma sœur.

— Votre sœur et moi-même allons avoir des mots, des mots très sérieux, répondit Lucas en observant le club presque vide.

Avec Brummell en disgrâce auprès du prince régent et criblé de dettes, le White avait perdu beaucoup de sa splendeur.

— Vous avez passé presque deux jours ensemble. Vous avez sans doute trouvé un peu de temps pour parler, non ?

— Elle continue de m'éconduire.

Rafe eut un petit rire.

— Vous vous attendiez à autre chose ? D'après ma femme, Nicole n'a jamais caché son intention de ne jamais se marier. Je pensais que vous réussiriez à la faire changer d'avis. Les déclarations d'amour éternel et de dévotion ont toujours un effet puissant sur les esprits, même les plus récalcitrants. C'est ce que j'ai entendu dire. Ou, plus précisément, c'est ce que ma femme m'a dit.

Lucas s'immobilisa, le verre encore loin de ses lèvres.

— Dieu du ciel !

— Ah… Vous ne lui avez pas dit que vous l'aimiez ?

— Je… eh bien, en fait, je…

Lucas se gratta la tête, espérant peut-être se remettre ainsi les idées en place.

— Je crois que si. Si, si, bien sûr que si ! A un moment donné, j'ai dû…

— Loin de moi l'intention de vous critiquer, mais si vous l'avez fait, je ne crois pas que l'instant ait dû être si mémorable que cela, puisque vous ne semblez pas capable de vous en souvenir.

Lucas reposa le verre qu'il n'avait pas touché, même si son intention première en arrivant au White, avait été d'en avaler au moins trois. Puis il se leva.

— Je dois y aller, déclara-t-il.

— Maintenant ? Lucas, asseyez-vous ! Je ne faisais que vous taquiner. Et je n'aurais pas dû, étant donné que je ne suis pas forcément la personne la mieux placée pour donner des leçons sur la façon de courtiser la femme aimée.

— Mais vous ne comprenez pas. J'ai dit : « Epousez-moi. » Je l'ai dit au moins une dizaine de fois. Je l'ai demandé, et je l'ai même suppliée.

Il secoua la tête, atterré.

— Pourquoi ne lui ai-je pas dit que je l'aimais ? C'est à vous que je l'ai dit.

— Oui, je crois me le rappeler. Un moment très touchant. Je m'en souviendrai avec émotion toute ma vie, pour sûr.

Lucas se rassit en cognant du poing sur la table.

— Ce n'est pas drôle du tout, Rafe.

— C'est vrai, mais si vous vous précipitiez maintenant

à Grosvenor Square, vous commettriez une grossière erreur, croyez-moi, surtout dans l'état dans lequel vous vous trouvez en ce moment. J'ai essayé de vous mettre en garde. Nicole est… Comment dire ? En fait, ma sœur est unique.

— Votre sœur est une plaie, oui ! Il faut absolument que je lui parle. Combien de temps nous reste-t-il ?

Rafe jeta un coup d'œil à la pendule.

— D'après mon valet, les manifestants se retrouvent à La Roue Brisée à 20 heures et il est déjà 18 heures passées. Ah, et au cas où vous vous demanderiez comment j'ai eu accès à toutes ces informations, c'est grâce à Phineas, qui était agent de police avant d'entrer à mon service. Le pauvre, il a connu bien des péripéties et c'est un parcours assez curieux que le sien…

— Rafe, j'ai eu une nuit très courte, vous me narrerez donc les aventures de votre valet une autre fois. Il faut que je voie Nicole, bon sang. Est-ce que nous pouvons avancer un peu ? Combien seront-ils ?

— Désolé. D'après Phineas, les participants seront bien plus de cent. Certains seront armés, d'autres non. Mais tous seront bien décidés à traverser le pont de Westminster pour aller clamer leurs doléances aux portes du Parlement. Si vous avez vu juste et que Frayne a déjà prévenu la garde royale, je ne vois pas comment nous pourrons éviter un massacre.

— Quelles sont, dans ce cas, vos suggestions pour les arrêter ?

— Eh bien, je nous vois assez mal leur dire qu'ils ne sont que de pauvres bougres qui se sont laissé berner par un agent provocateur envoyé par le gouvernement exprès pour les pousser à commettre l'irréparable. Sauf si nous voulons nous retrouver avec la gorge tranchée... Dans ce cas, c'est le plus sûr moyen.

— C'est exactement ce que j'ai dit à Nicole. Mais, d'après elle, si ces hommes doivent être en colère, il faut que leur colère soit tournée contre les bonnes personnes.

— Cela paraît assez sensé. Mais comment nous y prendre ?

Lucas se pencha en avant, les coudes sur les genoux.

— Je n'en ai aucune idée...

Nicole souleva une paupière en entendant la porte de sa chambre s'ouvrir. Elle vit Lydia entrer, l'air interrogateur et la démarche hésitante.

— Oh ! Je ne savais pas que tu étais dans ton bain, dit-elle en faisant déjà demi-tour vers la porte.

— C'est bon, répondit Nicole en levant la tête au-dessus de la baignoire, où, à demi assoupie, elle refaisait le monde en s'interrogeant sur la place qu'elle y occupait. Je commence à avoir l'habitude !

— Et qu'est-ce que cela est censé vouloir dire ? Non, ce n'est pas grave, je préfère ne pas savoir. Je suis désolée de ne pas avoir été là à ton arrivée. Le duc de Malvern a insisté pour que je prenne un peu l'air et profite de cette belle journée. Nous... nous avons visité la Tour de Londres, mais assez rapidement, car j'avais hâte de te retrouver.

— Le duc, tu dis ? Donc, tu ne le hais plus ?

Lydia souleva légèrement ses jupes pour s'installer dans le fauteuil qu'elle occupait toujours lorsqu'elle venait rendre visite à Nicole dans sa chambre. Elle était si gracieuse, avec des mouvements bien moins étudiés et plus naturels que ceux de leur mère. Malgré la frappante ressemblance physique, il y avait chez Lydia quelque chose de serein et de royal qui la distinguait de sa mère.

— Je n'ai jamais haï le duc de Malvern, répondit-elle sans toutefois regarder sa sœur en face. En fait, c'est quelqu'un de très… de très agréable. Je crois qu'il est sur le point de se fiancer à l'une de ses cousines éloignées, une certaine Mlle Hartburton. Elle est très belle. Très brune, comme toi. C'est maman qui me l'a dit hier matin, juste avant son « enlèvement ».

Nicole se leva pour attraper une grosse serviette mise à chauffer devant le feu.

— Et comment maman sait-elle cela ? demanda-t-elle, presque certaine d'avoir perçu une pointe de tristesse dans la voix de sa sœur.

— Ce n'est pas moi qui lui ai posé la question. Cela aurait laissé sous-entendre qu'il m'intéressait d'une façon ou d'une autre, alors qu'elle m'avait déjà dit que le duc était un parti inenvisageable pour quelqu'un comme moi.

Chaque fois que Nicole voulait faire des efforts pour se montrer charitable envers sa mère, elle entendait quelque chose de semblable et n'avait plus qu'une envie, celle de l'étrangler.

— Et t'a-t-elle également dit ce qu'elle entendait par « quelqu'un comme toi » ?

— Oh oui, elle ne s'en est pas privée ! Tu connais maman. Elle ne se gêne pas pour dire exactement ce qu'elle pense. D'après elle, je suis assez jolie, car je lui ressemble, mais je n'ai pas l'étoffe nécessaire pour faire une femme de duc. Je suis trop timorée. Je ferais donc mieux de me trouver un vicaire bien placé et de rester bien gentiment à la campagne avec les autres provinciales de mon espèce.

— Notre mère est une imbécile ! répliqua Nicole en se séchant, puis en se dirigeant vers le paravent où Renée avait suspendu ses vêtements avant d'être congédiée. Si tu veux le duc, Lydia, vas-y !

— En fait, je ne le veux pas. Mais… mais je n'ai vraiment pas apprécié que maman me dise que je ne pourrais jamais l'avoir. Suis-je si compliquée que cela ?

Nicole passa la tête sur le côté du paravent pour regarder sa sœur en souriant.

— Tu n'es jamais compliquée, ni capricieuse, ni têtue, ni même contrariante. Tout cela, ce sont mes défauts à moi. Et je maintiens que notre mère est une imbécile.

— Elle ne pense pas à mal.

— Je sais, dit Nicole en tendant de nouveau le cou, tandis qu'en équilibre sur un pied, elle essayait d'enfiler ses bas. J'ai fini par m'en rendre compte. Et je crois aussi avoir compris pourquoi elle était comme cela. Mais cela ne veut pas dire que l'on doive l'écouter pour autant, surtout si l'on possède une once de bon sens.

Lydia se mit à rire en penchant la tête sur le côté, comme si elle essayait de regarder derrière le paravent.

— Que fabriques-tu, là-derrière ?

— Rien, répondit Nicole tout en enfilant un pantalon d'homme. Alors ? Est-ce que tu vas le faire ?

— Comment ça ? Mais fais attention, tu vas finir par tomber !

— Vas-tu convaincre le duc de Malvern que sa cousine Mlle Halibut n'est pas faite pour lui ?

— Mlle Hartburton, pas Halibut. Il paraît qu'elle descendrait d'Edouard le Confesseur. En fait, plutôt de son demi-frère Knut, car, comme tu le sais, Edouard le Confesseur n'a…

Une fois de plus, la tête de Nicole surgit du paravent.

— Veux-tu que je te dise quelque chose, ma chère sœur ? Parfois, tu m'effraies vraiment. Nous ne sommes pas là pour retracer la généalogie des rois d'Angleterre, mais pour parler du duc de Malvern.

— Non, si je ne suis pas d'accord, nous n'en parlerons pas, trancha Lydia en levant le menton avec détermination. Nous pourrions plutôt parler de ce que le marquis a pensé des vêtements de nuit que j'avais fait préparer pour toi. Veux-tu parler de cela ?

Nicole sortit enfin de derrière le paravent et, face à Lydia, termina de boutonner sa chemise de toile grossière.

— Si nous étions encore des enfants, j'aurais inventé quelque chose de terrible pour me venger de ce tour pendable que tu m'as joué. Donc, non, je préfère ne pas en parler.

— Nicole ! Mais qu'est-ce que c'est que cette tenue ?

— Cela me semble pourtant évident, répondit-elle en regardant les vêtements qu'elle avait empruntés au plus jeune des valets de pied, avant de sourire à Lydia. Je trouve que cela me va plutôt bien, non ?

Lydia tapa du pied.

— Ah non ! répondit-elle. Je ne te laisserai pas faire cela.

— Quoi donc ? Tu ne sais pas ce que je vais faire et si je ne te le dis pas, tu ne pourras rien faire pour m'en empêcher, n'est-ce pas ?

Sa sœur plissa les yeux.

— Je t'aime, mais parfois, je pourrais te gifler.

— Lucas a besoin de moi. Avec Rafe, ils vont…

— Tout à fait ! l'interrompit sa sœur. Rafe et le marquis. Tous les deux, ils vont se charger de ce… de ce problème à La Roue Brisée. Ils n'ont pas besoin de t'avoir dans leurs jambes, sous prétexte que tu réclames ta part d'aventure. Grandis un peu, Nicole, que diable ! Et fais confiance aux autres : ils savent ce qu'ils font. Tu n'es pas indispensable partout, tu sais.

Nicole sentit sa lèvre inférieure se mettre à trembler et s'empressa de la mordre, afin que sa sœur ne le remarque pas. Mais elle ne put chasser les larmes qui lui étaient montées aux yeux.

— Tu ne comprends pas le danger qu'ils vont courir ce soir…

— Et de quelle façon ton arrivée fracassante à La Roue Brisée dans cette tenue scandaleuse va-t-elle les aider à triompher de ce danger ?

— Tu as prononcé ce nom deux fois déjà, non ? Tu connais La Roue brisée ?

Lydia leva les yeux au ciel, clairement agacée. Une réaction fascinante, car jusque-là, personne n'aurait pu l'imaginer capable d'un tel accès de mauvaise humeur.

— Phineas et moi-même avons eu plusieurs conversations sur le sujet, oui. Tu ne pensais pas que j'allais te laisser partir avec le marquis — enlever maman, Dieu du ciel ! — sans comprendre pourquoi. Charlotte m'a raconté le plus gros, mais c'est Phineas qui est allé à La Roue Brisée hier et qui en est revenu avec ces précieuses informations sur la marche de ce soir. Oh ! Est-ce que, par hasard, tu pensais participer à la marche sur le Parlement ? Parce que je ne te laisserai pas faire cela non plus.

— Non, pas à la marche, répondit Nicole en faisant signe à sa sœur de se rasseoir. Lydia, je suis désolée.

— Désolée pour quoi ? demanda-t-elle en arrangeant ses jupes pour qu'elles ne se froissent pas.

Même en pleine crise, Lydia conservait ses manières de grande dame. C'était plus fort qu'elle.

— Pour... pour tout. Depuis le jour où je t'ai demandé de m'aider à récupérer le chat sur le toit à Willowbrook, alors que le chat n'y était pas et que je voulais juste voir à quoi ressemblait le monde de là-haut, jusqu'à... eh bien, jusqu'à cette minute précise. Je suis désolée.

Lydia se tut un moment, avant de sourire.

— La vue était belle, n'est-ce pas ? On se serait cru sur le toit du monde. Tiens, qui frappe à ta porte ? Va te cacher derrière le paravent, je t'en prie, pendant que je vois de qui il s'agit.

Nicole obéit — en vérité, elle était si stupéfaite par le comportement inhabituel de Lydia qu'elle aurait fait tout ce que sa sœur lui dictait — et ressortit de sa cachette quand elle entendit la porte se refermer.

— Qui était-ce ?

— Un valet de pied.

Elle lui tendit un billet plié et se rassit.

— On vient t'apporter ce message. Il t'est adressé.

Nicole prit la lettre et fronça les sourcils, car elle n'en reconnut pas l'écriture. Elle ne connaissait de surcroît pas grand-monde à Londres, mis à part les jeunes hommes qui lui avaient fait la cour l'autre soir et que, précisément, elle préférait tenir à distance.

Elle décacheta la lettre et la déplia.

« Nicole, ma chère, ma très chère Nicole. Je ne suis qu'un idiot. Vous êtes la femme la plus merveilleuse et la plus exaspérante de la création et je vous aime au-delà du désespoir. J'aurais dû vous le dire plus tôt. Epousez-moi. Je vous en prie. »

Le billet était signé d'un grand « L », et, sous cette initiale, une ligne supplémentaire avait été griffonnée, sans doute après coup :

« Je ramperai à vos pieds plus tard, je vous le promets. Je poserai un genou à terre si c'est ce que vous voulez. Entretemps, soyez sage ! »

Sans prononcer un mot, Nicole tendit le billet à sa sœur et s'agenouilla à ses pieds.

— Je n'arrive pas à croire que je l'aime, Lydia. Il me rend folle et il se moque de moi et il se met en colère contre moi et… et il me prend telle que je suis. Mais c'est vrai : je l'aime, je l'aime plus que tout. Me comprends-tu, maintenant ? Je ne peux pas rester ici à attendre que quelqu'un vienne nous raconter ce qui s'est passé. Je sais que c'est ce que je devrais faire, que c'est ce que les femmes sont censées faire et même que c'est clairement ce que Lucas veut que je fasse. Mais j'en suis incapable. Absolument incapable.

Lydia replia le billet et le posa sur la table derrière elle.

— Il y a… il y a des femmes, des épouses qui suivent leur mari sur le champ de bataille, le savais-tu ? Beaucoup d'épouses, ou de simples femmes amoureuses, sont allées jusqu'à Bruxelles l'année dernière, bravant tous les dangers. Elles… elles se sont rendues sur le champ de bataille dès la fin des combats, pour y chercher leur homme, mort ou vif. J'ai lu leurs récits.

— Trésor, non…

— Elles sont allées à la guerre pour suivre l'homme qu'elles aimaient, pendant que moi, j'étais à Ashurst Hall et que j'écrivais de stupides lettres au capitaine au sujet du temps et de la cuisinière qui s'était brûlé le pouce avec le manche d'une casserole.

— Je sais, dit Nicole en essuyant ses larmes du revers de la main. Rafe ne t'aurait pas laissée partir de toute façon. Tu avais dix-sept ans.

Sa sœur secoua la tête.

— Non. L'âge ne compte pas quand il est question d'amour. J'étais une femme amoureuse. J'aurais dû partir et tout tenter. Tu aurais trouvé un moyen de te rendre à Bruxelles si ton marquis avait dû y livrer bataille, je le sais. Au moins, à… à la fin, j'aurais pu être avec lui. Il est mort en implorant le duc de nous avertir. Si le destin du capitaine était de mourir, il aurait dû le faire pendant que je lui tenais la main. Mais je n'ai pas osé. Je suis restée assise, à attendre comme une idiote. Maman a raison, je n'ai pas l'étoffe…

Nicole posa la joue sur les genoux de sa sœur.

— Le capitaine a compris. Il t'aimait. Il n'aurait pas voulu te voir courir le moindre danger.

— Comme le marquis, qui ne supporte pas l'idée que tu sois en danger…, ajouta Lydia en lui caressant les cheveux. Et regarde comme tu lui obéis bien !

Nicole leva la tête pour considérer sa sœur jumelle.

— Si… si c'était à refaire, irais-tu là-bas ?

L'horloge sonna dix-neuf coups avant que Lydia ne réponde :

— J'aimerais le penser. Donc, s'il te plaît, crois-moi quand je te dis que je comprends ce que tu ressens en ce moment.

Elle laissa planer un court silence avant de poursuivre :

— Mais cela ne rendrait service à personne si tu les rejoignais à La Roue Brisée. Nous devons croire que

Rafe et le marquis seront capables de... de faire face à la situation. D'accord ?

— Mais...

— J'ai dit : d'accord ?

— Oui. De toute façon je n'ai pas le choix, il me semble.

— Et s'ils n'y parviennent pas, si cela ne se passe pas comme prévu à La Roue Brisée, ils ne pourraient pas faire grand-chose d'autre que contempler le carnage sur le pont de Westminster et essayer de porter secours aux blessés. Je me trompe ?

— Non, répondit Nicole en soupirant. Donc tu es en train de me dire que je ne dois vraiment pas m'en mêler. Je comprends. Mais je voulais juste... juste *faire* quelque chose.

Lydia repoussa gentiment sa sœur et se leva. En faisant les cent pas sur le tapis, elle marmonna :

— Evidemment, il reste lord Frayne.

Elle s'arrêta et se tourna vers sa sœur.

— Avez-vous tous bien présent à l'esprit qu'il sera dans une rage folle si Rafe et le marquis réussissent à empêcher la marche ?

Nicole acquiesça.

— Nous en avons déjà parlé, oui. Dès demain, les lettres de maman vont peut-être circuler. Et elle les a bien écrites, elle me l'a confirmé. D'ici quelques jours, tout Londres pourra savoir que notre oncle et nos cousins...

— Alors c'est simple, non ? C'est ce que nous devons faire. J'y ai beaucoup réfléchi depuis hier et, d'après moi, c'est la seule solution. Phineas est aussi de cet avis. Il a déjà... pris certaines mesures.

Nicole se leva en interrogeant sa sœur du regard.

— Que devons-nous faire ? poursuivit Lydia. Dépêche-toi d'enlever ces vêtements ridicules et enfile ta plus belle robe. C'est la rose qui conviendra le mieux, je pense : c'est celle dont le décolleté est le plus profond. Moi je vais chercher Phineas.

— Mais pour quoi faire ?

Nicole avait la tête qui tournait. Qui était cette personne qui se tenait devant elle et qui lui donnait des ordres avec autant d'autorité ? Certainement pas sa sœur.

— Eh bien, pour nous rendre chez lord Frayne et y subtiliser les lettres de maman, bien sûr. Personnellement, je trouve cela à la fois évident et sensé. Phineas partage mon opinion. C'est notre famille qui est menacée, je te le rappelle. Rafe et, à travers lui, nous tous. Et même l'enfant que porte Charlotte. Donc, nous allons vider les chargeurs des pistolets de lord Frayne de leurs munitions. Au sens figuré, bien entendu. Je n'avais pas prévu de le faire ce soir, mais dès que nous avons entendu parler de cette marche, Phineas et moi, nous nous sommes préparés. Je ne peux pas rester timorée toute ma vie, Nicole.

— Lydia, tu es un génie ! Un véritable génie.

Sa sœur esquissa un sourire.

— Vraiment ? Maman a peut-être raison, alors. C'est moi qui ai reçu toute l'intelligence.

— Je ne relèverai pas cette remarque indigne de toi, car, pour l'instant, j'ai surtout envie de te serrer dans mes bras. Mais comment allons-nous faire ?

— En utilisant au mieux nos forces. Je me suis déjà servie de mon cerveau. Maintenant, c'est ton tour. Toi, Nicole, — et je t'assure que je ne te demande pas cela de gaieté de cœur —, tu seras maman. En d'autres termes, tu vas flirter.

Chapitre 19

Ils ne s'embarrassèrent pas de déguisements et ne cherchèrent même pas à se fondre dans la foule des mécontents. Ils ne voulurent pas non plus se donner le mal de franchir la barrière des gardes patibulaires postés aux portes du sous-sol de La Roue Brisée.

Non, Lucas et Rafe pénétrèrent dans la taverne par la porte principale. Ils se dirigèrent directement vers le bar, derrière lequel se tenait un homme à la carrure impressionnante, les coudes appuyés sur le comptoir de bois, et ils lui dirent qu'ils souhaitaient que deux bouteilles de sa meilleure bière leur soient servies à la table se trouvant tout au fond de la salle.

C'est-à-dire tout près de la porte qui menait au sous-sol.

— Tiens, des milords en goguette ! On ne voit pas beaucoup de messieurs comme vous par ici, répondit le barman, sans esquisser un geste pour les servir. Vous vous êtes perdus, c'est ça ? Plutôt que de vous donner à boire, je vais plutôt vous aider à retrouver l'endroit d'où vous venez.

Lucas posa la main sur le comptoir, puis la souleva d'un geste ample, pour bien attirer l'attention sur la pièce d'or qu'il venait de déposer.

— Mais peut-être seriez-vous plus avisé de vous occuper de vos affaires. Apportez-nous nos bouteilles, voulez-vous ? Sans verre. Comme cela, nous ne serons pas tentés d'y cracher.

— C'est sans doute comme cela qu'il les lave, d'ailleurs, commenta Rafe à voix basse pendant qu'ils se dirigeaient vers l'arrière de la taverne, bien conscients d'être suivis des yeux. Je me sentirais plus à ma place ici si je venais de nettoyer une fosse d'aisances.

— Et si c'était le cas, dit Lucas en s'asseyant sur la chaise la plus proche de la porte, vous ne sentiriez peut-être pas la délicieuse odeur qui flotte ici…

— Enfin, enchaîna Rafe en prenant place à son tour, je suis tout de même soulagé qu'il y ait si peu de monde. Même si cela signifie que la plupart de ces messieurs se trouvent sous nos pieds à l'heure qu'il est. Ah, et voici notre nouvel ami. Prêt ?

— Impatient, même. Cela fait longtemps que je ne suis pas passé à l'action. Je ne m'étais pas rendu compte que cela me manquait à ce point.

L'air mauvais, le barman approchait de la table, une bouteille dans chaque main.

Rafe ne bougea pas, mais Lucas se leva, comme pour s'étirer.

L'homme se pencha vers la table.

Avec la vivacité de l'éclair, Rafe lui attrapa les poignets et les emprisonna avec force.

Lucas sortit alors le couteau qu'il avait caché dans sa manche gauche et plaqua la lame au bas du dos de l'homme. Puis il se pencha pour lui murmurer à l'oreille :

— Un seul mot et la dernière chose que vous verrez, c'est votre rein gauche juste devant vous, sur cette table.

Nous descendons à présent, mon cher. Vous avez la clé. Là, dans la poche de votre tablier. Mon ami va lâcher votre main droite et vous allez la sortir pour ouvrir la porte. Ensuite, tous les trois, bien gentiment, nous descendrons inspecter vos caves, à la recherche d'une boisson un peu meilleure que celle-ci. Nous sommes d'accord ? Oh ! juste un petit signe de tête, c'est parfait ! Vous comprenez vite.

La manœuvre se passa encore plus aisément que prévu, mais il était vrai que le peu de consommateurs facilitait grandement les choses.

Suivant le barman dans le raide escalier de bois, Lucas et Rafe découvrirent bientôt la grande salle basse de plafond que Lucas connaissait déjà.

Des dizaines de barriques étaient empilées contre les murs, et la table qui avait servi de tribune l'autre soir était toujours en place.

Mais, comme Lucas et Rafe l'avaient soupçonné, aucun des deux hommes que Lucas avait vus durant cette première soirée n'était présent.

— Il me menace avec un couteau ! hurla le barman au milieu du brouhaha général causé par les conversations à voix basse d'une centaine de personnes.

Tous les visages se tournèrent vers l'escalier.

— Plus maintenant. De toute façon, vous ne servez plus à rien, n'est-ce pas ?

Tout en prononçant ces mots, Lucas retira sa lame, puis, d'un vigoureux coup de pied, poussa violemment l'homme, qui dévala la tête la première les marches restantes et alla s'écraser contre une pile de barils. Ceux-ci s'écroulèrent tout autour de lui dans un grand fracas.

— Très bien, maintenant que nous avons l'attention

de tout le monde…, lança Rafe en adressant un signe de la main à son public. Messieurs ! Permettez-moi, s'il vous plaît, de nous présenter, mon ami et moi-même. Je suis le capitaine Rafael Daughtry, j'ai servi pendant six ans sur le continent, et voici le major Lucas Paine, qui faisait partie de l'état-major du duc de Wellington et fut l'un des acteurs de la victoire finale à Waterloo. Nous nous adressons en amis à ceux qui ont servi avec nous si vaillamment et si courageusement.

— Vous venez réclamer les boutons de nos manteaux, peut-être ? hurla quelqu'un depuis le fond de la pièce. Parce qu'à part ça, vous nous avez déjà tout pris.

Un homme grisonnant ajouta encore au brouhaha de protestation qui suivit en lançant :

— Je vous vois venir ! Vous voulez peut-être mon autre bras, pendant que vous y êtes ? Essayez donc un peu de m'approcher, pour voir !

— Personne n'a dit que ce serait une partie de plaisir, chuchota Rafe, tout en faisant signe à Lucas de s'avancer. A vous, maintenant.

Lucas n'avait pas servi sous les ordres de Wellington sans apprendre quelques petites choses au sujet de ces hommes prêts à mourir pour leur pays ou pour leur duc au moment de se jeter dans la bataille, mais ne se privant pas de les maudire tous les deux autour d'un feu de camp la nuit suivant les combats.

— Il suffit ! cria-t-il avec autorité. Nous sommes ici pour vous dire que vous avez été trahis. L'heure est grave, donc le premier qui osera parler sans y avoir été autorisé aura affaire à moi ! Et si vous ne m'écoutez pas, votre sang va couler ce soir.

— Ecoutez-les ! hurla l'un des participants en jouant des

coudes pour quitter le fond de la salle. C'est Basingstoke qui vous parle. Je l'ai vu chevaucher en première ligne pour mener ses hommes au combat. Vous l'auriez vu, il se battait comme un beau diable !

— Nous qui espérions que quelqu'un nous reconnaisse... Vous êtes un vrai héros. Félicitations, je ne le savais pas, dit Rafe en se rapprochant de Lucas.

Ce dernier comprit que le moment était venu de tirer parti de la situation, avant que l'un de ces hommes fasse remarquer que la guerre était terminée. Il leva les mains pour réclamer le silence et entama le discours qu'il avait soigneusement préparé.

Convaincre une foule en colère qu'elle avait été dupée n'était ni simple ni rapide. Mais lorsque les trois hommes envoyés dans les autres tavernes, où d'autres groupes étaient censés se préparer pour la marche sur le Parlement, revinrent en disant qu'ils n'avaient vu personne nulle part, Lucas fut écouté.

Puis Lucas et Rafe se retrouvèrent dans les rues sombres, guidés par l'homme qui avait reconnu Lucas et accompagnés par vingt éclaireurs. Ils étaient partis pour le pont de Westminster, tandis que tous les autres avaient accepté d'attendre leur retour à la taverne.

Au détour d'une ruelle sombre, ils aperçurent plusieurs contingents de la garde royale déjà rassemblés au bout du pont, juste à l'entrée du Parlement. Ils attendaient cette marche qui n'aurait pas lieu, cette émeute qui n'éclaterait pas, cette excuse pour voter de nouvelles lois qui ne se présenterait pas.

Ce fut un groupe silencieux et maussade — quoique reconnaissant — qui retourna à La Roue Brisée.

Le barman, la tête enveloppée dans un bandage qui

avait dû un jour être blanc, finit par poser la question que Lucas et Rafe espéraient et attendaient, depuis que Nicole leur avait présenté son raisonnement on ne peut plus logique :

— Lequel de ces bâtards du gouvernement voulait qu'on meure pour lui ?

En fin de compte, Charlotte les accompagnait, car aucun argument n'avait réussi à lui faire entendre raison.

Les trois femmes arrivèrent dans le vieux et austère quartier de Belgrave Square juste avant 21 heures. En effet, Phineas, qui avait discuté la veille avec la cuisinière de la maison, savait que Frayne passait tous les soirs à table à 18 h 30 et ne sortait jamais pour ses visites mondaines vespérales avant 22 heures au plus tôt.

Charlotte étouffa un bâillement au moment où le cocher s'arrêta devant un hôtel particulier en pierre, imposant, mais assez laid.

— Nous t'ennuyons, peut-être ? demanda Nicole à sa belle-sœur.

— Pas du tout ! Mais c'est bientôt l'heure où je me couche, d'habitude. Surtout depuis que l'enfant de Rafe prend un malin plaisir à me réveiller à grands coups de pied toutes les nuits à 2 heures. Mais je vais me réveiller, pas d'inquiétude… Sinon, nos rôles à toutes les trois sont-ils clairement définis ?

— La future mère hystérique, la voix de la raison calme, mais froidement calculatrice et la séductrice scandaleuse, qui croit pouvoir obtenir grâce à ses charmes ce que les deux autres se voient refuser, exposa Nicole, avant de froncer les sourcils. Dois-je vraiment jouer le rôle de notre mère ? Je m'étais pourtant promis de ne plus jamais faire cela.

— Tu ne peux décemment pas prétendre incarner la voix de la raison, trésor, fit remarquer Charlotte, alors qu'un domestique ouvrait la porte de la voiture et installait le marchepied, ce qui lui valut un joli sourire de la part de Lydia.

— Et Phineas est certain de réussir ?

— Nicole, cesse de poser toujours les mêmes questions ! ordonna Lydia tandis que Charlotte descendait de voiture. Si Phineas dit qu'il peut le faire, il peut le faire. Il était dans la police, n'oublie pas.

— Ce qui signifie qu'il faisait la chasse aux voleurs, pas qu'il *était* un voleur.

— Mais les voleurs, il les attrapait bien, n'est-ce pas ? fit Nicole.

Nicole n'avait aucune réponse à apporter à cela, aussi se contenta-t-elle d'esquisser une petite moue et avança-t-elle de quelques pas.

Elles restèrent au bas des marches en marbre qui conduisaient au porche d'entrée jusqu'à ce qu'un valet de pied de Frayne vienne ouvrir à leur domestique. Alors, Lydia donna un petit coup de coude à sa sœur pour lui signaler qu'il était temps d'entrer dans son personnage.

Nicole grimpa les marches avec légèreté en laissant son châle découvrir ses épaules nues et sourit au domestique qui, bien que plus proche de l'enfance que de l'âge adulte, était doté d'une pomme d'Adam surdimensionnée.

— Sa Grâce la duchesse d'Ashurst désirerait s'entretenir avec lord Frayne au sujet d'un problème urgent et personnel. Elle est accompagnée par ses belles-sœurs, lady Lydia et lady Nicole Daughtry. Eh bien, cela fait peut-être beaucoup pour que vous reteniez tout d'une seule traite ? Dois-je me répéter ?

La pomme d'Adam remonta si haut que Nicole fut surprise que le pauvre garçon ne s'étrangle pas avec. Puis elle se promena plusieurs fois de haut en bas avant qu'il puisse répondre :

— Non, madame, euh… Mademoiselle, euh… lady Daughtry.

Nicole se retourna pour adresser un sourire triomphal à sa sœur et à sa belle-sœur. Elles furent presque aussitôt escortées jusque dans le salon principal par un majordome guindé qui avait surgi dans l'entrée. L'homme promit des rafraîchissements et l'arrivée de lord Frayne, tout cela sous peu.

Pendant que Charlotte se dirigeait naturellement vers le canapé qui paraissait le plus confortable et sortait déjà un mouchoir en dentelle de son réticule, Nicole fit le tour de la pièce, qui lui déplut fortement.

— Plutôt ostentatoire et prétentieux, comme décor, ne trouvez-vous pas ? Toutes ces dorures…, dit-elle en s'approchant de la cheminée. Et un portrait de lui qui trône, là-haut. J'ai l'impression que lord Frayne s'aime un peu trop !

— Nicole, tais-toi ! souffla Lydia.

Elle alla prendre place sur une chaise tournée vers les canapés. Ceux-ci étaient disposés autour d'une grande table ronde dont le plateau était porté par un trio d'angelots dorés levant les bras au-dessus de leur tête.

— Prends une pose aguicheuse, ajouta-t-elle à mi-voix, ou fais ce que tu veux, du moment que cela colle avec ton personnage.

— Bientôt elle va me vendre pour deux pence dans

les rues autour de Covent Garden, murmura Nicole à Charlotte, qui essayait en vain de faire mine de pleurer.

Mais la remarque de Nicole eut tout de même son utilité, car, au moment où lord Frayne pénétra dans la pièce, elle força Charlotte à travestir son fou rire en sanglots.

— Votre Grâce, quel plaisir inattendu ! lança-t-il en se dirigeant directement vers cette dernière, qui conserva son mouchoir sur sa bouche pendant que, distraitement, elle tendait la main pour qu'il puisse la lui baiser. C'est à la fois un honneur et une très belle surprise, devrais-je dire !

Charlotte marmonna quelques paroles inintelligibles et retira sa main.

— Mesdames, continua-t-il en s'inclinant devant Nicole et Lydia. Y a-t-il un problème ?

— Notre mère et ses indiscrétions ont embarqué pour l'Italie hier soir, et cela à cause de vous, répondit froidement Lydia. Le destin de notre frère — l'époux de la pauvre Charlotte et le père de son futur enfant — se trouve bien malgré lui entre vos mains, et ma sœur et moi-même sommes sur le point d'être mises au ban de la société et contraintes soit de rester célibataires toute notre vie, soit de contracter un mariage indigne de notre rang. Donc, oui, monsieur, il y a un problème.

— Et tout cela à cause de ce stupide Basingstoke, qui ne s'est pas montré à la hauteur des espérances que nous avions placées en lui. Il vous a déçu vous aussi, n'est-ce pas ? renchérit Nicole en conservant sa pose provocante. A présent, monsieur, comment pouvons-nous espérer réparer les choses ? Hmm ?

Frayne considéra tour à tour les trois femmes. Son regard s'attarda sur la duchesse d'Ashurst, qui, le ventre gravide bien en évidence, se tamponnait toujours les yeux avec son mouchoir, avant de se poser de nouveau sur Nicole.

Enfin, plus précisément, sur la poitrine de Nicole.

— Je suis désolé, mais je ne comprends pas. Votre frère, vous dites ? Et pourquoi me parlez-vous de Basingstoke ? Je crains, mesdames, que vous n'en sachiez plus que moi.

Nicole mourait d'envie d'étrangler cet odieux menteur, mais Lydia semblait s'être préparée à cette réaction de déni.

— N'essayez pas de nous dissimuler quoi que ce soit, monsieur. Nous savons tout sur les lettres que notre mère vous a écrites. Nous sommes ici pour les racheter. Quel est votre prix ?

Nicole leva la main et fit lentement courir son majeur le long de la profonde encolure de sa robe, puis se massa légèrement le décolleté. Elle eut l'impression qu'elle allait vomir, mais elle prit sur elle et adressa un regard craintif à Frayne, avant de se mordiller la lèvre pour lui montrer qu'elles étaient prêtes à payer n'importe quel prix. N'importe lequel.

Il connaissait déjà la mère, dont la réputation de légèreté n'était plus à faire, il avait maintenant affaire à la fille, qui se présentait à lui sous des dehors peu farouches. Telle mère, telle fille ? Il y avait fort à parier qu'il était en train de se poser la question en cet instant.

Nicole vit toutes ces interrogations et tous ces enchaînements d'idées passer sur le visage et dans les yeux sournois de Frayne. Comment avoir la fille *et* les lettres ? Comment profiter de ce qui lui était offert, tout en conservant le marquis de Basingstoke dans ses filets ? Comment gagner sur tous les tableaux ?

— Je…

Il s'éclaircit la gorge et détourna le regard, pour lancer un dernier coup d'œil à Nicole, avant de s'adresser à Lydia :

— Il se peut que j'aie une idée de ce qui semble vous tracasser. Mais je ne fais que mon devoir d'homme d'Etat : il est question d'un meurtre — de plusieurs, même — et le sujet est d'importance.

Il regarda Nicole une troisième fois et elle inclina très légèrement la tête, puis cligna des paupières, comme pour lui adresser un appel tacite.

— Vous... vous comprenez certainement mon dilemme.

— Je comprends que vous êtes le plus terrible des hommes, répondit Lydia sur un ton grave. Je comprends que notre situation est désespérée et je crois que vous le savez aussi. Le marquis nous a abandonnées, plaçant notre sort entre vos mains et préférant s'enfuir à l'autre bout du pays pour tenter de vous échapper. Et nous ne pouvons nous confier à notre frère, de peur qu'il ne commette l'irréparable. Vous êtes... notre seul espoir.

— Basingstoke est parti ?

Nicole s'était écartée de la cheminée et se tenait à présent juste derrière lord Frayne, assez proche de lui pour entendre tourner les rouages de son cerveau.

— Après nous avoir avoué ce qu'il nous avait fait, oui. Cet homme est le pire des lâches. Il me répugne. Les hommes devraient être... forts.

— Et... et vous a-t-il dit pourquoi j'étais... enfin pourquoi je suis prêt à m'en prendre à votre frère ?

Nicole haussa ses épaules nues.

— Il a marmonné des propos incompréhensibles sur la mort de son père et d'une chose qu'ont l'aurait forcée à faire, mais à laquelle il n'aurait pas pu se résoudre. Comme si cela pouvait nous intéresser...

— Tout ceci me paraît difficile à croire. Il vous a dit ce qu'il avait fait et vous a ensuite abandonnées à votre triste sort ?

— Comme nous vous l'avons dit, ce n'est qu'un lâche. Rafe le provoquerait sans doute en duel si nous devions lui raconter ce qui s'est passé. Mais d'une façon ou d'une autre, cela risquerait de nuire à son futur enfant. C'est souvent aux femmes de réparer les dégâts causés par les hommes et notre histoire ne fait pas exception. Nous avons donc réfléchi toutes les trois ensemble à la façon de régler ce problème.

— Et c'est précisément dans ce but que vous êtes venues ici, acquiesça Frayne. Je vois.

Nicole se mordit de nouveau la lèvre, mais cette fois parce qu'elle était vraiment inquiète, ce qui ne l'empêcha toutefois pas de murmurer sur un ton enjôleur :

— Vraiment, monsieur ?

Charlotte intensifia ses gémissements.

— Je n'arrive pas à croire que j'aie accepté de participer à ce… à cette démarche honteuse ! Quel terrible sacrifice tu t'apprêtes à accomplir, ma chère, ma très chère Nicole ! Mais c'est le seul moyen de protéger mon enfant, mon pauvre enfant !

Nicole regarda Lydia, ne sachant ce qu'elle devait faire ou dire ensuite. Phineas devait en avoir terminé à présent, si tout s'était déroulé comme prévu. Dans un moment, Frayne allait soit raccompagner sa sœur et Charlotte vers la sortie et lui proposer de monter à l'étage, soit commencer à discuter d'un prix.

Elle frémit à cette pensée.

Mais il fallait hâter les choses, aussi improvisa-t-elle :

— Ma chère Charlotte, ressaisis-toi un peu. Je t'avais

dit que lord Frayne saurait entendre raison, non ? Et à toi aussi, Lydia. L'on n'arrive à rien en se fâchant et en tapant du poing sur la table. Maman ne t'a-t-elle donc rien appris ? A moi, elle m'a appris ce qu'une femme devait faire pour survivre dans ce monde cruel.

Lydia ouvrit la bouche, sans doute pour protester, mais au même moment, Nicole entendit un bruit de cailloux heurtant une vitre.

De toute évidence, Charlotte l'entendit aussi, car elle posa aussitôt les deux mains sur son ventre et cria :

— Mon Dieu, le bébé ! Le bébé arrive !

Le visage de lord Frayne devint aussi blanc que sa cravate.

— Comment ? Qu'a-t-elle dit ?

Lydia se leva d'un bond, se précipita vers Charlotte et l'aida à se lever. Elles se dirigèrent sans attendre vers la sortie, pendant que Charlotte gémissait toujours en se tenant le ventre :

— Il vient ! Il vient !

— Ici ? Maintenant ? Mais… mais vous ne partez pas, tout de même, lady Nicole ?

Nicole leva les yeux au ciel tout en passant devant Frayne, qui, l'air horrifié, lui emboîta aussitôt le pas comme un chien obéissant. Les hommes ! Ils pensaient diriger le monde. Ils échafaudaient des plans, ils faisaient la guerre et ils commandaient aux femmes en refusant l'autonomie à leurs épouses et à leurs filles, tout comme au peuple.

Mais en réalité, ils pouvaient se montrer incroyablement faibles et influençables, pour peu que l'on sache les charmer. Heureusement, Lucas était l'exception : il aurait tout de suite vu clair dans son subterfuge.

— Bien sûr que je m'en vais. Nous allons devoir reprendre cette discussion une autre fois, monsieur, à moins que vous ne vouliez que la pauvre duchesse accouche ici même, chez vous. Dans ce cas, nous aurions besoin de vos domestiques. Il faudrait aussi que quelqu'un appelle tout de suite un médecin et répande de la paille dans la rue pour que les roues des voitures ne la dérangent pas dans ces moments de souffrance. Cela permettrait également d'étouffer ses hurlements. Oh ! Et il nous faudrait aussi des serviettes, beaucoup, beaucoup de serviettes. Il paraît que, parfois, le travail peut durer des heures et des heures.

— Non ! Enfin… enfin, je veux dire, quand ? Quand reviendrez-vous ? J'ai bien compris le sens de votre proposition : elle était évidente. Je suis quelqu'un de raisonnable et de juste. Un mariage peut être envisagé. J'ai absolument besoin d'un héritier. En outre, dès ce soir, ou dans les jours à venir, je serai un homme très puissant et vous serez alors heureuse que je veuille bien vous épouser. Dites-moi quand, et c'est tout.

Quelle intolérable arrogance ! Nicole continua sa progression vers la sortie, soulagée de voir que Lydia et Charlotte étaient déjà dans la rue.

Elle aurait dû répondre quelque chose d'anodin et s'en aller. C'était le plan. C'était la promesse qu'elle avait faite à Lydia et Charlotte. Lydia l'avait mise en garde : « Ne jubile pas trop vite, Nicole, et contente-toi de nous suivre dehors. »

Mais Frayne était vraiment trop répugnant.

Elle attrapa les pans de son châle rose et s'en drapa les épaules en imitant les gestes théâtraux de sa mère tels qu'elle avait pu les observer dans les boutiques de Bond

Street. Puis elle se tourna vers Frayne en lui adressant un regard condescendant.

— Quand, monsieur ? Maintenant que nous nous sommes emparées de ces maudites lettres, tandis que vous étiez trop occupé à convoiter ce que vous ne pourrez jamais avoir, même si vous deviez être le dernier homme sur terre ? Je pensais que la réponse serait évidente, même pour quelqu'un d'aussi borné et stupide que vous. *Jamais !*

— Smithers ! hurla alors Frayne, appelant avec rage son majordome, tout en attrapant Nicole par le coude et en la ramenant sans ménagement vers le salon. Smithers ! Fermez la porte à clé !

Lucas commençait à éprouver quelques remords.

Pourtant, Frayne méritait bel et bien de voir toutes les fenêtres de sa résidence cassées par la foule qui débouchait par petits groupes des ruelles sombres et se rassemblait peu à peu autour de sa demeure. Tous avaient quitté La Roue Brisée, non pas en une foule compacte, pour éviter de se faire remarquer, mais discrètement, par deux ou trois, et tous s'étaient glissés dans l'obscurité avec la même destination et le même objectif en tête.

Bien sûr que Frayne méritait de voir sa porte d'entrée fracassée par ces mêmes hommes et ses biens volatilisés dans la nuit… Et avec plus d'une centaine d'hommes en colère œuvrant tous ensemble sous des ordres explicites, comme ils l'avaient brillamment fait pour vaincre Napoléon pendant la guerre, la mission promettait d'être accomplie avec rapidité et efficacité.

Mais, en y réfléchissant un peu mieux, n'existait-il pas un meilleur moyen de récupérer les lettres d'Helen

Daughtry dès ce soir qu'en pénétrant dans la maison avec ces hommes en colère ?

Frayne avait voulu une émeute et il l'aurait. Ces hommes amèneraient le poids de la faim, de la misère et de la frustration jusqu'à sa porte. Ce ne serait pas une révolte dirigée contre une ville ou un gouvernement, mais une attaque menée contre un homme, un assaut qui, en dépit des dégâts qu'il pourrait causer, ne suffirait pas à donner à Frayne ces nouvelles lois qu'il attendait tant.

Tel était le plan que Lucas avait conçu.

Mais à présent, il se demandait s'il n'avait pas exposé ces hommes à un nouveau danger, tout en étant conscient de les avoir protégés de la tragédie certaine qu'aurait été cette marche sur le Parlement.

— Rafe, lança-t-il lorsqu'ils pénétrèrent dans le square, débouchant d'un petit chemin menant aux écuries situées derrière les maisons. Nous aurions peut-être pu trouver un moyen de faire ça sans eux.

Mais Rafe n'écoutait pas. Il s'était immobilisé et regardait la maison de Frayne.

— Charlie ? fit-il d'un ton incrédule.

Et il partit soudain au pas de course.

— Charlie !

Lucas se mit à courir avec lui, espérant du fond du cœur découvrir Nicole dès qu'il arriverait à la voiture de Rafe. Il voyait déjà les cheveux blonds de Lydia qui brillaient dans la lueur des torches éclairant, de part et d'autre, la porte d'entrée de Frayne.

Mais, pendant que son cœur espérait, son esprit savait déjà avec certitude que, si Nicole devait se trouver quelque part par ici, ce n'était certainement pas du bon côté de la porte.

— Qu'a-t-elle fait ? demanda-t-il à Lydia, qui était d'une pâleur extrême, en la saisissant par les bras. Dites-moi ! Quelle bêtise a-t-elle encore commise ?

— Non… non… c'est moi. C'était mon idée. C'était mon idée et tout est ma faute. Je ne voulais plus être quelqu'un de timoré. Oh ! Dieu merci, vous êtes là…

— Oui, oui, nous sommes là. N'essayez pas de la défendre, Lydia, l'avertit Lucas. Je ne sais pas ce qui se passe ici, mais n'essayez pas de me dire que Nicole n'y est pour rien. Bon sang, elle est incorrigible !

Rafe, tenant sa femme par la main, les rejoignit.

— Elle est à l'intérieur, expliqua-t-il. Avec Frayne. Cela ne fait pas longtemps qu'il la détient. Cela s'est produit juste au moment où nous arrivions.

— Mais qu'est-elle donc allée… non, tant pis. Elle m'entendra une fois que nous l'aurons récupérée.

Il se tourna vers les hommes de La Roue Brisée et les vit armés de bâtons et de fourches, les poches déformées par les cailloux qu'ils avaient ramassés sur le trajet.

Quatre hommes attendaient déjà le signal pour utiliser le réverbère qu'ils avaient arraché en vue de défoncer la porte.

Belgrave Square était désert, hormis cette centaine d'hommes et la voiture de Rafe. Heureusement, les habitants du quartier étaient plutôt âgés et casaniers et sortaient rarement après 22 heures. En outre, s'ils avaient entendu quelque chose, il y avait fort à parier qu'ils se seraient enfermés à double tour chez eux, plutôt que de venir en aide à leur voisin.

Cependant, Lucas savait qu'ils devaient faire vite et éviter, dans la mesure du possible, d'être vus.

— A mon commandement, messieurs ! A mon

commandement ! cria-t-il, avant de lever la main, de la laisser retomber et de se mettre à courir vers le porche de l'entrée.

La porte s'ouvrit avant qu'il n'y parvienne et un homme grand et assez âgé en livrée noire de majordome, surgit alors sur le perron.

— Il a emmené la jeune demoiselle dans le salon, monsieur, déclara-t-il en désignant une double porte fermée. Ne vous en prenez pas aux domestiques, s'il vous plaît. Ils n'y sont pour rien.

Lucas pénétra dans le vestibule en levant la main pour contenir sa petite armée derrière lui.

— Alors je suggère que vous rassembliez tous les domestiques et que vous vous retranchiez à la cave… avec tous mes remerciements.

— Oui, monsieur le marquis de Basingstoke, tout de suite. Et nous ne vous avons jamais vu ici ce soir, monsieur. Ni ces dames.

Lucas sourit, même si le résultat devait être plus proche d'une grimace.

— Vous êtes bien bon. Venez me voir demain. Il n'y aura plus grand-chose à faire ici, sauf balayer les débris. Si vous cherchez une nouvelle place, avec les autres domestiques, je vous attends.

Le majordome exécuta une profonde révérence, comme s'il invitait le prince régent en personne à entrer, et non les deux vandales bien habillés et la horde furieuse et armée de miséreux qui lui faisaient face, puis il partit réunir les valets et les emmener vers l'arrière de la maison.

— Cinq minutes et vous avez tous disparu d'ici. Compris ? Une minute de plus et la police risque d'arriver.

Prenez ce que vous voulez, cassez ce que vous voulez, peu m'importe.

Lucas désigna la double porte derrière lui.

— Mais cette pièce-ci est à moi.

Les hommes lui adressèrent un salut plein de déférence, avant de se séparer en deux groupes, l'un explorant le rez-de-chaussée, l'autre partant vers les étages.

— Où est-elle ? demanda Rafe lorsqu'il eut enfin réussi à entrer à son tour.

— Dans cette pièce, répondit Lucas. Cherchez ces lettres ou attendez dehors avec votre femme. Frayne est à moi.

— Pas la peine de chercher. Charlie m'a raconté pourquoi elles étaient là. Elles faisaient diversion, pendant que Phineas devait escalader la façade, entrer par une fenêtre et subtiliser les lettres dans le bureau de Frayne. Je les ai, ce qui nous fait un souci de moins. Mais ne le tuez pas. Je ne veux pas que ma sœur partage la vie d'un fugitif.

Quelques minutes à peine s'étaient écoulées depuis qu'ils avaient eu la désagréable surprise de découvrir Lydia et Charlotte devant chez Frayne, mais Lucas avait l'impression qu'il s'était passé des années.

Des années que Frayne s'était enfermé avec Nicole dans ce salon. Il devait savoir que sa maison était assiégée, il devait savoir que Nicole serait bientôt secourue et que tous ses beaux projets étaient d'ores et déjà compromis.

Cela faisait-il de lui un homme brisé ou plus dangereux que jamais ? Lucas savait qu'il allait bientôt le découvrir.

Chapitre 20

Assise sur le canapé occupé par Charlotte quelques minutes plus tôt, Nicole se massait le bras à l'endroit où Frayne l'avait brutalement saisie, tout en regardant ce dernier faire les cent pas.

Tous deux entendaient du bruit au-dessus de leurs têtes, des cris de triomphe, des fracas de verre brisé et des chocs sourds, sans doute causés par des objets lourds tombant par terre.

— Que se passe-t-il ? Que se passe-t-il ? Où est la police ? Elle devrait être là ! Ma maison… mes biens ! Mon Dieu, c'est une révolution ! Je leur avais dit. Je leur avais bien dit qu'on en arriverait là !

— Si je puis me permettre, monsieur, rétorqua Nicole qui sentait sa confiance revenir, vous avez tout fait pour qu'on en arrive là, même si vous ne pensiez sans doute pas que cela se produirait chez vous. Vous aviez plutôt prévu que la foule en colère s'en prenne à la maison et aux biens d'une certaine autre personne… Mais, grâce à l'intelligence de Lucas, votre stratagème s'est retourné contre vous.

— Vous, taisez-vous !

Frayne opéra un demi-tour sur lui-même et se précipita sur elle, les yeux emplis de panique et de fureur, les poings serrés.

— Taisez-vous, répéta-t-il, taisez-vous, *taisez-vous* !

Nicole était impulsive. Impétueuse. Toujours en quête d'aventure. Mais elle n'était pas stupide. Elle se leva précipitamment et alla se réfugier derrière le canapé pour se protéger de cet homme fou de rage. Au même moment, les doubles portes s'ouvrirent avec fracas et cognèrent violemment le mur.

Et Lucas fit irruption dans la pièce.

— Lucas, je peux vous expliquer..., commença-t-elle, avant de se taire prudemment lorsqu'elle se rendit compte qu'il avait à peine fait attention à elle.

Elle regarda derrière lui, dans le vestibule, et vit des hommes aller et venir en courant, certains portant de la vaisselle, d'autres des candélabres en argent encore allumés à bout de bras. L'un d'eux s'arrêta devant la porte et leur adressa un sourire édenté. Il posa l'un des chapeaux en poil de castor de Frayne sur ses cheveux gras et épais, avant de le soulever pour s'incliner devant Nicole et de filer sans demander son reste.

— C'est vous ! s'exclama Frayne en se précipitant vers Lucas. C'est vous le responsable de tout cela ! Vous serez pendu pour cela !

— Pourquoi êtes-vous si en colère ? Vous vouliez une révolte ce soir, Frayne, vous en avez une ! Elle n'a pas eu lieu sur le pont de Westminster, voilà tout. Nicole, allez rejoindre votre frère. Tout de suite.

Elle l'aimait plus que tout, mais était-il devenu fou ? Pensait-il vraiment qu'elle allait partir maintenant qu'elle avait le sentiment de posséder enfin toutes les réponses et toutes les solutions à leurs problèmes ?

— Non, Lucas, je reste. Je veux entendre comment lord Frayne compte s'y prendre pour vous faire pendre, alors que cette insurrection était son idée. Nous avons chargé Phineas de récupérer les lettres de maman, évidemment, mais nous lui avons aussi demandé de s'emparer de toute la correspondance susceptible de prouver que Frayne était lié aux Citoyens pour la Justice. Vous et Rafe pourrez aller présenter ces pièces à lord Liverpool et à lord Sidmouth, qui ne seront sans doute pas très heureux d'apprendre que ce monsieur avait aussi programmé leur chute, et le tour sera joué. N'est-ce pas parfait comme solution ? Moi je trouve que si.

Elle avait croisé les doigts en prononçant ces mots, mais l'expression consternée de Frayne lui confirma que son bureau devait bien renfermer des preuves hautement compromettantes. Comme, par exemple, des piles et des piles du manifeste que Lydia avait trouvé dans la poche de tablier de sa femme de chambre.

Et c'était Nicole qui avait pensé à demander à Phineas de rechercher ce genre de pièces à conviction. Ha, ha, et sa sœur qui pensait être la seule à posséder un cerveau !

Le lustre au-dessus de leurs têtes se mit à trembler lorsqu'un objet lourd s'écrasa à terre à l'étage. Ils levèrent tous les yeux et ce moment d'inattention suffit à Frayne — qui devait savoir que sa chance l'avait bel et bien abandonné — pour se jeter sur Lucas.

— Lucas ! cria Nicole en quittant son abri derrière le canapé tandis que les deux hommes roulaient à terre, chacun essayant de frapper l'autre, mais sans grand succès, car ils étaient trop près l'un de l'autre pour que les coups portent.

Toutefois, Lucas était le plus jeune et le plus fort des

deux et, très vite, l'issue de la lutte fut évidente. Nicole reposa la statuette en porcelaine dont elle s'était armée avec l'intention de frapper Frayne à la tête et poussa un soupir de soulagement. Après tout, mieux valait que Lucas se tire seul de cette situation : les hommes étaient si susceptibles sur ce plan !

Frayne fut saisi par l'arrière du col et tiré jusqu'à une chaise, sur laquelle il s'assit en foudroyant Lucas du regard.

— Vous ne saurez jamais, Basingstoke, siffla-t-il en resserrant son nœud de cravate. Vous ne saurez jamais qui est responsable de la chute de votre père.

— Je m'en accommoderai, surtout si je sais que vous êtes fini, vous et vos rêves de pouvoir, rétorqua Lucas tout en tendant la main à Nicole, qui s'empressa de venir le rejoindre face à Frayne.

Un nouveau bruit sourd, en provenance de l'escalier cette fois, leur fit tourner la tête vers le vestibule. Une immense armoire peinte prenait la direction de la porte d'entrée.

L'homme qui avait reconnu Lucas à La Roue Brisée apparut sur le seuil du salon.

— On est raisonnable, monsieur, assura-t-il, on va se contenter de ça. Ma femme sera très contente. Je suis sûr qu'elle n'a jamais rien vu d'aussi beau de toute sa vie. Cette armoire est tellement grande que les gosses pourront dormir dedans. D'autres en auraient fait du petit bois et y auraient mis le feu, mais nous, on n'est pas comme ça…

Il salua Lucas et s'inclina devant Nicole.

— Madame… Et j'oubliais, monsieur : mon ami Hughie m'a dit de vous dire que les Citoyens pour la Justice ont enfin eu l'impression qu'elle leur avait été rendue ce soir, la justice, et il m'a dit aussi de vous remercier. Un bon gars, ce Hughie !

Profitant de cette diversion, Frayne s'était levé d'un bond.

— Mon armoire ! hurla-t-il.

Il bouscula Lucas et se rua dehors, juste à temps pour voir ce bien auquel il avait l'air de tant tenir disparaître à l'angle d'une ruelle, porté par six colosses.

Il se tourna alors pour contempler sa maison. A part celles du salon, toutes les vitres avaient été brisées.

— Mes fenêtres ! Mes fenêtres sont toutes cassées !

Comme si la nature voulait encourager les efforts des insurgés, il s'était mis à pleuvoir.

Nicole à son bras, Lucas s'arrêta près de Frayne et l'avertit :

— Une seule plainte, monsieur, un seul murmure et Liverpool et Sidmouth sauront tout. Et les innocents que vous aviez l'intention de sacrifier pour servir vos ambitions reviendront vous rendre visite, armés de torches, cette fois. C'est compris ? Il ne s'est rien passé cette nuit, Frayne. Rien du tout.

Puis il posa sa main sur celle de Nicole.

— La voiture de votre frère nous attend, dit-il à la jeune femme. Y allons-nous ?

— Oui, bien sûr, répondit-elle en levant le menton. Bonsoir à vous, lord Frayne ! Etant donné que vous allez sans doute vous faire discret durant le reste de la Saison, je vous dis au revoir. Ou, comme pourra bientôt vous le dire ma mère, sans doute avec un abominable accent : « *Arrivederci !* »

— Vous voulez toujours avoir le dernier mot, n'est-ce

pas ? demanda Lucas alors qu'ils parvenaient à la voiture, où l'attendaient Charlotte et Lydia.

Il l'aida à grimper les deux marches et elle se retourna vers lui.

— Mais je me demande si je l'aurai ce soir. Vous êtes furieux contre moi, n'est-ce pas ?

— Est-il vraiment nécessaire de poser cette question ?

— Non, sans doute que non…

Elle s'assit sur la banquette de velours près de Charlotte et Lydia, qui paraissaient soulagées, et regarda Lucas prendre place à côté de Rafe. Puis elle posa les mains sur ses genoux et les fixa en silence pendant tout le trajet jusqu'à… Elle leva les yeux lorsque la voiture s'arrêta, plus tôt qu'elle ne l'avait pensé.

Ils se trouvaient à Park Lane, devant l'hôtel particulier de Lucas.

Elle regarda son frère, qui ne broncha pas. Il afficha même un air détaché et vaguement amusé lorsque Lucas ouvrit la portière et descendit dans la rue, avant de tendre la main à Nicole sans un mot.

— Rafe ? Charlotte ? *Lydia* ? Quoi, vous allez tous rester ici sans bouger et le laisser m'emmener avec lui ?

Lydia jeta un coup d'œil à son frère.

— Elle a raison, dit-elle. En plus, c'était mon idée. Enfin, mis à part la dernière partie, quand elle ne nous a pas suivies dehors comme nous l'avions décidé. Nous devrions peut-être…

Rafe se pencha vers l'extérieur pour lancer à Lucas :

— Nous prenons le petit déjeuner à 10 heures. Passez une bonne nuit !

Alors, Nicole abandonna la partie et accepta de descendre de voiture.

Il vit le majordome échanger un regard rapide avec les deux valets, qui s'empressèrent de baisser la tête en faisant mine de ne pas avoir remarqué que leur maître venait de rentrer chez lui au bras d'une belle jeune femme légèrement mouillée, qu'il mena directement dans l'escalier.

Lucas ne s'arrêta qu'une fois qu'il eut grand ouvert, puis refermé d'un coup de pied, les portes de sa chambre à coucher.

— Eh bien, monsieur semble bien décidé ! Très impressionnant ! le provoqua-t-elle en se dirigeant d'elle-même vers le lit. C'est là que vous voulez que je m'installe, n'est-ce pas ?

— Ce que je veux, c'est vous caler sur mes genoux et vous administrer une bonne fessée, comme aurait dû le faire votre père lorsque vous étiez enfant.

— Quel père, Lucas ? J'en ai eu trois. Maintenant, dites tout ce que vous avez à dire, que nous en finissions !

— Merci, c'est ce que je vais faire. Qu'est-ce qui a bien pu vous passer par la tête ? explosa-t-il. A toutes les trois ! Toutes les trois ! Aussi stupides les unes que les autres…

— Très bien, je vous remercie. Et vous, comment s'est passée votre soirée ? répondit Nicole en lui lançant le même regard noir que celui qu'il lui adressait.

Mais elle pouvait le foudroyer du regard autant qu'elle voulait, peu lui importait… En ce moment, en tout cas.

— Une femme enceinte ! Comment une femme enceinte peut-elle avoir si peu de jugeote ? S'introduire chez un homme, chez un homme comme Frayne, qui plus est ? Sans avertir personne ? Et sans la moindre hésitation non plus, j'en suis certain. Et votre sœur ? Je peux comprendre une telle bêtise de votre part. Mais venant d'elle ?

— Maintenant, écoutez-moi une minute, Lucas Paine ! rétorqua Nicole en pointant un doigt dans sa direction, pour laisser aussitôt retomber le bras comme si elle craignait d'avoir été trop loin. Très bien, si c'est ce que vous voulez entendre : bien sûr, c'était mon idée. Du début à la fin. Bien sûr, je les ai toutes les deux forcées à me suivre contre leur gré. Et tout cela dans le but de vous sauver, Rafe et vous. Eh bien, savez-vous quoi ? Je suis heureuse que nous ayons réussi à sauver Rafe ; mais en ce qui vous concerne, j'ai encore des doutes. Et que faisons-nous dans votre chambre, si ce n'est pour que vous me jetiez sur votre lit ? De colère, bien entendu…

Nom d'un chien ! Elle allait bel et bien le rendre fou… Saisi d'un accès de rage et de désespoir, il se prit la tête entre les mains, tourna les talons et gagna l'extrémité de la pièce.

Lorsqu'il eut mis assez de distance entre Nicole et lui, il se retourna.

— D'accord, d'accord. Admettons que vous ne les ayez pas forcées à participer à cette opération insensée contre leur volonté. Admettons qu'elles aient même contribué avec vous à l'élaboration de ce satané plan.

— Ce satané plan a fonctionné, Lucas, rétorqua-t-elle, le menton levé en signe de défi. Vous pourrez nous remercier quand vous le souhaiterez. C'est-à-dire quand vous cesserez de croire, bêtement, que les femmes sont incapables de se défendre.

Il ravala la flopée de jurons qui lui venaient. Il avait le plus grand mal à contenir sa colère.

— Vous… vous… vous vous retrouvez enfermée à

double tour dans le salon de Frayne et vous appelez cela se défendre ?

— Soit, nous n'avions pas prévu que les choses se passent tout à fait ainsi, soupira-t-elle en retirant son châle, qu'elle se mit à plier et à replier sans cesse. Nous étions surtout là toutes les trois pour faire diversion, pour empêcher Frayne de monter dans son bureau pendant que Phineas cherchait les lettres de maman.

— Pour faire diversion ? Et vous aviez besoin d'être trois pour faire diversion ?

Elle hocha la tête en le regardant avec de grands yeux innocents, même si, il en était certain, elle savait pertinemment qu'elle était en train de s'enfoncer.

— Lydia devait discuter avec lui, Charlotte devait pleurer pour son enfant qui n'aurait pas de père si l'on pendait Rafe et moi… et moi, je devais juste être là.

— Dans cette tenue ?

Il regarda la robe qui avait failli lui faire perdre la tête quelques jours plus tôt. La robe qu'il avait fait glisser quand il… Non, ce n'était pas le moment d'y penser. Il voulait être en colère. Il fallait qu'il soit en colère.

— Et c'est ce que vous avez fait ? Vous vous êtes juste contentée d'être là ?

— Il se peut… il se peut que j'aie un peu minaudé avec lui. Mais un tout petit peu…

Elle leva la main et écarta de quelques millimètres son pouce et son index, comme pour montrer ce que signifiait à ses yeux ce « tout petit peu ».

— Phineas estimait avoir besoin d'un quart d'heure pour faire ce qu'il avait à faire. Pour, euh… pour passer le temps, Lydia a décidé que chacune d'entre nous allait faire ce pour quoi elle était la plus douée. Et moi je suis douée pour… Oh ! Mais arrêtez de me regarder de cette façon !

Sans bien comprendre, il s'aperçut tout à coup que sa colère s'était envolée. Il lui arriverait sans doute, à l'avenir, de se réveiller en sueur, certaines nuits, d'un cauchemar où il revivrait la scène qu'il imaginerait entre Nicole et Frayne derrière une porte verrouillée, mais pour le moment, il n'était plus en colère.

Le plus naturellement du monde, il commença à dénouer sa lavallière.

— Oui, trésor, vous êtes très douée pour le flirt. On pourrait même presque dire que vous êtes *exceptionnellement* douée.

— Presque ? s'indigna-t-elle avec un léger sourire. Bien plus que presque, c'est certain !

Il retira le long tissu de soie blanche de son cou et le roula en boule pour le lancer dans une coupe posée non loin du lit. Puis il défit sa veste.

— C'est possible. Mais peut-être est-ce votre robe. Même si je crois bien que je vous préfère encore sans.

— Vraiment ?

Sans le quitter des yeux, elle tira sur sa boutonnière, derrière son dos, ce qui accentua encore son décolleté.

Il laissa tomber sa veste à terre et s'attaqua ensuite aux boutons du gilet.

— Avez-vous reçu mon billet ?

Elle soupira et baissa les bras. Sa robe glissa sans rencontrer de résistance le long de son corps pour tomber à ses pieds, la dénudant jusqu'à la taille.

— Oui, je l'ai reçu. Lydia l'a trouvé très mignon.

Il avait ôté son gilet. La chemise ouverte et sortie du pantalon, il avança vers elle.

— Cela ne m'intéresse pas de savoir ce que votre sœur a pensé du mot que je vous ai écrit.

Nicole retira le ruban de satin rose de ses cheveux et passa les doigts dans ses boucles, qui tombèrent en cascade. Elle enjamba sa robe et commença à dénouer les liens du jupon.

— Il y a deux passages qui m'ont particulièrement plu.

Il savait ce qu'elle allait dire, mais lui demanda tout de même de développer.

— Eh bien…

Le jupon tomba à terre. Il crut apercevoir une ombre noire à travers le satin léger de la culotte bouffante et faillit perdre le fil de la conversation.

— J'ai beaucoup aimé le passage où vous vous traitez d'idiot. Et puis le moment où vous vous proposez de ramper à mes pieds. Cela m'a fait plaisir. Avez-vous l'intention de garder votre pantalon ?

Il était plus près d'elle maintenant, assez près pour la toucher, mais il ne le fit pas. Il aimait la tension causée par cette retenue ; elle crispait son corps et intensifiait son désir déjà ardent.

— Je ne peux pas l'enlever. Il ne passe pas par-dessus mes bottes et je n'ai pas de tire-bottes. Désolé.

Nicole leva les yeux au ciel et soupira.

— Il y a toujours quelque chose. Je ne sais pas pourquoi, mais c'est ainsi. Très bien, je vais vous aider à les enlever.

Cette fois, il s'approcha tout près et l'attrapa par la taille pendant qu'elle reculait pour le taquiner, jusqu'à ce que le lit l'empêche d'aller plus loin.

— Non, je ne pense pas que ce soit une bonne idée. Je ne pense pas que nous ayons le temps, si ?

Elle s'humidifia les lèvres.

— Dans ce cas, je suppose... je suppose que nous allons devoir nous en accommoder. Avez-vous des suggestions ?

— Oui, je crois. Mais tout d'abord, touchez votre poitrine pour moi, Nicole. Je veux que vous sentiez les pointes de vos seins se dresser quand je vous regarde.

Elle ne répondit rien et il craignit un instant d'être allé trop vite et trop loin, de l'avoir effrayée. Mais il se souvint alors que rien n'effrayait Nicole, que rien n'effrayait sa merveilleuse, exaspérante, libre et passionnée Nicole.

— Dieu du ciel, souffla-t-il lorsqu'elle posa les mains sous ses seins et passa ses pouces sur ses mamelons comme il l'avait fait.

— Oui, c'est cela. Aimez-vous, autant que je vous aime. N'arrêtez pas, dit-il en la soulevant pour lui faire prendre appui sur le bord du matelas.

Elle semblait comprendre ce qu'il voulait et lorsqu'il lui écarta les jambes et posa doucement la main sur son sexe, elle se laissa tomber avec grâce sur le couvre-lit en satin, où vinrent s'étaler ses longs cheveux noirs.

Elle s'ouvrit à ce contact intime, souleva le bassin comme pour mieux recevoir ses caresses et se caressa elle-même en même temps, lui effleurant la main au passage.

L'on aurait presque pu entendre l'air qui les entourait crépiter tant la tension était forte lorsqu'il acheva de se déshabiller et vint se fondre en elle.

La saisissant par la taille, il l'attira sur lui. Il se sentit aussitôt enveloppé par elle, uni à elle. Il avait enfin trouvé sa place.

Le bonheur, le soulagement, la joie d'avoir survécu à une bataille et de l'avoir remportée : il connaissait déjà ces émotions pour les avoir éprouvées en temps de guerre. Mais ce qu'il ressentait en ce moment était bien plus fort encore. Il était question de la femme qu'il aimait, et qui l'aimait assez pour tout risquer.

Elle resterait toujours auprès de lui, l'accompagnerait dans chaque moment de la vie. Et chaque fois qu'ils devraient malgré tout se séparer, ce serait pour mieux se retrouver ensuite, et le plus vite possible. Ils seraient doux et sauvages, tendres et passionnés. Ils riraient, ils se battraient, ils pleureraient et se réjouiraient ensemble.

Ensemble.

Et comme maintenant, comme durant ces instants fabuleux qu'ils étaient en train de vivre, ils toucheraient tous deux le ciel…

Nicole sortit lentement du sommeil avec une incroyable envie de sourire. Elle s'étira comme un chaton émergeant d'une sieste au soleil.

Ses muscles protestèrent vaguement quand elle remua et elle ressentit une espèce de lourdeur — loin d'être déplaisante — entre les cuisses.

— Oh…, souffla-t-elle

— Un problème ?

Elle se blottit davantage contre l'homme qui lui avait servi d'oreiller pendant la nuit — ou plutôt, pendant ce qu'il était resté de la nuit après les heures de passion durant lesquelles il l'avait initiée à des plaisirs dont beaucoup de femmes — les pauvres — n'auraient sans doute jamais idée.

— Non, tout va bien, répondit-elle. Mais la prochaine fois où je vous proposerai mon aide pour retirer vos bottes, essayez de m'en dissuader, s'il vous plaît.

— Vous étiez censée vous arrêter une fois mon talon

dégagé, et non pas tirer encore ! Vous auriez dû voir votre visage à ce moment-là, trésor.

Elle se rappela comme elle avait valsé à travers la pièce pour se retrouver le derrière par terre et la botte de Lucas dans les mains. Et lui qui se moquait d'elle pendant qu'elle essayait de reprendre son souffle ! Pour se venger, elle lui administra un petit coup dans le ventre de son poing fermé.

— Nicole ?

— Hmm ? murmura-t-elle.

Elle ne retira pas sa main et se demanda si elle la laisserait immobile ou si elle poursuivrait ses explorations. Vers le nord ? Vers le sud ? Les deux possibilités étaient tout aussi alléchantes.

— Je vous aime.

Elle s'immobilisa et le regarda dans les yeux.

— J'espère bien ! Mais dites-le encore, je vous en prie !

Le sourire qu'il lui adressa fit bondir son cœur.

— Jusqu'au désespoir et au-delà… Je vous aime.

— C'est ce que vous m'avez écrit dans votre mot. Pourquoi me l'avez-vous envoyé, au fait ?

Il passa les bras autour d'elle et se redressa légèrement.

— J'avais dit à Rafe que je vous aimais, mais lorsque nous en avons reparlé, il m'a fait remarquer qu'il aurait sans doute été plus avisé de vous le dire à vous. Je n'avais pas le temps de passer vous voir avant de partir pour La Roue Brisée, mais il fallait tout de même que je vous le dise.

— Avec mon frère, vous avez dû avoir des conversations très intéressantes. C'est aussi lui qui vous a conseillé de ramper à mes pieds ?

— Non, ça, c'était mon idée à moi, répondit-il en

enroulant une mèche des longs cheveux noirs autour de son doigt. Mais vous pouvez l'ignorer…

— Je vais y réfléchir. En tout cas, je ne brûlerai pas le billet, si c'est ce que vous vous apprêtiez à me demander. Je crois qu'il plaira beaucoup à nos enfants. Surtout à nos filles.

— A nos filles…, souffla-t-il, comme si elle avait dit quelque chose d'inquiétant. Nous allons devoir les surveiller de très près. Sinon, je me trouverai dans l'obligation de tuer celui qui osera faire avec l'une d'elles ce que j'ai osé faire avec vous. Ah, mais attendez un peu… Vous avez dit : « nos filles ».

Elle avait commencé sa petite marche vers le nord et ses doigts étaient en route vers le torse de Lucas.

— En effet. Et vous aussi.

— Et pourtant, je ne vous ai toujours pas entendu dire que vous m'aimiez, ni que vous alliez m'épouser.

— Nous sommes identiques, tous les deux, Lucas. Je ne vous l'ai pas dit, non. Mais je l'ai dit à Lydia. Est-ce que cela compte ?

— Et ensuite, vous m'écrirez une lettre ? C'est la marche à suivre, vous savez ! Et n'oubliez pas de commencer par : « Lucas, je suis une idiote. »

Elle rit en effleurant du bout des doigts les mamelons de Lucas, qui se raidirent à son contact. Ce qu'il lui faisait, elle pouvait le lui faire, songeait-elle. C'était surprenant et merveilleux.

— Je vous aime, Lucas. Croyez-vous que je serais ici si je ne vous aimais pas ? Toute ma vie, j'ai cherché où se trouvait ma place… et maintenant, je le sais. Ma place est à vos côtés. Donc, oui, je vous épouserai. Mais plus que vous épouser, je vous aimerai à tout jamais.

Il lui caressa le bras et se pencha pour lui embrasser les cheveux.

— Merci, Nicole.

Elle leva les yeux vers lui.

— Merci ?

— Oui, je sais combien cela a été difficile pour vous. Combien j'ai été difficile avec vous. Je ne vous quitterai jamais. Je vous aimerai toujours.

Elle dut chasser les larmes qui lui montaient soudain aux yeux.

— Même jusqu'au désespoir et au-delà ?

— Oui. Et maintenant, nous devons malheureusement nous habiller pour nous rendre à Grosvenor Square. Votre famille nous attend.

— Pas tout de suite, supplia-t-elle en baissant la tête pour passer la langue autour du mamelon tendu.

Puis, toujours du bout de la langue, elle en effleura la pointe, avant de l'aspirer à pleine bouche. Lorsqu'elle sentit Lucas se tendre, elle décida que, si le nord était délicieux, le sud avait sans doute de quoi retenir lui aussi toute son attention.

Elle fit descendre sa main le long du ventre de Lucas.

— Très bien, souffla-t-il en soulevant le bassin pendant qu'elle s'installait sur lui. Peut-être pas tout de suite, en effet…

Épilogue

Quatre jours après que Lucas et Rafe eurent conduit les hommes de La Roue Brisée jusqu'à Belgrave Square et trois jours après que lord Frayne eut, à la surprise générale, quitté Londres pour sa résidence du Lincolnshire, Lucas retrouva Rafe dans son bureau en vue de lire les fameuses lettres écrites par Helen Daughtry.

— Pauvre maman ! soupira Rafe en jetant les lettres dans le feu, puis en les remuant à l'aide du tisonnier pour les réduire en cendres. Comment fait-elle pour toujours tout comprendre à ce point de travers ? Pas étonnant que Frayne ait cru mener la danse. Avec une telle interprétation des faits, je pourrais presque me croire coupable moi-même.

— Qu'avez-vous d'autre sur votre bureau ? D'autres manifestes des Citoyens pour la Justice ?

— Cela, répondit Rafe en retournant s'asseoir, et d'autres choses. J'ai notamment quelques notes personnelles rédigées par Frayne qui, j'en suis sûr, vont vous intéresser. Il avait déjà préparé son discours pour le Parlement : il y présentait les Citoyens pour la Justice comme des voyous et des vandales et demandait un durcissement des lois afin de préserver le pays d'une révolution.

Lucas se pencha.

— Montrez-moi ça.

Son sourire s'évanouit lorsqu'il eut les feuillets entre les mains et un frisson lui parcourut l'échine. Ce n'étaient pas les mots inscrits qui lui faisaient cet effet, mais l'écriture.

— Lucas ? Un problème ?

— Si l'on veut. Je reconnais cette écriture. Elle est très caractéristique.

Il regarda son ami, l'esprit en ébullition, cherchant à comprendre.

— Vous savez que j'ai reçu une lettre il y a environ un an. Au sujet de mon père.

Rafe acquiesça.

— Une lettre qui vous informait que votre père était innocent et que quelqu'un avait fait porter les soupçons sur lui pour favoriser sa propre carrière.

— Oui. Après ses succès sur le continent, mon père était pressenti pour devenir Premier ministre. Mais en fin de compte, Pitt s'est retiré en faveur d'Arlington très peu de temps avant que mon père… Enfin, vous savez…

— Et vous allez me dire que c'est Frayne qui vous a envoyé cette lettre ?

— C'est exactement ce que je vais vous dire, oui, répondit Lucas en se levant, car il réfléchissait mieux debout. Mais pourquoi ?

— Avec quelqu'un d'aussi ambitieux que cet homme, qui peut savoir ? Il tisse plusieurs filets, au cas où il pourrait avoir à s'en servir un jour pour piéger quelqu'un. Et il vous a piégé en vous promettant le nom de celui qui avait trahi votre père.

— Jusqu'ici, j'ai toujours pensé que Frayne voulait

la mort d'une personne en particulier et qu'il me voyait comme un instrument.

Il reposa les feuillets et regarda son ami.

— Et maintenant ? Maintenant, je crois soit qu'il faisait partie du complot ourdi contre mon père et qu'il espérait peut-être remplacer Pitt lui-même, soit qu'il ne savait rien du tout sur mon père ni sur celui qui l'a trahi.

— Et vous n'aurez sans doute jamais la réponse. Frayne a perdu toute crédibilité au Parlement après ce qui s'est passé chez lui, sa carrière politique est terminée, mais il ne sera pas puni pour ce qu'il a peut-être fait à votre famille. Pourrez-vous vivre avec cette idée, mon ami ?

Lucas se dirigea vers la fenêtre qui donnait sur un jardin, à l'arrière de l'hôtel particulier de Grosvenor Square.

Lydia et Nicole étaient assises sur un banc en fer forgé blanc qui se trouvait à moitié à l'ombre et à moitié au soleil.

Lydia, son chapeau sur la tête, était assise à l'ombre et plongée dans un livre.

A côté d'elle, le chapeau posé sur les genoux, Nicole avait la tête rejetée en arrière, sans doute pour faire profiter sa peau douce et fine des rayons du soleil et y faire apparaître de nouvelles taches de rousseur. Elle avait ôté ses chaussures et remuait les orteils dans l'herbe tendre.

Lucas sentit son cœur s'emplir d'amour. Il adorait cette femme. Sa mère allait l'adorer elle aussi. Et les enfants qu'ils auraient ensemble l'adoreraient également et arracheraient leur grand-mère au chagrin dans lequel elle était enfoncée depuis trop longtemps.

Le passé ne changerait pas. Mais l'avenir était radieux.

— Oui, Rafe, répondit-il sans l'ombre d'un doute, je pourrai vivre avec cette idée…

Si vous avez aimé ce roman, retrouvez le premier tome
de la série « Ashurst Hall »

1/ *Diabolique duc*

disponible dès à présent sur harlequin.fr

Retrouvez en février,
dans votre collection

Victoria

Penny Watson Webb
Le feu des forges

Norvège et France, 909

Jodelle a toujours tenu à son indépendance. Mère, amante hors des sacrements du mariage et forgeronne à Lisieux, elle possède un caractère aussi volcanique que son activité. Aussi, face aux hommes de Rollon, le terrible Viking venu occuper les terres cédées par le roi Charles, elle est bien déterminée à résister en fabriquant des armes pour tous les villageois. Jusqu'à ce qu'on lui amène un guerrier du Nord blessé, un homme aussi vulnérable que troublant, qu'elle ne peut se résoudre à condamner…

Kasey Michaels
Un gentleman à son goût
Série : Ashurst Hall

Londres, 1815

Depuis qu'elle a appris la mort de son fiancé, Lydia pense qu'elle ne pourra plus jamais aimer. Son grand amour est tombé au champ d'honneur, et tous ses espoirs avec lui. Recluse dans la demeure familiale d'Ashurst Hall, elle mène depuis ce drame une existence paisible, égayée par le prévenant Tanner, le meilleur ami de son défunt fiancé, qui a juré de veiller sur elle. Mais contre toute attente – et surtout contre toute morale – elle sent monter en elle un trouble de plus en plus fort pour ce confident si attentif, et si séduisant. Se pourrait-il qu'elle nourrisse des sentiments à l'égard d'un homme qui est, de surcroît, promis à une autre ?

La romance historique n'a jamais été aussi moderne.

Composé et édité par HarperCollins France.

Achevé d'imprimer en novembre 2020.

CPI
BLACK PRINT

Barcelone

Dépôt légal : décembre 2020.

FSC
www.fsc.org
MIXTE
Papier issu de sources responsables
FSC® C108412

Pour limiter l'empreinte environnementale de ses livres, HarperCollins France s'engage à n'utiliser que du papier fabriqué à partir de bois provenant de forêts gérées durablement et de manière responsable.

Imprimé en Espagne.